人文通识

文学史与阅读史之间

中国现当代文学与文化十五讲

赵普光 著

南京师范大学出版社

图书在版编目(CIP)数据

文学史与阅读史之间：中国现当代文学与文化十五讲 / 赵普光著. 一南京：南京师范大学出版社,2024.3
（人文通识）
ISBN 978-7-5651-5949-7

Ⅰ.①文… Ⅱ.①赵… Ⅲ.①中国文学－现代文学－文学研究②中国文学－当代文学－文学研究 Ⅳ.①I206.6

中国国家版本馆CIP数据核字(2024)第003195号

丛 书 名	人文通识
书 名	文学史与阅读史之间：中国现当代文学与文化十五讲
作 者	赵普光
策划编辑	张 春
责任编辑	李丛竹
出版发行	南京师范大学出版社
地 址	江苏省南京市玄武区后宰门西村9号(邮编：210016)
电 话	(025)83598919(总编办) 83598419(营销部)
	83598332(读者服务部)
网 址	http://press.njnu.edu.cn
电子信箱	nspzbb@njnu.edu.cn
照 排	南京开卷文化传媒有限公司
印 刷	南京艺中印务有限公司
开 本	890毫米×1240毫米 1/32
印 张	11.25
字 数	264千
版 次	2024年3月第1版
印 次	2024年3月第1次印刷
书 号	ISBN 978-7-5651-5949-7
定 价	65.00元

出 版 人 张 鹏

南京师大版图书若有印装问题请与销售商调换
版权所有 侵犯必究

书前的话

文学是有根的诗意。文学是人类精神文化的丰美绽放。

优秀的作家作品是民族精神高度的呈现。作家的阅读史和创作史,即作家的精神发育史,亦可视为一个时代民族精神转型的表征。

中国现当代文学在中西文化碰撞中应运而生并曲折发展,作家们的阅读和创作活动,是传统文化创造性转化和创新性发展及中西文化交流互鉴的重要体现。

对中国现当代作家的知识结构、文化素养和精神资源进行谱系学和考古式探源,意义重大。本书十五讲,正致力于此。

每讲角度有异,而聚焦则一:在中西文化大变局中,立足中国问题,探寻百年来中国文学史与中国作家的阅读史、精神史之间的互动,及其折射的时代光谱。

目　录

第一讲　开场：作家与"读家"的变奏　　　　　　　/ 001

汲古求新与文化转型

第二讲　"五四"新文学变革的两种文化模式　　　/ 029
第三讲　精神生成的文化根须：鲁迅书话及其意义　/ 053
第四讲　从知堂到黄裳：文人传统在现代书话中的流脉　/ 089
第五讲　书话与现代作家对域外文化的选择性接受　/ 114

本土意识与中国问题

第六讲　现当代文学研究的中国意识　　　　　　　/ 131
第七讲　书话与现代中国文学批评的民族化　　　　/ 154
第八讲　历史文化散文：如何"历史"，怎样"文化"　/ 182
第九讲　大众传媒时代，传统如何重建　　　　　　/ 200
　　　　——由《孔子》谈起

斯文回响与文化取径

第十讲　"士绅"的文化变迁与叶氏文学世家的形成　/ 215

第十一讲　文学世家背景与叶兆言的创作风格　/ 239

第十二讲　诗人的诗学:以吴奔星为例　/ 264

第十三讲　在作家与学者之间:渡也论　/ 281

第十四讲　"文""学"合一传统的衍变:论姜德明的现代文学书话　/ 315

第十五讲　终章:通人传统的意义　/ 335

第一讲

开场：作家与"读家"的变奏

> **小引**
>
> 作家的阅读与写作之间发生着亘古的纠缠，这触及阅读史与文学史互动的重要侧面。如果从身份的角度观察，可将阅读史与文学史关系的宏大命题具体化为"作为读家的作家"与"作为作家的读家"的问题。在主客观诸种因素下，"作为读家的作家"与"作为作家的读家"之间的变奏呈现复杂的姿态和面向：靠拢和致意、逃离和回避、回望和反顾、激活和打开、相契和共振等等，不一而足。在两个身份的互换、互动、互渗中重审阅读与写作的隐秘关联，围绕的是这样的追问："读家"何以保留成为作家的可能，作家为何必须是"读家"？

一、读与写的纠缠

一切作家皆"读家"。写作,是作家的生活方式,而读书亦然。书籍是文化的凝聚和载体,文学是人类思想文化精髓的生动表达和具象呈现,可以说,书籍是写作的摆渡,作家读书的所思、所得,构成了作家生成、文学滋长的土壤和空气。换言之,阅读是作家伸入文化土壤的根须,是文学伸向文化天空的枝叶。

作家的阅读与写作,或者说"读"与"写",确实是一对难分难解的"冤家",发生着亘古的纠缠和变奏。讨论这个问题,看似平常、普通,实则本质,易谈而难"工"。笔者以前曾断断续续写过几篇文章,从作家的阅读与写作关系触及阅读史与文学史互动的若干侧面。书话是观察作家创作与阅读关系的最直接、确证和直观的途径,但如果从读家和作家的身份角度宏观地看阅读(史)与文学(史),或许更能发现其中的普遍纠缠:作家如何阅读,以及阅读如何深刻地影响作家的写作。

如同"莎士比亚创造了我们,接着就不断地对我们进行遏止"[1]那句论断,阅读滋养了作家,但可能又压迫了作家。这是一种"影响的焦虑"。焦虑往往会引起作家的反弹和抗拒,于是很多作家并不承认受到某前辈的影响,所以影响研究往往是学者的归纳,而被作家所讨厌和惧怕。哈罗德·布鲁姆曾近乎刻薄地举过两个有名的例子,他说:"华莱士·史蒂文斯最讨厌别人提及他因阅读前驱

---

[1] [美]哈罗德·布鲁姆:《再版前言》,《影响的焦虑》,徐文博译,江苏教育出版社2006年版,第7页。

诗人的作品而获益;但是,如果史蒂文斯没有读过沃尔特·惠特曼,他就根本不可能写出什么有价值的东西。史蒂文斯有时对惠特曼摆出一副不屑一顾的架势,在作品中也没有公开模仿过;然而,惠特曼还是很神秘地在史蒂文斯的作品里复活了。"①另一位是易卜生。"莎士比亚是易卜生真正的前驱,莎士比亚对易卜生的影响远远超过歌德。这一点使得易卜生比其他人对'影响'持更强烈的反对态度。"②不管作家承认与否,这种影响客观上是不能否认的,而且在研究文学生成、文学史演变中根本无法回避。

莎士比亚像,见 1623 年的第一对开本《威廉·莎士比亚的喜剧、历史剧和悲剧》,由德罗晓特刻制

不难发现,中国的新文学作家尤其是当代作家,史蒂文斯、易卜生那样的焦虑在他们身上表现不明显,更多的时候他们并不讳言影响③,甚至有时还以受文学强者的影响为荣。马原曾坦率地说过:"人类的普遍经验应该就是写作所依据的共性",经验分为两

---

①② [美]哈罗德·布鲁姆:《再版前言》,《影响的焦虑》,徐文博译,江苏教育出版社 2006 年版,第 14—15 页。
③ "实际上我们很少感觉到来自同胞作家的压力。谁在我们的路上设置了障碍?谁在我们头上投下了阴影?那就是这个时代所匮乏的古典风范或者精神探求者的成功,那是好多错误的经验陷入泥坑的结果。"参见苏童:《小说是灵魂的逆光》,人民文学出版社 2017 年版,第 128 页。

种,"一种是狭义的经验,包括个人的具体经历和从生活中耳闻目睹直接获取的各种经验;一种是广义的经验,这包括很多间接经验,比如通过教育和阅读而获得的经验"。① 所以,"阅读是我们这一代人获取间接经验的最主要途径"②。苏童也坦承:"我们受到了美国当代文学、欧洲文学、拉美文学的冲击和压迫,迷惘和盲从的情绪笼罩着这一代作家。"③苏童对于这种获得或者说索取,有过自己的总结,"香椿树街和枫杨树乡是我作品中两个地理标签,一个是为了回头看自己的影子,向自己索取故事,一个是为了仰望,为了前瞻,是向别人索取"④。如果说前者表明一种无意的影响,那么后者应该属于有意识的汲取。而这种汲取,最主要的路径无疑是阅读。

王蒙曾经提出过作家学者化问题⑤,苏童也承认有所谓"学者型作家"⑥。这种命名当然有其合理性,但界定何为学者型作家,何为非学者型作家,并不容易。比如,素人作家难道不用阅读?恰恰相反,他们需要付出更多辛劳,需要克服更多困难,差别在于他们的阅读更加随性、偶然,近乎一种野路子的左突右撞。比如莫言,与他同时代及更年轻的同行相比,他算是素人作家,接受学院化的教育更少,但他的自我滋养方式仍是阅读,包括他自己所说的"用

---

① 马原:《经验》,《模仿上帝的小说家》,人民文学出版社 2017 年版,第 1 页。
② 马原:《经验》,《模仿上帝的小说家》,人民文学出版社 2017 年版,第 13 页。
③ 苏童:《小说是灵魂的逆光》,人民文学出版社 2017 年版,第 128 页。
④ 苏童:《关于创作,或无关创作》,《小说是灵魂的逆光》,人民文学出版社 2017 年版,第 169 页。
⑤ 王蒙:《一个值得探讨的问题:谈我国作家的非学者化》,《读书》1982 年第 11 期。
⑥ 苏童:《小说是灵魂的逆光》,人民文学出版社 2017 年版,第 129 页。

耳朵阅读"①——一种野蛮生长般的阅读。

不管是作家主动承认,还是被动显露,不管是学院教育,还是野蛮生长,不管是用眼睛阅读,还是"用耳朵阅读",阅读总是作家成长的必由之路。绝对一些来看,"没有文化何谈文学"这一论断,至少是有着部分真理性的。而且,文化的滋养,首要的是通过阅读来实现。由此,从身份角度就会引出这个纠缠的话题:作为读者的作者与作为作者的读者,或者说作为"读家"的作家与作为作家的"读家"。

二、作为"读家"的作家

作家如何长成?对此,有人认为这问题太过平常,以至于压根不需要考虑;有人仅从外部归因,很多传记的刻板化归纳就是这样做的;也有人把它神秘化,视作家天生的与众不同,不可复制,这个问题也就因此不可追问了。无论是现实化的归纳,还是神秘化的暗示,似乎都在取消这个问题的意义。上述看法都有大而化之、统而言之的粗疏之嫌。然而,作家之生成,若从某一个方面细心地抽丝剥茧,是可以找到其精神发育的某些蛛丝马迹的。

谈一粒种子如何发育成作家,如果要找其中至少一个因素的

---

① 莫言曾回顾说:"我在童年时用耳朵阅读。我们村子里的人大部分是文盲,但其中有很多人出口成章、妙语连珠,满肚子都是神神鬼鬼的故事。我的爷爷、奶奶、父亲都是很会讲故事的人。我的爷爷的哥哥——我的大爷爷——更是一个讲故事大王。他是一个老中医,交游广泛,知识丰富,富有想象力。在冬天的夜晚,我和我的哥哥姐姐就跑到我的大爷爷家,围着一盏昏暗的油灯,等待他开讲。"参见莫言:《我在美国出版的三本书》,《什么气味最美好》,南海出版公司2002年版,第219页。

话,那最绕不开的是阅读。

作家的精神发育,一定伴随其读书的过程。一粒作家种子首先一定是读书种子,一粒读书的种子才最有可能是作家种子。这一切往往是从儿时开始的。儿时的阅读启蒙,可能微弱、无形,闪闪烁烁如萤火虫的微光。唐诺曾做过类似比喻:"萤火虫从我们手边流逝,于是一如现代生活乃至于现代阅读的一则隐喻,尤其是童年

唐诺《阅读的故事》书影

的、启蒙的阅读。"①儿时的阅读,看似无用而微弱,但在历经沧桑世事后,会更易引燃回忆的灯火,"就好像许多美好事物和价值一样,没有人存心要消灭这些无用但也全然无害的漂亮萤火虫,事实上问起来还谁都不舍得,如果可能我们极乐意让它们和我们代代小孩相处下去,为他们乏味的童年记忆亮起几盏小灯"②。所以,儿时的无意阅读很可能最深刻。比如作家潘向黎就曾满怀感情地回忆:"二十世纪七十年代初,我还是学龄前稚童,父亲便让我开始背诵古诗。……这在二十世纪七十年代,约等于今天有人让孩子放弃学校教育、在家念私塾那样,是逆时代潮流的另类。我是带了一点违禁的提心吊胆,开始读我父亲手书在粗糙文稿纸背面的诗词的。"③

---

① 唐诺:《阅读的故事》,印刻文学生活杂志出版有限公司2005年版,第220页。
② 唐诺:《阅读的故事》,印刻文学生活杂志出版有限公司2005年版,第219页。
③ 潘向黎:《跟着父亲读古诗》,《梅边消息》,北京十月文艺出版社2018年版,第1页。

第一讲　开场：作家与"读家"的变奏

就儿时的阅读启蒙来说，纳博科夫无疑是最幸运的人之一。纳博科夫六岁的时候，家庭教师就用流畅的语调向小弗拉吉米尔朗读法国小说"《索菲的不幸》《八十天环游地球》《小东西》《悲惨世界》《基督山伯爵》，以及其他许多"，《包法利夫人》也是其中之一。① 不仅仅得益于家庭教师，父亲或许更是纳博科夫的文学阅读的最初启蒙者。纳博科夫后来在给朋友的信中曾这样写道："我父亲是一位狄更斯专家。有一阵子，他大段大段地对我们这些孩子朗读狄更斯的作品，当然是英文本的……当我还是一个十二三岁的孩子时……在乡间别墅度过的阴雨连绵的夜晚里，他对我们朗读《远大前程》。"②阅读，尤其是早年的文学阅读，其意义并不在知识习得，甚至也不在思想的接纳，更多的只是一种感觉的苏生。朗读的声音、场景，甚至那昏暗雨夜的摇曳灯光，体现出的感受可能就是对读书种子的最好滋养。纳博科夫早年接触到的这些名作如同一扇窗，"正是通过这种窗口，孩提时代的纳博科夫在夏季住宅的走廊上，一面聆听着朗朗的读书声，一面凝视窗外的花园"③。这种情形、氛围以及弥散的空气，就是文学之美的某种实现，文学花园的幕布已经在孩童的眼前不知不觉开启。④

---

①② [美]约翰·厄普代克：《前言》，[美]弗拉基米尔·纳博科夫《文学讲稿》，申慧辉等译，上海三联书店2005年版，第16页。

③ [美]约翰·厄普代克：《前言》，[美]弗拉基米尔·纳博科夫《文学讲稿》，申慧辉等译，上海三联书店2005年版，第26页。

④ 后来，纳博科夫"在回忆录《讲吧，回忆》中自称：'我在能够阅读俄文之前就学会阅读英文了'"。（[美]约翰·厄普代克：《前言》，[美]弗拉基米尔·纳博科夫《文学讲稿》，申慧辉等译，上海三联书店2005年版，第15页。）他这样说并非单单为了炫耀，也并不夸张，因为这从他的英文作品是能得到验证的。

纳博科夫、潘向黎们的幸运,在于能感受到小环境中的微光,虽然微弱却能闪烁不熄。然而,更多的人则只能直接暴露于时代的阅读风习中。时代常见什么书、被允许阅读什么书,就只能接触到什么书。在时代裹挟下,能够超拔而出的极少数更多的是赖于勤奋、悟性以及某种机缘。笔者曾读过一本《我的书缘》①。该书收录60余位不同代际的作家学者回顾自己与书结缘的文章,几乎可以视为中国大半个世纪以来的阅读史。作者有文化老人,如于光远、周退密、黄宗江、黄裳、杨苡等,该书出版时他们大多数还健在;有20世纪50年代出生的作家,也有60年代中期以后出生的,此书出版时尚属青年。他们的年龄跨度很大,从20世纪之初的"五四"风潮到烽火连天的抗战岁月,到中华人民共和国成立后的50年代,再到六七十年代,不同时代所能接触到的书籍很不一样。几位老一辈作家的文章中,他们的启蒙读物主要还是线装书和西洋名著。到了生于五六十年代的作者的记忆里,更多已经变成《烈火金刚》《敌后武工队》《林海雪原》之类的"红色经典"了。有人能买本《草原英雄小姐妹》"就心满意足地回家了,也不知要看多少遍"②。有人读的"第一部大部头书,乃是《欧阳海之歌》",且"至少读过三遍以上"。③

　　类似的情况,不是个例。莫言在童年时主要读《青春之歌》《破晓记》《三家巷》《林海雪原》等革命文艺作品。④ 出生于20世纪50年代后期的阎连科,是与莫言同时代人,他提及自己求学经历:"进

---

① 董宁文编:《我的书缘》,岳麓书社2006年版。
② 王稼句:《少年书事》,董宁文编《我的书缘》,岳麓书社2006年版,第192页。
③ 余斌:《我与书的缘分》,董宁文编《我的书缘》,岳麓书社2006年版,第209页。
④ 莫言:《我的大学梦》,《什么气味最美好》,南海出版公司2002年版,第21页。

入了二十世纪七〇年代。……学校又有了考试制度。……不知为何,我已经不再有那种超越一分之差的奋斗之力,只是痴迷于阅读那时能够找到的革命小说,如《金光大道》《艳阳天》《野火春风斗古城》《青春之歌》,还有《烈火金刚》和《林海雪原》等。我不知道这些小说属于'红色经典',以为那时的世界和中国,原本就只有这些小说,小说也原本就只是这样。如同牛马不知道料比草好、奶比水好,以为世界上最好吃的,原本也就是草和麦秸了。不知道,在这些作品之外,还有所谓的鲁、郭、茅和巴、老、曹,还有什么外国文学和世界名著,还有更为经典的曹雪芹和他的《红楼梦》。"①直到"初一时候,还是初二之时,我终于听说中国有部大本小说,名为《红楼梦》,又叫《石头记》,是和《三国演义》《水浒传》《西游记》合称为中国的四大名著。并且,《红楼梦》是名冠这四大名著之首的。"②《红楼梦》几乎成了少年阎连科奢侈的梦想。

当然,阎连科后来还是终于读到了《红楼梦》,知道了什么是经典。在那个时代,并不是所有人都有这种机缘。这无疑是一个冲破、突围的开始。一旦见过了世界,那就有了出发的冲动,不可遏制。苏童曾经打过一个有趣的比喻,可借来说明这种突围的冲动:"还有一些鱼非常莫名其妙,它在跳。跳的姿势当然是寻找的姿势……跳是为了寻找一个更大的水池,寻找江河海洋,寻找它更大的生存空间。"③跳跃是在寻找突围的可能,有的或许幸运地跳了出去。作家早年阅读,尤其是与经典、与相契的作品偶遇,这机缘会引燃跳跃、突围的冲动。那么问题来了,突围之后呢?

---

① 阎连科:《〈红楼梦〉》,《我与父辈》,云南人民出版社,2009年版,第17页。
② 阎连科:《〈红楼梦〉》,《我与父辈》,云南人民出版社,2009年版,第19页。
③ 苏童:《神话是飞翔的现实》,《小说是灵魂的逆光》,人民文学出版社2017年版,第181页。

三、作为作家的"读家"

当童真消逝,年少远去,当曾经的读者突围而出,成长为作家,这时的阅读状态已不同于儿时。此时,作为作家的"读家",已不是那个完全追随自己内心冲动的少年读者,已少了纯净、纯粹及弥漫的荷尔蒙气息。于是,一丝挑剔、嫌弃会斑驳其间,甚至也会夹杂无奈、刻意及勉强;或许还会带着某种惯性,恋恋不舍于儿时的那份惊异、震撼和沉醉;还可能有不愿意承认的模仿、寻找心理,试图为自己的创作求一剂重启和激活的灵丹妙药。无论是哪一种姿态,可以肯定的一点是,作为作家的"读家",阅读心境已无法完全重现曾经的纯粹与透明。尽管如此,但是阅读仍在影响着已经成为作家的"读家",他们仍要靠新的阅读"续命"。

一种姿态是靠拢和致意。最典型的当属阿城。我们知道,曾经以《遍地风流》《棋王》等蜚声文坛的阿城,后来逐渐淡出。这个淡出,并非是因为他真的停笔,而是他转向了刻板的评论家们并不熟悉的一面。对于这种转向,他所著《常识与通识》一书的编辑唐诺这样理解:"阿城书写笔调愈来愈简,文字中的副词形容词如北方深秋的枝叶凋零一空,只余名词和动词,像他《遍地风流》一书那样,但有趣的是,他的《常识与通识》一书,却一反他的此一书写走向,语调温柔、详尽、悠长,不厌其烦地事事细说从头。我……当面问过阿城何以如此,阿城谈起启蒙史家房龙,以及他《人类的故事》这部书,房龙当年就是这样跟他讲话的,打开他的阅读世界,今天,他一样用房龙的语调和声音讲话,讲给如昔日自己的下一辈年轻小鬼听,这是报房龙当年的恩。"①在这个意义上,阿城的转向,是自觉地向曾经的阅读致敬。如果说阿城是自觉的模仿,张炜则是不自觉的靠拢。不同的阅读对象会吸引、熏染进而影响作家,比如风格与气息,这最直观地表现在语调上。张炜曾有《品咂时光的声音:读日本散文小记》的组文,共13篇。② 这组文字,东洋的某种气息不自觉地飘散其间。而张炜在谈论西方现代名著时,其语调就激越、果断多了。因阅读对象不同,作家语言风格也呈现出差异。

一种姿态是不断回望与反顾。对此,笔者首先想到的是潘向黎。在当下的文坛,既以小说闻名又能信手拈来地写作论诗谈词的随笔而游刃有余于这两副笔墨之间者,并不多见,而潘向黎是其中最突出的一位。潘向黎的解诗随笔与小说创作常呈阶段性的转

《梅边消息:潘向黎读古诗》书影

换:"几年前写过一些和古诗有关的小文章,总题目叫作《看诗不分明》。……'不分明'了一阵子之后,又写起小说来,根本不'看诗'了,完全进入另一个心理时空,……但是,后来又不写小说了,不知

---

① 唐诺:《阅读的故事》,印刻文学生活杂志出版有限公司2005年版,第332页。
② 张炜:《品咂时光的声音:读日本散文小记》,《从热烈到温煦》,人民文学出版社2017年版。

什么时候我开始怀念那段'看诗'的时光,那是真正的有滋有味,……于是,我又在《新民晚报·夜光杯》上再续前缘。"①她能够在二者之间自由切换,一方面当然得益于她的旧诗童子功②,另一方面也说明幼年的读诗,是她后来不断反顾、回望的情结和滋养。儿时的阅读,会在未来某一时刻不期然地回归。潘向黎的《茶可道》《无用是本心》《万念》《如一》,尤其是她的《看诗不分明》《梅边消息:潘向黎读古诗》等这些谈古诗词的散文集,分量丝毫不亚于其小说创作,甚至更见其生命底色。这系列谈诗随笔的汩汩流淌,正是人到中年后时断时续地在回望和致意。

相似地,纳博科夫早年的阅读也在他后来的写作中重新泛着光泽:"猜想一下五十年代初期,他为了准备讲课而必须重读一遍这些作品(指其儿时所接受和阅读的经典——笔者按)的情景,每年讲课时所重复的劝告和重温的陶醉,以及它们给纳博科夫的创造力所带来的飞光流彩般的优美,将是令人愉快的。还有,去到他在这些年里创作的作品中查一查奥斯丁的优美,狄更斯的生动活泼,以及斯蒂文森的'令人沉醉的可爱味道',都是如何使纳博科夫本人的那种无与伦比的风格更增添了一番风韵的,也将给人带来愉快。"③

儿时的阅读,看似轻易走过,其实却永远走不出,它已经融入

---

① 潘向黎:《看诗不分明——写在前面》,《看诗不分明》,生活·读书·新知三联书店 2011 年版,第 1 页。
② 在潘向黎,"诗是哭,诗是笑,诗是空气,诗是呼吸",是一种生活的方式。(潘向黎:《诗是空气 诗是呼吸(2)》,《看诗不分明》,生活·读书·新知三联书店 2011 年版,第 191 页。)
③ [美]约翰·厄普代克《前言》,[美]弗拉基米尔·纳博科夫《文学讲稿》,申慧辉等译,上海三联书店 2005 年版,第 26 页。

生命,化为其中一部分了。所有的远行都是携着它的再出发。

与靠拢和致意不同甚至相反的方式,是逃离和回避。在更广泛意义上,这种逃离也正是影响的表现之一,未尝不可以视为一种反向的致意。这在当代文学中并非罕见,只是很多时候这并不仅仅是出于艺术性的考量。比如黄裳,在20世纪40年代末,准确地说是在他访问过老虎桥监狱中的知堂之后,黄裳几乎没再多谈他,反而更多的是谈鲁迅。只有为了更方便地定位他心目中的鲁迅时,黄裳才将知堂作为对应者来说一说,且多持嫌恶批判态度。然而,熟悉黄裳写作的人都分明感觉得到,黄裳在为文格调上最接近的实际上是知堂[1]。尤其黄裳早年在《古今》杂志等发表的系列随笔[2],其自觉追摹知堂法脉的用意非常明显[3]。

主观上避之唯恐不及,文字趣味上却分明氤氲着苦雨斋的气息,这个矛盾构成了黄裳身上颇具意味的张力。这种逃离、回避,不也是影响的另一种体现?无独有偶,学界的认定与作家自我追溯之间的矛盾和反差,在王安忆这里也构成过有趣的对照。无论在文学史著叙述中还是在多数学者的印象中,王安忆与海派的关系一直暧昧不清。特别是因王德威的发凡起例[4],随后不少学者的推波助澜,王安忆与张爱玲之间的某种文学脉络几成定论。但是我们翻检王安忆的自述文字,特别是近年她用力甚勤、刻苦经营的

---

[1] 黄裳说,周作人"将剑戟森严、腥臭逼人的虎狼窟穴看作安乐窝,一头扎进去,偷偷地在写"。(黄裳:《我的集外文》,《来燕榭集外文钞》,作家出版社2006年版,第510—511页。)

[2] 黄裳早年发表在《古今》杂志上的文章如《读知堂文偶记》(《古今》第六期,署名默庵)、《读〈药堂语录〉》(《古今》第二十、二十一期,署名南冠)、《关于李卓吾——兼论知堂》(《古今》第十八期,署名南冠)等均收入《来燕榭集外文钞》(作家出版社2006年版)。

[3] 参赵普光:《从知堂到黄裳:周作人书话及其影响》,《福建论坛》2009年第1期。

[4] 王德威:《海派作家又见传人》,《读书》1996年第6期。

读书随笔中,你看不到任何她自己与张爱玲关系的蛛丝马迹。

对这矛盾的双方,到底该更倾向于哪一边,哈罗德·布鲁姆曾有分析:"为了摆脱前驱诗人的影响阴影,后来诗人就必须极力挣扎,竭尽全力地争取自己的独立地位,争取自己的诗作在诗歌历史上的一席之地。"①这就是哈罗德·布鲁姆著名的概括:"'影响'……在本质上归根结底是自卫性的。"②这种诛心式的拆解,击穿了几乎所有后来作家的心理防线。他的笔锋一挥,扫过了太多赫赫有名的作家,当然他对莎士比亚则格外"开恩"。在谈到莎士比亚对马洛的成功挣脱的时候,哈罗德·布鲁姆说,莎士比亚"在最不带马洛风格的作品《皆大欢喜》里,嵌入了许多完全游离于上下文之外的影射马洛的辞句"③,是因为"此时的他已经与诗的影响进行了斗争,并成功地将诗的影响彻底化解;现在开始以某种很微妙的方式为马洛辩护了,在某种意义上是在为马洛争取身后的哀荣"④。当真正的文学强者对头上的"阴影"成功地挣脱、"化解"之后,就开始向他的前辈——曾经要逃离、回避的对象——致意。

这种和解与宽容的表达,正是胜利者确立自我形象时明智的选择。循此,现当代文学中同样不乏例证:当新文学革命尘埃落

---

① 徐文博:《"一本薄薄的书震动了所有人的神经"(代译序)》,[美]哈罗德·布鲁姆《影响的焦虑》,徐文博译,江苏教育出版社2006年版,第5页。
② [美]哈罗德·布鲁姆:《再版前言》,《影响的焦虑》,徐文博译,江苏教育出版社2006年版,第14页。
③ [美]哈罗德·布鲁姆:《再版前言》,《影响的焦虑》,徐文博译,江苏教育出版社2006年版,第38页。
④ [美]哈罗德·布鲁姆:《再版前言》,《影响的焦虑》,徐文博译,江苏教育出版社2006年版,第39页。

定,鲁迅①、郑振铎②、钱锺书③等都曾不约而同地为当年"文学革命"的反派——林纾翻案,回顾和肯定林译小说的启蒙作用。这致意是强者胜利后的一种追溯式宣言。在这个意义上说,黄裳对周作人的拒斥,王安忆对张爱玲的回避,似乎也反过来说明黄裳、王安忆还没有成为足以超越前辈的文学强人。

"读家"作用于作家的另一表现,是激活、打开。一方面,这指对文学创作空间的激活。比如魔幻现实主义作家之于莫言大致如此。马尔克斯、福克纳激活了莫言长期被压抑于心灵深处的对民间文化的记忆和体验,让莫言长期没有觉察的自我世界开始苏醒,使其意识到自己的文化根系。④ 笔者这里想说的是另一种激活和打开。这就是文学理念的打开,理论野心的激活,甚至作为理论家

---

① 鲁迅在给增田涉的信中说:"《域外小说集》发行于一九〇七年或一九〇八年,我与周作人在日本东京时。当时中国流行林琴南用古文翻译的外国小说,文章确实很好,但误译很多。我们对此感到不满,想加以纠正,才干起来的,但大为失败。"(鲁迅:《320116 致增田涉》,《鲁迅全集》第 14 卷,人民文学出版社 2005 年版,第 196 页。)周作人也回忆说:"鲁迅还在南京学堂的时候,林琴南已经用了冷红生的笔名,译出了小仲马的《茶花女遗事》,很是有名。鲁迅买了这书,同时还得到两本有光纸印的书,一名《包探案》,是福尔摩斯故事,一名《长生术》,乃是神怪小说。……《茶花女》固然也译得不差,但是使得我们读了佩服的,其实还是那部司各得的《撒克逊劫后英雄略》,原本既是名著,译文相当用力,而且说撒克逊遗民和诺曼人对抗的情形,那时看了含有暗示的意味,所以特别的被看重了。……我们对于林译小说有那么的热心,只要他印出一部,来到东京,便一定跑到神田的中国书林,去把它买来,看过之后鲁迅还拿到订店去,改装硬纸板书面,背脊用的是青灰洋布。但是这也只以早期的林译本为限"。(周启明:《鲁迅与清末文坛》,薛绥之、张俊才编《林纾研究资料》,知识产权出版社 2010 年版,第 211 页。)
② 郑振铎:《林琴南先生》,《中国文学论集》,岳麓书社 2011 年版,第 57—71 页。
③ 钱锺书:《林纾的翻译》,《林纾的翻译》,商务印书馆 1981 年版,第 18—59 页。
④ "魔幻现实主义作家之于莫言的影响,其实是为他打开自我世界提供了契机。""故乡记忆的激活,不仅是复现故乡的历史事实,更能打开曾经的情绪、体验及心理世界。"参见赵普光:《通人传统之于中国当代文学的意义》,《文艺研究》2020 年第 8 期,第 81—91 页。

和批评家的作家会因此而出现。

毫无疑问,在现代经典作家中,普鲁斯特就是同样出色的理论家。叶兆言曾感慨普鲁斯特不仅是第一流的小说家,而且是第一流的理论家。① 更细致和准确地说,普鲁斯特的创作和理论著述是相互贯通的,且有着体系性的理论关怀。而将二者贯穿起来的基点,是普鲁斯特的"心理现实主义"②。对普鲁斯特关于巴尔扎克和批判现实主义的理解和着眼,熟悉一般所谓批判现实主义刻板理解的人们可能不免会感到意外。普鲁斯特的理解不同:"在巴尔扎克的'四联剧'第一部最后一幕,每一句话、每一个举动都包括有伏笔,有种种隐情在内,……这种伏笔写法引起一种十分独特的心理效应,一种难以言传的微妙的心理作用"③。同样反复强调真实性问题,普鲁斯特"所说的真实性看来主要侧重在主观或内在的真实;他说巴尔扎克小说中写的'戏剧表层情节下,都是由肉欲与情感的法则在运转'"④。而普鲁斯特在论述奈瓦尔时,更直接排斥客观和唯物,认为梦幻、记忆和意识的重要。这毫不奇怪,普鲁斯特在《驳圣伯夫》的序言中开篇就强调感觉、感性,他甚至断言:"对于智力,我越来越觉得没有什么值得重视的了。我认为作家只有摆脱智力,才能在我们获得种种印象中将事物真正抓住,也就是说,真正达到事物本身,取得艺术的唯一内容","对象是通过感觉和我

---

① 叶兆言:《枕边的书》,《站在金字塔尖上的人物》,人民文学出版社2017年版,第189页。
② 王道乾:《译者前言》,[法]马赛尔·普鲁斯特《驳圣伯夫》,王道乾译,百花洲文艺出版社1992年版,第7页。
③ [法]马赛尔·普鲁斯特:《圣伯夫与巴尔扎克》,《驳圣伯夫》,王道乾译,百花洲文艺出版社,1992年版,第146—147页。
④ 王道乾:《译者前言》,[法]马赛尔·普鲁斯特《驳圣伯夫》,王道乾译,百花洲文艺出版社1992年版,第7页。

们发生关系的,——我们很可能不再与之相遇"。① 有了如此系统观念的持守,普鲁斯特成为"一位成功地将现代小说引向诗化的境界的小说家"②,当然就毫不奇怪了。

就理论野心和自觉意识来说,在时下的中国作家中,阎连科与普鲁斯特差可比拟。当下很多中国作家并非没有理论兴趣或意识,但能体系性建构、能一贯地进行理论思考并将之渗于创作的,当推阎连科。然而由于某些原因,他在这方面的努力常为研究者有意无意忽略。不得不承认,有时候作家过于认真、较真并不是一件好事,他会让很多研究者望而却步。

阎连科对文学的现实主义理论问题有着集中而系统的研究。比如,阎连科将文学的现实主义分为四种(层):控构真实、世相真实、生命真实、灵魂真实。在他看来,处于世相真实的作品,有《飘》《月亮与六便士》等。巴尔扎克的创作,亦属于世相真实类型。③ 称得上生命真实的,则是鲁迅和托尔斯泰:"在中国,可以加入这一行列的,大约只有鲁迅更为理直气壮而不需太多的羞涩和含蓄","托尔斯泰对生命真实之逼近和从容的展示,似乎比别的现实主义大家更让人敬崇和仰慕"。④ 依据他的理论,阎连科还特别分析了托尔斯泰与屠格涅夫的不同:"前者在时代的故事上更为注重'人'和人的生命,后者则更为注重'社会'和人所处的时代的(阶级)辨

---

① [法]马赛尔·普鲁斯特:《序言》,《驳圣伯夫》,王道乾译,百花洲文艺出版社1992年版,第1页。
② 王道乾:《译者前言》,[法]马赛尔·普鲁斯特《驳圣伯夫》,王道乾译,百花洲文艺出版社1992年版,第6页。
③ 阎连科:《发现小说》,印刻文学生活杂志出版公司2011年版,第23页。
④ 阎连科:《发现小说》,印刻文学生活杂志出版公司2011年版,第30—31页。

析"①,托尔斯泰和屠格涅夫在一百多年后的亮度之所以不同,盖缘于此。在阎连科的体系中,最高层次是"灵魂真实",能够掘进到这个层次的是陀思妥耶夫斯基②。

阎连科试图建构一个对现实主义问题有所推进的创作理论,即"神实主义"。神实主义的提出和建构,是阎连科在对从世相真实到生命真实再到灵魂真实的作品系统阅读中,在卡夫卡的荒诞真实、陀思妥耶夫斯基的灵魂真实、马尔克斯的魔幻等的基础上的一种提炼和本土化锻造。这不能不让人想起罗杰·加洛蒂的《论无边的现实主义》。不同之处在于,罗杰·加洛蒂是理论家的建构,而阎连科是作为"读家"的作家的阅读体察、生命顿悟和写作实践。而阎连科的神实主义与普鲁斯特的心理现实主义也不无相通。当然,与普鲁斯特不同的是,阎连科更强调灵魂的灼烧。

四、"读家"与作家的通约

如前所述,不管是阎连科的"神实主义",还是普鲁斯特的"心理现实主义",抑或是加洛蒂的"无边的现实主义",都离不开他们阅读杰作时特殊的敏感和把握。这些看似不同的命名和表述,也都存在着一定的通约。这种通约处,即作为"读家"的作家们之间的相通,亦即作为读者的作家与他们所读杰作之间的相契和共振。

---

① 阎连科:《发现小说》,印刻文学生活杂志出版公司2011年版,第35页。
② 陀思妥耶夫斯基"会从故事的第一页开始,直到最后一页结束,都是对人的灵魂深度的展示和描绘,会让人物的灵魂在无限丰富的颤抖中发出真实刺眼的光芒"。参见阎连科:《发现小说》,印刻文学生活杂志出版公司2011年版,第43页。

我们知道,早年的阅读尤其有偶然性。因偶然机缘而得到的一本书,可能一下子就点亮了自己原本的晦暗。但是,这偶遇的萤火之光必须被看见,读者必须被光击中,而之所以能够被看见、被击中,在于这光与"读家"之间有着莫名的契合。这可以从很多作家的读书经历中得到验证。

比如,苏童在读《白鲸》时尽管"不敢否认《白鲸》和麦尔维尔的伟大价值",但还是"终因其枯燥乏味,而半途而废"①。可是,当《麦田里的守望者》偶然地出现在面前,苏童"只花了一天工夫就把书看完了","记得看完最后一页的时候教室里已经空空荡荡,校工在走廊里经过,把灯一盏盏地拉灭。我走出教室,内心也是一片忧伤的黑暗"。② 也就是说,他被这"光"击中、点燃了。后来已经是作家的他,在回顾时多了理性的剖析:"《守望者》作为一种文学精品的模式,这种模式有悖于学院式的模式类型,它对我的影响也区别于我当时阅读的《静静的顿河》,它直接渗入我的心灵和精神。"③这里苏童说明了文学阅读接受方式的差异:对《静静的顿河》的态度与他阅读《白鲸》相似,是一种理性的、有意的选择。但是《麦田里的守望者》不同,这是另外一种阅读,无意间的机缘巧合却一见钟情,直击心灵和精神。这是缘分,而背后则是读者和作品之间在性情、气质等方面的内在契合,亦即偶然中的必然。这种影响和契合,如盐溶于水似的弥散于创作:"直到现在我还无法完全摆脱塞林格的阴影,我的一些短篇小说中可以看见这种柔弱得像水一

---

① 苏童:《我的读书生涯》,《小说是灵魂的逆光》,人民文学出版社2017年版,第1页。
② 苏童:《我的读书生涯》,《小说是灵魂的逆光》,人民文学出版社2017年版,第1—2页。
③ 苏童:《我的读书生涯》,《小说是灵魂的逆光》,人民文学出版社2017年版,第2页。

样的风格和语言。"①纳博科夫也有过类似的经历。在剑桥上大学期间,一个同学"彼·姆猛地冲进我的房间,带来一本刚刚从巴黎走私来的《尤利西斯》",作为读者的青年纳博科夫从此与作家乔伊斯结缘。②

作为读者的作家们在欣赏和感受经典时的感知方式存在着有趣的相通之处。纳博科夫曾经多次别出心裁地提出要用"脊背读书",脊背成了他敏感的接收器:"我们只要浑身放松,让脊梁骨来指挥。虽然读书时用的是头脑,可真正领略艺术带来的欣悦的部位却在两块肩胛骨之间。可以相当肯定地说,那背脊的微微震颤是人类发展纯艺术、纯科学的过程中所达到的最高的情感宣泄形式。让我们崇拜自己的脊椎和脊椎的兴奋吧。"③他甚至批评一些人"对货真价实的文学之美麻木不仁,感受不到任何震动,从未尝到过肩胛骨之间宣泄心曲的酥麻滋味"。④ 巧合的是,阎连科谈到读托尔斯泰时,感觉到"这实在让安娜的真实也达到了令读者毛骨悚然的地步"。⑤ 毛骨悚然,这似乎也是与"脊背"等部位密切相关的一种身体反应。

除了"脊背",嗅觉也发挥着独特作用。还以纳博科夫为例,他在谈到斯蒂文森的《化身博士》时说"这本书具有一种令人愉快的

---

① 苏童:《我的读书生涯》,《小说是灵魂的逆光》,人民文学出版社 2017 年版,第 2 页。
② [美]约翰·厄普代克:《前言》,[美]弗拉基米尔·纳博科夫《文学讲稿》,申慧辉等译,上海三联书店 2005 年版,第 18 页。
③ [美]弗拉基米尔·纳博科夫:《查尔斯·狄更斯》,《文学讲稿》,申慧辉等译,上海三联书店 2005 年版,第 53 页。
④ [美]弗拉基米尔·纳博科夫:《查尔斯·狄更斯》,《文学讲稿》,申慧辉等译,上海三联书店 2005 年版,第 54 页。
⑤ 阎连科:《发现小说》,印刻文学生活杂志出版公司 2011 年版,第 35 页。

葡萄酒的味道"①。这种修辞，乍看不可捉摸、不知所云，却又如此形象和准确地传达出了作品的美妙处。纳博科夫还强调感觉、记忆等的重要性，在解读普鲁斯特时，纳博科夫说："当一连串的现实感觉加上关于过去某事或某个感觉的意象时，感觉与记忆就结合到了一起，逝水流年就被再次找回。"②

纳博科夫在感受文学作品的妙处时提及到过很多感官，却唯独没有提到大脑——这个充满理性的、最重要最复杂的器官。对纳博科夫的特殊癖好，普鲁斯特如果看到，想必会会心一笑。因为普鲁斯特也不认为精明智巧对理解文学有多重要。他曾说："就像天主教神学所说上天由多重天界构成，我们人也由我们的肉体加上我们的头颅提供给它一个外形，我们的头颅把我们的思想勾划成一个小圆球，我们作为人在精神上也是由多重层次迭加在一起的人组合而成的。这一点对于诗人来说，也许更为明显，因为诗人多有一重天，在他们天才这一重天，与他们的才智、善良、日常生活中的精明智巧这两重天之间，还有一重天，这就是他们的散文。缪塞写过《故事》，有时不知为什么人们仍然可以从中感受到那种细微的震颤，那就像准备振翅高飞的双翼，而羽翼又沉沉难举。还是诗上说得好：飞鸟在地上行走也让人感到有翅翼在身。"③

看来确实如此，作家是比较特殊的一类，他们的敏感度往往超

---

① [美]弗拉基米尔·纳博科夫：《罗伯特·路易斯·斯蒂文森》，《文学讲稿》，申慧辉等译，上海三联书店2005年版，第156页。
② [美]弗拉基米尔·纳博科夫：《马塞尔·普鲁斯特》，《文学讲稿》，申慧辉等译，上海三联书店2005年版，第216页。
③ [法]马赛尔·普鲁斯特：《圣伯夫与波德莱尔》，《驳圣伯夫》，王道乾译，百花洲文艺出版社1992年版，第103页。按：胪，原译文如此。

乎寻常。苏童在看《了不起的盖茨比》时就对主人公出场的姗姗来迟相当担忧:"对写作与阅读都敏感的读者会意识到,作家咬了自己的钩,从此以后,他必须在剩下的篇幅中彻底满足读者对这个主人公的期望了。"①技巧之外,对于前辈杰作的写作态度,有着充分写作经验的作家更容易体察,比如阎连科说:"十九世纪,巴尔扎克和雨果的分野,不仅在于两者小说中的写实与浪漫,还在于他们面对社会与人物的不同态度上。巴尔扎克写的是人与社会的混沌性,不可分割性;雨果写的是人与社会的剥离性,不可调和性。"②这种对比相当精彩。

除了前面所谈,作家在阅读中最敏感的还有语言。马原曾经焦虑于阅读小说译本遭遇的语言困境:"我要读外国小说只能读译文……不同语种的语言方式和汉语肯定都有所差别,而我能读到的都只是通过汉语语言方式转换过来的小说译文。同时,翻译小说和严格意义上的汉语小说固有的语言方式也有差别。所以我说我自己的阅读经验事实上是一锅夹生饭。假如掌握一种甚至几种外语,我直接阅读外国小说原著,可能与我今天的语言方式就会很不一样。"③马原无疑是坦率的,诚实的。这种自省和反思,从另一个角度也说明,在阅读前人作品时,作为读者的作家对语言的敏感和自觉意识,会比一般读者要强烈得多。无怪乎毕飞宇说:"只有文学的语言才能带来文学的小说","没有语言上的修养、训练和天分,哪怕你把'纯文学作家'这五个字刻在你的脑门上,那也是白

---

① 苏童:《盖茨比有什么了不起》,《小说是灵魂的逆光》,人民文学出版社2017年版,第10页。
② 阎连科:《发现小说》,印刻文学生活杂志出版公司2011年版,第26页。
③ 马原:《经验》,《模仿上帝的小说家》,人民文学出版社2017年版,第14—15页。

搭"。① 这是作家的经验之谈。

仅就语言学习而言,马原他们这一代中国作家算不得幸运。与马原们相比,纳博科夫就不一样了。前文谈到过,纳博科夫虽然很晚才开始英文写作,但他的英文启蒙甚至比母语俄文还早,所以他的英文写作出手即成。而且,英语、俄语、法语等不同语言的启蒙阅读、对比、互彰,使他对等异质语种的各自特点都增强了敏感度,体会也更深。这样看来,他的《文学讲稿》之所以精彩,并不仅仅是拜当时方兴未艾的新批评所赐。在他的文学创作中,这种语言的训练、积累和敏感,也不可能不起到重要作用。这当然会让人想到他在《洛丽塔》中对语言现象的绝妙借用:"洛丽塔,我生命之光,我欲念之光。我的罪恶,我的灵魂。洛—丽—塔:舌尖向上,分三步,从上颚往下轻轻落在牙齿上。洛。丽。塔。"借"洛丽塔"发音写出新颖而又充满靡丽、诱惑之感,不能不令人叹服。苏童就赞叹:这头几句话"就让我着迷。我喜欢这种漂亮而简洁的语言"②。发出类似惊叹的读者,肯定不止苏童一位。但是,人们大多只注意到了纳博科夫的神来之笔,而笔者在此想说的是:这样的句子,出自一个中年的语言学男教师之手,并不令人奇怪。甚至说"洛丽塔"这个名字可能就不是随便起的,或许这暗含着作者某种小小的"阴谋",笔者这样的猜想也并非毫无根据。事实上,纳博科夫不仅儿时即在英语、俄语、法语等不同语言文学环境中成长,移居美国后相当长的时间里他还在教授语言学课程。这是多么强大而持久的语言熏染和训练。在此意义上,这样的妙手偶得,与长期积累有关。

---

① 毕飞宇:《"走"与"走"》,《小说课》,人民文学出版社2017年版,第33页。
② 苏童:《读纳博科夫》,《小说是灵魂的逆光》,人民文学出版社2017年版,第16页。

五、余　论

笔者将阅读史与文学史关系这一宏大笼统的命题具体化为——作为读者的作家和作为作家的读者——从身份角度来看待问题，以期在两个身份的互换、互动、互渗的纠缠中重审阅读与文学写作的隐秘关联。换言之，笔者围绕和解答的还是这样的发问：阅读者何以保留成为写作者的可能？写作者为什么必须是个阅读者？卡尔维诺早就说过的话，似乎可视为一种回答："我们，我们每一个人，如果不是各种经验、信息、我们读过的书所想象过的事物等等的复合体，又是什么呢？每个人的生活都是一部百科全书、一个图书馆、一份器物清单、一系列的风格；一切都可以不断地混合起来，并且以一切可能的方式记录下来。"[①]虽然卡尔维诺所说的这种"实质"状态只是他眼里的事实，并不是他所希望的理想。

阅读者、写作者这两个身份的纠缠、游移，形成持续的变奏，这让笔者在写作过程也难免面临质询：笔者自己是阅读者还是写作者？实际上作为作者的我在写这篇文章时，我又是读者，我正读着关于这个追问的不同思考和答案（比如卡尔维诺的话），而它们正来自于前人的杰作。所以，读者与作者的身份游移不定，引向着"我们是谁？"的惶惑和不确信。更深思考的"洞窟"正由此打开和延伸。在这个"洞窟"中，既是书写者又是阅读者的唐诺的话响起："书写有时会让人变得自大唯我，惟阅读永远让你谦卑，不是克己

[①]　[意]卡尔维诺：《未来千年文学备忘录》，杨德友译，辽宁教育出版社1997年版，第87页。

复礼的道德性谦卑,而是你看见沧海之阔天地之奇油然而生的谦卑,不得不谦卑。也因此,阅读和书写的最终关系是,一个阅读者不见得需要书写,他大可读得更快乐更自由,但一个书写者却不能不阅读,这才救得了他。"① 于是,一个结论基本可以得出:作家是谁? 一切作家是"读家",最终靠"读家"。

---

① 唐诺:《阅读的故事》,印刻文学生活杂志出版有限公司 2005 年版,第 334 页。

汲古求新与文化转型

第二讲

"五四"新文学变革的两种文化模式

小引

文学的变革,不是"断裂",而是对此前传统文学的再阐释。这种再阐释即对原文化形态的策略性误读。为了变革当前的文学,而从传统中寻找符合需要的资源,对其进行"再阐释"的现象,这里称之为"汲古求新"的文学变革模式。这种模式常表现为两种方式:一是"隔代遗传",即越过离当前变革最近的一段历史,上溯到更早的历史传统中的资源和根据,以反抗和否定当前要变革的现实;一是"同情弱者",即寻求传统中处于弱势和边缘地位的资源,以抗拒和否定当前正统的文学势力。"五四"新文学的变革往往遵循着这样的模式。"汲古求新"的变革模式隐含着面对中西文化传统时"五四"新文学家们显在姿态与潜在心态的歧异与对冲、矛盾与统一、相反与相成的复杂情况。具有普遍性的这种文化模式,也表明任何革命都不是彻底的断裂,而是永远处在"藕断丝连"的过程之中。

一、事实与描述

文学的变革，从来都是在对此前传统文学再阐释的基础上开始的。此再阐释包括对本土传统文化的继承和与外来文化的对话交流两个方面。而这种继承与对话，决非原文化形态的"复制"，而是对原文化形态的重新解读，解读后的文化已经并非原文化形态的"事实"，而是原文化的一种"描述"。从事实到描述之间，存在着巨大的信息的丢失与错位，从而造成了误读。而这种误读，在很大程度上，往往是变革者的策略性选择，是为了当下文化的建设、变革的需要，而对原文化形态进行"描述"。

所谓历史，兼具客观与主观的层面，既包含事实的本身，也包含对事实的描述，而我们面对的历史往往都是"事实的描述"而已。相似地，"历史"中的"文化"在横向波及影响和纵向流动的时候，也只是波及和流动着"描述的文化"，如严绍璗所说："一切所谓的'文化的对话'，都是在'描述的文化'的层面上进行的。"[1]因此，我们"建立在不正确的理解的基础上"的"文化阐释"，才能真正发生，也才能产生绩效。面对原来的文化，文学变革往往在两种基础上实现，一种是对传统文学文化典籍的重读，一种是对域外文学文化典籍的引介。无论是对传统重读，还是对西方的引介，都是一种"文化阐释"，那么这种文化阐释毫无疑问地也是停留在"描述的文化"层面，所以这种阐释是建立在"不正确理解的基础上"，从而产生了

---

[1] 严绍璗：《文化的阐释与不正确理解的形态——18世纪中国儒学与欧亚文化关系的解析》，孙康宜、孟华主编《比较视野中的传统与现代》，北京大学出版社2007年版，第211页。

"误读"。在这里，重读传统与介绍域外的活动就扮演了"文化继承"和"文化对话"过程中的"媒体"作用，发挥"中间桥梁"的功能。而这一"媒体"的作用在于，经过建立在"不正确理解的基础上"的"文化阐释"之后，传统文化与西方文化仅仅作为一种想象性的符号，在中国文化中发生符合新文学家、思想家所需要的"化合"，从而变异成为服务于当下文学、文化乃至社会变革的思想资源。一个典型的例子是，文艺复兴之后的西方文学文化，经过"文化阐释"后，其在中国的时空中可以赋予其任何的意义，而与其西方文化本体的事实价值没有必然关系。这中间的变化，就如同严绍璗在他的文章中所举出的两个完全相反的例子一样，中国的儒学可以在欧洲发挥批判封建的理性作用，在日本也可以表现其维护封建的思想力量，中国儒学在"同一个历史时代里产生完全相反的精神作用"，并不取决于儒学本体的价值，而取决于欧洲思想家和日本德川思想家的不同的"文化阐释"。事实上，"五四"新文学在初生时期，对原文化的阐释，也正发挥着这样的"中间桥梁"，也就是"媒体"的作用，从而使得西方文化成为符合新文学建设和新文化运动的理论资源。

由此可见，这种严重错位与误读是任何两种文化之间进行"对话"时都难以避免的现象。因为任何的"文化的交流"都是一种文化"再阐释"，西方文化经过新文学家的"阐释"，作为一种"描述的文化"被赋予新文学家变革现实、抵抗传统所需要的文化和社会功能，这才是最重要的。比如说，当时的胡适等把欧洲文艺复兴肇始和成功归因于语言文字的变革①,其实就暗含着将变革语言文字作为"五四"文学革命的突破口,为提倡白话文而反对文言文寻找合法性依据的深意在。

文化交流中的"再阐释"模式,不仅适用于跨越空间的"文化对话",而且也同样适用于超越时间的历史的"文化传递"。我们可以考察,在这个继承的过程中,策略性误读、阐释、"描述",与"原文化形态的事实"之间到底发生了怎样的变化、偏移、甚至扭曲。比如"四大奇书"在现代作家和明代文人那里有着截然不同的看法。"明代文人从不把'四大奇书'与当时民间的通俗文学如弹词、平话等量齐观,而把它们看成符合自己爱好和趣味的文学。"②比如蒋大器《三国志通俗演义序》:

> 前代尝以野史作为平话,令瞽者演说,其间言辞鄙谬,又失之于野,士君子多厌之。若东原罗贯中,以平阳陈寿《传》考诸国史,自汉灵帝中平元年,终于晋太康元年之事,留心损益,目之曰《三国志通俗演义》。③

---

① 胡适在《文学改良刍议》中明确断言:"欧洲中古时,各国皆有俚语,而以拉丁文为文言,凡著作书籍皆用之,如吾国之以文言著书也。其后意大利有但丁(Dante)诸文豪,始以其国俚语著作。诸国踵兴,国语亦代起。路得(Luther)创新教始以德文译《旧约》《新约》,遂开德文学之先。英法诸国亦复如此。今世通用之英文《新旧约》乃一六一一年译本,距今才三百年耳。故今日欧洲诸国之文学,在当时皆为俚语。"(胡适:《文学改良刍议》,《胡适文集》第 3 卷,人民文学出版社 1998 年版,第 27 页。)
② 林岗:《明清之际小说评点学之研究》,北京大学出版社 1999 年版,第 35 页。
③ 蒋大器:《三国志通俗演义序》,黄霖、韩同文选注《中国历代小说论著选》,江西人民出版社 1982 年版,第 104 页。

《三国志通俗演义》二十四卷二百四十则,嘉靖元年刻本,卷首为蒋大器序

绿天馆主人(冯梦龙)《古今小说序》:

> 然如《玩江楼》《双鱼坠记》等类,又皆鄙俚浅薄,齿牙弗馨焉。暨施、罗两公,鼓吹元胡,而《三国志》《水浒》《平妖》诸传,遂成巨观。①

从时人的议论来看,在当时明人对经过了施、罗等人编著的"四大奇书"与弹词、平话等,并不一样看待,分明有着雅俗之别。他们认

---

① 绿天馆主人:《古今小说序》,黄霖、韩同文选注《中国历代小说论著选》,江西人民出版社1982年版,第217页。

为前者是雅的,而后者民间的流传,仍是上不了台面的"不文"的鄙俚野史。

但是在"五四"时期的新文学家(如郑振铎、阿英)那里,则将二者完全混同起来,认为《三国》《水浒》等章回小说,与平话弹词俚曲等一样都是民间的俗文学,将章回小说与平话俚曲等量齐观。之所以会出现这样的观念的认识的不同,是因为新文学家急于从历史中寻找到符合自己变革需要的资源,从而发生了这种对古代雅俗之别的观念的遮蔽与误读,且这种误读往往是有意为之的。

二、汲古与求新

对于同一种文化在历史流动中的"继承",也往往会存在着后代人对前代文化的"再阐释",而这种"文化阐释"其实就是阐释者为了当前的文化变革而对以往的文化进行自觉的"阐释"与误读,而得以"延续"的文化也在很大程度上失却了原有的面目与价值,成为一种"描述的文化"而与"事实的文化"无关了。如知堂一再推崇李贽,认为李贽"疾虚妄"的精神十分可贵,然而,周氏书话中的"李贽"其实也与历史中本来面目的"李贽"并不一样了。当然,在周氏这里,是否符合历史原样的李贽并不重要,重要的是通过这种"榜样"的树立与推崇,进而能表达宣扬自己所主张的理念。

由于晚清以来中国政治、经济的危机导致了人们对中国文化的认同危机,尤其是从"五四"开始,大批的先觉者欲引西方文化来重建新的文明。这一努力一直贯穿着整个20世纪,至今远未结束。然而往往容易被漠视的是,在这一西化的大潮下,一直存在着一批人正试图通过凭借传统的资源变革现实,以建立新的文化传统的努力,构成了一条现代文学文化建构中的独特的价值取向。这一"汲古求新"的文学变革策略,在"五四"文学革命中发挥得淋漓尽致。从晚清始到民初,贯穿"五四"时期,直至三十年代,都有一股思潮以传统反传统进而重塑传统的努力。这里的以传统来反传统,即通过找寻汲取传统中的边缘的具有生命力的因素来变革现时的文学文化现状,以达到新变的目的。

笔者把这种为了变革当前的文学,而从传统中寻找符合需要的资源,对其进行策略性"再阐释",以促动、推进新文学发展的过程,称为"汲古求新"的文学变革模式。在文学发展的历史上,溯求往古及援求传统中非主流因素以实现反抗乃至变革现时的文学,这一文学现象十分常见。中国文学史上的唐代以韩柳为代表的"古文运动"即是汲取传统以变革现实[①],明朝前后七子的复古运动亦属此类[②]。这在世界文学史上也不鲜见。14世纪欧洲文艺复兴运动的兴起也是以"恢复古代传统"为口号和旗帜,来寻找古代传统中的活力因素,最终为了获得文艺的乃至精神的再生。根据法

[①] 其实钱谦益早就在评论明代前七子的文学复古主张的时候指出:"弘、正之间,有李献吉者,倡为汉文杜诗,以叫号于世,举世皆靡然而从之矣。然其所谓汉文者,献吉之所谓汉,而非迁、固之汉也;其所谓杜诗者,献吉之所谓杜,而非少陵之杜也。彼不知夫汉有所以为汉,唐有所以为唐,而规模焉就汉唐而求之,以为迁、固、少陵尽在于是,虽欲不与之背驰,岂可得哉!"(钱谦益:《答唐训导汝谔论文书》,《牧斋初学集》卷七十九,上海古籍出版社1985年版。)另参袁行霈、罗宗强主编:《中国文学史》第二卷,高等教育出版社1999年版。是书第367页中有云:"倡导复古而能变古,反对因袭而志在创新,乃是韩愈古文理论超越前人的一大关键。"

[②] 参黄霖等主编:《中国文学史》第四卷,高等教育出版社1999年版,第79—83页。其中第80页云:"李梦阳等……以复古自命,在某种意义上具有重寻文学出路的意味,借助复古手段而欲达到变革的目的,这是前七子文学复古的实质所在。"

国保罗·富尔(Paul Faure)的考察:"文艺复兴"(Renaissance)一词就其本义而言,指死去的上帝再生。它照搬了希腊神学中的"再生"这个词。此词是指在新的基础上重新开始,从16世纪开始"文艺复兴"渐渐被视为恢复传统,以致后来人们甚至"宁愿将文艺复兴约简为对古代的崇拜"①。所以有学者就说:"若从纯粹学术的角度来看,文艺复兴也是采取文化复古主义的口号。"②

汲古求新的文学变革模式,最典型的方式是,越过离当前变革最近的一段历史,上溯到更早的那段传统,寻找其中的资源和根据,以反抗和否定当前要变革的现实,这一方式可形象地称为"隔代遗传"。比如"五四"文学革命中,为了否定颠覆清代以来的文学传统,新文学家就将目光投向了清代以前的更早的文学历史。

"五四"风潮过去不久,文学界兴起了对晚明文学、小品极度推崇的热潮。很多新文学家都是以晚明乃至更早的作品作家为谈论和挖掘的内容。这种策略和方式,即所谓的"隔代亲"。打个最通俗的比方,如果儿子要反抗老子,那最好的最有效的办法就是诉诸老子的老子即祖父,用祖父的规则,打着祖父的旗号去否定父亲,于是儿子的合法性就能更好地确立。明末的文学运动"和民国以来的这次文学革命运动,很有些相像的地方。两次的主张和趋势,几乎都很相同。更奇怪的是,有许多作品也都很相似。"③于是,一个中国文学发展的模型被勾勒出来,中国长期的文学史内部矛盾

---

① [法]保罗·富尔:《文艺复兴》,冯棠译,商务印书馆1995年版,第5页。
② 陈来:《90年代步履维艰的"国学"研究——"国学热"与传统文化研究的问题》,《传统与现代:人文主义视界》,北京大学出版社2006年版,第271页。
③ 周作人:《中国新文学的源流》,河北教育出版社2002年版,第27页。

运动中,"是像一道弯曲的河流,从甲处流到乙处,又从乙处流到甲处。遇到一次抵抗,其方向即起一次转变"。而矛盾的双方即是"诗言志——言志派"与"文以载道——载道派",双方的此消彼长,共同促成了这个周期性发展的曲线。我们看周氏的推论,其理论的指向就更加清晰了:

晚明的文学运动 ——言志派——表现个人情感的—— 文学的
↓ ↓
清代八股文、桐城派——载道派——表现社会目的的——非文学的
↓ ↓
"五四"新文学运动 ——言志派——表现个人情感的—— 文学的

自此,"汲古求新"的全部目的已经显示得十分清楚了,"汲"晚明之"古"引为同道,与其将清代桐城派定为"靶子"的思路是一致的。只有将晚明的文学视为言志,将其纳入到自己的论述理论框架中,作为"描述的历史"的晚明文学自然成了"五四"新文学的有力资源。所以,汲晚明之古,实在是为了立当下新文学运动变革之"新"的合法性。正如止庵所言:"如此议论,其立场仍在文学革命运动一方面,与其说是赋予公安派以新的特别的价值,不如说更是揭示文学革命运动兴起并非出乎偶然。"[①]

这种"隔代遗传"现象的汲古求新模式具有普遍性。如研究西方现代哲学的胡适,在阐释人的主体性价值观时,几乎很少提及西

[①] 止庵:《关于〈中国新文学的源流〉》,《中国新文学的源流》,河北教育出版社2002年版,第3页。

方主体论哲学大师黑格尔等人的思想观点,相反却从传统的孔子儒家学说寻找其历史根源,进而认定:个性本位的主体性思辨哲学,中国早在两千多年前就已然存在,只是我们不肖的后人没去加以理解和继承而已。[①] 从这个角度去理解,我们就会对中国人的思维模式有新的认识了。众所周知,近代以来我们常常批评中国人的"尚古"倾向。其实用"汲古求新"模式,特别是"隔代亲"策略来看,这也正是中国人聪明之处,他们并非不喜欢新,并非不求新求变,而是总是习惯于借古人古代的名号去行自己的变革之实。他们深谙"名不正则言不顺,言不顺则事不成"的道理,所以正是为了求"名正言顺",然后顺理成章地取得"事成"。明七子认为唐以后的文章就衰落了,要恢复到唐前的气象,然而事实上,是不可能,而且唐之前的文章也是复杂多样的,绝非铁板一块统一无二的,但是在他们,已经把唐前的文章简化为一个符号,演变成"描述的历史",而非"事实的历史",在这个符号的保护下,行当下变革之实。这些方法,在"五四"新文学运动中又一次为新文学家们所采用。

尽管胡、周二人在文学史观上颇有分歧,但二人的文学史研究为其时的新文学变革与发展寻找出路、依据和动力的目标上并无二致。胡、周二氏都是将文学发展作为"描述的历史",而非"事实的历史"看待,途径有异,而目的则一。如同胡对自己所书写的文学史的真实性的怀疑,周其实对自己所谓的新文学运动的"来源"只是作为"描述的历史",也有着清醒的意识,所以他在谈到废

[①] 胡适:《中国古代政治思想史的一个看法》,欧阳哲生编《胡适文集》第12卷,北京大学出版社1998年版。

名、俞平伯等人与竟陵派的相似处的时候说:"然而更奇怪的是俞平伯和废名并不读竟陵派的书籍,他们的相似完全是无意中的巧合。"①也在这个意义上讲,周氏的文学史描述并不比胡适的更接近文学历史发展的真实性。二人所区别可能更在于对自己理论阐释的态度,胡显得似乎更为决断、无可置疑,周似乎稍显冷静和通脱。

以阿英为例,他也特别留意于宋明两代的文人文化文学。如《读〈狂言〉》中对袁中郎的议论,颇有新见;《屠赤水的小品文》明显着眼于为当时的小品文的理论建设寻找资源;《旧书新话》第一则,抄录了宋袁褒《枫窗小牍》中的一段,并加以议论,在趣味幽默之余,更有寓意,含沙射影地讽刺人性中的易于失衡的隐秘心理。"明人笔记小话"组文十篇,分别谈论十部明代笔记类著述,这些书话之所以选择宋明两代的笔记小品,尤其是明代为多,不能不说阿英是为了当时的散文的改革与新变寻找渊源。

三、边缘与中心

汲古以求新变的文学变革,还有种常出现的方式,即为了变革现实,寻求传统中处于主流之外的弱势和边缘地位的资源,以抗拒和否定当前占主流和正统的文学势力,笔者称之为"同情弱者"策略。这种策略,在"五四"新文学运动中体现得更为明确。如鲁迅钩沉研究古小说、关注稗官野史时留下的思想性批评文字,郑振铎在搜集研究宋元以来的戏曲、评弹话本而写作的书话,阿英谈论晚

---

① 周作人:《中国新文学的源流》,河北教育出版社2002年版,第27页。

清小说、清儒笔记的小品。我们看到,这些新文学家们所关注的,大都是中国传统中的非主流的文学部分,他们所关注的是在古代从来就不进入"文学之大雅之堂"的东西。正如有学者指出的:"古典文学历来有雅俗之分,晚清时期新因素的出现,主要是在俗的一边,如小说戏曲……'五四'前二三十年中国的雅俗文学都在发生变化,比较显著的,或者说直接影响了新世纪文学走向的是俗文学发挥了前所未有的作用。"[1]

原本边缘的文学,却被重新定位和推崇,为什么如此?这些"俗文学",在传统中国是边缘的地位,处处受到压抑,从来不被重视,无法进入到文学场域中,更遑论占据话语正统地位。那么传统中的非主流、边缘文学地位恰恰就与当前呼吁变革者的处境具有相似的地方,自然后者会对前者产生天然的亲近感与认同感。那么将同情与肯定投给历史中的"弱者",为历史传统中受压抑的边缘成分争地位,其实也正是为当前的变革者争话语权,争夺进入文学场域的入场券,进而掌握话语权力做准备。这种思维方式,是变革者自然的需要。也正是胡适们带着反对文言文、提倡白话文的明确的目的,他们才如此描述中国的文学史发展的过程,正是依靠发掘过去文学历史中处在"潜流"与边缘状态的白话文学,来为当前的语言革命提供历史支持,为当下的变革寻找合法性。对于激进的"五四"新文学家们,其描述的文学史是否符合历史的本来面貌,他们是顾不上考虑的。因为在胡适的《白话文学史》中文学的历史是为当前变革服务的"描述的历史",而非"事实的历史"。应

---

[1] 陈思和:《试论五四新文学运动的先锋性》,孙康宜、孟华主编《比较视野中的传统与现代》,北京大学出版社2007年版,第239页。

该说胡适对此是有清醒认识的,他对自己所描述的文学史的真实性,其实并不自信,否则他也就不会断言:"历史是任人打扮的小姑娘"了。

  基于此,明清的野史笔记一度成为新文学家关注的热点。无论是鲁迅还是阿英,明清野史笔记是他们涉及的最重要的内容之一。就连多谈域外文学的叶灵凤也曾明确表示对笔记的喜爱与关注。鲁迅对古代的笔记杂述等关注很多,研究亦深,借古讽今、以古鉴今是他的出发点。深谙传统笔记杂述的黄裳就曾说:野史笔记等"曾给先生(指鲁迅——笔者注)以不小的影响,正是鲁迅思想形成的重要来源之一"①。以《书苑折枝》三组文章为例,鲁迅就选择了宋代张耒《明道杂志》、宋代周密《癸辛杂识》、宋代唐庚《文录》、元代《东南纪闻》、明代陆容《菽园杂记》、清代褚人获《坚瓠九集》、清代严元照《蕙櫋杂记》、清代陈祖范《掌录》等中的"意有所会""录其尚能省记者"数则,并加上案语,加以评点与阐发。如在摘录宋代唐庚《文录》时鲁迅对《南征赋》的评论:"《南征赋》,'时廓舒而浩荡,复收敛而凄凉',词虽不工,自谓曲尽南迁时情状也。"后加上案语说:"今日用之《民气赋》或《群众运动赋》,亦自曲尽情状。"②鲁迅时刻以关注现实变革的眼睛去透射历史上的笔记杂述文献。另如《书苑折枝(三)》引述明陆容《菽园杂记》四"僧慧暕涉猎儒书而有戒行,永乐中尝预修《大典》,归老太仓兴福寺……尝语坐客云:'此等秀才,皆是讨债者。'客问其故,曰:'洪武间秀才做官,吃多少辛苦,受多少惊怕,与朝廷出多少心力,到头来小有过

---

① 黄裳:《谈"掌故"》,《珠还记幸》,生活·读书·新知三联书店2006年版,第31页。
② 鲁迅:《书苑折枝(二)》,《鲁迅全集》第8卷,人民文学出版社1981年版,第182—183页。

犯,轻则充军,重则刑戮,善终者十二三耳。其时士大夫无负国家,国家负士大夫多矣。这便是还债的。近来圣恩宽大,法网疏阔,秀才做官,饮食衣服舆马宫室子女妻妾,多少好受用,干得几许好事来?到头全无一些罪过。今日国家无负士大夫,天下士大夫负国家多矣。这便是讨债者。'"对此鲁迅感慨道:"无论什么局面,当开创之际,必靠许多'还债的';创业既定,即发生许多'讨债者'。此'讨债者'发生迟,局面好;发生早局面糟;与'还债的'同时发生,局面完。呜呼'还债的'也!"①鲁迅的议论发挥,可谓深刻尖锐。过去的历史,较之今日,又何尝没有如是之慨叹。正如鲁迅曾在《忽然想到(四)》中所指出的:"至于唐、宋、明的杂史之类,则现在多有。试将记五代、南宋、明末的事情的,和现今的状况一比较,就当惊心动魄于何其相似之甚,仿佛时间的流驶,独与我们中国无关。现在的中华民国也还是五代,是宋末,是明季。"②

这表明鲁迅等新文学家之读古书,是时刻着眼于质疑、批判的角度。正是带着对正统传统文化典籍的深刻怀疑,鲁迅自然关注到了正统之外,处于边缘的野史杂记及其他资源。翻看鲁迅的购书日记等可以明显感觉到他读书的"别出手眼",正是与知堂一致的"别择"读书法。知堂曾自述阅读的经验道:"教我懂得文言并略知文言的趣味者,实在是这聊斋,并非什么经书或古文读本。《聊斋志异》之后,自然是那些《夜谭随录》《淞隐漫录》等假聊斋;一变而转入《阅微草堂笔记》……"③尽管这里所言都是文言小说,但在

---

① 鲁迅:《书苑折枝(三)》,《鲁迅全集》第8卷,人民文学出版社1981年版,第185页。
② 鲁迅:《忽然想到(四)》,《鲁迅全集》第3卷,人民文学出版社1981年版,第17页。
③ 周作人:《周作人回忆录》,湖南人民出版社1982年版,第622页。

第二讲 "五四"新文学变革的两种文化模式

传统的分类法中仍是子部杂家,本也是属于野史笔记的[1],在传统观念中是处于边缘的地位的杂述。这些边缘著述与经书、古文读本的地位是不可同日而语的。他这一阅读趣味的形成与鲁迅的影响关系甚大[2]。

周氏兄弟的"别择"读书法,本身就暗含着选择寻求非正统、非主流的文学、思想资源的努力。尤其是对中国古代典籍的阅读选择都集中在笔记、小说、乡邦文献等非正统的杂述,这些书籍按照传统的分类归于子部杂家,而非正统的经书典籍。知堂在自述读小说经验时说:"我的经验大概可以这样总结的说,由《镜花缘》《儒林外史》《西游记》《水浒》等渐至《三国演义》,转到《聊斋》,这是从

---

[1] 刘叶秋的《历代笔记概述》把笔记分为三大类:"第一是小说故事类的笔记。始魏晋迄明清的志怪、轶事小说,从晋干宝的《搜神记》、南朝宋刘义庆的《世说新语》到清纪昀的《阅微草堂笔记》、王晫的《今世说》等,都属于这一类。第二是历史琐闻类的笔记。始魏晋迄明清的记野史、谈掌故、辑文献的杂录丛谈,从晋人伪托汉刘歆的《西京杂记》、唐刘𬺈的《隋唐嘉话》、李绰的《尚书故实》到清王士禛的《池北偶谈》、褚人获的《坚瓠集》等,都属于这一类。第三是考据、辨证类的笔记。始魏晋迄明清的读书随笔、札记,从晋崔豹的《古今注》、唐封演的《封氏闻见记》、宋沈括的《梦溪笔谈》、戴埴的《鼠璞》等到清钱大昕的《十驾斋养新录》、孙诒让的《札迻》等,都属于这一类。"(参见刘叶秋:《历代笔记概述》,北京出版社2003年版,第4页。)由此,可见刘叶秋所言的笔记范围,也是周作人所说的笔记。这都属于周氏博览的对象。

[2] 对其弟所谈到的笔记小说、野史杂记,鲁迅大多曾专门论及。如《夜谭随录》,鲁迅谓其"记朔方景物及市井情形者特可观。"(鲁迅:《中国小说史略》,《鲁迅全集》第9卷,人民文学出版社1981年版,第211页。)关于《淞隐漫录》等鲁迅认为:"其笔致又纯为《聊斋》者流,一时传布颇广远,然所记载,则已狐鬼渐稀,而烟花粉黛之事盛矣。"(鲁迅:《中国小说史略》,《鲁迅全集》第9卷,人民文学出版社1981年版,第216页。)对《阅微草堂笔记》鲁迅的评价似乎更高:"惟纪昀本长文笔,多见秘书,又襟怀夷旷,故凡测鬼神之情状,发人间之幽微,托狐鬼以抒己见者,隽思妙语,时足解颐;间杂考辨,亦有灼见。叙述复雍容淡雅,天趣盎然,故后来无人能夺其席,固非仅借位高望重以传者矣。"(鲁迅:《中国小说史略》,《鲁迅全集》第9卷,人民文学出版社1981年版,第213页。)

白话转入文言的径路,教我懂得文言并略知文言的趣味者,实在是聊斋,并非什么经书或古文读本。"这里必须要强调,这些古代小说,在今天看来自然是非常熟知了,在所有正统的文学史讲述中都要作为重点去谈的,但是在那个年代,这些书籍依然是排斥于正统之外的不入流的东西,更遑论在诗文为正宗、小说为小道的古代了。

阅读的"非正统的别择",带来了思想的独异与批判。"至于思想方面,我所受的影响又是别有来源的",在儒家的"仁"与"中庸"之外,更看重"智"和"勇"。而具有"智""勇"者在中国尤显可贵,因为"这一种人在中国却是不易找到,因为这与君师的正统思想不合,立于很不利的地位,虽然对于国家与民族的前途有极大的关系与价值。上下古今自汉至于清代,我们找到了三个人,这便是王充、李贽、俞正燮,是也"。"我想中国人的思想是重在适当的做人,在儒家讲仁与中庸,正与之相同,用这名称似没有什么不合;其实正因为孔子是中国人,所以如此,并不是孔子说教传道,中国人乃始变为儒教徒也。"此处,之所以周氏指出中国文化是产生孔子的土壤,换句话说,儒教的"仁与中庸"的思想,或"适当的做人"的思想正是中国文化的产物,孔子是中国文化的产儿,实际上是在强调中国文化的巨大同化和侵蚀作用,在这种文化中,人人都很难摆脱它的改造与影响,更进一层,这是在暗示他所找到的符合他的标准的王充、李贽、俞正燮的思想的可贵与特异。

周氏兄弟、阿英等人无一例外都把视线投向边缘的稗官野史,尤其是明代以后的笔记杂述,于正统之外为新文化变革寻得思想资源恐怕是最主要的原因。我们知道,古代官修的正史都是正统思想倾向非常的明显,集中记载典章制度、帝王将相,为占据社会主流与话语权力的人和阶层歌功颂德,而对当时社会的下层情况、文人寒士的活动、朝野轶闻等涉及极少。尤其是"宋代以后的史书,只成其官样文章,动涉忌讳,或避而不谈"。清修《明史》把清兵在江南的残酷血腥镇压,人民群众的抗清事迹等等都删削殆尽,《清史稿》中对"清嘉庆年间川、陕、楚三省的白莲教起义及太平天国的建立,记载不详,甚至加以诬蔑……已失去修史的真相"。"明、清时代的官修'正史'不但农民起义的事迹难以窥见全貌,就是一个时代的政治、经济状况,于'正史'记载中也看不清楚。"①历史上的"正史"既然如此不可信,尤其是明清的"正史"更是失去应有的真实,后世的新文学家们自然要从历史上处于边缘地位的野史笔记中去披沙拣金了。所以鲁迅不无偏激地断言:"历史上都写着中国的灵魂,指示着将来的命运,只因为涂饰太厚,废话太多,所以很不容易察出底细来。正如通过密叶投射在莓苔上面的月光,只看见点点的碎影。但如看野史和杂记,可更容易了然了,因为他们究竟不必太摆史官的架子。"②"那么,倒不如去读史,尤其是宋朝、明朝史,而且尤须是野史;或者看杂说。"③

但是必须指出,新文学家关注明清野史笔记,并不仅仅是因为"正史"真的全部都是谎言,我们必须充分地重视新文学家之前的那个清朝的上层正统观念对于明代野史的看法,必须充分注意到在有清以来笔记杂述的地位的边缘与低下。其实在我国肇始于秦

---

① 谢国桢:《明清野史笔记概述》,《明末清初的学风》,上海书店出版社 2006 年版,第 86—87 页。
② 鲁迅:《忽然想到(四)》,《鲁迅全集》第 3 卷,人民文学出版社 1981 年版,第 17 页。
③ 鲁迅:《这个与那个》,《鲁迅文集Ⅳ》,甘肃文化出版社 2018 年版,第 108 页。

汉，盛行于唐代，尤其是在宋朝得到更大发展的野史笔记①，在唐宋的时代里，一般学人并不真的如后来的清朝人那样鄙视野史逸闻，"到了宋朝几乎是每一个作家都写一本笔记"。唐、宋、明的正统史学家都会自觉采用一些野史笔记的说法以扩充历史②。然而到了清代，正统官方的意见对于明代的笔记野史贬抑否定甚烈。如官修《四库全书总目提要》中说"明人恣纵之习，多涉疏舛""焦竑亦喜考证，而习与李贽游，动辄牵佛书，伤于芜杂"等。由此可见，新文学家之前的清代，对于明代的文人、文风尤其是野史笔记是否定的和不屑的。笔记的写作来源是街谈巷语，内容博杂，而且不本经典，这就决定了笔记的边缘、自由的地位。按照刘叶秋的说法，古代"小说"和笔记其实是混淆在一起的，从来没有明确的划分的，他说："前人并不注意区分什么叫小说，何者为笔记"。而汉班固以来把"街谈巷语，道听途说者之所造"的作品归入小说，把这些不本经典的论述，比于小道，叫作小说，把琐闻、杂志、考证、辨订等无类可归的记录，也一律称为小说。既然将二者混为一起，自然所受待遇相似了，可见在正统观念里对于笔记历来也是轻视的，视为小道的。③如此处于压抑边缘的野史杂记，却往往有深刻的思想、批判的锋芒，近于放诞不羁的叙述，往往更能以偏激的姿态接近历史的

---

① 唐宋的笔记，在后世影响比较大的如唐王定保《摭言》、李肇《国史补》、五代王仁裕《开元天宝遗事》，宋孟元老《东京梦华录》、周密《武林旧事》、沈括《梦溪笔谈》、方勺《泊宅编》，这些即使在当时亦为正统史学家都认为具有重要的史学意义和文学价值。
② 如宋代正统的史学家司马光著《资治通鉴》仍采信南唐尉迟偓《中朝故事》、刘崇远《金华子》等。元代修《金史》根据金刘祁《归潜志》为蓝本，宋濂修《元史》则博采朝野遗闻取材于笔记杂史的甚多。（参见谢国桢：《明清野史笔记概述》，《明末清初的学风》，上海书店出版社2006年版，第88页。）
③ 参刘叶秋：《历代笔记概述》，北京出版社2003年版，第2—3页。

本相。如李卓吾、何心隐等的菲薄儒教的言论、逸事,非笔记杂述中不能见。这些边缘的东西就给新文学家们提供了难得的资源和启发。因为边缘的异端的,本身就具有颠覆正统的作用。

四、姿态与心态

在传统文化与当下文化的对话碰撞过程中,对传统文化的错位"描述"是时常发生的。对于同一个原文化形态事实,不仅在不同的人眼里有着不同的判断,而且同一个人在其不同的著述体例中也存在着相异甚或相反的"描述"。从这种歧异或对冲中,我们可以进一步了解客观上到底是哪种文化哪个传统对作家产生较大的影响及从哪些方面进行影响,可以探究作家在其潜意识层面到底更流连于哪种文化与传统,而不是仅仅简单的凭借作者主观上有意识的自述,这种有意识的自我表白往往可能是不可全信的,是作家的主观认为而已,而在文化潜意识中的依恋可能更能说明问题。

如鲁迅在《青年必读书》中宣称"要少——或者竟不——看中国书,多看外国书"[1]。但是私下里给朋友的儿子开列书目却全是古书。如果我们去判断传统文化还是西方文化对鲁迅的影响的时候,恐怕就不能仅仅依靠他在报纸上有意识的宣言,就武断地判定西方文化对鲁迅思想创作的绝对影响。鲁迅发表《青年必读书》是在1925年,其并未像胡适等人那样给青年人开列什么书目。他在1927年的一次演讲中再次谈到了这次书目事:"先前也曾有几位先

---

[1] 鲁迅:《青年必读书——应〈京报副刊〉的征求》,《京报副刊》1925年2月21日。

生给青年开过一大篇书目。但从我看来,这是没有什么用处的,因为我觉得那都是开书目的先生自己想要看或者未必想要看的书目。"这句话无疑就为二年前未列具体书目事的原因提供了答案。但鲁迅在这次演讲中毕竟还是说了句:"我以为倘要弄旧的呢,倒不如姑且靠着张之洞的《书目答问》去摸门径去。"① 这句话无意间就告诉我们,其实旧学在鲁迅的思维与习惯中根深蒂固,也是他思考问题方式的基础。我们知道,《书目答问》一书与清代重视目录学的特殊实证学术语境有关。在某种意义上,它的存在表明了中国传统知识分子以传统经学为主体而建构的学术世界。张之洞的一番话很能说明问题:"泛滥无归,终身无得;得门而入,事半功倍。或经,或史,或辞章,或经济,或天算地舆,经治何经,史治何史,经济是何条,因类以求,各有专注。至于经注,孰为师授之古学,孰为无本之俗学。史传,孰为有法,孰为失礼,孰为详密,孰为疏舛。词章,孰为正宗,孰为旁门,尤宜决择分析,方不致误用聪明。此事宜有师

《京报副刊》1925年1月第26号刊登"青年必读书十部"的新年征求

---

① 鲁迅:《读书杂谈》,《鲁迅全集》第3卷,人民文学出版社1981年版,第441页。

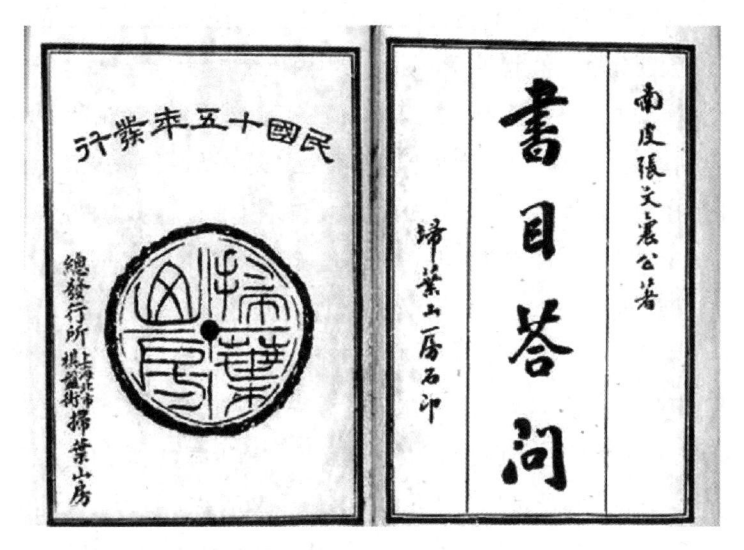

张之洞《书目答问》，扫叶山房 1936 年石印本

承，然师岂易得？书即师也。今为诸生指一良师，将《四库全书总目提要》读一过，即略知学问门径矣。析而言之，《四库提要》为读书之门径。"①这可见张氏对清代学术前辈的朴学成果的信任与尊重，他对清人运用目录学方法整理古籍的成就是十分熟悉并充分加以肯定的，他的《书目答问》是正统的儒家读书与治学之书。鲁迅仍然认为《书目答问》是弄旧学的一个必要门径，可见鲁迅潜意识中对传统典籍的真实态度了。

所以，尽管鲁迅曾宣称"不看中国书，多看外国书"，事实上，就鲁迅本人的学养看，他的提法与他自己的实际阅读修养和知识结构是有着极大的反差。如果我们系统地翻阅鲁迅留下来的书话文

---

① 张之洞：《輶轩语·语学·论读书宜有门径》，苑书义等编《张之洞全集》卷二百七十二，河北人民出版社 1998 年版，第 9790—9791 页。

字的话,就会发现,在鲁迅的阅读视野中,中国传统的典籍恰恰占了更大的分量。鲁迅书话中所谈的中国传统典籍占了绝大多数。无论是编辑古书的序跋,点校旧籍的校后记,还是如谈论读书的《忽然想到》《书苑折枝》组文、《随便翻翻》《读书杂谈》等等,信手拈来的还是中国古书上的典故知识,所发议论还是以传统为根据,得心应手。鲁迅给许寿裳的儿子许世瑛所开的书目,里面全部是中国典籍,包括《全上古三代秦汉六朝文》之类①。同一个鲁迅,却开出了截然对立的两个书目。这种矛盾,似乎不应简单地归因于鲁迅"好立异鸣高"②,如果简单地这样看待,就过于皮相了。在笔者看来,既非真的是为了鸣高,也不仅仅是一种策略,更多的是爱之深责之切的激愤之辞罢了。我们都甚熟悉鲁迅关于魏晋文人反礼教的评价:"表面上毁坏礼教者,实则倒是承认礼教,太相信礼教。……不平之极,无计可施,激而变成了不谈礼教,不信礼教,甚至于反对礼教。"而当鲁迅说出"不读中国书"时候的心理,大概与魏晋文人的心理相似:"其实不过是态度,至于他们的本心,恐怕倒是相信礼教,当作宝贝,比曹操司马懿们要迂执得多。"③

对于同一个文化形态事实,鲁迅在杂文与学术论著中也有截然相反的"描述"和态度。鲁迅战斗性的杂文写作,高扬着他激烈反传统的大旗,同样对于传统,与杂文中对传统文化的强烈的反抗

---

① 鲁迅:《开给许世瑛的书单》,《鲁迅全集》第8卷,人民文学出版社1981年版,第441页。
② 对于鲁迅所列的《青年必读书》,周作人有自己的看法的。他1966年2月29日(原文如此,日期疑误)在给鲍耀明的信中说:"'必读书'的鲁迅答案,实乃他的'高调'——不必读书之一,说得不好听一点,他好立异鸣高,故意的与别人拗一调。他另外有给朋友的儿子开的书目,却是十分简要的。"见黄开发编:《知堂书信》,华夏出版社1994年版,第413页。
③ 鲁迅:《魏晋风度及文章与药及酒之关系》,《鲁迅全集》第3卷,人民文学出版社1981年版,第513页。

和诅咒不同的是,鲁迅的学术著述(包括《中国小说史略》、辑古录,以及题跋引言等形式的古籍书话)却显示出了鲁迅对传统的"复归"及其"温情""冷静理性"的另一面:醉心于"钞旧书",自立为"毛边党"。对于鲁迅的杂文"反传统"与学术"复古"的矛盾姿态,陈平原有自己的看法,他说:"将醉心于'钞旧书'的鲁迅和主张不读或少读中国书的鲁迅放在一起,无论如何有点不大协调。除了前后期思想变迁外,更因不同著述形式需要不同思路来应付不同的语境。鲁迅并非一般意义上的'国学大师',对传统文化有过迄今为止最为尖刻的批评;可鲁迅对中国古代文化的眷恋又是如此深沉,单是翻阅其每年的书账便能明白这一点。就像鲁迅所说的,'菲薄古书的,惟读过古书者最力';可赞赏古书的,不也是'惟读过古书者最有力'吗?因'洞知弊病'而菲薄之,与为'留其精粹'而赞赏之,二者之间并非完全势不两立。相对而言,在注重社会批评的杂文中,鲁迅更多地菲薄古人古书;而在发掘文化遗产的学术著作中,鲁迅则倾向于理解与赞赏古人古书。"[①]

从鲁迅所论之书,我们可以判断,在鲁迅的知识结构与阅读兴趣中,中国传统的典籍占了绝对多的分量,而所谓西方影响的世界性因素,可能只是表层的显现和鲁迅着意的努力,而在深层次上对其创作起决定性影响的还是传统知识与传统文人气质。其实在中国传统的文人性格气质中,除了中庸礼让的一脉传统外,历来存在着固有的狂狷反叛的性格传统链,这一传统链与鲁迅的个人性格气质、思维方式的关系甚深,可以说鲁迅是这一流脉中的一个高

[①] 陈平原:《作为文学史家的鲁迅》,《文学史的形成与构建》,广西教育出版社1999年版,第17—18页。

峰。鲁迅面对同一个原文化形态事实,在其不同的著述体例中存在着相异甚或相反的"描述"。对此,笔者曾指出,研究者通过作家书籍阅读和知识构成这一中介和途径,"可以看到二十世纪中国文学在'汲古求新'的文学变革模式中的变化过程及其产生的'新'与保留的'旧'的交杂与斑驳"[①]。而从这种歧异或对冲中,可以窥见作家文化潜意识中的依恋。

综之,文学的变革,不是"断裂",而是对此前传统文学再阐释。这种再阐释即对原文化形态的策略性误读。"五四"新文学的发生遵循着"汲古求新"的文学变革模式:即为了变革当前的文学,而从传统中寻找符合需要的资源,对其进行"再阐释"的现象。"汲古求新",不仅是文学变革的范型,而且也是文化变革的模式,这其中还表征着面对中西文化传统时"五四"新文学家们显在姿态与潜在心态的歧异与对冲、矛盾与统一、相反与相成的复杂文化理路。同时,这种具有普遍性的"汲古求新"的变革模式,说明任何革命都不是彻底的断裂,而是永远处在"藕断丝连"的过程之中。

[①] 赵普光:《对象、方法与视角:书话与现代中国文学研究》,《江苏社会科学》2013年第3期。

第三讲

精神生成的文化根须:鲁迅书话及其意义

> **小引**
>
> 鲁迅的一生都与书密切相连。他在读书、搜书、写书、编书、校书等过程中,与书结缘。检视鲁迅留下的数量非常庞大的书话,不难发现,鲁迅以其远见与风姿,卓然立于现代文坛书林。他的书话属于别样的世界。鲁迅书话的体例、格调既熔铸古今,又自成体系。更为重要的是,鲁迅书话体现出其独特的阅读趣味、思想取径及文化取向。书话是观照作家精神生成的文化根须的重要通道,在此意义上,以书话为镜,可以窥见鲁迅如何成为鲁迅的某些密码。

大凡作家，首先是读书人。读书是他们的生活方式，书是他们写作的摆渡。换言之，有书就会有读书人，有读书人就会有书话。只要书籍不消失，书话就不会消失；只要读书人还在，书话就会存在。既然书是人类文化最主要的载体，书话自然就与人类文化、思想相始终。读书人、爱书人读有所思、读有所得，形成文字，这种浩瀚无垠的写作就构成了文学生成、滋长的土壤①。而书话则是文学伸入文化土壤中的根须。所以，作家们留下的或多或少的书话，自然是观察其人、其学、其文的极重要的路径，是探寻作家作品生成的精神根脉、文化谱系的重要依凭。

鲁迅的一生都与书密切相连，"书生活"几乎是他最重要的生活侧面。他在读书、搜书、写书、编书、校书等过程中，与书结缘。纵观鲁迅所有创作，即使不包括那些与书有着或多或少关联的小说，仅谈书论艺的文字数量就已经非常可观了。在以往研究界，一般所谓的现代书话家群体多以周作人、郑振铎、阿英、唐弢等一脉为主，较少有人把鲁迅视作书话家。然而，事实上鲁迅的书话属于别样的世界。如果我们检视鲁迅的创作，不难发现，鲁迅的书话以其远见与风姿，卓然立于现代文坛书林，成为百年中国书话史上独异的存在。鲁迅书话的体例、格调既熔铸古今，又自成体系。不仅如此，鲁迅书话背后还体现出其独特的阅读趣味、思想取径及文化取向。既然书话是观照作家作品精神生成的文化根须的重要路径，那么在此意义上，以书话为镜，我们可以窥见鲁迅如何成为鲁迅的某些密码。

---

① 《全面开展书话文献整理汇编和系统研究——访南京师范大学文学院教授赵普光》，参见中国社会科学网 2019 年 8 月 7 日采访报道。

第三讲　精神生成的文化根须：鲁迅书话及其意义

"鲁迅书话"一词最早出现是在1937年。在鲁迅逝世一周年的时候，阿英发表了《鲁迅书话》组文。时至1948年，唐弢先后发表《鲁迅书话拾零》《鲁迅书话六章》等。需要指出，这个时候所谓的"鲁迅书话"是书话鲁迅之意，即用书话的形式漫谈鲁迅及其作品。1976年，张能耿、黄中海著有一书《鲁迅书话》，此书为《杭州文艺通讯》内部印刷。此书仍取书话鲁迅的意思。直到20世纪80年代中期，书话整理出版的热潮渐起，因钟叔河编《知堂书话》而兴起了整理现代作家书话的潮流。于是，此后孙郁选编《鲁迅书话》（北京出版社1996年版）、朱正编《鲁迅书话》（海南出版社1998年版）、林贤治编注《鲁迅：刀边书话》（花城出版社2007年版），以及朱正编《鲁迅书话》（湖南教育出版社2007年版）等，相继问世。这几部所谓的"鲁迅书话"，已经和阿英1937年的组文取义完全不同了，即指对鲁迅所留下来的书话文字的整理汇聚。而本文所说的"鲁迅书话"，即是此意。以鲁迅书话为主要考察对象，书话给我们的不仅仅是研究对象，更是一个研究思路、观察角度。是故，以书话为方法重新进入鲁迅研究，或可走近鲁迅。

一、鲁迅书话的体例

鲁迅书话的体例颇富古风，但绝无陈腐之气，而是深蕴着现代的尖锐与先锋。大致看来，鲁迅书话从体例上讲主要包括如下几种形式。

1. 序（题）跋式

鲁迅的序（题）跋式书话涵盖内容非常广泛，从中国古书到外国书籍、从翻译外籍到辑校古本、从介绍同人作品到品评自己所著等,都有涉及。关于西书译书类的,如《〈月界旅行〉辩言》《〈域外小说集〉序言》等;关于同时代人的,如《萧红作〈生死场〉序》《白莽作〈孩儿塔〉序》《〈呐喊〉自序》等。单就辑校古本的书话,如《〈志林〉序》《〈广林〉序》《〈大云寺弥勒重阁碑〉校记》《〈云谷杂记〉跋》《〈嵇康集〉跋》等,内容就包括所题跋对象的版本、内容简介、校勘情况、版本流变,以及刊刻时代的某些特点,等等。鲁迅在《题〈淞隐续录〉残本》中介绍版本时说:"自序云十二卷,然四卷以后即不著卷数,盖终亦未全也。"在介绍版本流变与比较时说:"光绪癸巳排印本《淞滨琐话》亦十二卷,亦丁亥中元后三日序,与此序数语不同,内容大致如一;惟十七则为此本所无,实一书尔。"①《〈鲍明远集〉校记》《虞预〈晋书〉序》等也同样涉及版本介绍以及版本流变等问题。鲁迅还会谈及刊刻时代的某些特点,如《题〈风筝误〉》说,"画人金桂,字蟾香,与吴友如同时,画法亦相类,当时石印绣像或全图小说甚多,其作风大率如此"②;又如《〈北平笺谱〉序》:"宋人刻本,则由今所见医书佛典,时有图形;或以辨物,或以起信,图史之体具矣。"③由此类书话可见,鲁迅对传统题跋形式之娴熟,体认如此自然而贴切。要言不烦的评点介绍,足见鲁迅对传统旧学的敏锐。

2. 目录式

目录式书话大体上可分为两种。一种是对作家(包括鲁迅本人)作品的简介和概述,如《〈且介亭杂文〉附记》《"连环图画"辩护》等。《〈现代日本小说集〉附录关于作者的说明》则概括了夏目漱

---

① 孙郁选编:《鲁迅书话》,北京出版社 1996 年版,第 293 页。
② 孙郁选编:《鲁迅书话》,北京出版社 1996 年版,第 295 页。
③ 孙郁选编:《鲁迅书话》,北京出版社 1996 年版,第 291 页。

石、芥川龙之介等六位日本作家的基本情况和作品特点,如称"夏目的著作以想象丰富,文词精美见称",而菊池宽的作品"是竭力的要掘出人间性的真实来"等。《〈凯绥·珂勒惠支版画选集〉序目》则介绍版画家凯绥·珂勒惠支并对该选集所选取的二十一幅版画作品逐一进行评介。第二种是中国古书目录的抄录,比较典型的是《关于小说目录两件》。该文抄有"内阁文库图书第二部汉书目录"以及"也是园书目"两种。大致说来,鲁迅作目录式书话的目的有三:一是为某些如"连环图画""版画"之类的艺术形式正名;二是普及或纪念某些外国作家作品;三是保留古本、珍本书目以保存史料[①]。

3. 按语式

此类书话的数量相对少一些,却最能见出鲁迅的尖锐度。最典型的是《书苑折枝(一)》《书苑折枝(二)》《书苑折枝(三)》等组文。在《书苑折枝》系列中,鲁迅选择了唐代欧阳询《艺文类聚》、宋代张耒《明道杂志》、周密《癸辛杂识》、唐庚《文录》、明代陆容《菽园杂记》、清代褚人获《坚瓠九集》、严元照《蕙榜杂记》、清代陈祖范《掌录》等,"意有所会",并"录其尚能省记者,略加案语",间或鲁迅的评点或引申。《书苑折枝(一)》言明,此则书话为自己"卧阅杂书"所成,是"长夏索居,欲得消遣"的副产品。这些书话虽然是鲁迅休闲看书时的所感所得,但是他所加案语内容却并无休闲之意,嬉笑怒骂中更多的是对历史与现实的观照。如《书苑折枝(一)》引张耒《明道杂志》中一则笑话,鲁迅于其中发现关于三国故事的考

[①] "则此虽止简目,当亦为留心小说史者所乐闻也。"见孙郁选编:《鲁迅书话》,北京出版社1996年版,第274页。

据资料。《书苑折枝（二）》引周密《癸辛杂识》一段文字，鲁迅却由此谈及当时社会上对白话文的菲薄。鲁迅在书话中时刻关切着国民社会，如《书苑折枝（三）》引陆容《菽园杂记》中一则故事，鲁迅由此生发出"无论什么局面，当开创之际，必靠许多'还债的'；创业既定，即发生许多'讨债者'。此'讨债者'发生迟，局面好；发生早，局面糟；与'还债的'同时发生，局面完"①的感慨。

4. 文抄体

在鲁迅的创作中也存在着体例上与其弟之"文抄体"非常相似的书话。② 如《病后杂谈》《病后杂谈之余》③《"题未定"草（一至三）》《"题未定"草（六至九）》等即抄录了颇多的旧籍段落。鲁迅所摘录内容都与文章密切相关，且丝毫没有掉书袋之弊。文段嵌入其中，做到了如盐溶于水，与整篇文章化为一体。周氏兄弟都是此间圣手，当然，与其弟迂回、隐晦和缠绕的文风不同，鲁迅每摘古人文字后都有态度鲜明的评论、生发，这与鲁迅的文风有关，这也更反映了鲁迅阅读旧籍的审慎选择及其对传统的透彻独到的眼光。

同样是对清代俞正燮（1775—1840）的关注，鲁迅更留心俞氏具体历史判断的立意与悖谬，其观史之更尖锐、更深刻，由此可见一斑。例如在《病后杂谈之余》一文中，鲁迅摘录了俞正燮《癸巳类稿》改定本中的《除乐户丐户籍及女乐考附古事》的结语："自三代至明，惟宇文周武帝，唐高祖，后晋高祖，金，元，及明景帝，于法宽假之，而尚存其旧。余皆视为固然。本朝尽去其籍，而天地为之廓

---

① 孙郁选编：《鲁迅书话》，北京出版社1996年版，第27页。
② 赵普光：《书话与现代中国文学》，人民出版社2014年版，第38页。
③ 见《文学月刊》第4卷第3号（1935年3月），时题为《病后余谈》。

清矣。汉儒歌颂朝廷功德,自云'舒愤懑',除乐户之事,诚可云舒愤懑者:故列古语琐事之实,有关因革者如此。"录此结语之后,鲁迅紧接着就敏锐地意识到此中的问题,并作了引申和发挥:

> 这一段结语,有两件事使我吃惊。第一事,是宽假奴隶的皇帝中,汉人居很少数。但我疑心俞正燮还是考之未详,例如金元,是并非厚待奴隶的,只因为那时连中国的蓄奴的主人也成了奴隶,从征服者看来,并无高下,即所谓"一视同仁",于是就好像对于先前的奴隶加以宽假了。第二事,就是这自有历史以来的虐政,竟必待满洲的清才来廓清,使考史的儒生,为之拍案称快,自比于汉儒的"舒愤懑"——就是明末清初的才子们之所谓"不亦快哉!"然而解放乐户却是真的,但又并未"廓清",例如绍兴的惰民,直到民国革命之初,他们还是不与良民通婚,去给大户服役,不过已有报酬,这一点,恐怕是和解放之前大不相同的了。革命之后,我久不回到绍兴去了,不知道他们怎样,推想起来,大约和三十年前是不会有什么两样的。①

从他犀利的笔锋中,我们可以感觉到鲁迅对传统文献的清醒判断,对俞正燮入金朝于仁君之列存疑,而且这种选择又是明确地指向现实变革的,从而以现实激活历史,以历史照见现实。

---

① 鲁迅:《病后余谈》,《文学月刊》第 4 卷第 3 号(1935 年 3 月)。又见孙郁选编:《鲁迅书话》,北京出版社 1996 年版,第 86—87 页。

5. 杂文式

就内容而言，书话本就十分宽泛自由，话书、论事、谈人等，几乎无所不可，无所不包。而杂文式书话，在内容和形式上就更为不羁了，这种体例也给作者鲁迅提供了更加广阔的发挥空间。这些书话，形式不拘一格，气质任性自然。鲁迅书话中杂文式书话居多，几乎可以说是鲁迅所独有的和最与鲁迅气质相契合的体例了。

宽泛言之，书话，即话书，"书"在其中扮演重要的串联和枢纽角色。[①]《买〈小学大全〉记》以叙述买书故实为引入，借《小学大全》来写清朝文字狱的残酷。而《选本》则探讨了选集流行的原因和其给读者带来的影响。《读书杂谈》劝诫青年读书以及如何读书。《书籍和财色》则揭露和讽刺书籍销售陷入的怪圈。翻译问题是鲁迅谈论的比较多的一个话题，如《随便翻翻》《忽然想到》等都对中文译本随意删节持否定态度，《风马牛》则给予赵景深"顺而不信"译法毫不留情的批评和讽刺。

在这诸多杂文式书话中，《忽然想到》就是内容、体例都极为随性、自然之文，可视为此体例书话的典型作品。有趣的是，该文最初分四次发表于《京报副刊》，时间跨度一个月有余，且题目"忽然想到"似乎点明该文为一时的灵感和思考，内容颇杂。从小处入手，以辛辣或幽默的讽刺直逼当下现实，这是鲁迅杂文式书话惯用的手法。于此，鲁迅可以在书世界中恣意驰骋、左采右撷，杂而不乱。另外我们更可从中窥探到其欲兴新学、变革古中国的深意与苦心。

---

① 为了表述方便，这是最简略宽泛的说法，具体详细而严谨的学术定义，请参看赵普光：《书话与现代中国文学》，人民出版社2014年版，第23页。

6. 书信、日记以及广告式

日记、书信的私语性质，决定了这种文体的功能的独特，以及由此带来的属于自己的风格。由于受众的特殊性，书信、日记式书话更具生活气息。鲁迅的书信，有大量关于书的。鲁迅通过书信更多地与亲友交流读书感受、翻译问题、古籍版本或委托借书、买书等。如鲁迅曾致信许寿裳等，请他们帮忙买书；鲁迅与周作人讨论翻译问题；鲁迅与胡适、钱玄同探讨古籍版本，与陶元庆、李晓峰探讨绘画问题等。这些书信，大致都可以视为体例独特的书话。

鲁迅日记的重要性更不必言。而这些日记多与书相关，大致可以视为日记体的书话。日记体书话多记载其买书、看书之事。其中，所话买书之事，大致包括所买何书、价值几何、其书作者怎样，间或有版本评价，如"无佳本""楮墨较佳"等。所涉看书之事，则间杂看书感受，即兴点评，如评价《庚子日记》"文不雅驯，又多讹夺"、认为新印《十万卷楼丛书》"虽似秘异，而实不耐观"等，多属此类。另外，鲁迅还留下来一些广告式的书话。这些书话多涉及鲁迅对广告对象的评论，如自己译的《苦闷的象征》"无删节，也不至于很有误译"、《引玉集》"神采奕奕，殆可乱真"等都很真切客观。

虽然此类形式并非鲁迅书话的主要体例，而且其中涉及的鲁迅关于书籍之思之感也更趋零星，但是由于书信、日记的独特性，我们可以从中看到历史的更细节、更本真的面貌，如致许寿裳的信中"缘中国古书，叶叶害人，而出新出诸书亦多妄人多为，毫无是处"①，直接尖锐毫不容情的批判，透露出鲁迅对待"新学"最清醒的态度。

---

① 鲁迅：《致许寿裳（二）》，孙郁选编《鲁迅书话》，北京出版社 1996 年版，第 305 页。

二、鲁迅书话的格调

当一位作家同时兼具学者身份的时候,他的双重身份往往会融通、互渗,从而其创作著述也自然地体现出文、学互通的内在关联。当他在进行文学创作的时候,其学者身份往往会将其学术研究思想引入创作中;而当他进行学术研究时候,其作家身份也不能够全完抛却。笔者曾提出过类似的看法:"即使在现代学术和教育体制建立之初,通人传统依然赓续不绝。如近现代的王国维、梁启超、胡适、鲁迅、钱锺书以及金克木等,无不既在多个方面有精深研究,又绝不局限于某一学科,而是能够融会贯通,接近通人之境界。"[1]鲁迅既是作家,又是学者。鲁迅书话多属于学人之文和文人之学的统一体,呈现出"文"与"学"相融的格调。

1. 学人之文

拙著《书话与现代中国文学》曾将书话分为学术性书话和文学性书话两类[2],其着眼点之一也是风格、格调。学术性书话多将书话作为研究的体例,通过书话方式,针对某一问题进行探讨:考证书刊版本、品评作品、讨论学术等。具体到鲁迅书话,如《关于〈三藏取经记〉等》《关于〈唐三藏取经诗话〉的版本——寄开明书店中学生杂志社》,这两则书话都是对《中国小说史略》所引起的关于《三藏取经记》等版本问题争论的说明。关于书籍版本流变等相关问题,在鲁迅书信、日记类书话中也有涉及。鲁迅书话对同时期的

---

[1] 赵普光:《通人传统之于中国当代文学的意义》,《文艺研究》2020年第8期。
[2] 赵普光:《书话与现代中国文学》,人民出版社2014年版,第56—60页。

作家作品也有十分精到的论述和评价,这类书话大多是为作家作品所作之序,如《萧红作〈生死场〉序》说"这自然还不过是略图,叙事和写景,胜于人物的描写,然而北方人民的对于生的坚强,对于死的挣扎,却往往已经力透纸背"。《〈中国新文学大系〉小说二集序》评论废名"有意低徊,顾影自怜之态"。鲁迅以他对于文学的敏感对同时代作家的评论,几乎成为学界的不刊之论。《"题未定"草》《选本》《宋民间之所谓小说及其后来》《六朝小说和唐传奇文有怎样的区别》等都对某些具体专门问题提出了别样的观点,具有特殊的意义。

然而,这些书话虽然讨论或涉及的是学术性内容,但是在体式上却没有严格的学术形式,其中的史料提供或是学术见解却别具一格、颇有见地。学者吴中杰曾言,"一篇文章有无学术价值,并不在于它的表述方式是否符合学术规范,有无学术文章的形式,而要看它是否真有学术内容。……另一种文章,在形式上超越规范,看似任意而谈,却是有感而发,表面上看来,不像学术文章,其实却提出了重要见解,在理论上自有建树,对学术能起推动作用。鲁迅的许多杂文,就属于后一类"①。鲁迅的书话亦当作如是观。书话是学者鲁迅除学术著作之外的重要体现和证明。《中国小说史略》虽然谈及的也是书或与书有关,但一般不把它视为书话。"《汉文学史纲要》,虽说谈的都是书,但属于学术专著性质"②,也不做书话观。但鲁迅为这些学术著作所写的序言、题记等,则无疑是书话之作。这些序跋不具备严格的学术性质,但其中仍然会显示作者的

---

① 吴中杰:《鲁迅学术思想述评》,《大理师专学报》2001年第2期。
② 朱正:《编辑后记》,朱正编《鲁迅书话》,湖南教育出版社2007年版,第561页。

学术思想，从中我们大约可以窥探到相关的成书过程、历史，甚至是作者学术理路、思想的闪光。如《〈中国小说史略〉后记》记载了鲁迅相关知识的来源，"于朱彝尊《明诗综》卷八十知雁宕山樵陈忱字遐心，胡适为《后水浒传序》考得其事尤众"①等。某些书话能看到鲁迅对待自己学术著作中疏漏处的态度，如"惜得见在后，不及增修""仍录于此，以供读者之参考云"②。通过《〈中国小说史略〉日本译本序》可以了解当时学界某些新的学术发现或成就等。鲁迅的这类书话近似于知识性说明体类，但是又不完全是纯粹知识的介绍，篇幅也比较短，体现出短而杂、杂而精的特点。

《魏晋风度及文章与药及酒之关系》因其演讲稿的形式常被排斥在学术著作之外，但因其所谈与书相关，朱正将其收入《鲁迅书话》一书。如果从学术角度审视《魏晋风度及文章与药及酒之关系》等书话之作，我们会发现鲁迅不同流俗的判断见解。比如，阮籍、嵇康等人一向被视为封建礼教的破坏者，但是鲁迅有不同的话要说：

> 例如嵇阮的罪名，一向说他们毁坏礼教。但据我个人的意见，这判断是错的。魏晋时代，崇奉礼教的看来似乎很不错，而实在是毁坏礼教，不信礼教的。表面上毁坏礼教者，实则倒是承认礼教，太相信礼教。③

---

①② 鲁迅：《〈中国小说史略〉再版附识》，朱正编《鲁迅书话》，湖南教育出版社2007年版，第551—552页。
③ 鲁迅：《魏晋风度及文章与药及酒之关系》，朱正编《鲁迅书话》，湖南教育出版社2007年版，第51页。

鲁迅对嵇康、阮籍的判断与传统的看法很不一样,达到了反弹琵琶的效果。这种思路,源于矫枉过正式的策略表达,是鲁迅常用的方式。比如鲁迅应《京报副刊》征求为青年人开出的书单,他竟声称"从来没有留心过,所以现在说不出",接着直接在附注中言明"我以为要少——或者竟不——看中国书,多看外国书"。鲁迅此言一出,学界争议分歧很大。对此,其弟后来则认为,"他好立异鸣高,故意的与别人拗一调"。但是,当我们结合当时的社会语境,就会发现鲁迅的"好立异鸣高",正是立足于新文学革命的一种策略性考量。这种考量未必不与他对魏晋文人的理解相通:

> 因为魏晋时所谓崇奉礼教,是时用以自利,那崇奉不过也偶然崇奉,……于是老实人以为如此利用,亵渎了礼教,不平之极,无计可施,激而变成不谈礼教,不信礼教,甚至于反对礼教。——但其实不过是态度,至于他们的本心,恐怕倒是相信礼教,当作宝贝,比曹操司马懿们要迂执得多。①

"现在我们再看历史,在历史上的记载和论断有时也是极靠不住的,不能相信的地方很多",在这种观点的推动下,鲁迅在文中还原了一个复杂的也更接近真实的嵇康:不羁、狂放的嵇康在《家诫》中却教他儿子做人要小心,此外还列出许多为人处世的金

---

① 鲁迅:《魏晋风度及文章与药及酒之关系》,朱正编《鲁迅书话》,湖南教育出版社2007年版,第51页。

玉良言。类似地，对于陶渊明形象被片面化的现象，鲁迅在其书话中也有探讨。我们提到陶渊明，总会想到"采菊东篱下，悠然见南山"的隐士，其实这种简单化和标签化的形象与真正的陶渊明不见得相符。鲁迅将这种形象的窄化变形，归为"选本"的原因。鲁迅说，"除论客所佩服的'悠然见南山'之外，也还有'精卫衔微木，将以填沧海，刑天舞干戚，猛志固常在'之类的'金刚怒目'式，在证明着他并非整天整夜的飘飘然"①。鲁迅在书话中都别出手眼地予以了纠偏。

2. 文人之学

文学书话与古代诗话、词话、读书杂志（札记）、读书记以及书目提要、叙录（目录之学）等有深刻的渊源。再往上溯，则又与笔记小说、稗官杂述等一脉相承。② 这些古代著述形式与传统文人意趣相关。通过鲁迅的文学书话，我们可以发现其与传统有着"剪不断理还乱"的复杂的文化与心理关系。

文学书话少了些学术风格，更富于生活气息，是鲁迅"书生活"的点滴印痕。此类书话与作者日常所阅书籍相关，也更多地记录买书、借书、得书、散书或读书生活。鲁迅许多日记就常见借书、买书的记载。还有鲁迅与亲人好友借书、买书、议书的书信往来。如鲁迅与周作人通信（1919年4月19日）委托乃弟购买安特来夫《七死刑囚物语》日译本。日记书信式书话谈及借书、买书之事往往寥寥数语，这是其特殊的体裁形式决定的。而有关买书的事情，在杂

---

① 鲁迅：《"题未定"草（六至九）》，孙郁选编《鲁迅书话》，北京出版社1996年版，第112页。
② 笔者曾对此绘制书话文体渊源的示意图，见赵普光：《书话与现代中国文学》，人民出版社2014年版，第29页。

文式书话中记录的常常比较详细。如《病后杂谈》记述了鲁迅购买《安龙逸史》的一波三折：第一次因为账房先生不在而没有买成；第二次则是因为售罄而不得；于是鲁迅只能托朋友去辗转买来。鲁迅对书籍的痴迷执着，都得以呈现。

鲁迅喜欢"淘书"，经常流连于各种书摊、书店。厂甸、内山书店、富晋书店等地是鲁迅日记中经常提到的买书、看书之所，而且鲁迅所购买的书籍也多为旧书古籍、绘本拓片，如《庚子日记》《式训堂丛书》《宇文长碑》《龙藏寺碑》等。《读书杂谈》将读书分为两种，"一是职业的读书，一是嗜好的读书"："职业的读书"和"木匠的磨斧头，裁缝的理针线并没有分别"，"嗜好的读书，该如爱打牌的一样"。在鲁迅的世界里，无论是哪一种读书都是日常生活的一部分，为了职业也好，为了兴趣也好，都是很平常的事情，并不带一点高尚的影子。

鲁迅提倡读杂书，他曾建议青年"大可以看看本分以外的书，即课外的书，不要只将课内的书抱住……乃是说，应做的功课已完成而有余暇，大可以看看各样的书，即使和本业毫不相干的，也要泛览"①。当然，鲁迅自己首先就是"杂学"的践行者，不仅仅是鲁迅书话，在鲁迅其他的散文或者是杂文中，我们也可以常常看到一个对古今中外典籍信手拈来、举重若轻的鲁迅。作为文史学家，鲁迅的阅读范围显然非常广博，比如从医的经历，让鲁迅有了医学方面的关注，《忽然想到》即是由医学知识开篇。鲁迅对自然科学书籍、对域外书籍如佛经等的阅览量也非常可观，这在其书话中也有诸多反映。

---

① 鲁迅：《读书杂谈》，孙郁选编《鲁迅书话》，北京出版社1996年版，第17页。

除了读杂书,鲁迅也提倡读闲书。抱着"长夏索居,欲得消遣"的目的,鲁迅催生了《书苑折枝》系列书话。当然,"闲"不仅仅是文本内容,也指读书时没有负担的心理状态,如"余颇懒,常卧阅杂书",一个"卧"字很鲜明地显出鲁迅的阅读状态和心态。鲁迅对书及对读书的态度,如喜爱毛边书,自称"毛边党",对"满本是密密层层的黑字,加以油臭扑鼻"的排版很是厌恶等,这些很明显地具有趣味和迷恋的特点。

　　此外,鲁迅对金石之学、各种绘本的痴迷,对书籍装帧的极端敏感等,又不乏传统情调。鲁迅一生都非常喜欢绘画等艺术,他在《病后杂谈之余》一文中曾表示"我也爱看绘画"。鲁迅从小就对书画有着本能的喜爱,描摹绣像小说、影描各种画传、画谱等,"这些事情都很琐屑,可是影响却很不小,它就'奠定'了他半生学问事业的倾向,在趣味上直到晚年也还留下了好些明了的痕迹"①。鲁迅一生花费了大量时间搜集汉画石像、现代木刻、日本浮世绘等。鲁迅也曾和郑振铎合编《北平笺谱》。《〈北平笺谱〉序》详细记述了收集名笺相关的背景:"及近年,则印绘花纸,且并为西法与俗工所夺,老鼠嫁女与静女拈花之图,皆渺不复见;信笺亦渐失旧型,复无新意,惟日趋于鄙倍。"因感于各种花笺的零落,而恰好"北京……尚存名笺",于是鲁迅"搜索市廛,拔其尤异,各就原版,印造成书,名之曰《北平笺谱》"。② 相似地,《"连环图画"辩护》以及《论翻印木刻》等书话谈及连环图画以及木刻等形式的艺术性,并建议"看重并且努力于连环图画和书报的插图"③。除了对本国绘画、木刻的

---

① 周作人:《关于鲁迅》,《我的杂学》,北京出版社 2005 年版,第 123 页。
② 鲁迅:《〈北平笺谱〉序》,孙郁选编《鲁迅书话》,北京出版社 1996 年版,第 291 页。
③ 鲁迅:《"连环图画"辩护》,孙郁选编《鲁迅书话》,北京出版社 1996 年版,第 47 页。

抢救和整理之外，鲁迅也致力于外国相关艺术形式的介绍和传播，如《论翻印木刻》就是由麦绥莱勒连环图画的出版所引起的，鲁迅并借此文证明德国版画等艺术作品被中国大众接受的可能性。《〈凯绥·珂勒惠支版画选集〉序目》对该选集所选的21幅凯绥·珂勒惠支的版画作品逐一进行评介，颇具独见。《〈苏联版画集〉序》是应赵家璧先生之邀所作，向读者展现了独具魅力的苏联版画。

鲁迅对绘画不仅仅停留在喜欢的层面，他对这些艺术的品评和鉴赏完全达到了专业的水准。因为鲁迅的作家身份，其鉴赏角度往往又不同于专业画家，如孙郁所说：鲁迅读画"是哲人与诗人式的"。鲁迅最早"把美术作品引入书籍装帧领域，从而使书籍装帧进入了美术的领域"，这并非没有根据。一个例证就是，鲁迅对自己作品的封面非常讲究，他将自己的作品如《彷徨》《中国小说史略》，译著如《苦闷的象征》等的封面都交由陶元庆设计。陶元庆的设计稿一出，大众哗然，尤其对不圆的落日大加诟病，但是鲁迅却特别致信陶元庆，赞赏《彷徨》的书面实在非常有力，看了使人感动①，甚至特别强调"太阳画得极好"②。时间证明，《彷徨》等封面设计无疑是现代书封设计的经典作之一。这足以说明鲁迅艺术的敏感与超前。出于对木刻的喜爱，20世纪20年代末至30年代，鲁迅倡导左翼木刻，造成"新木刻运动"之风。在鲁迅的影响下，一大批优秀的木刻家以及大量优秀的木刻作品涌现。

鲁迅曾说过，"人的言行，在白天和在深夜，在日下和在灯前，

---

① 鲁迅：《致陶元庆（一）》，孙郁选编《鲁迅书话》，北京出版社1996年版，第323页。
② 鲁迅：《致陶元庆（二）》，孙郁选编《鲁迅书话》，北京出版社1996年版，第326页。

常常显得两样"①。在此,我们不妨说,鲁迅写杂文的目的在于"对于有害的事物,立刻给以方向或抗争",可属于"在白天""在日下"的文章,是基于现实斗争的需要。而书话则大致不同,可视为"在深夜""在灯前"的写作,相对内敛的书话更多的是个体兴趣使然:学术书话集中反映的是鲁迅对于学术的兴趣,文学书话更多体现的是其个人的意趣、志趣。书话,尤其是文学书话,更多地展现了个人趣味所在,显示出鲁迅对传统的复归以及温情、冷静的一面。简言之,鲁迅的双重身份使得其书话涵盖着思想与文学的交融,而此类书话多介于文、学之间,是文人之学与学人之文的融通与合一。这类文章,最能体现出鲁迅的学、才、识的化合。

三、鲁迅书话中的版本学贡献

作为学者的鲁迅,对古籍的辑校、对古籍版本的品评与校订都极有心得。鲁迅对书籍的版本也极为重视。在开给友人许寿裳之子许世瑛的书单中,鲁迅共列出12部(本)书,其中对7部(本)指明了版本。再如在《〈中国新文学大系〉小说二集序》中,鲁迅直接言明:"自编的集子里的有些文章,和先前在期刊上发表的,字句往往有些不同,这当然是作者自己添削的。但这里却有时采了初稿,因为我觉得加了修饰之后,也未必一定比质朴的初稿好。"②这显示出鲁迅对初版书的敏感和重视。他辑校的《嵇康集》《小说旧闻钞》《唐宋传奇集》等,我们在其辑校古籍所作之序中可以窥到,鲁迅为

---

① 鲁迅:《夜颂》,《鲁迅散文诗歌全集》,北京燕山出版社2001年版,第293页。
② 朱正编:《鲁迅书话》,湖南教育出版社2007年版,第329页。

完成这些工作对古籍的整理、对各种版本的比较和甄别的工作之辛苦艰难。这也反映鲁迅在读书校书过程中对各类版本的严格考据和独特见解。其至少有两个特点尤为突出:校勘精审,剪裁有则。

鲁迅对各种古籍版本以及自身的版本流变深有研究,这在鲁迅诸多书话中都有呈现。如《〈寰宇贞石图〉整理后记》,"右总计二百卅一种……大小四十余纸,又目录三纸"[1];《〈鲍明远集〉校记》,"毛所用明本,每页十行,行十七字,目在每卷前,与程本异"[2]等。鲁迅书话除了记述古籍版本,也常作评判,如他认为《寰宇贞石图》"极草率",《鲍明远集》是"从毛斧季校送本录出"等。《谢承〈后汉书〉序》《虞预〈晋书〉序》《〈志林〉序》《〈广林〉序》等序跋式书话分别对所序对象的版本流变做了记录。《谢承〈后汉书〉序》就列出了《隋书·经籍志》以及《唐书·艺文志》中分别有关《后汉书》的文字记录,并介绍宋朝、清朝时期《后汉书》的流传情况,其间穿插鲁迅本人对各类版本、各时期版本的评价,比如"惟钱塘姚之骃辑本四卷……难称审密,而确为谢书"[3]。

鲁迅对某一时代书籍版本的优劣也有整体上的把握。明代是雕版印刷的黄金时代,各种刻本非常多,而劣质的版本也相伴而生,鲁迅对此进行了严厉的批评:"明末人好名,刻古书也是一种风气,然而往往自己看不懂,以为错字,随手乱改。不改尚可,一改,可就反而改错了,所以使后来的考据家为之摇头叹气,说是'明人好刻古书而古书亡'。"[4]对于清朝刻本的问题,鲁迅也持否定态度:

---

[1] 孙郁选编:《鲁迅书话》,北京出版社1996年版,第260页。
[2] 孙郁选编:《鲁迅书话》,北京出版社1996年版,第262页。
[3] 鲁迅:《谢承〈后汉书〉序》,孙郁选编《鲁迅书话》,北京出版社1996年版,第247页。
[4] 鲁迅:《四库全书珍本》,孙郁选编《鲁迅书话》,北京出版社1996年版,第290页。

"乾隆朝的纂修《四库全书》,是许多人颂为一代之盛业的,但他们却不但捣乱了古书的格式,还修改了古人的文章;不但藏之内廷,还颁之文风较盛之处,使天下士子阅读,永不会觉得我们中国的作者里面,也曾经有过很有些骨气的人。"①前人说"明人好刻古书而古书亡",鲁迅在此则言"清人纂修《四库全书》而古书亡,因为他们变乱旧式,删改原文;今人标点古书而古书亡,因为他们乱点一通,佛头着粪:这是古书的水火兵虫以外的三大厄"②。

值得注意的是,在开给许世瑛的书单中有一部《四库全书简明目录》,鲁迅特意添加批注提醒许世瑛"须注意其批评是'钦定'的"。鲁迅在《病后杂谈之余》一文中就详细摘录了《负薪对》一篇和四库本的对比,其中可见四库本对旧抄本的删减和改写。鲁迅对"钦定"本做出严厉的批评,因为"钦定"会掩盖许多历史真相。相比较于正史,鲁迅更钟情于野史,亦即在"经史子集"中,鲁迅所阅书籍以子部居多。鲁迅对古籍版本的态度,似乎影响到他阅读的取向以及关注重心。

鲁迅在校书过程中对书刊版本的使用更为严格,在版本辨别、鉴定方面有其独见。关于"珍本"和"善本"的问题,鲁迅书话有过多次阐述。鲁迅认为"善本"贵在实用,而"珍本"未必"善"。有些所谓的"珍本"本来就是粗制滥造的本子,购买者少,所以就会绝迹,因而会导致存世量少。这种少量的本子自然成了"珍本",却并不一定是"善本"。也就是说,此类"珍本"珍在其量少,而绝非珍其质。对于早被学界认可的版本的鉴定,鲁迅也不完全持肯定的态

---

① 鲁迅:《病后杂谈之余》,孙郁选编《鲁迅书话》,北京出版社1996年版,第87页。
② 鲁迅:《病后杂谈之余》,孙郁选编《鲁迅书话》,北京出版社1996年版,第90页。

度。如关于《三藏取经记》的版本问题,鲁迅就与人进行了多次探讨。近代著名校勘学家罗振玉认为《三藏取经记》为宋椠,但鲁迅认为是元人所撰。鲁迅还对学界以"某朝讳缺笔是某朝刻本"的治学方法给予了精彩的回击,他说:"前朝的缺笔字,因为故意或习惯,也可以沿至后一朝。例如我们民国已至十五年了,而遗老们所刻的书,仪字还'敬缺末笔'。非遗老们所刻的书,宁字玄字也常常缺笔,或者以甯代宁,以元代玄。这都是在民国而讳清讳;不足为清朝刻本的证据。"①据此,我们可以看到时刻保持清醒的鲁迅。

《〈唐宋传奇集〉序例》《〈嵇康集〉序》等鲁迅为自己辑校或编集的古籍所作之序跋,则记述了他对古籍版本的选择。对《唐宋传奇集》的辑校,鲁迅选用了明刊本《文苑英华》、涵芬楼影印宋本《资治通鉴考异》、明翻宋本《百川学海》、明钞本原本《说郛》、明顾元庆刊本《文房小说》、清胡珽排印本《琳琅秘室丛书》等。鲁迅所用版本基本以明本优先,即使要用清本,也多以明本辑校,如"清黄晟刊本《太平广记》,校以明许自昌刻本","董康刻士礼居本《青琐高议》,校以明张梦锡刊本及旧钞本"。在辑定《嵇康集》之前,鲁迅首先对存世的几种本子做了考订和甄别工作,对比不同本子的优劣以及相互之间的源流和异同之处,"至于椠刻,宋元者未尝闻,明则有嘉靖乙酉黄省曾本,汪士贤《二十一名家集》本,皆十卷。在张溥《汉魏六朝百三名家集》中者,合为一卷,张燮所刻者又改为六卷,盖皆从黄本出,而略正其误,并增逸文"②。在选出优劣本之后,鲁迅以明吴宽丛书堂钞本为底本,取嘉靖乙酉黄省曾本雠对,同时另择汪士贤、程荣、张溥、

---

① 鲁迅:《关于〈三藏取经记〉等》,朱正编《鲁迅书话》,湖南教育出版社 2007 年版,第 558 页。
② 鲁迅:《〈嵇康集〉序》,朱正编《鲁迅书话》,湖南教育出版社 2007 年版,第 349 页。

张燮四家刻本对比参照，同时还选取各类相关的文选、文类所引，著取同异，择善而取，以辑校出一个最为完善的本子。

鲁迅曾跟从章太炎学习，章太炎则师从俞樾。清朝中叶，考据学盛行，形成乾嘉学派，即朴学，其大致可分为三派：浙东派，以史学为主，主要学者有万斯同、章学诚等；吴派，主要学者有惠栋、惠士奇等，该派"宗汉而近于佞汉"，对汉儒十分迷信；皖派，主要学者有戴震、王念孙、王引之，直至晚清以俞樾、孙诒让等为代表，该派"不佞汉，宗古求是"，即讲求实事求是的治学态度①。章太炎在《说林下》一文中论述皖派学风："审名实……重左证……戒妄牵……守凡例……断情感……汰华辞"②。总之，皖派在考据方面方法缜密、态度严谨。鲁迅作为章太炎的弟子，自然在治学的某些方面沿袭了该派学风，与俞樾，乃至高邮二王甚至戴震等一脉相承。上文提到鲁迅对各类版本严格考据的两种特点：校勘精审，剪裁有则即可视为皖派学风的现代回响。《会稽郡故书杂集》《中国小说史略》《嵇康集》等都是鲁迅学术研究成果的最终呈现，而与此相关的书话如《〈古小说钩沉〉序》《〈小说旧闻钞〉序言》《〈唐宋传奇集〉序例》《〈嵇康集〉跋》《〈会稽郡故书杂集〉序》等将研究整理背景、成书过程、考据工作和细节向读者作一个较为全面且立体的说明。总之，鲁迅的校勘理念、治学理路等思想在书话中体现非常多，从中我们又可见作为既重传统考据又富现代批判精神的学者鲁迅。

---

① 参见孙钦善《中国古文献学史简编》的清代部分，高等教育出版社 2001 年版。
② 章太炎：《说林下》，《章太炎全集（四）》，上海人民出版社 1985 年版，第 119 页。

四、知识结构与思想资源

笔者主要根据后人所编的几种书话集,并兼涉鲁迅之全集,就鲁迅书话中所谈及的书刊进行了大致分类统计。统计表明,鲁迅书话中涉及中国古代文人笔记杂述的约占 25%,关于古代学术著述史部的约占 19%,关于诗文集的约占 12%,金石碑帖、古代绘画等类的约占 15%,佛经约占 2%,谈及先秦诸子的不及 1%,而谈儒家正统经典的仅约 0.06%。前述所有合在一起,中国古籍约 73%。而有关域外文化典籍的书话,共约占 27%,其中涉及日本的约占 6%、苏俄的约 7%,日本、苏俄之外的约 8%,谈西洋绘画、版画等的约 6%。

鲁迅像,出自《鲁迅全集》,人民文学出版社 2005 年版

从上述统计我们可以看出:中国古代典籍在鲁迅的阅读视野和知识结构中毕竟占据绝大部分,而西洋典籍的分量并不占很多,远比想象的要少。在中国古代典籍中,占明显数量上优势的是文人笔记稗史类等,远超过其他类型的著述。特别需要提起注意的,

谈及儒家正统典籍的极少,仅仅占据0.06%。即使偶尔谈到《论语》《孟子》时,也都是作为反面的例子或者以批评的口吻出现的。如《十四年的"读经"》中说:"孔子之徒的经,真不知读到那里去了;倒是不识字的妇女们能实践。还有,欧战时候的参战,我们不是常常自负的么?但可曾用《论语》感化过德国兵,用《易经》咒翻了潜水艇呢?儒者们引为劳绩的,倒是那大抵目不识丁的华工!"①在现代国情和社会形势面前,儒家经典个个都成了纸老虎,相较于"孔子之徒"的溃不成军,不识字的妇女和目不识丁的华工反而更能实践孔子之学。

在鲁迅书话中,中国古代的文化典籍,鲁迅谈论得非常频繁,运用极为自如,信手拈来。古籍谈得非常频繁,其前提是鲁迅对古籍的熟悉程度。有学者就针对《鲁迅全集》中提及引用过的4235种书籍做了统计和分类。②

《鲁迅全集》引书分类统计

国学类 1 553 种	儒学部	101 种
	史学部	277 种
	诸子部	244 种
	文集部	206 种
	小说部	341 部
	语文部	243 种
	丛集部	141 种

---

① 鲁迅:《十四年的"读经"》,孙郁选编《鲁迅书话》,北京出版社1996年版,第9页。
② 参金纲:《鲁迅读过的书》,中国书店2011年版。

续　表

现代类　496 种	学术部	207 种
	思潮部	61 种
	创作部	228 种
西学类　1 189 种	思想部	135 种
	历史部	60 种
	文化部	172 种
	文学部	822 种
综合类　997 种	汉学部	124 种
	艺术部	595 种
	宗教部	175 种
	工具部	103 种

据此，我们不妨将上表中鲁迅读过的书籍，再按照比例处理就会发现：国学类占全部书籍的 36.7%，现代类占 11.6%，西学类占 28.1%，综合类 23.6%。鲁迅所阅书籍中，国学类所占比重最大，超过西学类书籍。建议"要少——或者竟不——看中国书，多看外国书"的鲁迅，他本人却阅读大量的古籍旧书。乍一看，这似乎与作为新文化运动主将鲁迅的身份不符，细究之，则更为复杂。

关于西方文化和传统文化的关系问题，鲁迅在《文化偏至论》一文中有过明确的阐释："外之既不后于世界之思潮，内之仍弗失固有之血脉，取今复古，别立新宗，人生意义，致之深邃。"[①]这是鲁迅的文化哲学，也可视为鲁迅读书作文的哲学。对鲁迅的此番解释，学者杨义将其概括为"外之""内之"双管齐下的双轨性或复调

[①] 鲁迅：《文化偏至论》，《鲁迅全集》第 1 卷，人民文学出版社 2005 年版，第 57 页。

性的文化策略。双轨性的文化观之外,还有一种重要立足点,即"立人"学说。"外之既不后于世界之思潮"和"内之仍弗失固有之血脉",在此基础上形成的一种新的文化格局——"新宗","别立新宗"的途径是"取今复古",即整体看待"思潮"和"血脉"的关系。①至此,鲁迅强调的现代、传统并取不弃,似乎还不能解释其对待传统的态度。鲁迅又言:"则国人之自觉至,个性张,沙聚之邦,由是转为人国……"②"然欧美之强,莫不以是炫天下者,则根柢在人……是故将生存两间,角逐列国是务,其首在立人,人立而后凡事举;若其道术,乃必尊个性而张精神。"③至此,我们似乎会有豁然之感,鲁迅一再强调"个性""人""人国"的理念,这和新文化运动抨击文化专制主义的理念是相一致的。但是,相较于有些新文化运动主将对中国传统文化的一棍子打死,鲁迅显然走得更为深远,他一方面看到了"思潮"是时势所趋;另一方面"血脉"也断然不可尽数抛弃。

问题在于血脉主要存在于哪里,这是探究鲁迅对传统文化汲取路径的关键。以四书五经为代表的儒教思想统治中国二千多年,其"吃人"本质与鲁迅强调的"立人"思想、欲建立"人国"的思想背道而驰。"中国传统的儒法合流的儒家文化实际上是一个吃人的文化,它的吃人性不是孔子开创的儒家文化的动机和企图,但却是它成为政治统治文化之后的必然结果。它的吃人性是建立在不承认人的个体性,不承认人的独立性,不承认作为一个独立的人的

---

① 杨义:《鲁迅文化血脉还原》,安徽大学出版社 2013 年版,第 296 页。
② 鲁迅:《文化偏至论》,《鲁迅全集》第 1 卷,人民文学出版社 2005 年版,第 57 页。
③ 鲁迅:《文化偏至论》,《鲁迅全集》第 1 卷,人民文学出版社 2005 年版,第 58 页。

存在和发展的自由权利之上的"①。所以,当"我翻开历史一查"的时候,发现"每页上都写着'仁义道德'几个字",其实"字缝"里"满本都写着两个字是'吃人'"。鲁迅在《十四年的"读经"》对"读经"给予了嘲讽,认为"'读经'不过是这一回要把戏偶尔用到的工具"②,甚至要将为"读经"辩护的人归入"笨牛粪类里去";《读经与读史》则劝诫"伏案还未功深的朋友,现在正不必埋头来哼线装书","倒不如去读史,尤其是宋朝明朝史,而且尤须是野史;或者看杂说"③。为什么"尤其是宋朝明朝史"?因为从宋朝开始,儒家思想经过朱熹等人的演绎,形成"理学",尤其强调"存天理、灭人欲"。为什么"尤须是野史"?因为野史极少甚至没有正史所带有的"钦定"色彩。鲁迅号召青年"要少——或者竟不——看中国书,多看外国书"似乎应该有具体所指,所指似应为儒家正统经典。

五、阅读选择与文化取向

中国传统文化是极为丰富和驳杂的文化流动体,如果为了表述方便不得已将其类化的话,中国传统文化中占据主流和正统地位的大致是儒、释、道三家。而三家之外的其他流派和文化思潮都处在边缘的地位。在这三家之中,最居核心者当然还是儒家。当然这是从文化的意义上,而非从政治的意义上。如果从政治的意义上谈,除了宋朝短暂的时期外,法家在中国王朝社会始终是帝王

---

① 王富仁:《中国文化的守夜人》,人民文学出版社2002年版,第125页。
② 鲁迅:《十四年的"读经"》,孙郁选编《鲁迅书话》,北京出版社1996年版,第11页。
③ 鲁迅:《读经与读史》,朱正编《鲁迅书话》,湖南教育出版社2007年版,第36页。

最为借重的。①"儒表法里",此之谓也。明白了这个问题,我们再回过头来看前述统计就会发现,在鲁迅的阅读选择和知识结构中,正统的文化资源少之又少。而最多的,则是子部杂家、野史笔记。由此我们可以看出鲁迅的知识构成的主要成分,而这种结构的形成与其阅读选择关系极为密切。进而,这种阅读选择的背后,表征的是一种文化理路的选择。

首先,这种选择理路与鲁迅激烈反传统的文化取向互为因果,互相激发。《摩罗诗力说》一文曾言:"中国之治,理想在不撄,……性解之出,必竭全力死之"②。在这里,鲁迅所讲的虽然是中国封建政治的特点,但是在中国文化和政治合流之后,如董仲舒"罢黜百家,独尊儒术",中国的某些传统文化便成为国家意识形态的附庸,在本质上也就具有了和封建政治相同的特征——"理想在不撄"。何为不撄?意为不触犯——不触犯国家统治、不触犯礼教礼法。接下来,鲁迅则直接将矛头指向传统文化:中国诗歌是"言志"的,"而后贤立说,乃云持人性情",对人的性情加以约束。《论语·为政》"《诗》三百,一言以蔽之,曰:'思无邪'",鲁迅则很清醒地意识到其中的问题,"强以无邪,即非人志",并言"然厥后文章,乃果辗转不逾此界"。从"发乎情"的《诗经》到"灭人欲"的"程朱理学"再至明清极端的封建统治,其中一脉相承的依然是儒家所强调的那一套"三纲五常",即顺从,即"不撄"。

《俄文译本〈阿Q正传〉序及著者自序传略》一文里,鲁迅就中

---

① 具体论述可参赵普光:《历史文化散文:如何"历史",怎样"文化"》,《当代作家评论》2020年第3期。
② 鲁迅:《摩罗诗力说》,朱正编《鲁迅书话》,湖南教育出版社2007年版,第142页。

国传统文化对人性的戕害有过很形象的揭露：

> 这就是我们古代的聪明人,即所谓圣贤,将人们分为十等,说是高下各不相同。其名目现在虽然不用了,但那鬼魂却依然存在,并且,变本加厉,连一个人的身体也有了等差,使手对于足也不免视为下等的异类。①
>
> 我们的古人又造出了一种难到可怕的一块一块的文字;但我还并不十分怨恨,因为我觉得他们倒并不是故意的。然而,许多人却不能借此说话了,加以古训所筑成的高墙,更使他们连想也不敢想。现在我们所能听到的,不过是几个圣人之徒的意见和道理,为了他们自己;至于百姓,却就默默的生长,萎黄,枯死了,像压在大石底下的草一样,已经有四千年!②

古代所谓的圣贤对人的等级的划分,中国文字、古训对人的思想的禁锢,这些在鲁迅眼中都为"毒草",应该予以拔除。但是面对正统的文化传统地位的根深蒂固,鲁迅则从非正统的传统出发,希望借非主流的传统来撼动正统的地位。

除了明确地批驳拒斥正统经典(鲁迅书话谈及先秦诸子的不及1%,谈儒家经典的则仅约0.06%),鲁迅在其书话中多次提及如《小学大全》《安龙逸史》《闲渔闲闲录》等古代禁书,鲁迅也努力于对木刻、花笺、碑帖、金石之学等传统文艺的搜集和整理,同时也号

---

①② 鲁迅:《俄文译本〈阿Q正传〉序及著者自叙传略》,朱正编《鲁迅书话》,湖南教育出版社2007年版,第489页。

召青年多看杂书、多看野史等,这些都是鲁迅借非正统的传统来挑战正统的举措,基本未跳脱整个传统的范围,只是自身文化体系内部的一种较量。但是,鲁迅大量翻译西方小说、译介西方艺术、思想等,如《〈一个青年的梦〉译者序》《〈域外小说集〉序》《〈凯绥·珂勒惠支版画选集〉序目》等书话,则无疑是从另外一个文化体系寻找资源来对抗正统文化。其实,无论是对传统中非正统文化的挖掘和提倡,还是大力对西方文化、新学的引进和绍介,都是一种与正统文化相对抗的文化策略选择,这与鲁迅反对传统的文化取向是互为因果关系的。

第二,边缘的别择,是鲁迅批判传统、变革文化现实的理路。[①]通过鲁迅书话的呈现,我们可以看见一个与新文化运动战将不尽相同的鲁迅。其实,说鲁迅激烈反传统也不完全准确,更准确地说,鲁迅是激烈地反对正统的儒家为核心的那个传统。

如前所述,鲁迅阅读古籍旧书的书话如《谢承〈后汉书〉序》《〈云谷杂记〉跋》《〈鲍明远集〉校记》等可见鲁迅对古书的珍重和敏感;《〈古小说钩沉〉序》《〈小说旧闻钞〉序言》等可以看到鲁迅搜集整理古籍、研究中国古代小说所做的努力;鲁迅也曾花费23年的时间辑校《嵇康集》。如果鲁迅是完全彻底地反对传统,那他的上述之举便与他的意愿相矛盾。《关于翻译(上)》中有鲁迅对待传统的较为明确的态度,"古典的,反动的,观念形态已经很不相同的作品,大抵即不能打动新的青年的心(但自然也要有正确的指示),倒反可以从中学学描写的本领,作者的努力。恰如大块的砒霜,欣赏

[①] 笔者在上一讲中曾指出:"汲古以求新变的文学变革,还有种常出现的方式,即为了变革现实,寻求传统中处于主流之外的弱势和边缘地位的资源,以抗拒和否定当前占主流合正统的文学势力,笔者称之为'同情弱者'策略。"

之余,所得的是知道它杀人的力量和结晶的模样:药物学和矿物学上的知识了"①。可见,古典、反动之类的作品虽然和砒霜一样有毒,但是其中却也有些是可学的。虽然其中仍然不离鲁迅一贯戏谑的口吻,但是这戏谑中毕竟留有了余地。这和《文化偏至论》所提倡"内之仍弗失固有之血脉"的观点是相一致的,其中最能体现鲁迅对传统文化客观的态度。

无论是鲁迅多次反对读儒家经典,还是《摩罗诗力说》对传统诗学的质疑,儒家或者儒者从来不曾在鲁迅作品(不仅仅是书话)中以正面形象出现。孔乙己、陈士成等传统儒士,甚至是《出关》中的孔子,无一不是鲁迅嘲讽的对象。鲁迅甚至直接言明:"孔孟的书我读得最早,最熟,然而倒似乎和我不相干。"②因几千年来儒家学说"吃人"的本质,鲁迅对儒教的批判和讽刺便有了历史层面的意味,而关于反对"读经"的几篇书话的集中写作则有了针对现实的意义。1925年7月18日,时任北洋军阀政府司法总长兼教育总长的章士钊于北京复刊《甲寅》周刊,推行"读经救国",强制规定小学从初小四年级开始读经。《十四年的"读经"》《古书与白话》《读经与读史》等皆是当时所作,因此,这些书话便有了现实针对性。

正如上文所言,鲁迅是运用边缘的资源,突破正统的主流的压制,以实现现时的变革。其实这种举措古来有之,为了对抗封建正统,古代名士们的修仙谈道论禅、醉酒赏花品茶等无一不是寄心于非正统资源。鲁迅的取径,不外如此。当然,传统名士更多是逃避现实,祈求借非正统资源构建一个理想乌托邦,而鲁迅则是视非正

---

① 鲁迅:《关于翻译(上)》,朱正编《鲁迅书话》,湖南教育出版社2007年版,第237页。
② 鲁迅:《写在〈坟〉后面》,孙郁选编《鲁迅书话》,北京出版社1996年版,第139页。

统资源为匕首,直刺现实的心脏。我们姑且将这种方法命名为边缘法。边缘法,是文化变革的普遍路径。

与此相对的另一种路径或曰求源法,即正本清源。梁漱溟的文化选择,即是如此。《东方学术概观》将神化的孔子还原为一个真实的孔仲尼。梁漱溟严格区别了儒者和孔门之学:儒者所诵之经只不过是经孔子整理而保存下来的"远古祖先的事功学问","孔子及其门弟子当时所兢兢讲求的学问"并未在书册文章上。真正的孔门之学是"其自身生活中力争上游的一种学问",是"人生实践之学"。梁漱溟也将孔门之学和宗教做出了划分:"宗教总是教人信从他们的教诫,而孔子却教人认真地自觉地信自己而行事"[1],他一直致力于厘清原始儒家的真面貌,让世人重识孔子的真相,以实现当时的文化变革。

由于儒家学说在中国社会思想中几乎一直占据中心主导地位,所以鲁迅的阅读选择便具有了边缘性。鲁迅阅读选择的边缘性在其书话中也多有反映,其所谈书刊典籍,属怪力乱神者居多。按照古代文体分类,经史子集中,子部占的最多。这种边缘性也导致了对时人阅读的别择性。所以,观鲁迅文,可见他对小品文,尤其是公安竟陵的小品很是不满:

> 虽说抒写性灵,其实后来仍落了窠臼,不过是'赋得性灵',照例写出那么一套来。当然也有人豫感到危难,后来是身历了危难的,所以小品文中,有时也夹着感愤,但在文字狱时,都被销毁,劈板了,于是我们所见,就只剩

---

[1] 黄克剑编:《梁漱溟集》,群言出版社1993年版,第488页。

了'天马行空'似的超然的性灵。

这经过清朝检选的'性灵',到得现在,却刚刚相宜,有明末的洒脱,无清初的所谓'悖谬',有国时是高人,没国时还不失为逸士。逸士也得有资格,首先即在'超然','士'所以超庸奴,'逸'所以超责任:现在的特重明清小品,其实是大有道理,毫不足怪的。①

其实,鲁迅所批驳的并不是小品文本身,而是被"销毁"、被"劈板"的只以为强调"性灵"的小品文,而这些"天马行空"似的文字又得到林语堂等人的提倡,并为大众广泛接受。林语堂"不能兴邦,亦不能亡国,只想办一好好的杂志而已"的理念与当时的国际、国内紧张的形势形成某种分离,这自然会令左翼文人群起而攻之。针对小品文缺少关注当下的意味,鲁迅除了专门作文外,其在行文中也常常顺带讽刺,如"自然,这决不及赏玩性灵文字的有趣,然而借此知道一点演成了现在的所谓性灵的历史,却也十分有益的"②"残酷的事实尽有,最好莫如不闻,这才可以保全性灵,也是'是以君子远庖厨也'的意思"③。再如《点句的难》《读书忌》等书话虽然不是主要针对小品文而作,但其中不乏对缺少骨力的所谓的"性灵"文字的嘲讽。林语堂等人提倡的小品文,其实是置身于社会现实之外的理念反映,这倒不失为一种明哲保身之法。但是在鲁迅眼里,林氏等人则不免会被视为阿Q一流,其对小品文的倡导也不免被视为"精神胜利法"的变相。鲁迅对小品文的讽刺,在小品文

---

① 鲁迅:《杂谈小品文》,孙郁选编《鲁迅书话》,北京出版社1996年版,第109页。
② 鲁迅:《买〈小学大全〉记》,孙郁选编《鲁迅书话》,北京出版社1996年版,第63页。
③ 鲁迅:《病后杂谈》,孙郁选编《鲁迅书话》,北京出版社1996年版,第77页。

流行的年代，无疑是主流中的一股清流。

第三，毋庸讳言，这种选择也必然强化了鲁迅对正统文化的疏离与隔膜。鲁迅对传统文化，尤其是以儒家为代表的正统文化的抗拒，使其对包括传统诗学在内的文化，一概持激烈拒斥的态度。比较典型的例子，则是鲁迅、朱光潜的一次论争。由《题未定草（七）》中鲁迅针对朱光潜对钱起"曲终人不见，江上数峰青"两句赏析的批驳，可以看出鲁迅与朱光潜等文化选择的不同。朱光潜说，"爱这两句诗，多少是因为它对于我启示了一种哲学的意蕴"[①]——一种消逝与永恒的美学关系意蕴。相似地，朱光潜对陶渊明、对希腊文学艺术的推崇，是因为它们呈现出"和平静穆"的美感，而朱光潜将这种美感视为"诗的极境"。鲁迅对朱光潜的批驳实则是"选本"问题、"摘句"问题的延伸。鲁迅指出，陶渊明不仅仅只是"静穆"，他也有诸如"刑天舞干戚"类的"金刚怒目"式的风采；至于希腊艺术现今所呈现出来的"静穆"之美，则是"久经风雨，失去了锋棱和光泽的缘故"[②]，早已失去了"热烈"。鲁迅批驳的核心，朱光潜以偏概全，"虚悬了一个'极境'"。

这并不是一个简单的孰是孰非的问题，肯定或否定任何一方也都不是笔者的任务。探究一下二者立场背后的原因，或许更有意味。鲁迅和朱光潜的相异与冲突，是两人不同的文化选择、不同的美学追求的结果。朱光潜强调的是大多数，是一种趋势的大体呈现，而鲁迅关注的某一篇，是具体的、当下的反映。朱光潜是运用西方的资源去观照传统诗学，发掘传统主流诗学中的合理成分，

[①] 朱光潜：《说"曲终人不见，江上数峰青"——答夏丏尊先生》，《朱光潜全集（八）》，安徽教育出版社 1993 年版，第 394—395 页。

[②] 鲁迅：《"题未定"草（六到九）》，孙郁选编《鲁迅书话》，北京出版社 1996 年版，第 118 页。

第三讲 精神生成的文化根须:鲁迅书话及其意义

从而在以新(西)观旧中,建构了古典性。鲁迅则是从传统的别样资源,去烛照传统主流诗学,从而实现对传统主流诗学理念的摧毁,进而在旧观念中获得自身的现代性。① 关于朱光潜和鲁迅的不同,朱光潜《看戏与演戏——两种人生理想》一文有形象的区分,虽然这篇文章不是具体针对他们两人进行区别,但是朱光潜对"两种人生理想"(或者说文化选择、美学追求)——"看戏"和"演戏"的辨别很能说明问题。朱光潜说:

> 世间人有生来是演戏的,也有生来是看戏的。这演与看的分别主要地在如何安顿自我上面见出。演戏要置身局中,时时把"我"抬出来,使我成为推动机器的枢纽,在这世界中产生变化,就在这产生变化上实现自我;看戏要置身局外,时时把"我"搁在旁边,始终维持一个观照者的地位,吸纳这世界中的一切变化,使它们在眼中成为可欣赏的图画,就在这变化图画的欣赏上面实现自我。因为有这个分别,演戏要热要动,看戏要冷要静。②

"我们可以明白古希腊人何以把和平静穆看做诗的极境,把诗神阿波罗摆在蔚蓝的山巅,俯瞰众生扰攘,而眉宇间却常如作甜蜜

---

① 胡晓明曾指出:"现代知识论的吊诡之一:表面上很西方的,其实很传统,如朱光潜;而表面上很传统的,其实很现代,如鲁迅。"胡晓明:《真诗的现代性:七十年前朱光潜与鲁迅关于"曲终人不见"的争论及其余响》,《江海学刊》2006 年第 3 期。
② 朱光潜:《看戏与演戏——两种人生理想》,《朱光潜全集(九)》,安徽教育出版社 1993 年版,第 257 页。

梦,不露一丝被扰动的神色?"①看戏者其实就类似诗神阿波罗,"在蔚蓝的山巅,俯瞰众生扰攘",即"维持一个观照者的地位"。无疑,朱光潜倾心的是"看戏"角色,"尼采讨论希腊悲剧,说它起于阿波罗(日神,象征静观)与狄俄倪索斯(酒神,象征生命的变动)两种精神的会合。……其实不但在悲剧,在一切诗也是如此,……这两种相反精神同一,于是才有诗。只有狄俄倪索斯的不住的变动(生命)还不够,这变动必须投影于阿波罗的明镜(观照),才现形相。所以诗神毕竟是阿波罗。"②至此,我们便不难理解朱光潜追寻"和平静穆"的诗境,认为"艺术的最高境界都不在热烈"。朱光潜强调的是主客体的合一与融通,"置身局外","要冷要静"。

相反,鲁迅则是"演戏者","置身局中",时刻在追寻自我的价值。鲁迅强调的是主客体的分裂与对峙,这种激烈的姿态,一方面使人深刻,偏激的深刻,另外一方面自然也可能导致对主体文化流脉中的有益成分合理部分断然抛却,失之狭隘"文化观"。这种决绝姿态,就个人而言,使他永远不会,也不可能去追慕所谓圆融通脱的澄明之境。他只是不断地冷眼旁观和讽刺批判。作为个体,这种选择是有益的,必要的。但是当这种过于武断决绝,演化为某种群体性的文化思潮和选择姿态,甚至借助某种政治的力量推波助澜的话,从鲁迅的批判到左翼的激进,再到若干年后的极端文化断裂,也并非不存在某种必然的逻辑线索。

---

① 朱光潜:《说"曲终人不见,江上数峰青"——答夏丏尊先生》,《朱光潜全集(八)》,安徽教育出版社1993年版,第396页。
② 朱光潜:《诗的意象与情趣》,《朱光潜全集(九)》,安徽教育出版社1993年版,第374页。

第四讲

从知堂到黄裳：文人传统在现代书话中的流脉

小引

周作人是现代书话的重要开创者。现代书话也是在周作人手中成熟的。他的书话从内容材料、行文风格、文体选择及氛围营造等诸方面都体现出浓重的传统文人特质。文人传统通过其丰富的书话在新文学中得以重建。重建后文人传统对阿英、唐弢等人的书话产生明显的影响，进而形成一个写作脉流，为黄裳书话及其他的随笔创作承绪和发展。

周作人是现代最突出的书话家。周作人的书话从内容材料、行文风格、文体选择及营造的氛围等诸方面都体现出浓重的传统文人气息、文人特质。凡读过他的书话的,都会有这种极强烈的感受。周氏通过他着力经营的书话写作,使被"五四"打破的文人传统重新凝聚、复苏。但是周氏是如何在自己的写作中复苏文人特质?这种文人特质的凝聚对新文学中文人传统的建立起到多大的作用?重建的文人传统是否及如何在周氏之后的文人创作得以承绪发展?这些重大的问题,鲜有人关注和论述。而这个问题不解决,我们现当代文学中长期漠视的一个重要创作流脉——书话创作流脉——就无法得到研究和重识。

　　文人传统搭乘这一由读书人与书、书与文化相胶结而成的书话脉流顽强表现出来。书话写作流脉,即从周作人开始,中承阿英的实践,后经唐弢经营,继而孙犁、黄裳着意建构。[1] 仅就当代致力于书话写作的人而言,比较典型的就有如唐弢、孙犁、叶灵凤、黄裳、冯亦代、曹聚仁、姜德明、张中行、邓云乡等等,遂成大观。[2]

　　要弄清周氏通过他着力经营的书话写作,如何恢复及恢复了哪些被"五四"打破的文人传统特质,那么首先要从厘清文人、文人特质等一系列颇有中国特色的概念开始。

---

[1] 谈及现代书话家,当然郑振铎绝不可少,本文此处之所以略过不谈,是因为西谛的书话,多传统的藏书题跋,"现代书话本身就是有异于纯粹的学术写作,而是充满情趣、历史感、抒情性及叙事性的文学文字"。(参赵普光:《黄裳书话的文体之美》,《图书与情报》2006 年第 6 期。)可以说郑氏大多书话是传统形式,与周作人的书话并非一路。

[2] 还有谢国桢、金克木、陈原、杜渐、董桥、胡从经、倪墨炎、陈平原、秋禾、止庵等一大批的学者、出版编辑者等文化人都曾经或仍在乐此不疲地从事着书话的写作。这一创作流脉是客观存在的,但在现当代文学的研究和文学史的书写中却鲜有提及。

第四讲　从知堂到黄裳：文人传统在现代书话中的流脉

一、文人、文人特质及文人传统

"文人"一词是一个由来已久的概念。在传统的观念里，文人和学者其实有着明确的划分。文人就是古之谓"词章家"从事文学创作的人。曹丕的《典论·论文》中把从事文学创作的"建安七子"称作文人。如以学者自视的清初朴学家顾炎武尝言："《宋史》言，刘忠肃每戒子弟曰：'士当以器识为先。一命为文人，无足观矣。'"①后来的钱锺书也曾指出："在事实上，文人一个名词的应用只限于诗歌、散文、小说、戏曲之类的作者，……社会科学与自然科学等专家，……断乎不屑以无用文人自居。"②在中国传统的正史中，文人和儒者/学者也分入"文苑传"与"儒林传"，有着严格的区别。

尽管二者在人们的观念里，似乎是有泾渭分明的界分，事实表现在传统中国文人和学者的身上时，却绝非如此，根本无法做一刀切划分。历代大多数知识分子往往是一身二任，既事创作又兼述学。儒者往往都留下文人的性灵笔墨，尽管他们在很多时候不愿意承认，偏言其志不在此，而文人也常常兼涉述学。远的如司马迁等且不谈，就说曾"立志不堕于文人"的顾炎武③何尝没有文学性的文字，其《日知录》本身就是兼具学术和文学的写作。对文人与学

---

① 顾炎武：《与人书十八》，《亭林文集》卷四。
② 钱锺书：《论文人》，许枫编《钱锺书作品集》，云南人民出版社1999年版，第501页。
③ 顾炎武对文人的痛心疾首主要是基于对明亡的反思，他把明亡的原因归咎于晚明文人的无行。这种出于政治义愤的观点，可以商榷。从另一个角度看，因果似乎也可以颠倒过来，正是明朝将亡，才出现晚明人欲解放的人文思潮。

者严格区分，并颇不屑与文人为伍的钱锺书[1]，其早年是以《围城》一书而名重一时的，后来虽转入学术，却并未真的与创作绝缘，《谈艺录》等著述中的很多篇章其实都是艺术性的随笔，可作为文学作品来读。这种现象具有普遍性。中国历史告诉我们，在更多的时候混为一体的文人和学者，就像两个相交的圆一样，中间有一个面积很大的重合部分。那么处在这个重合部分的文人/学者就体现出共同的内在规定性，亦即表现出来大致相同的精神、气质、行为方式特点。这些共同的规定性，我在本文中姑且谓之文人特质。

我不打算对文人特质做以概念上的明确界定，事实上，这种界定也是徒劳的，是吃力不讨好的。但是这种特质确实显示出诸多共同的内涵。这些内涵我们可以从精神气质、生活方式、政治选择与态度、著述方式等几个层面去考查。但中国的文字从来是最神秘、玄妙和含混的，而中国文人的审美理想和生活方式也是独特与混沌的。所以对于中国式的文人特质，从这几个层面做明确的切分和阐述，恐怕并不容易。不如基于这些层面进行分析，然后再统合，用中国式的词汇加以描述，可能更为可行和准确，而这种准确，其实是一种类似模糊数学一样的"模糊准确"。所以，我认为文人气质至少包括文人趣味、隐逸气、通人倾向等。这类特质是一脉不断层积流传的过程，从而形成文人传统。所谓文人传统，主要指的是传统文人精神、气质背后的连接链。[2] 前面所说的传统的文人趣

---

[1] 参王春瑜：《学者与文人》，《社会科学辑刊》1999年第2期。
[2] 刘梦溪在谈"文化传统"时曾言："文化传统当然存在于传统社会的文化现象之中，但它更多的是指这些文化现象所隐含的规则、理念、秩序和所包含的信仰。"那么，我这里所说的文人传统，其实可看作刘文所言的"文化传统"的一个方面。（参见刘梦溪：《文化传统的流失与重建》，《人民政协报》2004年7月12日。）

味、隐逸气、通人倾向等精神气质，在长期的流衍中，形成一个传统的链条。

当然，这里所归纳的几个方面，共同体现了文人之为文人的主要的侧面，而并非文人特性的全部内涵。这个有着独特内涵和规定性的"文人特质"及文人传统，在某种意义上其实是中国独有的，因此，也更具有中国特色，有着难以抗拒的极强大的传承性，亦即惰性。在现代中国，这一文人特质更多的是在中国传统意义上文学形式书话中得到最大程度的传承。既然文人的气质、传统更多的是通过书话等随笔文字得以顽强地传承下来，那么这就回到了刚才的问题上，从三十年代就致力于书话写作的周作人，他的书话如何恢复和凝聚了文人气质？如何建立现代文学中的文人传统并进而影响到当代的书话创作？

二、周作人书话与文人传统的重建

周作人是新文学家中第一位有自觉文体意识、悉心经营书话的写作者，尽管周作人没有把这类文字冠以"书话"名目。单从文体创制的意义上讲，周作人之于书话就如同周树人之于杂文。周作人从1915年左右就写过书话一类的文字，如《於越三不朽图赞》[①]《会稽风俗赋》[②]《无双谱》[③]。前两篇，周氏书话雏形已见端倪，但颇稚嫩，《无

[①②] 见《绍兴教育杂志》第5期（1915年3月）。
[③] 见《绍兴教育杂志》第7期（1915年5月）。

双谱》则较为成熟,周氏日后书话的形、神均已具备。① 进入20世纪30年代之后,周氏"闭户读书",他的写作与书更为密切相关,周作人在《书房一角》的序言中夫子自道:"民国廿一年以后,只写随笔,或称读书录,我则云看书偶记,似更简明的当。"②对于自己的写作,他还说:"我所说的话常常是关于一种书的。"③这句话实际上已经点出了书话必须具备的两个要素"话"与"书"。"话"即闲谈,包含了书话的行文风格及其闲适、随性、印象式批评等特点;"书"实际上扣住了书话根本,以书为线,由书谈开,因为"书"的不可缺少是形成书话文体凝聚力和特点的首要条件。在这个意义上,周作人从《夜读抄》(上海北新书局1934年版)开始,就已建立了自己成熟的书话文体风格。随后的《苦茶随笔》(上海北新书局1935年版)、《风雨谈》(北新书局1936年版)等都继承了《夜读抄》的风格与写法。在《苦竹杂记》(上海良友图书印刷公司1936年版)后记中周氏就说:"一两年内所出的《夜读抄》和《苦茶随笔》的序跋其实都可以移过来应用",可见此集依然是与《夜读抄》一脉相承。包括"旧书回想记""桑下丛谈""看书偶记"的《书房一角》(北京新民印书馆1944年版)④更可完全看作周作人的书话集。《秉烛谈》(上海北新书局1940年版)序言云:"这《秉烛

---

① 在《无双谱》之前,周作人还有数篇谈书的文章,如:《见店头监狱书所感》(《天义报》1907年11月第11、12期)、《广学会所出书》(《绍兴县教育会月刊》1914年6月第9号)、《幼稚教育用书二种》(《绍兴县教育会月刊》1913年12月第3号)、《读书论》(《绍兴教育杂志》1914年11月)等。这些文字虽比《无双谱》要早,但是这些文章多就书论书,杂文批评气味过重,与其日后的书话大相径庭,故并不作周氏书话写作的开始。
② 周作人:《书房一角·原序》,《书房一角》,河北教育出版社2002年版,第3页。
③ 周作人:《夜读抄·后记》,《夜读抄》,河北教育出版社2002年版,第202页。
④ 1943年8月6日周作人日记云:"又拟集短文为一册,曰《书房一角》,其中包含'旧书回想记''桑下丛谈''看书偶记'也。"

谈》里的三四十篇文章大旨还与以前的相差无几。"其实相比之下此集"关于一种书"的文章很多，比此前的《瓜豆集》其实更接近于《夜读抄》写法。《秉烛后谈》(北京新民印书馆 1944 年版)中的文章除了《关于阿 Q》外都是写于 1937 年间，也是"关于一种书的"，不过其意趣更显闲适。《药堂语录》(天津庸报社 1941 年版)所收文章更为短小些，在形式上更似传统笔记和题跋，内容也更多关于古书的谈论。另外《瓜豆集》(上海宇宙风社 1937 年版)、《苦口甘口》(上海太平书局 1944 年版)等自编文集中所收大部分都是典型的现代书话作品。即使三十年代之前的文集如《永日集》(上海北新书局 1929 年版)等也都收入大量的书话文章。可以说周氏以丰富创作，为此后的现代书话创作树立了典范，开启了现当代书话写作的流脉。钟叔河编有《知堂书话》(岳麓书社 1986 年版)，是周氏书话的集中展示。①

周作人的书话对这些文人特质的重现和对文人传统的重建，

---

① 钟叔河编《知堂书话》所未收之谈书文字未必不是书话。赵普光《论现代书话的概念与文体特征》(《新华文摘》2006 年 6 期)特别指出"(现代书话有)以下共同特点：来源上，由中国传统的藏书题跋、读书笔记、论书尺牍等发展演变而来；对象和内容上，以读书为主或由书而生发开去谈及相关的人物、故实、史料等等；形式上，自然随意，不必强烈理论色彩，所发议论往往点到为止，故可采取多种形式，序跋、随笔、书衣文录等等不一而足；格调上，因创作者与书话本身的内容之故，书话往往充溢强烈的书卷气息和深厚的文化内蕴。综之，笔者认为：对'书'的感悟、品评，或在此基础上生发开来谈及与书相关的人物故实掌故，抒发社会历史人生的种种况味，用富有文学性的手法将这些感受、议论表达出来的文字，叫书话。这里对书的感悟和品评可以包括对书的内容、艺术以及书的装帧、历史变迁等诸多谈论"。本讲中所涉及的周氏的书话文字的认定，均是依此而来。当然必须指出，关于书话的概念，历来意见颇不一。典型的看法有唐弢、姜德明、倪墨炎、徐雁等先生。可参看徐雁《书话的源流与文体风范》(《出版广角》1998 年第 1 期)，徐文对各家的说法，有系统的引述和评论。又，至今钟叔河编《知堂书话》已先后出版五种版本。分别为岳麓书社 1986 年版、台北百川书局 1989 年版、海南出版社 1997 年版、中国人民大学出版社 2004 年版，及最新的岳麓书社 2016 年版。(前四种的版本变迁情况可参赵普光：《〈知堂书话〉版本变迁与书话文体认知》，《南京师大学报(社会科学版)》2011 年第 4 期。)

主要体现在文人趣味、隐逸气、通人倾向等方面。

1. 周作人书话中的文人趣味

文人往往都有特殊的癖好，或酒、或茶、或故纸旧书，或陋室、雅斋，不一而足。这种癖好是文人趣味的集中体现，对此，周作人十分推重。周氏说："我很看重趣味，以为这是美也是善，而没趣味乃是一件大坏事。"①那么周氏眼中的趣味是什么呢？对于文人趣味，周作人曾有比较全面的阐述，他说："这所谓趣味里包含着好些东西，如雅、拙、朴、涩、厚重、清朗、通达、中庸，有别择等，反是者都是没趣味。"②

这趣味在他不仅是品藻人物的重要标准，更是生活的境界。前者，对笠翁（李渔）的肯定，对随园（袁枚）的讥讽，都是据自己趣味的标准来评判的；后者，他对自己阅读的选择和生活的方式也都与这一趣味标准关系莫大。文人离不开笔墨书籍等必备之物，对这些东西，周氏更有近乎奢侈的趣味要求。袁枚对印与墨的看法，就令他十分不屑。对此，他发表议论：有趣味的读书人（文人），对于印与墨应该"爱惜，实用之外更有所选择，精良适意，珍重享用。这几句话说的有点奢侈，其实不然，木工之于斧凿，农夫之于锄犁，盖无不如此，不独限于读书人之笔墨纸砚也。"③他的"实用之外更有所选择，精良适意，珍重享用"的雅趣，也不独限于"笔墨纸砚也"。书籍、茶、吃食饮馔之于周作人，其意更在实用之外，在"精良适意，珍重享用"。他如传统的"趣味"文人一样，把这些生活中的实物赋予审美和诗意。

对书，周作人情有独钟。对书及读书的态度体现出周氏的文

---

①②③ 周作人：《笠翁与随园》，《苦竹杂记》，河北教育出版社2002年版，第60页。

人趣味。尤其是爱看闲书，如他说，"我以前常说看闲书代纸烟，这是一句半真半假的话，我说闲书，是对于新旧各式的八股文而言，世间尊重八股是正经文章，那么我这些当是闲书罢了"①。这里的"闲"并不仅仅指书内容本身，也暗含着阅读的心态的闲适，完全是出自一种趣味使然。正是抱着这种趣味性，在周作人看来，临睡前两个钟头枕上翻书就是一种极难得的享受②，幼时学包书与订书也成为自己温馨的回忆③，入厕读书也可看作是一种读"闲书"的悠然消遣，谈论起来更是引经据典、妙语连珠④。这种趣味性，也是古代文人生存方式的重要特色。爱书乃至发痴的癖好，手不释卷的习性，都是传统文人的诗意化生活的一部分，且常为历代文人津津乐道了。如欧阳修的《归田录》就曾记钱思公的怪癖："坐则读经史，卧则读小说，上厕则阅小词"。而永叔自己则作文于"三上"，即"马上""枕上""厕上"。

读书是周作人极重要的生活内容，自然书也成了作文的中心话题，大量的周氏书话就由此产生。如同第一个为陶渊明编文集的萧统说的"渊明之诗，篇篇有酒"⑤，而相似地，我们可以说，周作人的散文中十之七八与书相关，尤其是"民国廿一年以后，只写随笔"，开始专心经营自己的"看书偶记"后的写作更是"篇篇有书"了。

---

① 周作人：《我的杂学》，《苦口甘口》，河北教育出版社2002年版，第62页。
② 参周作人：《枕上看书》，《饭后随笔》，河北教育出版社2002年版。
③ 参周作人：《包书与订书》，《亦报》1951年4月20日。
④ 参周作人：《入厕读书》，《苦竹杂记》，河北教育出版社2002年版。
⑤ 《陶渊明集》一百四十余篇诗文，有近一半的作品都写到了饮酒，参陈洪：《诗化人生：魏晋风度的魅力》，河北大学出版社2001年版，第389页。

对书的热爱,使得淘书成为历来文人的一种习惯,如明钟惺说自己与挚友谭元春有"书淫诗癖",不作诗文便无"生趣"。[1] 周氏更不例外。他对北京的琉璃厂再熟悉不过了,"厂甸的路还是有那么远,但是在半个月中我去了四次",可见去厂甸之频繁。而且"所走过的只是所谓书摊的东路西路,再加上土地祠,大约每走一转要花费三小时以上。"[2] 虽还是知堂式的极平淡的语调,然稍有淘旧书经历的人都可以感觉到他"冷摊负手对残书"的极大耐心和悠然。文人多有对书籍近乎恋物癖一般的兴趣,否则如何能有这种耐心与悠然。

　　陶渊明的名士风历来为周氏所欣赏,周氏曾说:"陶渊明的诗向来喜欢,文不多而均极佳"。[3] 一如陶渊明之钟情于酒,周作人对茶有着独特的爱好。如同陶氏的爱酒,爱酒之清淡一面,又爱其浓烈一面,周氏嗜茶,既有悠然之趣,亦含苦涩幽深之味。所以,就连书房都改呼"苦茶庵",文集名为"苦茶随笔"。构成陶渊明诗意生活的柳、酒是其赋予审美性的人格化对象,而周氏的对苦雨、苦茶的深味,或许是内心苦痛无助的心理折射。这里趣味有周氏所言的"朴,涩,厚重",也可理解为朱光潜所推重的"静趣"。[4]

　　周作人的书话中涉及"茶"的文字比比皆是。如《喝茶》《〈茶之书〉序》《煎茶》《茶汤》《吃茶》等。(这些文字虽然谈"茶",但都离不

---

[1] 参夏咸淳:《情与理的碰撞:明代士林心史》,河北大学出版社2001年版,第242页。
[2] 周作人:《厂甸》,《夜读抄》,河北教育出版社2002年版,第153页。
[3] 周作人:《我的杂学》,《苦口甘口》,河北教育出版社2002年版,第63页。
[4] 朱光潜指出《雨天的书》的特质"第一是清,第二是冷,第三是简洁",并说:"稍读旧书的人大约都觉得这种笔调,似旧相识。"(朱光潜:《〈雨天的书〉》,《一般》第1卷第3期,1926年11月。)

开"书",故仍多为书话。)周氏之饮茶吃食无一例外带有文人的审美情趣。他在谈北京的茶食时,曾发过议论:"我们于日用必需的东西以外,必须还有一点无用的游戏与享乐,生活才觉得有意思。我们看夕阳,看秋河,看花,听雨,闻香,喝不求解渴的酒,吃不求饱的点心,都是生活上必要的——虽然是无用的装点,而且是愈精炼愈好"。[1] 具备了这些精致的装点,生活才能达到周氏《笠翁与随园》中阐述的趣味,才能脱俗,才能符合他的审美理想。周氏此类的文字,与他受传统笔记小品等的影响关系莫大,也是文人趣味的流风遗韵。如李笠翁有《闲情偶寄·饮馔部》,袁子才也曾留下《随园食单》,以示闲情,供人效仿。[2]

文人往往有着常人不具备的能力,即把自己的癖好赋予艺术性、审美性。在周氏的人与文上,这种能力体现得淋漓尽致。按照黑格尔的解释,"审美是带有令人解放的性质"[3]的。这种审美性往往如化学中的催化剂,会使本来平常的物什成为心灵慰安药,发挥奇异的功效。一旦文人把书、茶、酒、食等平常实物赋予了精神性、艺术性的因素,就会给自己带来审美愉悦,进而使自我放大,摆脱精神的困境。五四风潮过后,渐渐与主流疏离的周作人"闭户读书",内心难免压抑;而到了抗战期间,事伪的周作人,更不能不受到来自外界舆论和内心良知的双重煎熬。由此,我们似乎就可以解释,为什么书、茶、笔墨纸砚、蜜饯糖食等都成了一种独特的审美对象在周作人的书话中津津乐道了。在对这些东西的品味中,周

---

[1] 周作人:《北京的茶食》,《雨天的书》,河北教育出版社2002年版,第52页。
[2] 其他更是不胜枚举。如明张岱《陶庵梦忆》就多处记述食品制作,如《乳酪》记牛奶的制法、饮法,《兰雪茶》《闵老子茶》写茶道,《蟹会》言蟹宴,《樊江陈氏橘》谈柑橘培植、采撷、保鲜之法。
[3] [德]黑格尔:《美学》第1卷,朱光潜译,商务印书馆1979年版,第147页。

氏忘却了很多现实的东西。黑格尔说:"这种境界里的生活,这种对真实的心满意足,作为情感,这就是享受神福,作为思想,这就是领悟,这种生活一般地可以称为宗教的生活。"①也就是基于这种意义,如果周氏所处时代并非民族危难背景,周作人的苦雨斋生活,也不失为一种诗意化生存的寻求,这与传统文人的生存方式在审美层面实有着颇多相通之处。

对于对传统之无可摆脱,周作人其实有着清醒的认识,他曾说所谓国粹可以分作两部分,而"活的一部分混在我们的血脉里,这是趣味的遗传,自己无力定他的去留,当然发表在我们一切的言行上,不必等人"②。对于这混在血脉中的"国粹",周作人并无反感,而且还主动地在阅读和写作,乃至行事中认同。这与鲁迅对待传统的态度有着绝大的反差。然而却有学者曾断言:周作人是中国新旧大断裂层上产生的特殊的文坛"破落户",是现代文人茶文化的最高代表,是中国文人茶文化的最后一个标本。③事实远非如此,他把这个问题说小了,也说绝了。这里的茶不过是一种文人趣味的表征,其背后更有一个文人传统的延续。经过周作人的重新凝聚的文人传统,在当时也绝非仅有,在后来也没有绝迹,而且源源不断,似乎还时有兴旺的势头。如那时候围绕在周氏周围的苦雨斋群落,还有如梁实秋的雅趣。20世纪80年代中期以后又出现了越来越多的谈饮茶、吃食、淘书的随笔集子,都深蕴着文人文化的传统之风。

---

① [德]黑格尔:《美学》第1卷,朱光潜译,商务印书馆1979年版,第128页。
② 周作人:《地方与文艺》,《谈龙集》,河北教育出版社2002年版,第13页。
③ 刘学忠:《茶——透视周作人人生观与审美观的符号》,《安徽师范大学学报(人文社会科学版)》1999年第2期。

2. 周作人书话中的隐逸气

书斋一隅，苦茶一杯，往往是文人在现实中碰壁后的避难港湾，所以或退隐山林或遁入书斋成了许多文人隐逸的最后选择。阿英对于二十年代末之后的周作人与传统文人隐士的关系，有过一番精彩论述："读最近出版的周作人短信，宛如置身于深山冰雪之中，大有'无思无为，世缘都尽'之感。"①

周作人1928年《闭户读书论》云："苟全性命于乱世为第一要紧……宜趁现在不甚适宜于说话做事的时候，关起门来努力读书，翻开故纸，与活人对照，死书就变成活书，可以得道，可以养生，岂不懿欤？"②此反讽的语调，当然有批评的深意在焉。但其选择隐逸，关起门来读书，亦难脱传统文人的消极反抗、追求超脱的趣味。"苟全性命于乱世"，尽管最初可能是文人无奈的选择，"养生""得道"最终成为文人逃避现实的托词。作为自己的遮羞之物，"超脱"渐成为文人保命、适安的自觉追求，正如有学者对"超脱"的分析可谓精当："它是一种离开过度的外部的刺激活动，一种不要求推进世界的活动。一种走向人的内心的活动。所指望的不是安慰和权力，而是自知。不是卷进这个世界，而是同世界保持一个相当安全的距离。这样的人可以服从自我，保护自我，使自我感到乐趣，寓于高度自觉之中。"③

---

① 阿英：《〈周作人书信〉》，《夜航集》中国文联出版社2002年版，第79页。事实上，阿英之外，当时还有很多人注意到了周氏与传统隐逸之士的气味相通之处。如废名《知堂先生》、许杰《周作人论》、曹聚仁《周作人先生的自寿诗——从孔融到陶渊明的路》等。参见陶明志编：《周作人论》，上海北新书局1934年版。

② 周作人：《闭户读书论》，《永日集》，河北教育出版社2002年版，第115页。

③ [美]C.W.莫里斯：《开放的自我》，定扬译，上海人民出版社1986年版，第31页。

周作人之遁入书斋，寻求超脱，在某种程度上是中国文人柔弱根性的表现，现实中一旦受挫，即潜入山林，退隐江湖，寻找一方港湾庇护。尽管从文人的特性和文化的潜意识上讲，这是周氏闭户读书的客观原因，然而历史和人物是复杂和多面的，从主观上看，这种选择还有周氏以退为进、进行思想探索的努力。他在1925年4月5日发表的《古书可读否的问题》中开篇就宣称："我以为古书绝对的可读，只要读的人是'通'的。"因为"读思想的书如听讼，要读者去判分事理的曲直；读文艺的书如喝酒，要读者去辨别味道的清浊；这责任都在我不在它"[1]。这不无自得的话显示：周氏读古书的方法——要思考要辨别而非服从，而读古书的初衷——着眼于现实，对当下发言："翻开故纸，与活人对照，死书就变成活书。"[2] 尽管古书可读，而他并不提倡人人都读古书，在《古书可读否的问题》的结尾，周氏断言："在这个时候，我主张，大家正应该绝对地反对读古书了。"[3]

　　所以，细味周氏书话，尽管弥漫着故纸气息，仍不难发现，在貌似平静、从容、淡漠的冰面下，却也始终涌动着关注现实的暗流。书话中的周氏有如一位老者举着他自己所谓的王（仲任）、李（卓吾）、俞（理初）"中国思想界之三盏灯火"作为"标识"，以"疾虚妄，重情理，总作为我们的理想，随时注意，不敢不勉。古今笔记所见不少，披沙拣金，千不得一，不足言劳，但苦寂寞"[4]。而且他自谓与

---

[1] 周作人：《古书可读否的问题》，《谈虎集》，河北教育出版社2002年版，第101页。
[2] 周作人：《闭户读书论》，《永日集》，河北教育出版社2002年版，第115页。
[3] 当然，他发表于1949年12月的《读旧书》一文，说旧书的坏处在于"卑鄙"，反对读旧书，其武断极端的言辞，显得有点言不由衷。
[4] 周作人：《我的杂学》，《苦口甘口》，河北教育出版社2002年版，第64页

时人推重李卓吾的关注处绝不相同,可谓别出手眼:"虽然今人推重李卓老者不是没有,但是我所取者却非是破坏而在其建设,其可贵处是合理有情,奇辟横肆都只是外貌而已。"①其实中国文人的传统何尝真正弃绝过现实关注。即如明末陈继儒未过三十就绝意仕途,终生隐于松江佘山,尽管曾自我标榜:"读古人书,识古人字。淡然无营,屣脱名利。不出户庭,短褐茹粝。为圣人氓,如此而已。"(《白石樵真稿》卷一五)实并未真正脱离世俗。隐于山林却关心世道,这其实是文人隐逸的传统。而周氏,无疑是以自己的方式承续了这个传统。

3. 周作人书话中的通人倾向

对于传统中国文人来讲,多是排斥汲汲于一专,而提倡通人,以学杂和识广为追求。周氏在《我的杂学》中不厌其烦地强调自己读书之"杂"。所以杂,是因为阅读时的"别择"与"非正统"。周作人自谓从十三四岁开始读《唐代丛书》起就养成了"杂览"的习惯。他曾引清郑守庭的《燕窗闲话》中的回忆:"予少时读书易于解悟,乃自旁门入"来说明自己读书的"非正宗的别择法"。按周氏自己的分类,他所读书仅传统典籍就主要有八类:"一是关于《诗经》《论语》之类。二是小学书,即《说文》《尔雅》《方言》之类。三是文化史料类,非志书的地志,特别是关于岁时风土物产者,如《梦忆》《清嘉录》,又关于乱事如《思痛记》,关于倡优如《板桥杂记》等。四是日记游记家训尺牍类,最著的例如《颜氏家训》《入蜀记》等。五是博物书类,即《农书》《本草》,《诗疏》《尔雅》各本亦与此有关系。六是笔记类,范围甚广,子部杂家大部分在内。七是佛经之一部,特别

---

① 周作人:《读书的经验》,《药堂杂文》,河北教育出版社2002年版,第40页。

是旧译《譬喻》《因缘》《本生》各经,大小乘戒律,代表语录。八是乡贤著作。"①阅读周氏书话,可以知道他对基督教等经典著作、文化人类学等方面的著述都有兴趣。如他在1925年2月应《京报副刊》之邀,为青年人开列的书目,十部中有七部为西方论著。②

周作人所读、所写的"杂""非正统",即是着眼于打破一统,挑战正统。在同一篇文章《我的杂学》里他竟反复地申说:"我的读书是非正统的。"这是意味深长的。

知堂的书话,甚至包括他的许多随意而谈的序跋,正如作者自己所说的,这些都是"小品"而非"大品",③并非仅仅在于闲适、性灵,在周氏看来,前者是"自己乱说",后者是"为圣贤立言"。换句话说,书话小品绝不是"为圣贤立言"的,这就决定了周氏书话的异端的个性特点:思想上排斥正统,独树己见;写法上当然更是随性而为,任意而谈。

从其书话的谈资和抄录的内容上看,就可知周氏往往别择古书,且立意亦别出手眼。剑走偏锋,"立异鸣高"④,往往很有效果,使其获得常人无法达到的深刻。

边缘的、民间的对主流和正统具有破坏性、颠覆性。周氏书话就特别注重地方志和乡贤的著作的选择,并对民俗文化进行考查,

---

① 周作人:《我的杂学》,《苦口甘口》,河北教育出版社2002年版,第60—62页。
② 参周作人:《青年必读书十部》,《京报副刊》1925年2月14日。
③ 关于"小品"与"大品"的区别,刘孝标为《世说新语·文学第四》"殷中军读《小品》"句作注云:"释氏《辩空经》,有详者焉,有略者焉。详者为《大品》,略者为《小品》。"显然在这里,周氏之着眼非刘注所言之意。
④ 这是周作人在给鲍耀明的信中谈及鲁迅开列书目之事的讥讽语。(黄开发编:《知堂书信》,华夏出版社1994年版,第413页。)事实上,好立异鸣高是文人普遍性格。这是由文人清高、使气、异端气质等特性使然。知堂本人不仅无法摆脱,而且表现得十分典型。

对性爱文学、文化予以关注。民间和民俗作为一种颠覆传统封建文化的力量，在周氏的书话中，成为其提倡新文化运动的重要资源。事实上历史上历次的文学革新、革命（包括文体的革新）都无一例外地借助富有活力的民间的资源来展开。这既是文人在进行文化/文学变革的必然策略，更是文人气质使然。如冯梦龙编《山歌》《挂枝儿》等民间歌谣，其目的极为明确：“借男女之真情，发名教之伪药。”（《序山歌》）如李贽公然向宋儒理欲观发起挑战，宣称"穿衣吃饭即是人伦物理"，认为人生最基本的自然需求就是天理，天经地义。陈继儒作《范牧之外传》《杨幽研别传》，并向杀人的理学观念提出质疑："草木之生意，动而为芽，情亦人之生意也，谁能不芽者？"晚明的文人对情与欲的关注，尤其具有异端性和颠覆性。晚明的人性解放的观念、自由不羁的思考勇气，是周氏尤为借重的地方。

陈思和曾在一篇文章中说，周氏的思想中有"否定礼教与气节"的成分，并说"否定礼教与气节，正是中国自由主义知识分子的一个思想特征"。[①] 否定气节是否是中国自由主义知识分子的思想特征还有待商榷，但是我想指出的是，考之中国历史，我们会发现，否定礼教却实为历来易代之际文人反抗专制、批判现实的必然选择。无论是魏晋文人之放浪形骸，还是明清之际"名教罪人"之对"理学"的挞伐，都是如此。那么处在民国的周作人，他的书话及理论著作也很自然地选择了对人的自然欲求的张扬。

周氏读书、作文的通人、非正统倾向，并不仅仅基于挑战主流、打破一尊的"破坏"。对于自己阅读视野中的"闲书"，周作人曾说：

[①] 陈思和：《关于周作人的传记》，《中国现代文学研究丛刊》1991 年第 3 期。

"其实在我看来原都是很重要极严肃的东西。重复说一句,我的读书是非正统的,因此常为世人所嫌憎,但是自己相信其所以有意义处亦在于此。"①可见其更深的用意还在于其建设性。如同样是看重李贽,在别人多欣赏其叛逆取向时,他却独取"合理有情"。在对待历史文献上,在时人都重视野史材料而对正史大加排挞之时,他喜读野史但也绝不排斥正史,而是将二者结合起来读。周氏自道读书的经验:"假如先有了读野史的兴趣,再看正史,他还守着读书的正当态度,不想去妄加判断,只向书中去求得知识,其结果总是无弊的。"②

三、文人传统的流脉

对某一文体的选择,意味着写作者寻找到一种适于自己的言说方式。同时其背后更深层的意义在于:这种选择源于言说者对自我身份定位、审美趣味、生存方式的认同。周氏对书话文体的选择,实际上既显示了他身上所包含的传统文人的精神气质,也表明他对传统文人的身份定位、审美趣味、生存方式的自觉追寻。刘绪源曾言:"五四以来业已形成的这优美的文人传统。"③刘文已经意识到了这种文人传统在新文学以来的存在。但他并未看到,这种文人传统其渊源远矣。它在"五四"激烈反传统的风潮中几乎被中断,而在新文学中重新凝聚。就传统文人气质情趣而言,在新

---

① 周作人:《我的杂学》,《苦口甘口》,河北教育出版社2002年版,第62页。
② 周作人:《十堂笔谈·国史》,《立春以前》,河北教育出版社2002年版,第133页。
③ 刘绪源:《文人传统与创作生命》,《上海文学》2007年第8期。

第四讲　从知堂到黄裳：文人传统在现代书话中的流脉

文学家中，可以说周氏具有典型性①，仅周氏的书话写作就集中体现了诸多文人传统特性的混杂与交织。前文提到，所谓文人传统，主要指的是传统文人精神、气质背后的连接链。传统的文人趣味癖、隐逸气、通人倾向等等精神气质，在长期的流衍中，形成一个文人传统的链条。这一连接链，在"五四"的时候几被截断，而得以续接在很大程度上也得益于周氏的努力。

周作人的书话影响当时和此后的一些作家，形成一重要脉流。只有在1949—1978年间，这一脉流淡出人们视野，其间尽管唐弢出版《书话》②，但他一再尽量地隐藏文人气息，使其似乎销声匿迹。"文革"刚过，这种写作却有迅速滋长之势，并渐成气候，进而构成了当代的重要创作现象。这在孙犁、黄裳、钟叔河、姜德明等当代的书话家身上体现得不能说不明显，他们的书话流露出的文人传统倾向与周作人书话形成了遥远的回响。

唐弢《书话》书影

前文已引阿英对周作人书话及文人趣味的谈论。阿英的语气其实是复杂的，有着不自觉的欣赏，进而在自己写作中不自觉地认

---

① 周作人与胡适、鲁迅的取向显然有着明显的分野：胡适更多具有西化知识分子气质，其从事对政治更具建设性的思考与参与；鲁迅激烈批判现实、反抗黑暗的倾向，更似传统中的狂狷之士，这在传统文人中往往是异数，如明之李贽。
② 唐弢：《书话》，北京出版社1962年版。

同。读阿英的谈晚明文人小品的书话，不能不下此判断。他不仅也多把眼光投射到明清的文人小品随笔，而且在文风上直追知堂气息，不过语言上稍显直露，不如周氏蕴藉淡然罢了。阿英的《关于黄仲则》《屠赤水的小品文》《明人笔记小话》十则，其实都颇似周氏之神韵。尤其需要指出，阿英的书话也多采用抄书体的形式。抄书体尽管当时颇受一些人的讥讽戏谑，但周氏却是当作一种文体试验去认真经营的。阿英在一篇书话往往多分条检出多段古书中的语句分插于自己的行文中，边抄边议，夹抄夹议，使书话更显跳跃。如他的书话《〈枕中秘〉》一文就抄录了七段文字。从某种意义上讲，阿英是补充完善了周氏的抄书体书话体式。

而唐弢则将书话写作体式运用到对新文学作家作品及版本等方面的考查上，其体例和文风也难脱周氏的影响。如果我们阅读他1945年起发表在《万象》杂志上的系列书话以及集中出现在《文艺复兴》"中国文学研究号（下）"的由22篇书话组成的《新文艺的脚印——关于几位先行者的书话》，不难有这种感觉。只不过后来重新结集出版的《晦庵书话》，对此做了不少删改，增添了许多主流话语，里面的知堂气息已不为读者所察了。如《新文艺的脚印——关于极为先行者的书话》中原名为《瞿秋白》的一节书话到了《晦庵书话》中改成了《绝命诗》。谢其章在比较了此文结尾截然不同的改动后，说："不改又何妨，我喜欢唐弢先生过去的文风。"其实，细味唐弢的原文，其文风、趣味是与周氏一路的，这在当时如何能不改？① 然

---

① 谢其章还对比了其他的改动：《撕碎了的〈旧梦〉》改删尤多，自"简直和小学生字典一样"至"原来，大白本名金庆棪"一段是新写，删去了很重要的关于几个版本要素的话，当然所引周作人序的几句话更要删了，末句"细读《旧梦》，的确使人有这样的感觉"加上此文最后一长段也是新写，完全由原来的版本趣味变为现在的对刘大白这个人的评判，连"既据　（转下页）

而,即使唐弢颇费苦心地掩藏这种文人趣味,还是难免捉襟见肘,藏头露尾。《晦庵书话》对抄书体借用,及整体流露出的玩赏趣味、①故纸气息,早已使唐弢的掩盖努力化作徒劳了。特别是"书城八记"中谈买书、藏书、版本等内容的八篇文字,已把他与周氏相近的趣味显露无遗,原来其实唐弢并不是仅仅对新文学出版物情有独钟,他对古籍也有着特殊的喜爱。②

当代以来,作家与学者才真正地分而治之,泾渭分明。即使同一作者,其在创作和述学时往往也都有着明确的意识。然而这种状况,实际上被"文革"之后开始复苏的书话写作所打破。书话写作的复现,逐渐恢复中国由来已久的学与文合一的那一脉传统。

前文谈及周作人对书籍的酷爱,连包书订书这些活动也流连不已,亦敷衍成文,遂成趣谈。这种趣味是文人传统的独特表现。孙犁也"曾于很长时间,利用所得废纸,包装发还旧书,消磨时日,排遣积郁",并常常"题书名、作者、卷数于书衣之上。偶有感触,虑其不伤大雅者,亦附记之。"③孙犁的这种记于书衣之上的"文录"写法,既深味知堂由书闲谈开去的路数,亦暗合古人藏书题跋的妙处,如同邓之诚的《书衣杂识》,实际也接近于"提要",不能不说是文人传统的又一重要表现。

(接上页)要津,渐忘来路"也是从鲁迅那生剥来的。详参谢其章:《唐弢早期书话〈新文艺的脚印〉》,《中华读书报》2007年11月14日。

① 可参于润琦编著:《唐弢藏书——签名本风景》,中华书局2006年版。其中更可看出唐弢这种文人趣味性。

② 当然,由于唐弢书话选择的对象是新文学,与周氏的对象完全不同,而且唐弢在后来主观上尽量想与周氏文风拉开距离,故唐弢书话与周氏有着明显的不同,属于狭义的书话,易于后来者模仿。也正是这个原因,当代的很多人都把他奉为"书话主人""书话鼻祖",实不确也。

③ 孙犁:《耕堂书衣文录·序》,《书衣文录》,山东画报出版社1998年版,第9页。

寓居香港期间的叶灵凤留下了许多关于故乡金陵的风俗民情的书话小品。如抒发乡愁的《能不忆江南》，谈故乡吃食的《家乡食品》，谈乡贤著述的《乡邦文献》《朱氏的〈金陵古迹图考〉》，无不寄托着思乡的浓郁情绪。① 这些比起他早先出版的关于外国文学的书话集《读书随笔》②更多了文人思乡的传统情怀，让人想起周作人对乡贤著述抄录，对故乡绍兴风土生活的大量眷忆。在某种意义上，不能不说二者十分相似。叶灵凤对南京的追忆文字及其所营造的情绪氛围中常常晃动着周氏的暗影，这既似可视为对周作人重建的文人传统的承续，也是文化乡愁的一种表现。

八十年代突然复现的黄裳，尽管他曾在一些文字中一再表白自己是最喜欢鲁迅的，然而他的文体选择、行文风格乃至借重的材料，都已经明确地告诉了人们：黄裳书话更像是周氏书话的传代者。他的《珠还记幸》看似仿晦庵文风，实承知堂神韵。③ 与周氏一样，对于自己书话写作的方式，黄裳也十分明确与清醒，他曾在《榆下说书》的后记中夫子自道："'说书'，意思是说，这些文字大抵说的是与书有关连的事情；同时也是说，这只不过是一些漫谈。取书本中一点因由，随意说些感想，……既无系统，又少深度，就连材料也是零碎的。"④所谓"少深度"当然是自谦，但"说""漫谈"却真真点出了其书话创作时任意为文的自然状态。较之周作人对自己为文的认识："讲一件事情，大抵多从读什么书引起，因此牵扯开去，似乎

---

① 参见叶灵凤：《能不忆江南》，江苏古籍出版社2000年版。
② 叶灵凤：《读书随笔》，上海杂志出版公司1946年版。
③ 其中特意命名的"拟书话"其实也不例外。参看《拟书话》《珠还记幸》，生活·读书·新知三联书店1985年版）；另可参《拟书话三则》（《来燕榭集外文钞》，作家出版社2006年版）。
④ 黄裳：《榆下说书·后记》，《榆下说书》，生活·读书·新知三联书店1982年版。

并不是先有一个主意要说。"①黄裳书话的文体来源就一清二楚了。

黄裳对于周作人,态度比较复杂,大致可以看作是"文"和"人"两分法。晚年黄裳对周作人的为人明确表示批评,甚至措辞颇不留情面,说其"将剑戟森严、腥臭逼人的虎狼窟穴看作安乐窝,一头扎进去,偷偷地在写"。② 论其文与周氏相通,除了比较文风外,此前很难从黄裳自述文字里找到实实在在的证据来。待到他早年发表在《古今》杂志上的三篇谈周作人的文章《读知堂文偶记》(《古今》第六期,署名默庵)、《读〈药堂语录〉》(《古今》第二十、二一期,署名南冠)、《关于李卓吾——兼论知堂》(《古今》第十八期,署名南冠)首次收入《来燕榭集外文钞》重新面世,一切就豁然开朗了。这三篇文章表明,青年时期的黄裳对知堂文笔见识的推崇,无以复加。如:"读之如闻说法,令人顿生彻悟,获益匪浅。在领略文章之美以外,更是另一种收获也。"③述及《周作人书信》中的一些小札时,喜爱之情更是溢于言表:"或者可以譬作精致的小糕点罢,入口即溶,不留渣滓,每隔若干时,取来重读一过,味道依然。"④对于周氏之文人趣味,黄裳亦是心仪与追摹的:"吾辈年纪尚轻,然似已自极浓之世味中度过,无复少年幼稚的情趣,也因此可以欣赏知堂翁。……即如今日,坐在酒吧里吃茶,在看《药堂语录》,并摊纸执笔写此小文,如此行径,称之为'遗少'固无不可,鄙人也不否认。"⑤后来黄裳再未明确表示过喜欢知堂,但是黄裳自己的散文尤其是

---

① 周作人:《立春以前·〈风雨后谈〉序》,《立春以前》,河北教育出版社2002年版,第173页。
② 黄裳:《后记·我的集外文》《来燕榭集外文钞》,作家出版社2006年版,第510—511页。
③ 黄裳:《读知堂文偶记》,《来燕榭集外文钞》,作家出版社2006年版,第168页。
④ 黄裳:《读知堂文偶记》,《来燕榭集外文钞》,作家出版社2006年版,第170页。
⑤ 黄裳:《读〈药堂语录〉》,《来燕榭集外文钞》,作家出版社2006年版,第172页。

书话写作与周作人确实十分接近,这是毋庸置疑的。黄裳反感有论者说有"所谓的'周作人传统'存在"①。这个传统,确实不是"周作人传统",而是中国的文人传统。"五四"时期以来,周作人是这一传统中的最重要一环。如此说来,把黄裳放在这个传统链中,就再恰当不过了。

当然,黄裳后来的《来燕榭读书记》则已越过知堂书话,直追传统的藏书题跋的体例了。也正因为此,我们更不妨认定,黄裳的写作是试图把经周氏重新凝聚的文人气质、文人传统,真正复归到传统形态。

刘绪源曾指出德国的翻译学者顾彬的局限性,说顾彬"是以西方的眼光来分析中国文学的,着重点是诗、小说和戏剧","中国的真正的纯文学主要是诗与散文,不同于西方文学主要是小说和戏剧,顾彬不明白'中国的思想在哪里',这与他没有更多注意中国那些较高层次的、出于大家手笔的散文、随笔有关"。② 这里需要补充指出两点。第一,诗与散文,说是中国传统意义上的文学更准确些;第二,由于新诗完全抛弃了旧体诗词的语言和格律,文人气质的传统就无法更好地在新诗中延续,而对散文来讲,由于引入"美文"概念的改造,当代散文就变得更为狭隘,它往往排斥了包括书话在内的许多随笔写作,殊不知,文人的气质、传统就只有通过这些随笔文字得以顽强地传承下来,其中尤其以书话最具传统意味。这些很多时候被排斥在"文学"视野之外的随笔,往往都出自博学大家之手,常常说文谈史,谈天说地,忆人论书,兼通古今,游弋于

---

① 黄裳:《后记·我的集外文》,《来燕榭集外文钞》,作家出版社2006年版,第511页。
② 刘绪源:《文人传统与创作生命》,《上海文学》2007年第8期。

学术与文学之间，具有极高的文学、思想及学术的含量。而在被漠视的这类随笔中，书话更为边缘，这在当代文学研究中尤其如此。这就不仅仅是德国人顾彬的学术研究盲区了，也同样是大多数现当代文学研究熟视无睹的领域。

　　现当代文坛有一个有趣的现象，往往更有长久创作生命力的老将都能写很好的书话文字。为什么书话随笔文体成为他们不约而同的选择，为什么文人传统因子能更易在书话随笔文体中得以承传？笔者以为，更多的是因为这些文坛耆宿本身更多保有着文人特质。其知识、情趣、气质都会随年岁逐增而更具有内蕴，这是书话文体写作主体必须具备的。而更深层次的原因在于：随着"五四"新文学的成功建立，小说、诗歌、戏剧等文学形式都成功地转型，建立了与传统形式截然不同的现代化形式。要实现与传统的对接，文人传统要更好地传承，只剩下了散文为唯一凭借，而散文中的书话则无论从内容还是从写作体例上都是最佳的选择。之所以常选择藏书题跋、读书志、读书杂记等形式，是因为传统文人习惯于借六经、古人之言来传达个人看法，于是这种写作形式在中国传统中十分普遍。那么周作人选择书话形式（亦即他自己所谓"读书录""看书偶记"）来实验，文人特质自然顽强地在其中体现出来，从而实现了被"五四"中断的文人传统的恢复和凝聚。

第五讲

书话与现代作家对域外文化的选择性接受

小引

作为介于文学创作和阅读研究之间的文体,书话展示了作者的知识结构的形成、创作材料的积累、阅读体验的深化、创作理论观念的清晰化等方面的过程。所以,书话成为判断作家阅读视野、知识结构较为直观的途径。这里拟以新文学家的书话为切入口,从中窥见作家思想、观念的形成、创作手法的选择与阅读之间的密切联系,着力考察作为重要资源的域外文化是如何进入现代文学家的视野,怎样影响和塑造新文学的,从而凸显出阅读史与文学史之间互动与共生的关系。

第五讲　书话与现代作家对域外文化的选择性接受

一

考察作家阅读与写作的关系，可以窥见作家知识结构与文学创作的关系。作家的阅读积累是他创作的重要的来源。作家的阅读、观念和素材的来源，又根据什么来判断呢？有一个直接的途径，是看他的阅读选择，具体而言就是他读过的书刊。叶灵凤就曾说：

> 作家的书斋，随着他的作品在变化；他的作品，也随着他的书斋在变化。

藏书票"灵凤藏书"，见吴兴文《我的藏书票世界》

我不能想象，一个没有几本书，一个没有一间书斋的作家，纵然他的这间书斋，只是一只衣箱，一张破板桌也好，他必需有一个工作场。不然，他从什么地方将他的生活制造成作品，供给他的读者呢？

我更不能想象一个不读书的作家。读书，是作家生活的一部分。他从书本上，为他的写作生命汲取滋养，使他的生活更加充实，也就给他的作品增加了光彩。

115

> 就这样,我就经常买书,也经常在读书,使我的书斋维持着它的生命,也使得我的写作生活获得新的滋养,希望我有一天能够写得出一篇较充实的富有新生命的作品。①

可见,叶灵凤在自己的阅读与创作的实践中,很自觉地意识到了二者关系的紧密,意识到了阅读是理论观念及创作素材的重要来源。

那么我们再追问:作家读过的书,研究者又是如何能确切地得知?这些书籍如何影响作家的创作,有没有一个具体明确的通道,可以判断呢?答案是,有。这途径就是作家的书话文字。书话是判断作家阅读范围、知识结构的一个直观的途径。作为介于创作和阅读研究之间的文体,书话展示了作者创作材料的积累、阅读体验的深化、创作理论的清晰等方面的途径和过程。如同马塞尔·普鲁斯特《驳圣伯夫》与《追忆逝水年华》之间的关系一样,目前的研究已经证实,普鲁斯特有关圣伯夫问题的写作,是与他唯一一部小说创作《追忆逝水年华》列在同一计划之中,出于同一创意的。② 事实上,作家的书话写作和他们的其他创作之间,其实就存在类似的关系。书

---

① 叶灵凤:《我的书斋生活》,《读书随笔(二集)》,生活·读书·新知三联书店 1988 年版,第 3—4 页。
② 参王道乾:《〈驳圣伯夫〉译者前言》,[法]马塞尔·普鲁斯特《驳圣伯夫》,王道乾译,百花洲文艺出版社 1992 年版,第 1—8 页。作为理论文字的《驳圣伯夫》与《追忆逝水年华》之间存在着互动的关系,《驳圣伯夫》表述的普鲁斯特的美学观点文学思想,在《追忆逝水年华》中得到体现。换句话说,创作的素材构思及观念其实在《驳圣伯夫》中已经有所思考和表述,能够找出其理论的思想的萌芽。在某种意义上讲,作为同一计划和创意中的《驳圣伯夫》起到了与他创作《追忆逝水年华》的"胚胎库"的作用。书话对于作家而言,往往既是理论的体现、材料的体现,同时又是创作本身。因为书话是介于作家的"文"与"学"之间的写作,既是文人之学,又是学人之文。

话往往显示出作家在某时期的阅读对象、兴趣所在、理论思考,而这些给我们去研究相关的作品提供了难得的途径和窗口。

我们知道,对西方文学文化的引介借鉴、学习模仿,是20世纪中国一直未曾消歇的风潮。外国文学书刊是现代书话所热衷的重要对象。周作人、郑振铎等人早期的书话都是以介绍谈论域外文学典籍为主的。黄裳曾说,周作人"早年著译以介绍外国文艺作品论文为多,这些劳作在文艺界所得的影响显然可见"[1]。郑振铎在旅欧期间,用书话的形式对西方文学介绍颇勤。早在1929年郑振铎以"西谛"为笔名在《小说月报》连续发表了20则《读书杂记》[2],大都是侧重西方文学的评介。后来,叶灵凤、冯亦代、杜渐等陆续出版的书话集也都致力于西方文学的介绍。除了以书话写作为著的作家叶灵凤等以外,王统照也有一些书话写作实践。特别是早年,王统照书话有意识地谈论西方书籍,如《〈生命与性质〉》一文,即谈论歌德随笔集《生命与性质》,其中有观点,有批评,有版本评介等内容。他写于1923年夏日的读书日记也都着力于对西方典籍的阅读思考。

事实上,当时及后来的整个现代文学阶段,对西方文学文化的介绍一直都没有停止过。在这个介绍的过程中,现代书话扮演了重要的角色,发挥了积极的作用。通过书话,可以知道作家对国外某作家作品的谈论频率、评价情况。从书话入手,考察一个作家的知识结构,进而探究其是否受到某些方面的影响,有可能避免仅仅因为形式或内容的相似性,在没有证据的情况下主观臆断、比附研

---

[1] 黄裳:《读知堂文偶记》,《来燕榭集外文钞》,作家出版社2006年版,第165页。
[2] 郑振铎用笔名"西谛"在1929年《小说月报》20卷的第1号发表8篇,第2号发表4篇,第3号发表3篇,第4号发表4篇,第5号发表1篇。

究的倾向。我们知道，人类的思维一定程度上具有同构性，任何地域、任何文化、任何种族的人，都具有这种同构性。而同构性的存在恰恰又说明，有时候不同地域、文化背景下出现某些相似或相通的精神、文化（包括文学、思想、观念等），二者之间并不必然存在着影响关系。那么如何证明二者之间到底是否存在实质的真正的影响？从作者的知识结构考察可以在一定程度上将研究坐实，而这个知识结构的形成，与其阅读历程有直接关系，阅读情况可以从其读书买书、借书、评书等方面进行考察，而这些又往往在作者的书话中有着较为可信的反映。

二

作家是如何通过书话途径引入和介绍域外文学文化，并进而对其文学创作产生影响的呢？对于这一问题，笔者主要选择叶灵凤的书话为中心来论述。因为叶灵凤早年是著名的小说家，同时，叶灵凤也写作随笔书话，尤其中晚期的创作更是以书话为主，成为百年中国文坛很有影响的书话家。所以，选择既写小说又作书话的叶灵凤，无疑是极佳选择。

在已看到的叶灵凤书话中，据笔者粗略统计，专谈王尔德的最多，有9篇，其次是谈歌德的8篇，然后依次为谈纪德7篇、比亚斯莱（比亚兹莱）6篇、《伊索寓言》5篇等。叶氏书话不仅有专谈上述作家作品的，而且在其他的书话中也多次涉及论及王尔德、比亚斯莱及《黄面志》。这些频繁的提及，意味深长，值得注意。我们知道，王尔德、比亚斯莱是19世纪唯美主义派重要的艺术家，创刊于1894年的《黄面志》是唯美主义运动的重要阵地。以王尔德为代表的唯美主义艺术家敏感而脆弱,希望在超政治、超现实的艺术象牙塔中寻求安慰和满足。他们既反对艺术服务于政治,也反对艺术受制于金钱;既反对文学的政治功能,也反对文学的道德教化。于是,绝对的、崇高的艺术之美,成了艺术家追求的唯一目标。从叶灵凤对王尔德、比亚斯莱青睐有加,可知其对这一艺术流派的钟情。这是我们研究叶灵凤创作的一把钥匙。当年叶灵凤曾与潘汉年分别编辑《象牙之塔》与《十字街头》,而叶灵凤之所以选择前者,其实与其唯美主义的艺术追求是相关的。叶灵凤加入创造社,成为有才又卖力的"小伙计",是有着艺术观念主张上的一致,然而后来创造社转型,叶氏即退出。他尽管也曾入左联,但旋被认为消极工作"完全放弃了联盟的工作"而除名[1],最终还是活跃于"《现代》同人"中。如有学者说:"叶氏小说创作……在创造社后期与三四十年代海派文学之间,他是一位衔接性作家,此种角色的特殊性与重要性值得治文学史者看重。"[2]这都与其所秉持的唯美艺术观念有着内在联系。

叶灵凤对域外意识流文学创作表现出了浓厚兴趣。他曾有多篇书话谈及普鲁斯特、乔伊斯等西方意识流的代表人物。如他曾评价普鲁斯特:"他的小说着重于内心分析,人物的活动不过是他所要描写的精神活动的佐证而已。在这方面,普洛斯特是继承着他的前辈斯坦达尔的遗产,远在伊斯的《优力栖斯》之前,为现代小

---

[1]《开除周全平、叶灵凤、周毓英的通告》,《文学导报》1931年第1卷第2期,1938年8月5日。
[2] 金宏达:《纪念一位"注"销过的作家——写在〈叶灵凤文集〉出版之前》,《出版广角》1998年第4期。

说着重于内心分析的大路奠下了第一块基石。"[1]叶灵凤将普鲁斯特放置在文学史的框架中,可见,叶灵凤对西方意识流的来龙去脉的熟悉。我们知道《追忆逝水年华》小说的主线是叙述"我"的追忆和联想,但又不限于个人的单线回忆,而是枝杈横生,主题交错,形成交响乐的结构。整部作品是对一种现实的逐渐发现,这种现实只存在于记忆之中:"真正的天堂,是失去的天堂。"凡是感受到的、体验过的、在艺术中得以再现的人、事和物,就是经历了时间的考验,就会产生出意义,焕发出光彩。正是在这个意义上,有人把小说的主题概括为"时间"和"回忆"。而叶灵凤的《未完的忏悔录》中的追忆,心理的表白,意识的流泻等都受到这些影响,可以看到普鲁斯特《追忆逝水年华》的影子。叶灵凤《永久的女性》更是对逝去的"天堂"的频频回顾,恋恋不舍。《女娲氏之遗孽》中的女主人公的情感的表露抒发等,有着现代意识流小说的痕迹,其借鉴是有迹可循的。《鸠绿媚》《摩伽的试探》《落雁》这些小说在一定程度上也运用了现代意识流手法。由此我们可以看到,叶灵凤小说创作所借鉴的技巧和流派,大致可以在他的书话所提供的"资料库"中找到实际的例子,影响关系也就有迹可循。

叶灵凤小说《永久的女性》,讲述一个青年画家和女模特之间纯洁无瑕、若有似无的美好情愫。其中尤对青年画家笔下的"永久的女性"和那位模特姣好的面容,沉静的神态,高雅的气质等反复做极为完美的想象和描述,对其赞美和崇拜,近乎痴迷。读完这部小说,我们再反观他的书话,就会明白这个完美的女性有着既定的

---

[1] 叶灵凤:《谈普洛斯特》,《读书随笔(一集)》,生活·读书·新知三联书店1988年版,第50页。

第五讲　书话与现代作家对域外文化的选择性接受

"模特"在,可以找到叶灵凤想象中的"永久的女性"的根源。事实上,他对美丽女性的膜拜,源于一种特殊的情结。在书话《记莫娜丽沙》中,叶氏说:"我正是世上无数的'莫娜丽沙狂'之一,是这张画的爱好者。"他在逛旧书店时买的一幅蒙娜丽莎画"配起镜框挂在墙上",①在书话《华萨里的〈画家传〉》中叶灵凤还不惜长篇引用华萨里对蒙娜丽莎的描写②。作者对此画的喜爱痴迷可见一斑。小说《永久的女性》明确写道,主人公画家秦枫谷倾注了他所有艺术努力创作"永久的女性"的想法,也是受到蒙娜丽莎的诱惑和启示,而且当绘成以后,画家也把画作放在自己的住处终日欣赏。

蒙娜丽莎的形象深刻影响和规约着叶氏对小说的想象。如秦枫谷在《中国画报》封面上见到朱娴时的感觉:"握着葡萄藤的右手,完全是举世无比的莫娜丽沙的右手。"③当秦在霞飞花店门口初次遇到朱娴时的观察:"一张圣母型的脸,两道秀逸的长眉,松散的鬓发遮掩着右额和耳朵,微微的在颊上留下了一道可爱的阴影。捧着花在门口略略停留了一下,这一瞬间的姿态,于端庄之中更流露着优雅。"④当他准备作画时的构图,也让人联想起蒙娜丽莎:"他要画一张胸像。面部占着画像的上半,身体微向右面偏着。左手抱了一丛百合花,百合花该向四面散开,一部分的叶子遮着左手的手臂和胸部。右手盖着握了花的左手。左耳被斜掠下来的头发遮住。眼睛微微下垂,嘴角带着一点微笑。背景是庄严的黑色,衣服

---

① 叶灵凤:《记莫娜丽沙》,《读书随笔(一集)》,生活・读书・新知三联书店1988年版,第129页。
② 叶灵凤:《华萨里的〈画家传〉》,《读书随笔(一集)》,生活・读书・新知三联书店1988年版,第372页。
③ 叶灵凤:《永久的女性》,《叶灵凤文集》第一卷,花城出版社1999年版,第294页。
④ 叶灵凤:《永久的女性》,《叶灵凤文集》第一卷,花城出版社1999年版,第308页。

是黯蓝。他不想多用娇艳的色调,因为他想表现的是女性的庄严和永久,并不是女性的诱惑和美丽。"①当画作《永久的女性》绘成,作者这样描述:"无论在构图、色彩和笔触方面,都显得是精神饱满的力作。构图是单纯而严正,色彩在冷静中带着艳丽,但是却不流于奢华。画面上充满了女性的美丽和严肃,使人见了有一种高贵超越的感觉,像是在读一首古典诗人的抒情诗。"②可见,通过叶灵凤书话,我们可以觅到小说《永久的女性》构思的渊源。

关于美与死亡的思考,是叶氏书话常常谈及的问题。这种思考与探讨在他的小说中亦有反映。埃德加·爱伦·坡的作品举凡小说、诗歌、文学评论往往离不开"死亡"与"美"的主题,其对法国象征主义诗人波德莱尔的影响历来为人提及。奥斯卡·王尔德作为西方唯美主义的先锋,其作品对"死亡"与"美"的理解与热衷也是在同时代的作家中非常突出的。

在爱伦·坡和王尔德那里,美的梦幻与死的唯美是说不尽的命题,且两位作家的人生在一定程度上诗意化地完成了"美"与"死亡"的艺术过程。这对叶灵凤充满了诱惑。叶氏《昙华庵的春风》中月谛对性爱的懵懂与向往,以及在向着那诱惑行进中的突然死去,渲染了一种迷人的梦幻之美。《鸠绿媚》中主人公小说家春野君的梦与神话传说中鸠绿媚、百灵斯之间的爱情,错杂交织,鸠绿媚、百灵斯为了爱情欣然赴死,小说家在现实与梦幻中的离奇遭遇,都构成了对死亡的唯美书写,艺术与美的梦幻的展示。

在选材或创作方法、表达情绪上,叶灵凤小说与爱伦·坡、王

---

① 叶灵凤:《永久的女性》,《叶灵凤文集》第一卷,花城出版社 1999 年版,第 330 页。
② 叶灵凤:《永久的女性》,《叶灵凤文集》第一卷,花城出版社 1999 年版,第 350 页。

尔德有着明显的趋同，如对美的冷酷与死的淡漠的渲染。在名剧《莎乐美》中，一个圣经故事被演绎成了血淋淋的爱情悲剧，王尔德笔下的莎乐美，是美艳、性感、危险、颓废的。叶灵凤充满先锋实验色彩的《摩伽的试探》中的女子似乎就是一位莎乐美式的人物。在这个女子的诱惑下，摩伽也最终在本能面前失败，落入了欲望的深渊之中。这里的氛围是冷气逼人的，克制的笔调下，凸显的是对美的冷酷的表现和对人性本能的解剖。还有对另类美的追求。所谓另类美包含忧郁美、怪诞美、恐怖美等。爱伦·坡和王尔德的作品中往往使处于极端的两种事物同时出现，比如裹着尸布的尸体与大量的鲜红色玫瑰，萧瑟的家族墓地与美丽的蝴蝶等，形成怪诞惊异的美学效果。叶灵凤的小说也在某种程度上存在着这一创作倾向。如《口红》对色彩的构图描绘，《鸠绿媚》《摩伽的试探》对神秘气氛的渲染，充满着忧郁、恐怖的气息。

三

性观念的科学化程度，是现代人性观念的试金石。"五四"以来，西方性科学的著作涌入，并广泛传播，现代的、科学的性观念得以初步建立。而在这个传播过程中，书话扮演了重要的角色。很多新文学家对性学书籍表现出了极大的热情。运用科学的观点来看待性问题，加以认识和研究，并在创作中去深刻地表现性的心理、性的现象、本能欲望，是很多书话家乐此不疲的。比如叶灵凤、周越然等都有相当数量的书话专谈性的书籍、涉性作品。

叶灵凤很早就关注这方面的科学知识。尤其到了香港之后，他曾致力于性学书话随笔的写作，汇成《世界性俗丛谈》（广西师范大学出版社2004年版）。《世界性俗丛谈》以性知识、性文化为中心，结合人类学、民俗学、现代医学、生理学等学科，论及世界上很多地域民族的性风俗，逸闻趣事尽收笔端，融趣味与知识、民俗与科学、人文与自然、艺术与科学为一体。

  周越然在这方面的写作，成绩似乎更突出。周越然的性学书话小品，散见于20世纪三四十年代上海的《晶报》等报刊。其后人周炳辉编辑成册出版，名为《言言斋性学札记》。① 周越然曾热衷于收藏古今中外的性学书籍，而这部性学札记即是其搜书、读书过程中的副产品。关于周越然的性学书话，躲斋的评价并非过誉："言言斋……以其丰富的藏书介绍，在性学领域里成为一位普罗米修斯。言言斋主周越然并不是研究性学的学者，而是藏书家。然而他不同于一般藏书家之处，在于致力于搜集涉及性学的词曲小说以及域外禁书。在大量的西书中，有很多性学著作。言言斋鉴于人类的性决非淫秽而是科学，因而以其藏书为基本，或译或述，从生理、心理、病理、卫生、优育等等方面进行介绍，以裨益于对广大群众进行性知识的传播。"② 毋庸置疑，周越然书话在一定程度上对科学的性知识的传播、科学的性观念的建立发挥了积极作用。

  对蔼理斯名著《性心理研究》，知堂、叶灵凤都曾表现出兴趣，他们都多次在书话中谈到这本书。叶灵凤也在文章《火炬竞走》的

---

① 据香港藏书家、书话家黄俊东曾在其《猎书小记》中提到，周越然专门撰写了一部《性知性识》的书，黄俊东称此《性知性识》"是一本写得有趣而又有教育性的""用俏皮的笔调来写性故事的妙书"。（参黄俊东：《〈性知性识〉》，《猎书小记》，云南人民出版社2002年版，第190页。）但是，笔者到现在并未见到周越然所著《性知性识》原书，故只能主要参考周越然后人周炳辉编辑出版的《言言斋性学札记》（广西师范大学出版社2004年版）。

② 躲斋：《〈言言斋性学札记〉序》，周越然《言言斋性学札记》，广西师范大学出版社2004年版，第2—3页。

末尾抄录过蔼理斯的跋文。在周氏书话中,所录跋文的出现总是在谈及蔼理斯的著作或性学研究时,而叶灵凤引录此段的却是与蔼理斯或性学毫无关系的《火炬竞走》一文,叶氏发挥:这段跋文是"对雅典人火炬竞走所涵蓄的人生意义"的赞扬[1],而在叶灵凤专谈蔼理斯的《〈性心理研究〉作者蔼理斯》《蔼理斯杂感集》等文中却对这段跋文只字未提。我们需要注意的是,即使是在这两篇专谈蔼理斯的书话中,对于蔼理斯及性问题,叶灵凤并未作什么议论和发挥,而仅止于介绍和抄录。两相比较,由此我们似乎可以窥出二人在性的认识和观念上的分野来:周是着眼于理性健康的性观念的建设,颇有思想家的深度与见识;而叶则更关注于其中的趣味,留意于对人性本能的肯定,所以,叶灵凤写的很多性俗、性学书话,往往存在崇欲抑理的倾向。这一点从叶氏《世界性俗丛谈》可以看得更为清晰。如同样是对《香园》有兴趣,他在《〈猴爪〉和三个愿望的故事》中花了一半的篇幅讲述《天方夜谭》中"源出《香园》的几个讽世轶闻"——"三个愿望的故事"。[2] 对这个故事,叶灵凤首先想到是"有一点象中国《笑林广记》式的富于讽刺趣味的笑话"。但是叶氏并未由此进一步阐释发挥,而止步于有趣情节的介绍。

四

宗教类书籍也是书话所话的内容。新文学家书话之谈论此类书籍,并非为了阐释教义,而是为了从中汲取资源,最终指向新文

---

[1] 叶灵凤:《火炬竞走》,《读书随笔(二集)》,第 321 页。
[2] 叶灵凤:《〈猴爪〉和三个愿望的故事》,《读书随笔(一集)》,第 233—237 页。

化及新文学的建设。他们将西方和传统经典的阅读选择指向建构新文学文化的目标。新文学家们有关此类书籍的书话,给我们建构的是现代的人性观和新文学。

比如对佛经和《圣经》的阅读选择,叶灵凤坦言:"我就是将佛经当作文学作品来读的。当作寓言集、当作故事集,甚至是当作《十日谈》来读的。就是对于基督教的《圣经》,我也是如此。"[1]其中的功利取向十分明确。叶灵凤同时一再表示其文学的接受立场:

> 我们平日以欣赏古典文学作品的立场去读基督教的《新约》和《旧约》,往往惊异于其中所包含的故事的丰富。西洋文艺作品和艺术品,以至今日的电影,取材于《圣经》者特别多,正是由于这个原因。
>
> 同样,有机会翻阅过一些佛经的文艺爱好者,一定也会很惊异佛经里面所包含的故事和寓言之多,而且写得那么机智可喜。[2]

可见,"西洋文艺作品和艺术品,以至近日的电影,取材于《圣经》者特别多",叶氏认为正是由于这些典籍中包含着丰富的故事。事实恐怕远非仅仅如此。叶氏这里的判断并没有考虑到其文化传统与信仰力量的深层因素,西方的文学艺术取材于《圣经》者,更多的原因在于文化的熏陶、传统的规约和信仰的力量,如同中国的文艺难免常常取材于儒、道的典故是一样道理,并非仅仅因为故事的丰富使然。

---

[1] 叶灵凤:《美丽的佛经故事》,《读书随笔(一集)》,第427—428页。
[2] 叶灵凤:《印度古代的〈五卷书〉》,《读书随笔(一集)》,第415页。

其实不独叶灵凤如此看待和选择佛经。如顾随曾认为："假如我们把所有佛经里面的故事，或大或小，或长或短，搜集在一起，那壮采，那奇丽，我想从古代流传下来的故事书，就只有《天方夜谭》可以超过了它……"①有学者认为佛教《本生经》是古印度"民间寓言故事大集"②，并将之与希腊的伊索寓言、阿拉伯的《天方夜谭》等相比较。

鲁迅关注的是佛经的形式修辞，关注其文学的价值。鲁迅有多篇书话论及佛经的读法，如《关于〈唐三藏取经诗话〉的版本》《〈百喻经〉校后记》等。鲁迅说："尝闻天竺寓言之富，如大林深泉，他国艺文，往往蒙其影响。即翻为华言之佛经中，亦随在可见。"③鲁迅于1914年在金陵刻经处捐刻《百喻经》，并非主要着眼于佛教义理，更看重的还是其对于中国文艺所产生的影响，实用的目的显然。鲁迅之关注佛经的文

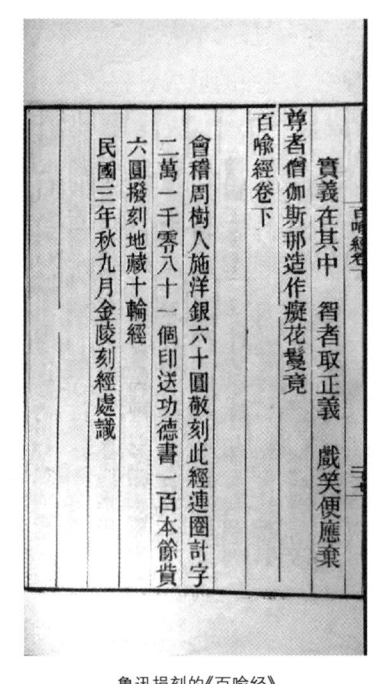

鲁迅捐刻的《百喻经》

---

① 顾随：《佛典翻译文学选：汉三国晋南北朝时期》，《顾随说禅》，上海古籍出版社1998年版，第91页。
② 季羡林主编：《印度古代文学史》，北京大学出版社1991年版，第135页。
③ 鲁迅：《〈痴华鬘〉题记》，《鲁迅全集》第7卷，人民文学出版社1981年版，第101页。

学、思想价值,其目的与意义不仅在于从佛经中发掘有益的可资借鉴的因素,同时也暗含着汲古以求新变,为当时文学文化的变革寻求合法性的目的。

　　书话不仅是新文学家的创作本身,也是研究途径。介于文学创作和阅读研究之间的书话,展示了作家知识的结构、创作材料的积累、体验的深化、理论的清晰等过程。作为载体的书话,意义不容小觑。在整个中国文学现代转型过程中,对新文学的思想观念理论等层面的形成过程的考察,书话是一个重要的途径。以新文学家的书话为切入口,从中窥见作家思想、观念的生成及创作手法的选择与阅读之间的互动,在这一过程中我们更发现了阅读史与文学史形成之间的共生。

本土意识与中国问题

第六讲

现当代文学研究的中国意识

小引

"文学"和文学研究是如何"被现代"的？本讲着力探讨与反思中国现当代文学的"文学"与"现代"问题。中国现当代文学研究在研究对象范围的选择方面存在着巨大的盲区。这种现象与研究界"文学"观念的遮蔽有关。这是因为西方"现代文学"概念的引入后，"现代"的"文学"概念与中国文学本身特点及中国文化事实存在着一定程度的错位。因此，反思现代中国"文学"概念"被现代"的过程，唤醒现当代文学研究的中国意识，是本讲的主要任务。要实现中国现当代文学学科的进一步推进及中国现当代文学研究的持续深化，这种反思也是必需而迫切的。

作为现代学科之一的中国现当代文学从建立之初，就留下了"名"（中国现当代文学之名）与"实"（中国文学创作事实和本身特性）错位的矛盾。随着研究的日益深入，矛盾也越来越突出，给研究者带来了普遍的焦虑。无论是关于学科命名的不断更新（新文学、现代/当代文学、20世纪中国文学、民国文学/共和国文学[①]等），文学史的持续重写，还是关于现当代文学的价值观与边界问题追问思考，这些反思都在不同方面和不同程度上回应了中国现当代文学学科的这一矛盾。问题的核心和实质在于：之所以学界在不断地重新命名，但是命名又无法解决现当代文学的焦虑，其根本原因是中国现当代文学一直在试图与中国古代文学进行断裂，从而谋求自己的合法性，断裂之后过于强调"现代"而忽略了"文学"，一味地从"现代"出发去寻找文学的新质，忽视了从中国文学本身的事实建构"现代文学"的观念。要解决现当代文学命名的焦虑或者说学科的"名""实"矛盾，我们还得从中国现代文学原点——"现代"与"文学"——再出发："五四"以来的文学是如何的"现代"，怎样的"文学"？

一、选择性遗忘：文体的盲区

　　探究这一原点性问题，反思"现代"文学观，重建现代"文学"观，为了避免论述的凌空蹈虚，论述必须从一个切实有效的切入点展开。新材料、对象的引入与研究往往能引起对既有观念的反思，

[①] 十多年前"民国文学史"曾成为热议的话题。这一概念的提出，对中国现当代文学研究做出了新的推进。

第六讲　现当代文学研究的中国意识

促使新观念的产生。于是，笔者就不能不想到一种被以往文学研究者忽视遗忘的新的研究对象——"书话"在现当代文学研究中的遭际。

书话作为文学现象，在百年中国文坛中有着庞大的创作群体和丰富的创作实绩；书话作为文化现象，有着悠久的创作传统和繁荣的写作实践。① 这样一种非常重要的写作方式和文体存在，在中国现当代文学及相关人文学科中，却一直被忽视，极少有人关注。除了王兆胜的专文②以及笔者的著述③外，极少有文学研究者从文学的角度去专门探讨这一现象④。书话一直处在被中国现当代文学研究遗忘的角落，寂寞地存在着。

书话研究之所以还如此寂寞，最直接的原因是受制于研究者对现当代文学研究对象的选择。而出现这种选择性遗忘的根源在

---

① 关于近百年中国书话的简要梳理，可参见赵普光：《书话与现代中国文学》的绪论及第一章，人民出版社 2013 年版；赵普光：《对象、方法与视角：书话与现代中国文学研究》，《江苏社会科学》2013 年第 3 期等系列论文。
② 参王兆胜《论 20 世纪中国书话散文》(《中国社会科学院研究生院学报》2001 年第 1 期)、《百年中国书话散文综论》(《广播电视大学学报(哲学社会科学版)》2004 年第 1 期)。
③ 笔者于 2006 年完成了硕士论文《缱绻与决绝：现代书话的产生及其文学史意义》，这被称为"中国学界第一本讨论书话的学位论文"，"两岸学界第一本研究书话的学位论文"。(见陈学祈：《战后台湾书话散文初探》，台北教育大学硕士学位论文，2010 年，第 7、10 页。)在此基础上笔者又于 2009 年完成了博士论文《书话与现代中国文学》(该博士论文由人民出版社 2013 年出版)，另外还曾有系列论文专论书话作为中国现当代文学的重要文体、著述流脉及史料意义，如《略论书话的概念及文体特征》(《新华文摘》2006 年第 6 期)、《从知堂到黄裳》(《福建论坛(人文社会科学版)》2009 年第 1 期)、《论书话的现代文学史料学意义》(《文学评论》2009 年第 3 期)、《书话与现代中国文学的经典化》(《文学评论》2013 年第 5 期)等。
④ 刘绪源、黄开发在各自的论著中曾论及书话，但非专门的系统的书话研究。必须提及的是，台北教育大学台湾文化研究所应凤凰教授指导陈学祈于 2010 年完成的《战后台湾书话散文初探》是第一本专论台湾书话的硕士学位论文。

于:长期以来,现当代文学研究界的文学观特别是文体观存在着一定的盲区。

而文体选择的盲区产生的原因又是什么呢?对此,拙文《关注随笔的文学成就》曾有所申述。① 我想进一步指出,"五四"以来,由于受到西方文学观念影响,在现代文学研究者的视野里,往往无法看到中国传统的文学体例在现代中国的延续,即使看到,也不敢越雷池一步。目前要想使现当代文学研究得以进一步拓展深入,文体范围的开拓、视野的拓展就变得十分迫切。重新认识现当代文学的边界,对于现当代文学对象的扩展、文学观念的廓清,对于现当代文学研究的深入拓展,对于我们学科的建设都是很有必要的。

中国现代文学学科从建立之初,为了确立自己的合法性,"断裂"成为首要的策略。② 这在一定程度上决定了中国现当代文学研究确立了所谓"自我"之后,也为后来的诸多矛盾和危机埋下了伏笔。从如何处理通俗小说在文学史中的地位,到旧体诗给现代文学所带来的挑战,再到如今书话杂述等文体我们应如何放置,这一系列问题的相继揭出,都是渊源有自的。而其中,书话等杂述如何处理的问题的提出,可能带来的挑战会更大、更根本,也更具颠覆性。因为这里书话杂述等文体,与通俗小说、旧体诗还不一样。至

---

① 参赵普光:《关注随笔的文学成就》,《人民日报》2008年4月24日。
② 对此,王兆胜曾指出:"由于历史原因和观念偏向,学界往往笼统地将中国古代文学与现代文学分开,于是一些具有承继性的关系被人为割断。"王兆胜接着以诗歌为例进一步认为:"如果说,迄今为止的中国现代诗研究有何不足,那么狭隘的视野和单一的理念为其一。这具体表现在……过于强调其'新'质,相对忽略其由'旧'变'新'的复杂过程,尤其不顾它'旧'的前奏和价值存在,这就造成研究者一味求'新',甚至简单否定其'旧'质的倾向。"(王兆胜:《林语堂与中国旧体诗词》,《人文杂志》2007年第1期。)

第六讲　现当代文学研究的中国意识

少在一般研究者看来，通俗小说、旧体诗是属于"文学"范围，绝对没有任何人提出异议，其是否入史，更多限于现代文学学科的性质。但书话能否作为一个现代文学研究的对象，都存在争议，它引出的不是文学史和文学研究接纳抑或拒绝的简单问题，也不仅仅是文学边界的扩充或退守、对现代文学学科性质的界定等问题，可能更涉及了对现代"文学"概念的界定、对现当代文学史研究框架、文学研究体系体例等一系列的更为根本、更为整体性的调整，从而也引起了传统文体如何继承、传统以何种形式呈现等等一系列文化思索和挑战。

现当代文学研究的对象范围是什么？边界在哪里？这一研究对象范围认识上的矛盾误区，从文体角度看，主要是集中于散文研究方面，或者说是对小说、戏剧、诗歌以外文体的认定与选择方面。对此，在当代的古典文学研究者那里，根据研究对象的实际情况，基本上是持传统的文学的概念，照单收入的；而现代文学研究则将许多不符合现代西方意义的文学概念的著述创作统统予以清除。于是这导致了有学者说的情况："在文学史研究上我们就出现了两种标准：对古代文学史，我们采取的是泛文学的标准，凡属文章，不论文学非文学，我们都收进去；对现代文学，我们采取的是较为狭义的文学的标准，只收文学作品。这样一来，从古代到现代，我们的文学史在逻辑上便衔接不起来。各讲各的，而从来也没有人细究这个逻辑上矛盾的问题。究竟什么是文学，哪些文章应该收进文学史，这只是文学史编写的立足点问题。这个开端就无法避免的问题不解决，文学史的编写便无从谈起。因为它关系到什么是我国文学的特点和它如何的流变。"① 从古代文学到现代文学研究范围的严重不对称,这个矛盾的出现,其主要原因之一在于研究者的"文学"概念认识发生了突变,而中国文学事实的渐变或许并非唯一的根源。"五四"以来,西方的"文学概论"、文学理念引入中土,并成为一种无可置疑的权威性的观念。作为"五四"之后成长起来的文学学者,自然也是秉持这样的现代"文学"观念和学科认知。带着这种观念去衡量,自然对何者是文学、何者非文学进行了现代性的剪裁。于是,包括书话在内的文人笔记等著述就被排除在文学之外。这就提醒我们不能不思考:中国文学是如何"被现代"的?

二、文学是如何"被现代"的:西方概念与中国文学的"拉郎配"

之所以如此追根究底,笔者只是想对现代的"文学"观念保持必要的"警惕性",而不能对这种由来并不太久的观念,毫无戒备地认为其理所当然、无懈可击。现在通行的"文学"的内涵和外延从来如此吗?这样的"文学"概念真的完全符合现代中国文学著述的实际情况吗?迫不及待地与西方接轨的中国文学研究界,用现代西方文学观念来衡量中国的文学事实,会带来哪些弊端?② 对这些问题,我们必须有足够清醒的意识。那些中国固有的文体文类,它在"五四"以后就真的如几乎所有中国现当代文学史叙述的那样,

---

① 罗宗强:《文学史编写问题随想》,《文学遗产》1999年第4期。
② 陈平原曾有类似的质疑:"以西方的文体观念来剪裁中国文学,提倡'小说'而冷落'文章',这一学术转型既带来无限生机,也隐含着蔑视中国固有文类的陷阱。"(陈平原:《"文学史"作为一门学科的建立》,《文学史的形成与建构》,广西教育出版社1999年版,第6页。)

完全消失绝种了么？事实上，这些中国式的固有的文体并没有因为西方现代"文学"观念的流行真的就灭绝了。那么，我的问题是，这些依然存在的著述，作为当代的文学研究者，该如何面对？是掩耳盗铃，充耳不闻，武断地将其抛弃在研究的视野之外，还是审慎地进行考察，寻求其存在之故、变迁之由，探寻其给我们的研究所提供的启示借鉴？

事实上，现代的"文学"概念不是从来就有的，它在中国的产生变化有其过程。我们现在所持的现代的"文学"的概念，与中国传统的"文学"概念所指并不完全重合。现代的"文学"概念是近代以来特别是"五四"以后受到西方现代"文学"观念影响的结果。换句话说，要重新认识中国文学的"文"的原初概念的启示意义。因为"文"的一系列意义，可以提示我们，中国文学的复杂性和文体的丰富性、层次性。

关于文学的概念，我们知道，"西学东渐之前，中国并无西方文化意义上的所谓文学概念……说到底，是文而不是文学这一概念奠定了中国文学观念最坚实的基石"[1]。许慎《说文解字》中说："文，错画也，象交文。"后来在此原初意义的基础上，形成和衍生出了多重的意义，即刘若愚所说的"一系列光谱般的意义"[2]。诸如"大人虎变，其文炳也……君子豹变，其文蔚也""古者庖牺氏之王天下也，仰则观象于天；俯则观法于地。观鸟兽之文，与地之宜。近取诸身，远取诸物，于是始作八卦""观乎天文，以察时变；观乎人

---

[1] 彭亚非：《中国正统文学观念》，社会科学文献出版社2007年版，第3页。
[2] ［美］刘若愚：《中国的文学理论》，田守真、饶曙光译，四川人民出版社1987年版，第30页。

文,以化成天下""叁伍以变,错综其数,通其变而成天下之文"①(《周易》)。对此,刘师培曾总结道:"三代之时,一字数用,凡礼乐、法制、威仪、言辞、古籍所载,咸谓之文。是则文也者,乃英华发外,秩然有章之谓也。"②直到刘勰从文化的意义上转向了审美意义上的文的用法,《文心雕龙·原道》:"傍及万品,动植皆文:龙凤以藻绘呈瑞,虎豹以炳蔚凝姿;云霞雕色,有逾画工之妙;草木贲华,无待锦匠之奇——夫岂外饰,盖自然耳。"

到了近代,对文的认知依然有着不同的指称。一种依然延续着传统观念,将文看作是与一切文化领域相关,采广义之说。如章太炎说:"文学者,以有文字著于竹帛,故谓之文;论其法式,谓之文学。凡文理、文字、文辞皆称文;言其采色发扬,谓之彣。以作乐有阕,施之笔札,谓之章。"③而在此前后,窦警凡《历朝文学史》、林传甲《中国文学史》、黄人《中国文学史》等最早的三部中国文学史著相继出现。其中,黄人的文学史在文学观念的现代转型,亦即将现代西方文学观念传入过程中更具有先锋性。黄人已经意识到了文学的新的重要特性:"审美","从文学之狭义观之,不过与图画、雕刻、音乐等",属于"美术"之一部分;同时兼具"真""善"之功能,故"自广义观之,则实为代表文学之要具,达审美之目的,而并以达求诚明善之目的者也"。黄人在 1911 年编的《普通百科新大辞典》"文学"条说:"文学虽与人之知、意上皆有关系,而大端在美,所以

---

① 有关考古表明,"叁伍以变"本是商周时期人们描述编织纹样的专门术语。(参于民:《春秋前审美观念的发展》,中华书局 1984 年版,第 131 页。)
② 刘师培:《文说·耀采篇第四》,《刘申叔遗书》上册,江苏古籍出版社 1997 年版。
③ 章太炎:《国故论衡·文学总略》,上海古籍出版社 2002 年版。

美文学亦为美术之一。"①与黄人暗合的是,王国维也提出"感情之最高之满足,必求之文学、美术;知识之最高之满足,必求诸哲学"②。相似地,鲁迅《摩罗诗力说》谓:"由纯文学上言之,则以一切美术之本质,皆在使观听之人,为之兴感怡悦。文章之为美术之一,质当亦然,与个人暨邦国之存,无所系属,实利离尽,究理弗存。"知堂《论文章之意义暨其使命因及近世论文之失》也提出过类似的看法。由于"别求新声于异邦"的诉求,可见在近代知识分子的观念里,西方现代文学观念已经得到相当程度的认识接受。学者金克木对这一概念的引入及权威性的确立有着敏锐的认识:"五四运动以来,讲骈文的'选学妖孽'和讲古文的'桐城谬种'一同都被扫荡了。从此文学的范围标准便是从欧洲来,而推翻了从第一部文学总集《文选》以来的传统。"③

至此,近现代学人已经开始有意识地按照现代西方的文学观念来建构和判断中国的文学事实,新的文学观念确乎在"五四"时期已经建立。但是,与此同时,"名"与"实"的矛盾也由此出现了。这些概念含义在表述和区分的时候,似乎明确清晰,但一旦具体指向某种文学作品、文体文类的时候,就不那么明确奏效了。这一方面是由于文学本身的复杂性,文学概念自身有着诸多的悖论矛盾在,恐怕永远也无法真正搞清楚;更重要的方面还在于:由于中国文学自身的特殊性,完全套用西方现代文学观念,会产生诸多的不

---

① 相关评述可参陈广宏:《黄人的文学观念与19世纪英国文学批评资源》,《文学评论》2008年第6期。
② 王国维:《奏定经学科大学文学科大学章程书后》,《王国维论学集》,中国社会科学出版社1997年版,第377页。
③ 金克木:《文化卮言》,中国人民大学出版社2006年版,第214页。

合之处。面对这些情况,近现代学者也往往棘手惶然。如近人蔡正华曾在他的《中国文艺思潮》一书的开篇坦言中国文学的复杂性及中国与西方的文化背景等等方面的差异,而导致了文学史书写的种种难以解决的悖论与问题。他说:"写一部中国文艺思潮……谈何容易:第一,中国文艺上的遗产,最为丰富,要在这浩如烟海之中,找寻一个线索,已是一件很不容易的事情;第二,构成这背景的原因又很复杂,非在宗教、哲学、社会、经济各方面,都有相当的认识不可;第三,中国民族,自有他的特性,就思潮的转换与变迁而言,便和西方民族,完全不同,根本上决不能用西方文艺上的各种主义,来衡量一切的。"[1]蔡正华已经敏感地意识到了西方文艺的各种概念与中国传统固有的文学事实之间并非真的就能实现无缝对接。

然而"五四"前后的学者的这种困惑焦虑,到了后世的文学研究者那里似乎就消失了。困惑的消失,并不意味着西方概念和中国文学之间的这种矛盾获得了解决,而是问题与矛盾被搁置了,搁置的方式就是将不适应西方现代"文学"概念的中国文学创作"剪裁"干净,从而描述出了一个完全符合西方现代"文学"界说的中国文学史。在这个基础上建立起来的现代的中国文学在某种意义上只是一种想象,是一个被建构起来的"文学神话"。对此有学者指出:"被业内大多数人视为理所当然的'中国文学'这个学科,其实是在西方 literature(文学)观念输入的背景下,被人为建构出来的一套现代学术话语。按照这套话语所讲述、所传播的'中国文学',相比这套外来的学科话语进入中国之前的时代,究竟距离我们中

---

[1] 蔡正华:《中国文艺思潮》,世界书局1936年版,第1页。

国文学的现实存在更切近一些呢,还是更遥远一些?"①叶舒宪曾对现在被奉为圭臬的西方现代"文学"观念对于中国文学实际的有效性提出过质疑。②刘东则从语言的角度论及中西文学的"拉郎配"的现象:"……我们一上来没有特别批判性地来了解语言的关系,误以为翻译是可以对等的。在这种翻译对等的认知前提下,art 就和中国的艺术连上了,literature 和文学就连上了,这个文学连上了以后,文学下边又有一大堆东西比如说 poem 和诗又连上了,连上以后我们就建立了这么一堆联系。可是最后在这个翻译对等的前提下,我们发现它指涉的是不同的东西。于是一个追问就来了,就是中国人的史诗呢?中国人没有史诗啊?它就不管你有没有司马迁了。"③

他们提出的问题是值得思考的,但问题的关键,笔者以为并不在于用现代西方的"散文"的概念去命名和界分先秦诸子的写作是否准确,也不在于孔子在那个时候是否具有"散文"的意识。问题更在于,这种照搬西方现代文体观念来切割中国的文学实际,不但会误读中国传统文学,而且会削足适履,更严重的后果在于,会将很多原本优秀的、有益的、丰富复杂的文学成分与文学层次置之不顾,对很多原本属于中国文学的东西却视而不见。对此,杨义也曾指出:"我们很多文体,比如刘勰的《文心雕龙》从第五篇到第二十五篇开列的三十多种文体,姚鼐《古文辞类纂》对古文辞划分的十三类,都没办法进入西方的'文体四分法'的框子里面,要进入就要

---

① 叶舒宪:《本土文化自觉与"文学"、"文学史"观反思》,《文学评论》2008 年第 6 期。
② 叶舒宪:《"学而时习之"新释》,《文艺争鸣》2006 年第 5 期。
③ 参王德威:《海外汉学的视野——以普实克、夏志清为中心》,《抒情传统与中国现代性:在北大的八堂课》,生活·读书·新知三联书店 2010 年版,第 317 页。

扭扭捏捏，把它们扭曲了才能进去。根据'四分法'，什么诗歌、散文、小说、戏剧，我们中国文学的一些强项、一些精髓的东西反而在这种概念的转移中忽略了。"[1]例证之一即本文所举的长期以来被抛弃在研究视野之外的书话。这不仅会带来认识传统文学时的极大遮蔽，同时也会对我们认识研究"五四"以后百年中国的文坛时造成不必要的遮蔽，那就是将那些被延续下来的传统著述体例、创作现象、文人作者摒弃于文学史书写和文学研究的范围之外，严重影响到了对中国现当代文学创作实际的全面认识。

所以说，以往一次次的文学史重写、一次次的文学研究的反思，都是在既定的"五四"之后的西方文学文体观念的框架内展开的，无法彻底地认识中国文学的独有特征，及其丰富性与复杂性。然而所谓"现代"文学，或者文学的"现代"性，在一定程度上必须是经过反思的。我们不能先验地认同这个概念的自明性。对此，现代文学研究界之外的学者的意见或许更值得重视，钱穆曾指出："一民族之文化，则必然期其多能与外来异文化接触，而使其文化传统更丰富，更充实。自唐之中晚期，迄于现代，中国文学中，小说剧曲等，开始占有重要地位。此下此一趋势当望其逐步加强，此亦可谓是中国文学园地上一可欢迎之新客莅止。然我们实不当认此才始是文学，更不当一笔抹煞了中国以往文学大统，而谓尽是些冢中枯骨与死文学。"[2]事实上，现当代文学学科一直强调"现代"，其中有一个很重要的、心照不宣的原因，即强调现代，就是强调与传统文学的差异，强调"断裂"，从而在"断裂"中自立出新的文学，这

---

[1] 杨义：《通向大文学观》，安徽教育出版社2006年版，第14页。
[2] 钱穆：《中国文学论丛》，生活·读书·新知三联书店2002年版，第47页。

一切是现代文学成立的合法性来源。当一味地强调"断裂"时，那么文化与文学的连续性的一面就被大大忽视了。于是，重新认识中国文学的内涵与外延，重新认识中国文学的特殊性及其与中国文化的一体性关联，就成为中国现代文学学科发展面临的艰难而无法回避的课题。

三、"文学"观念的调适与中国意识的重建

按照西方文学观念，对中国文学的事实提纯之后进行系统化科学化的研究，这种做法一方面确实给文学研究带来革命，使研究大幅度推进了。但是这也会带来新的问题。将中国文学提纯，与历史、哲学、文化等人文学科隔离之后进行专门的研究，就好像将文学这棵树，从原生态的人文森林中刨出来移植到另一个专门建设的现代化的人文植物园中，并且为这棵文学之树搭建了一所玻璃房子，然后文学专家开始在这个玻璃房子的实验室中对文学树进行独立的系统的科学研究。于是这就将文学之得以生长的那个原生态的自然的人文森林抛开了。事实上，文学之树得以成长、鲜活、生动，就在于其在人文森林中与其他学科自然地相处、融合、竞争。

所以，在经过了百余年的科学化、独立化、专门化的文学研究之后，应该将文学之树重新还原到那个本属于它自己的人文森林之中，自由呼吸，自由生长，而文学研究者需做的则是在"大自然"中去观察，而不是在"实验室"中去剖析。重新反思中国文学"被现代"的过程，调整现代"文学"观念，将"实验室"中孤立的文学还原到现代中国文化的大环境中，唤醒文学研究的中国意识。

要唤醒文学研究的中国意识,将文学放置于中国文化的大背景中,这就需要我们还原文学的原生状态。于是,与以往所谓纯文学相关的文学形态及二者的关系,现代文学的文体与传统文学的文体之间的关系等等,这些问题都必须被一一复原、清理和研究。对此,我们进一步追问:除了前文所说的书话以外,还有哪些传统的文体及文学现象还处于被遗忘的角落?传统著述在现代中国以何种方式存在?我们如何看待传统文体在现代中国文学的延续?

事实上,旧文学传统在现当代的延续形式及复杂性形态,首先应该表现在散文上。这里说的"散文",当然并非仅仅是新文学的所谓"美文",而应该包括传统的小说、诗词之外与传统创作方式有着密切的继承关系的大量著述。当前的现当代文学研究者还没有足够的重视。比如说美文、小品文、抒情散文之外,由传统藏书题跋发展而来的现代书话及读书札记,还有延续传统文人笔记体例而来的现当代文人笔记。对于后者,尽管有着大量的写作,但更少有文学研究者关注。比如郑逸梅的《艺林散叶》对近现代文人的轶事雅好的追记,赵景深、赵家璧等人对文坛故实的回忆,邓云乡对旧京风貌的点滴留影、对鸟兽虫鱼等的些许感触,等等。这些都直接承续着传统笔记杂述的文体风范和韵致,可以说是传统文人笔记的现代转换了。

关于中国现代散文与传统文人笔记的关系,郁达夫早在20个世纪30年代就已经意识到了。他在《中国新文学大系 散文二集》的导言里曾提到中国现代散文在接受西方(主要是英国散文)的影响时有个很重要的基础,那就是中国有发达的笔记。他说:"英国散文的影响于中国,系有两件历史上的事情,做它的根据的:第一,中国所最发达也最有成绩的笔记之类,在性质和趣味上,与英国的

Essay 很有气脉相通的地方,不过少一点在英国散文里是极普遍的幽默味而已……"①郁达夫的话,说明他已经意识到了中国传统的笔记体例与现代散文的血脉关系。尽管他更强调中国现代散文所受的西方(英国)影响,但是实际上,传统笔记与西方散文二者对中国现代散文所发挥的实质作用,到底哪个更大些还真未可知。遗憾的是,"五四"时期这种处于过渡期的开放、有益的文体观念,并未在后世的研究者那里得到发展和深化,反而是被浅化和窄化。

郁达夫编选的《中国新文学大系 散文二集》

"五四"时期离开传统未远,新文学家对传统的熟悉,使得他们对传统文体的现代延续有着自觉和清晰的认识。比如夏丏尊、叶圣陶出版于 1934 年的《文心》第二十五节专谈"读书笔记"中,作者借主人公王仰之的口对笔记传统的源流及其现代延续和呈现论述甚详。书中王仰之将传统读书笔记类的著述分为两种:"古人所作的读书

---

① 郁达夫编选:《中国新文学大系 散文二集·导言》,《中国新文学大系 散文二集》,良友图书印刷公司 1935 年版,第 11 页。

笔记,普通都是关于'经史子集'的,另外还有一种,是专关于诗词的"。紧接着,他们又借王仰之之口,对现代人的一类著作发表了看法,将传统读书笔记与新文学联系在一起了:"这类笔记,现代人作的也很多,不过大概都收在文集里,不是单行本罢了。这里有俞平伯的《杂拌儿》和胡适的《胡适文存》,其中就有许多关于读书的文字。"①由此可见,夏丏尊、叶圣陶很明确地将新文学家这类创作溯源于中国传统的读书笔记。考虑到夏、叶二人在文学创作、研究和文学教育上的影响,以及二人写作的时代,这部书在很大程度上可以反映当时人们对于各种文体的普遍认知。到了1944年,学者浦江清在文章中曾谈到笔记杂述作为文学体例的渊源:"在文言文学里,小说指零碎的杂记的或杂志的小书,其大部分的意旨是核实的,虽然不一定是正确性的文学,内中有特意造饰的娱乐的人物故事,但只占一小部分。用现代的名词来说明,小说即是笔记文学或随笔文学。"②其实在"五四"乃至民国学者眼里,无论是创作者,还是研究者,对于驳杂的写作著述都非常包容甚至是喜爱,而不像后来者那样,将散文文学完全限制于一个非常狭隘的范围,对于无法纳入到既定的西方现代文学观念里的创作,就抛开不谈,忽视传统中国文体在现代乃至当代的延续。

事实上,不仅现代学者如此,当代学者亦有作如是观者。学者吴调公在20世纪50年代末期也曾提出了中国散文发展中正统散文一脉之外,还有一路"非正统"的流脉。他说:"以先秦诸子和史传为渊源的作品,一般可以说是属于正统一类的散文。在正统散

---

① 夏丏尊、叶圣陶:《文心》,中国青年出版社1983年版,第194—195页。
② 浦江清:《论小说》,《浦江清文录》,人民文学出版社1989年版,第192—193页。

文以外,还有一种出于'杂书'的散文,即所谓笔记散文。这类散文肇始魏、晋。有许多作品是小说的雏型,也是笔记散文。"接着,吴调公指出"五四"之后的一类随笔杂感的始祖也正是这类文章,"它们和今天的散文的关系比起正统散文来是要密切得多了"。[1] 他的意见不仅强调了新文学创作某一流脉与传统的紧密联系,实际上更启发我们,现当代文学与传统笔记文学有着"血缘关系"。

姜德明在80年代中期谈及当代散文发展时也曾呼吁扩大对散文的认识:"值得庆幸的是今天我们的文坛上北有《散文》,南有《随笔》两个刊物。……现在看来,《散文》似乎更重游记和抒情散文,那么《随笔》岂不正好发展自己的所长。《随笔》应该更杂一些,多一些文史随笔和掌故轶闻。现在有很多青年读者不熟悉笔记文学,有的编辑对此也不感兴趣,因此更值得重视和提倡。"[2]黄裳在阅读了陈垣的《通鉴胡注表微》之后,称赞陈著"我几次翻阅总不能不醉心于他的文章之美。……正是成就极高的散文"。由此他对时下过于狭窄的散文概念提出质疑:"我一直有一种感觉,按照今天的通常概念,散文的范围已经狭到难以想象的程度。仿佛只有某一种讲究词藻、近于散文诗似的抒情写景之作,才可以称为散文。其实按照过去的传统,无论中外,散文的门类和风格都非常繁复,并不如此单一。即以史学著作而论,我们就曾有不同风格、色调的散文名篇在。记事、议论……即使是科学性很强的著作,也完全不妨碍它成为美文。"[3]如果从现当代文坛上的创作实绩出发,我们其实很容易发现在小说、诗歌等"核心"文学文体之外,从"五四"

---

[1] 吴调公:《文学分类的基本知识》,长江文艺出版社1959年版,第160页。
[2] 姜德明:《〈小品文与漫画〉》,《书味集》,生活·读书·新知三联书店1986年版,第191页。
[3] 黄裳:《海滨消夏记》,《黄裳书话》,北京出版社1997年版,第132—133页。

到当下，有着大量的非主流的边缘创作存在。其实已经有学者意识到这一问题，如丁帆曾指出："散文文体的边界是随着时代的变化而不断变化的，近年来许许多多的学术散文为什么开始受到青睐……像广州的《随笔》和近年来三联的《读书》上发表的许多具有审美阅读性的文章，你能说它们不属于散文吗？我以为，即使是在商品化的阅读时代，有深度思想和审美效应的学术随笔仍然能够获得它固定的阅读群体。"[1]杨洪承也曾呼吁："中国现当代文学和其学科面临文学边界的扩大和文化研究的开拓。"[2]尽管如此，这一点在实际的研究中仍然难有突破。

  现当代文坛存在的这些书话、随笔、笔记杂述等边缘性文学创作，其源远流长，且至今生生不息。关于其渊源，笔者在多篇文章中已经申述。在此，笔者想进一步去澄清笔记文学、中国传统"小说"、现代"小说"这几个概念的名、实之辨及文体源流上的问题。这一问题的清理，对我们认识边缘文体的历史根源和合法性存在，认识文学研究中的中国意识的重要性无疑起到积极作用。

  众所周知，现代以来的学者，都把"五四"之后出现的现代意义上的"小说"的渊源归于传统中的笔记杂述、野史稗乘。这一判断，似从鲁迅的《中国小说史略》起就成为不刊之论。著名学者浦江清尽管已经意识到了传统意义上的"小说"与现代意义上的"小说"根本的不同，但他坚持认为："《汉书艺文志》的小说家并非与后世小说家绝无关系，而确是中国小说之祖，因为从魏晋到唐宋所发展的内容至为庞杂的笔记小说，正与之一脉相承。"可是问题是，庞杂的

---

[1] 见丁帆等：《高尔泰达到了散文的顶峰？》，何晶等采写，《羊城晚报》2013年06月17日。
[2] 杨洪承：《谈中国现当代文学的学科意识及其研究困境》，《文艺争鸣》2008年第5期。

笔记小说与现代意义上的小说有着质的差别。当然,浦江清意识到了这种巨大的差异,但是他竭力想从传统的笔记小说等杂述中寻找出现代小说的渊源。如他在《论小说》一文中梳理传统小说笔记的观念变迁时,先引桓谭的话:"小说家合残丛小语,近取譬喻,以作短书,治身理家,有可观之辞。"后谈胡应麟对小说的分类:"一曰志怪,《搜神》《述异》《宣室》《酉阳》之类是也;一曰传奇,《飞燕》《太真》《崔莺》《霍玉》之类是也;一曰杂录,《世说》《语林》《琐言》《因话》之类是也;一曰丛谈,《容斋》《梦溪》《东谷》《道山》之类是也;一曰辩订,《鼠璞》《鸡肋》《资暇》《辩疑》之类是也;一曰箴规,《家训》《世范》《劝善》《省心》之类是也。"浦江清对比桓谭与胡应麟的分类后接着指出,胡应麟比起桓谭更强调了志怪、传奇而不太看重箴规一类,随即浦江清指出:"胡应麟虽没有将箴规一类遗忘,却放在最后,与桓谭的特别看重,态度不同。他把志怪传奇卓然前列,与现代的看法相近。也许他原想把传奇放在第一,因为比较晚起而抑在第二的。……这里面就包含有观念的演化。明朝人的特别看重传奇是受了宋元以后白话小说的影响,在当时人的观念中渐渐地把虚构的人物故事作为小说的正宗。"①他的这种找寻和梳理可以说是用心良苦,但是不得不说,浦江清还是为证明一个既定的结论——证明传统古代笔记小说杂述向现代小说的观念和形态演进的必然历史趋势——而不惜大胆臆测,尽管他的寻找是用心良苦的,但仍有臆断之嫌。

笔者想指出的是,中国古代传统的笔记、小说等杂述的"后裔"中需要重新加上一条直系的"后代"和直接的流脉,而现代意义上

---

① 浦江清:《论小说》,《浦江清文录》,人民文学出版社 1989 年版,第 182—185 页。

的小说可能只不过算是一个"远房"的后代,非"嫡亲"。事实上,如果不论中国现代小说的西方资源,而仅从传统找渊源的话,中国现代小说的传统"基因"更多遗传自古代的话本、平话等民间口传文学一脉。① 古代的"小说"和现代意义的"小说",同名而质异。② 也就是说虽然同为"小说"之名,但从实质上几乎没有什么的共同性。不必将现代"小说"非要认祖归宗为古代的笔记小说稗官杂述。古代的"小说"(包括传统的笔记杂述野史稗乘等)著述体例流脉,在"五四"之后,并非转换为现代意义的"小说"③,其名称尽管被现代小说所继承,但实质上它的"基因"更多地直接"遗传"下来,即仍以传统笔记形式延续下来的现代、当代依然存在的文人笔记。除了

---

① 浦江清也承认:"白话小说或称章回小说,出于说书人所用的底本称为'话本'的一种东西。在中世纪的中国,开始发展,它的历史和上面所说的文言小说并不衔接,而是另外开了一个头"。(浦江清:《论小说》,《浦江清文录》,人民文学出版社1989年版,第188页。)
② 对此,浦江清早在1944年就意识到这一问题,他指出:"文学上的名词的意义随着时代的推移和文学的演化或发展而改变。现代中国文学正在欧化的过程中,新旧共同的名词,老的意义渐渐被人遗忘,而新的定义将成为定论。所谓新的定义实际上是从西洋文学里采取得来的,一般人既习惯于这种观念,于是对于原有的文学反而有隔膜不明了的地方,回头一看,好像古人都是头脑糊涂观念不清似的,而不自觉察自己在一个过渡时代里。假如你问小说是什么,人会告诉你许多个西洋学者的定义,例如'虚构的人物故事''散文文学之一种'等等,而且举出长篇小说、短篇小说几种不同的体制和名目。但这些都是新名词,或旧名词的新用法。'小说'是个古老的名称,差不多有二千年的历史,它在中国文学本身里也有蜕变和演化,而不尽符合于西洋的或现代的意义。"(浦江清:《论小说》,《浦江清文录》,人民文学出版社1989年版,第180页。)
③ 陈平原:"散文、小说里面的笔记,在我看来是理解中国小说的关键,也是理解中国散文的关键。诸位知道笔记可以是小说,也可以是散文,这是一个很特殊的文类,在西方文学史上不必考虑这个问题,但在中国文学史上必须考虑一个问题,有一种介于小说和散文之间的特殊文类,使得它们之间得以沟通对话。"(见王德威、许子东、陈平原:《想象中国的方法》,王德威《抒情传统与中国现代性:在北大八堂课》,生活·读书·新知三联书店2010年版,第291页。)但是陈氏并未就此再进一步探究。

晚清、民初的大量近人笔记(如徐一士《一士类稿》、刘禺生《世载堂杂忆》、陈渠珍《艽野尘梦》)以外,林语堂、黄裳、唐弢等新文学家,当代文坛并非不活跃的郑逸梅、邓云乡、张中行、金性尧、谢兴尧、谢国桢、姜德明等,以及出版界的徐铸成、赵家璧、赵景深等报人作家,都留下了大量的笔记杂述。平话、话本等口传文学更近乎大众的口味;笔记小说杂述稗乘是残丛小语,却灌注着更多的文人情趣兴味。二者各自的"后裔"依然还保留着各自"遗传基因":现当代小说更多倾向于大众的阅读习惯,而小品笔记杂述等更贴合文人学者的兴趣爱好。

那么,既然有直系的"后代"在,那何必非要为它们"抱养"一个现代小说呢?这牵涉到了前文所论的"名""实"关系的错位问题了。单从文学观念上来谈其主要的原因在于,"五四"之后西方的文学观念、文体观念引入之后,从文学性来讲,现代中国依然存在的文人笔记,满足不了西方现代"文学"观念的要求,这样就不被纳入现代文学和当代文学中。这种狭隘的文学观念到了20世纪80年代以后发展到了极端,笔记杂述不是"五四"之后的现代"文学"意义上的创作,而是非常边缘的东西。"五四"之后,因为文学文体有了新的核心与边缘之分,而核心和边缘地位的不同文体所受到的重视程度当然也迥然有异。这种对文体的"歧视",自然抑制了后者的繁荣。另外,笔记杂述是传统意味的中国文人常用的文体著述,漫溢出传统的文人情趣、传统趣味。这些情趣趣味往往被视为复古,而成为一个负向的价值判断。承载着这种非正面的,甚至有可能是负面价值判断的笔记杂述,自然也得不到重视。考虑到中国文学的写作实际,承续笔记传统很有必要。

结　语

　　回到文首的问题,无论是用新文学、现代/当代文学、20世纪中国文学、民国文学/共和国文学,还是质询和扩大现代文学的边界,不断地将旧体诗词、文言文学纳入现代文学研究范围,都解决不了中国现当代文学的核心矛盾。因为用"新""现代""二十世纪中国""民国""共和国"这些非文学的概念来界定限制文学,名、实矛盾并不会迎刃而解。而边界的扩展,使原来被忽略的创作体裁写作类型不断地被发掘、引入,这只是文学研究的量的增加,只是在显示和提醒名、实矛盾的存在,也不等同于解决了现代的"文学"观念的更新。所以,理清文学"被现代"的过程,重新认识"文学"的内涵,在一定程度上汲取中国传统"文"的丰富意义,从"五四"以来中国文学的创作事实和中国文学本身的中国文化特性出发,建立新的"现代""文学"观念,或许才是解决之道。正如钱穆的提醒:"欲求了解某一民族之文学特性,必于其文化之全体系中求之。换言之,若我们能了解得某一民族之文学特性,亦可对于了解此一民族之文化特性有大启示。"①

　　唯有知道我们从哪里来,才能明白向哪里去。所以,21世纪的今日,以书话研究为契机,中国现当代文学研究界真的有必要回顾和反思"现代""文学"概念以及由此带来的巨大遮蔽,研究传统文化在现代中国文学中的遗留元素。提出对书话随笔笔记等传统体例的研究和评估,不仅仅使我们得以进一步反思"五四"以来主流

---

① 钱穆:《中国文学论丛》,生活·读书·新知三联书店2002年版,第29页。

的现当代文学研究中文体认知的狭窄,重新对现当代中国文学的内涵、外延、边界等进行思考认定,更重要的是提醒我们,研究现当代中国文学不能概念先行地主观臆断,而应该实事求是地着眼于中国文学本身特点与中国文化的广阔背景,重新唤起现当代文学研究的中国意识。

如此,现当代中国文学之树方能愈来愈茂盛,现当代中国文学研究之路方能愈来愈宽阔。

第七讲

书话与现代中国文学批评的民族化

小引

"五四"以来的中国,文学批评唯科学化、唯理论化趋势渐成一统,但传统文学批评方式、传统的批评思维也并未完全终结。作为文学批评方式之一的书话,在思维方式、审美特点、批评姿态、体例风格等方面,体现出对传统批评的延续和衍变。在文学批评科学化理论化的大背景下,书话批评的存在对当前僵化的理论批评不失为一种有益的补充和制衡,也在一定程度上昭示了新文学批评的传统化和民族化趋向。

中国传统印象式的文学批评从晚清就开始衰落了。东渐的西学大潮带来"科学"的观念与清儒的实证考据理路的不谋而合，使得上个世纪初的新旧文化人能够迅速地抛弃印象式的批评传统，而转向了"文学之科学的研究"①。甚至，大多数学者都以为从王国维第一个采用西方化的论文方式来批评《红楼梦》开始，传统的文学批评似乎就已经终结。然而，传统的文学批评方式真的彻底消失了吗？随着科学化的批评观的风行，传统印象式批评以另外的形式出现，那么书话就是这种形式的一个重要的体现。书话具有批评功能，所以也是一种文学批评文体。"批评文体"是"体现在批评文本中的批评家的话语方式"②，那么，书话代表的这种批评话语方式，以其与传统批评的"血脉联系"，显示出与学院派职业化的现代批评风格迥异的特征。正是在这个意义上，书话批评在一定程度上昭示了新文学批评的传统化和民族化趋向。

一、常与变之间：书话与中国传统文学批评

中国传统文学批评文体的演进，大致表现为从诗话（词话、曲话）到评点的变化过程③，这一过程也大致体现从对话体到笔记体例的演化。晚清以降，近现代出版技术飞速发展，由于这些书籍形

---

① 郑振铎：《研究中国文学的新途径》，《郑振铎全集》第5卷，花山文艺出版社1998年版，第285页。
② 蒋原伦、潘凯雄：《历史描述与逻辑演绎：文学批评文体论》，云南人民出版社1994年版，第6页。
③ 详参朱自清：《诗文评的发展》，《朱自清全集》第3卷，江苏教育出版社1996年版。

式的大量出现与传播,这就要求有一种相应的独立于论著作品之外的批评出现。而依附于作品的诗话、评点等方式似乎已经满足不了这种要求了。① 那么这就需要新的批评方式的出现。这种批评不仅要能独立于作品书籍以外,还得适合中国传统思维、阅读的习惯。但是科学化、理论化的学术论文和论著,在独立于作品之外的同时,并不能完全满足这种要求。于是,书话作为一种新的批评方式就应运而生,起到了兼顾二者的作用。同时,现代报刊的兴起,也给书话提供了温床。②

(一) 从诗(词、曲)话到书话

诗盛于唐,随着诗歌的发展,文人们必然需要创造一种适当的体例方式——诗话——去对前代和当时的诗歌创作进行理论经验的总结。后来宋欧阳修"居士退居汝阴而集以资闲谈"的《六一诗话》,大致形成了诗话较为稳定的风格特点:"称心而言,娓娓而谈,文笔舒卷自如,读之饶有兴味。"③就书话的功能内容言,南宋许顗《彦周诗话》曰:"诗话者,辨句法,备古今,记盛德,录异事,正讹误也。"今人周勋初也说:诗话"是理论家文艺探索的随笔。可作批评,可作考证,可叙故事,可谈理论。"④

清代章学诚对诗话的内容与形式做过更为明确具体全面的划分,这对于我们认识诗话等批评方式的范围和特点意义甚大。

---

① 学者辛小征、靳大成曾有具体论述,参辛小征、靳大成:《中国20世纪文艺学学术史》(第二部上),上海文艺出版社2001年版,第77页。
② 尤其是报纸的副刊,成了书话发表的重要园地。具体分析参赵普光《新文学书刊广告类书话刍议》,《中国现代文学研究丛刊》2007年第6期。
③④ 周勋初:《中国文学批评小史》,复旦大学出版社2007年版,第89页。

他说：

> 唐人诗话，初本论诗，自孟棨《本事诗》出，乃使人知国史叙诗之意。而好事者踵而广之，则诗话而通于史部之传记矣。间或诠释名物，则诗话而通于经部之小学矣。或泛述闻见，则诗话而通于子部之杂家矣。虽书旨不一其端，而大略不出论辞论事，推作者旨志，期于诗教有益而已矣。①

章氏这里明确指出了诗话在形式和内容上通于"史部之传记""经部之小学""子部之杂家"的特点。章氏所谓"大略不出论辞论事"说明诗话的"摘句批评"和"本事批评"两个方法，亦即诗话分为：一，对文本本身的批评评点；二，对文本相关的人与事的记述、品评。宋朝开始诗话逐渐成形，到后来的词话、曲话，再到书话，形成了一脉相承的批评方式。

传统的"话"的批评与书话在功能、内容、体例等方面存在共通性。笔者曾总结书话的文体体式特征有三：一是闲话式评论，印象式的批评与感悟。二是朴拙平实的叙事，将旧闻故实娓娓道来。三是知识性说明，介绍书籍历史变迁，说明版本、装帧兼及必要的考证。② 书话文体的这三个特征，恰恰与章学诚所举三端相通、暗合。具体如下表所示：

---

① 章学诚：《文史通义校注》（上册），叶瑛校注，中华书局1985年版，第559页。
② 参赵普光：《论现代书话的概念与文体特征》，《新华文摘》2006年第6期。

诗话与书话文体特征对应关系

诗　话	书　话
通于"史部之传记"	朴拙平实的叙事：将旧闻故实娓娓道来
通于"经部之小学"	知识性说明：介绍书籍历史变迁，说明版本、装帧兼及必要的考证
通于"子部之杂家"	闲话式评论：印象式的批评与感悟

如果说章氏是从诗话与传统的文体分类的比附来指明诗话的特点（暗含着形式和内容两个方面），那么笔者对书话的文体总结则是从语言表达和内容功能入手，归纳书话的特点。尽管所取的路径有异，但是总结得来的诗话和书话的批评特征，则有内容与形式的两方面的共通。由此可见，书话对诗话、词话的继承，可从内容与形式两方面得以体现。

首先谈内容方面。诗话、词话不仅仅限于对诗词内容及艺术的评价，同时更涉及对诗人词人的本事考索、逸事叙述，清牛运震曾道出了诗话的体例形式与稗官野史、方言丛谭等笔记杂述实为一类。① 郑方坤也说："诗话者何谓？所话者诗也。离乎诗而泛及焉，则类书耳，野史耳，杂事群碎录耳。""史氏有记言、记事之分，诗话固小说家言，要亦同义例。"（《〈五代诗话〉例言》）② 由此可知诗话并不仅仅是对诗歌艺术的议论评价，也有记事、记言的不同功能。"试即杜荀鹤一人而论，编中所引《洛阳旧闻》《洞微志》《全唐诗话》等书，皆记事也；若《野客丛书》《渔隐丛话》，及《老学庵笔记》，或加

---

① 参牛运震：《〈五代诗话〉序》，王士禛编，郑方坤删补《五代诗话》，人民文学出版社1989年版。
② 观《五代诗话》中所引用的书目，除了正史的《五代史》《通鉴纲目》外，绝大部分是笔记杂述稗官野乘。

品评,或资辨订,则近乎记言之体矣。"像欧阳修的《六一诗话》、司马光的《续诗话》等都最喜谈文坛轶事,其叙事比重占得很多。如许颛《彦周诗话》在批评同时,常常记录逸闻趣事。此后的诗话虽然经过了元明清的发展,其理论与批评的成分在增加,但仍然在很大程度上保持着任意闲谈的内容。而书话也是更多叙与书相关的著书或买书藏书的遗闻旧事,所以"书话也与诗话一样,也要涉及作者,也可叙述他们读书写书的故事,而且还可以更加泛化,连爱书、买书、藏书的美谈也可纳于其中,这似是诗话所不能比的。"①

其次,从形式上看,诗话与书话也有相通之处。颇有意味的是,作为传统批评的诗话、词话、曲话②,它们无一例外地具有一个共同的核心词"话"。"话"是有宋以来中国文学批评中最为突出的一种形式。关于(诗)"话"的渊源,《四库全书总目提要》曾对此有所论及:

> 文章莫盛于两汉,浑浑灏灏,文成法立,无格律之可拘。建安黄初,体裁渐备,故论文之说出焉。《典论》其首也,其勒为一书传于今者,则断自刘勰、钟嵘,勰究文体之源流,而评其工拙,嵘第作者之甲乙,而溯厥师承,为例各殊。至皎然《诗式》,备陈法律,孟棨《本事诗》,旁采故实,

---

① 周振鹤:《书话应该是什么样子》,《文汇读书周报》1997年8月30日。
② 诗话、词话外,还有文话等。文话与诗话、词话一起,是中国古代文学批评的重要著作体裁,历来为研究者所重视。这些批评文体,历来多属于随笔体、说部性质,"以其形式自由、笔致轻松而为作者们所喜爱采用"。(王水照:《文话:古代文学批评的重要学术资源》,《四川大学学报》2005年第4期。)

刘攽《中山诗话》、欧阳修《六一诗话》，又体兼说部。①

由此可知，"话"是在传统的"诗论""诗品""诗格"的基础上，借鉴"笔记"的方法而形成的一种批评形式。"体兼说部"，表明诗话等"话"的批评与传统的说部有着相似的特点。"话"作为一种批评方式，就意味着品评的随意、任性、即兴、短小零星等特点。而书话也具有这种形式上的特点。②

有人曾认为书话的渊源仅仅在于传统的题跋，而非诗话。如王成玉在《书话史随札》里曾持此种观点："诗话与书话，一字之隔，很容易让人产生一种相似之感，……两者是不能相提并论的。唐弢的《晦庵书话》，被认为是现代书话的经典。他在1962年版的序言中说，他的《书话》曾受过诗话的影响，但在1980年版的新序中，对诗话只字不提，只说是继承了藏书题跋的传统。"③尽管王成玉读唐弢的两个序言确乎仔细，但他并没有注意到唐弢前后表述的差异恰恰说明了唐弢对书话的文体丰富性多元性，或者说形式多种可能性的认识的深入。唐弢新序中指出自己的书话继承藏书题跋之传统，并非意味着就是否定前序所言书话与诗话等的联系。其表述前后的变化是表明，唐弢认识到书话可以有类似题跋式的写法，也可以有近于诗话的形式。如果对比《书话》（北京出版社1962年版）与《晦庵书话》（生活·读书·新知三联书店1980年版）中除了《书话》外的几辑文字（如"读余书杂""诗海一勺""译书过眼录"

---

① 纪昀总纂：《四库全书总目提要·集部·诗文评序》，河北人民出版社2002年版，第5362页。
② 书话在形式上具有短札式、小品化、抄书体等特点。详参赵普光《论现代书话的概念与文体特征》一文。
③ 王成玉：《书话史随札》，河北教育出版社2006年版，第66页。

及"书城八记"等),颇有意味。我们发现,《书话》中的文字批评性强,而《晦庵书话》中新增的几辑多为短小的题跋随录评点形式。如前文所论,书话可以分为批评性的和记叙性的,亦即清郑方坤提出的所谓"记言"和"记事"之分。由此可见,唐弢对书话文体认识的深入是有迹可循的:1962 年版《书话》侧重于批评性(记言),而此后的书话写作自觉地向另一个方向实践,侧重题跋形式书话的写作(记事)。前者的书话如《守常全集》《半农杂文》等都侧重理论批评,而"读余书杂"等中所收则完全类乎传统文人写在书后或书边的题跋了。这样我们就可以明白,为什么在《书话》序言与《晦庵书话》序言中会有关于书话源流侧重点的不同了。这说明唐弢在对书话文体做多种试验,以开拓其形式。[①]

(二) 从笔记到书话

诗话、词话以外,批评性的笔记也是书话的重要渊源之一。传统笔记往往以"××随笔""××笔谈""××琐话""××丛谈"等为名,如《容斋随笔》《梦溪笔谈》《林下偶谈》《分甘余话》《池北偶谈》《词苑丛谈》等。而现代的书话(或书话集)的名称常与前者相似,如黄裳《四库琐话》《四库余话》,张中行《负暄琐话》《负暄余话》,谢国桢《明清笔记谈丛》,孙犁《耕堂读书记》,等等,单从名字上我们就能看出前后的文体上的延续性。

我们知道,至少从汉末开始到魏晋为盛,士大夫的清谈之风和放浪形骸,对后世产生了巨大深远的影响。于是从魏晋开始出现

[①] 必须指出的是,尽管唐弢试图做着开拓书话文体的试验,然而唐弢书话只是书话中的一种体式而已,唐弢的书话实践,实际上在明晰书话特征的同时,使得书话变得狭隘单一了许多。事实上书话除了唐弢所实践的这两种外,还有其他一些形式,不能仅仅以唐弢所界定和实践的书话体例为圭臬。

唐写本《世说新语》残卷（局部）

了辑录文人言行的特殊著述——轶事笔记。如晋袁宏《名士传》、裴启《语林》、郭颁《魏晋世语》、郭澄之《郭子》等。这类著作中，尤其以刘义庆《世说新语》为集大成者，此书是在以上诸书的基础上编辑而成。《世说新语》以其特有的文体形式与风格开启了一种特殊的著述传统——"世说"传统。《世说新语》之后，还出现了沈约《俗说》、殷芸《小说》，明人陶宗仪编《说郛》、清王晫《今世说》、吴肃公《明语林》等，缕缕不绝。

"五四"以来，这"世说"类的著述似绝未绝，在一定程度上为现代书话（及现代文人笔记）所继承和发展。如郑逸梅的《艺林散叶》、孙犁的"芸斋"系列、张中行的"负暄"系列常叙述文人言谈举止行状，赵景深的《文坛忆旧》、赵家璧的《编辑忆旧》对现代文坛的诸位大家都有感性的记述，徐铸成的《报海旧闻》中对现代文坛报业历史评点人物的品藻，邓云乡的《水流云在琐语》常谈旧日人事掌故，当然更有黄裳的"珠还"系列文章等。这类批评，多谈文坛艺林中的人物言行故实趣闻，记人往往趣味横生、亲切可感，由人及文，由此知人论世的批评效果就变得非常明显了。

"知人论世"是传统批评的重要原则。所以传统批评体笔记都对记录描述文人的逸闻趣事颇有兴趣。"记言"之外，叙事也成为传统批评的重要内容了。这些记述，既可助谈兴，又对于文人有了更为形象与感性的认识，其性格、面貌、行状可触可感，对"人"有了感性真切的把握理解之后，对其"文"的理解认识自然能更进一层。如黄裳《关于傅斯年》中，通篇用了漫画的笔法和戏谑的口吻来谈论傅斯年，尽管非平正严肃之论，但也能于偏激中看出不少真切的印象，对于近距离理解认识傅斯年也有所帮助，如黄裳在抄录了傅斯年《谁是〈齐物论〉之作者》一文中的一段后说："虽然'不足深论'，然而我实在已经十分感到那燎人的火气了，殊与学院之风违谬。"①这种谈论的方式，也正是"闲话""偶谈"的正宗。继承了笔记等杂述体例的书话，自然也遗传了这种"闲话""偶谈"的流风遗韵。

二、心灵的批评与生命的学问：书话作为文学批评方式的特点

作为文学批评的书话批评，其最突出的特点是体验性与经验性。书话批评是书话家（批评家）的任意、零星、感性、即兴的谈论，有别于现代科学化的那种理论性极强的批评。在这种批评中，书话家（批评家）自身的经验体验发挥着重要的参与作用。

形式主义的批评对于书话来讲往往失效，书话很少专注于文本的话语表达形式或内在结构组织，而是将谈论的重点置于书籍文本提供的经验上，或着眼于书籍文本的印刷流转等事实上。所以书话批评的独特性在于，提供大量的人生经验和体验（包括文本本身、书籍本身的和批评家、书话家在批评时熔入的），其感情性、主观性、经验性充溢其中。正如有学者提出："当我们把主观的文

---

① 黄裳：《关于傅斯年》，《来燕榭集外文钞》，作家出版社2006年版，第304页。

学批评用另一种术语来表述的时候,就是情结批评。情结批评是一种把自我的情结意念强加给作品的批评方式。在情结批评中,批评者不是从自我的世界走出来,走进文本的世界中去;相反,它以批评者的自我情结理念为中心,批评者是带着自我的先验观念走入文学文本的。这样,批评者在解说文学文本时注重的不是对文本的解说,而是注重自我情结的释放"。①

带着这种强烈的主观情结进行批评时,书话家(批评家)自然选择契合自己这种情结的内容,这就带来了书话批评的一个典型写法:往往抓住一点,不及其余。不求面面俱到,而是根据自己的兴趣,就一个方面任意谈去。有话则娓娓道来,不计篇幅;无话则戛然而止,惜墨如金。所以如果想从书话中看到对某部作品的全面的评价,只能失望了。

比如叶灵凤的《关于〈纪德自传〉》,全文很短,但在这不长的书话中,几乎没有对《纪德自传》直接评价的文字,而是不惜笔墨地谈论有关"禁书"的话题和掌故。② 为什么叶灵凤放弃《纪德自传》的内容、艺术不谈,而旁逸斜出地谈及"禁书"呢？这其实就是叶氏的自身体验和"情结"使然。作家叶灵凤一生极爱藏书,晚年更致力于书话写作,对藏书文化的兴趣远远甚于文学。所以他写了很多关于藏书文化方面的书话,留心搜集古今中外有关笔祸史、"禁书"史方面的资料。叶氏《读书随笔》多谈论藏书文化方面的知识(如《书籍式样的进化》《中国雕板始源》《中西爱书趣味之异同》《读书与版本》)、掌故(《蠹鱼和书的敌人》《借书与不借书》《书斋之成长》

---

① 张奎志:《体验批评:理论与实践》,人民出版社2001年版,第275页,第4页。
② 参叶灵凤:《关于纪德自传》,《读书随笔(一集)》,生活·读书·新知三联书店1988年版,第98—100页。

《爱书家的小说》)、趣谈(《《书痴》《藏书印的风趣》《脉望》),更有重要的笔祸史、"禁书"史的话题(如《焚毁、销毁和遗失的原稿》《梵蒂冈的〈禁书索引〉》《被禁的书》等)。他还翻译了不少西方"爱书家"(叶灵凤的说法)、藏书家有关书文化的作品,如茨威格的《书的礼赞》、威廉·布列地斯的《书的敌人》、汤麦斯·弗洛奈尔·狄布丁的《爱书狂的病征》等散文。① 这都说明叶灵凤尽管是以小说家闻名,而他对于笔祸史、"禁书"史等藏书文化情结似乎更深。所以,他在书话写作时往往游离于所谈文本的内容或艺术之外,就自己的情结、兴趣而随性批评。

这也正是书话作为批评方式迥异于其他规范化科学化的批评文体的独特之处。黄裳《珠还记幸》中书话,往往并不集中笔墨去谈所话之书本身,而是述及自己感兴趣的话题。即使谈论书籍本身,也不求四平八稳、面面俱到,不求演绎清晰、逻辑严密,而是即兴就文本的某一方面发挥开去。如《〈卷葹〉》,并不多谈小说《卷葹》本身,而是旁逸斜出,娓娓道来作者冯沅君陆侃如夫妇的经历等。② 另如《吴雨僧与〈文学副刊〉》更是难得的现代文坛掌故趣谈。这篇书话体现了传统诗话、笔记等批评方式的深刻影响。《吴雨僧与〈文学副刊〉》并未将所论目标锁定在吴宓编辑的《文学副刊》,而是由副刊谈到种种故实,如冰心因发表《我们太太的客厅》而引起故事原型的不满,尽管黄裳一面说"这些盛世闲情,文人韵事,在现在看来,自然是没有什么意思的了",却一面仍对谈此兴趣盎然。文章对吴宓性格的议论应该说是入骨三分了,点出了吴宓多情、迂

---

① 参叶灵凤:《读书随笔(三集)》译文附录,生活·读书·新知三联书店 1988 年版。这八篇译文另以单行本出版,即《书的礼赞》,生活·读书·新知三联书店 1998 年版。
② 参黄裳:《〈卷葹〉》,《珠还记幸》,生活·读书·新知三联书店 2006 年版。

执却又真诚,语虽尖刻,但亦不乏深刻。①

从思维方式上讲,中国传统文学批评注重含蓄蕴藉,追求意在言外的境界,重视内心的体验和感悟。传统思维方式对"道"与"器"、"言"与"意"的关系的认知具有特殊性,认为"器"是形而下的,而"道"是神秘的无限的,在"言""意"关系中,认为最高层次的艺术表达是"意在言外",承认语言的有限性,由此艺术批评也自然追求体验、顿悟,非理论的长篇剖析,而是点到为止,以含蓄为上。例如郑方坤就赞司空图的批评之玄妙,体悟之高超,表达之形象。司空图的品评方式是典型的中国传统批评,而郑氏之推崇,也代表了大多数的传统中国人的审美认同。②这种注重体验感悟的文学批评,是典型的中国传统"以禅论诗"的批评模式,表述形象且点到为止,余下更多留白让人去参悟与想象。对此,叶维廉说:"'点到即止'的批评常见于《诗话》,《诗话》中的批评是片断式的,在组织上就是非亚里士多德型的,其中既无'始、叙、证、辩、结',更无累积详举的方法,它只求'画龙点睛'的批评"③。作为批评文体的书话与这种中国传统的批评思维相适应,从而成就了书话批评的民族化传统化的特色。例如黄裳曾将耿济之和王统照分别翻译的《猎人日记》中的几句进行对比后,评论说:

---

① 黄裳:《吴雨僧与〈文学副刊〉》,《来燕榭集外文钞》,作家出版社 2006 年,第 299 页。所引的第一首诗后"三空白字可参考前文",此处则是黄裳故意卖了一个关子,黄裳前文谈到吴宓与毛彦文的恋爱史。
② 郑方坤说:"唐末人品以司空表圣为第一,其论诗亦超超玄箸,如所云'味在酸咸之外',及'采采流水,蓬蓬远春''落花无言,人淡如菊'等语,色相俱空,已入禅家三昧。"(郑方坤《〈五代诗话〉例言》,王士禛原编,郑方坤删补《五代诗话》,书目文献出版社 1989 年版,第 1 页。)
③ 叶维廉:《中国诗学》,生活·读书·新知三联书店 1992 年版,第 5 页。

第七讲 书话与现代中国文学批评的民族化

耿先生的完全是外交官派头,满口是官话,王统照先生则不愧是诗人,头两句译得非常美。可是第三句却也像不大"顺"。①

黄裳的评论,并未详论二人所译到底有什么差异,差异的程度方式等精确的对比,简单的两句话,可以说只是点到为止而已,而对于习惯自行体悟的审美方式的中国读者绝对不会造成任何理解上的困难。

中国传统文学批评往往体现出批评家对作者和作品的情感交融,心灵互动,趋于感悟型个体化的表述,这种诗性的话语就使得文学批评本身就成为一种艺术的再创造。那么这种传统的批评方式在很大程度上被兼有批评功能的现代书话直接继承下来了。另如黄裳《〈记丁玲〉及续集》中,评沈从文语言的优美、体悟的形象:

沈从文先生的笔,是那么亲切而带一种朴实的泥土气息,……他这支笔最适宜写湘西的一角天地,那里的风土人情,本地人的山歌、野话,读过《湘行散记》的人,该不易忘记那一张张彩色山水,活灵活现的人物画。②

这是散文般的、诗性的语言去品评文本,追求批评者与作者乃至读者的体验的交融,这是中国传统"以诗论诗""以禅论诗"方式的绝佳继承。这种体悟与批评的妙处在一定程度上颇有《沧浪诗

---

① 黄裳:《读书日记》,《来燕榭集外文钞》,作家出版社 2006 年,第 59 页。
② 黄裳:《〈记丁玲〉及续集》,《来燕榭集外文钞》,作家出版社 2006 年,第 55 页。

话》中所谓的"透彻玲珑,不可凑泊。如空中之音、相中之色、水中之月、镜中之象,言有尽而意无穷。"①

于是我们发现,留白与空间,是书话颇为着意的批评效果。所谓"文抄公体"的书话②常在对旧文旧闻的抄录中插入自己的些许感想,而这些感想也都是含蓄屈曲,给人很多想象回味的空间,起到中国传统艺术中"留白"的效果,正所谓"言有尽而意无穷"。如周氏《谈金圣叹》《醉余随笔》等无不如此。③尤其是进入三十年代以后,遁入苦雨斋的知堂更是醉心于书话写作,而他经营的书话文体,也并非是无所本的"从深林荒野里冒出来的怪物",从其语言风格上有着传统文人批评的特色,追求含蓄蕴藉,平实中见锐利,含蓄中不乏深刻,对"知根"的文人来讲往往别有会心。

作为批评方式的书话往往比现代体系化、学理化的批评方式更具有超功利性特点。这首先由于书话批评写作的激发动机的独特性。书话家之所以话某部作品某本书籍,往往都是因为一些机缘(如很多书话家都喜欢在文章中说到"书缘"),那么这里面就有情感上的亲近、兴趣上的趋同,这自然也更容易促使书话家——批评者——能站在书刊作品作者的立场角度,抱以理解同情的态度去品评议论。④书话家都是爱书之人,对书籍本身的情感兴趣,往往成瘾成癖而难以释怀,如朱湘书话《书》一文中的话,道尽天下爱书人的共同癖性:"拿起一本书来,先不必研究它的内容,只是

---

① 严羽:《沧浪诗话·诗辩》,何文焕编《历代诗话》,中华书局1981年版,第686页。
② 参赵普光:《文体与人:论周作人对书话文体的经营》,《江西社会科学》2011年第2期。
③ 参周作人:《苦竹杂记》,河北教育出版社2002年版。
④ 笔者就曾经有过这样的体验感触。参赵普光:《游目与骋怀:精神漫游者的文化寻踪》,《图书馆杂志》2008年第4期。

它的外形，就已经很够我们的鉴赏了。那眼睛看来最舒服的黄色毛边纸，单是纸色已经在我们的心目中引起一种幻觉，令我们以为这书是一个逃免了时间之摧残的遗民。他所以能幸免而来与我们相见的这段历史的本身，就已经是一本书，值得我们的思索、感叹，更不须提及它的内含的真或美了。"①同时，其所话之书，难免会有种种故实，书话家"负手冷摊对残书"的苦苦寻找之后，或者在某一天蓦然发现某本苦寻不得的书籍就在面前，于是喜滋滋抱回去，自然对此书有话要说，写得出来即是书话，其情感性难免会很强，很难做到静观与客观了。②但这也恰恰是传统批评的特点与精髓，所谓"心灵的相遇"，其撞击出来的就是主观性很强的批评——书话。

我们注意到，在乐于运用书话这种评论方式的作者群体中，更多的是年龄较大的文化人，在超越了著述功利化的需要后，则更愿意去进行这种充满趣味性的经验批评。如书话家唐弢就自道：

> 说句老实话，我并没有把《书话》当作"大事业"，只是在工作余暇，抽一支烟，喝一盅茶，随手写点什么，作为调剂精神、消除疲劳的一种方式。因此我也希望读者只是把它看作是一本"闲书"。③

非职业性的书话批评，所具有的超功利性、趣味性、个体化，是

---

① 朱湘：《书》，《中书集》，生活书店1937年版，第54页。
② 参唐弢《〈月夜〉志异》，《晦庵书话》，生活·读书·新知三联书店1980年版，第198—200页。
③ 唐弢：《书话·序》，《晦庵书话》，生活·读书·新知三联书店1980年版，第5—6页。

书话作为批评方式最突出的特点之一,①也带来了其本身独有的功能。如鲁迅早年曾有长篇大论的理论化批评文章,如《摩罗诗力说》等。但我们发现,他们后来似乎更愿意运用传统的批评方式去表达和言说。如鲁迅书话中,多有传统的评点、案语等表述体例,特别是《书苑折枝》组文、《病后杂谈》等,都是标准的印象式点评。如《书苑折枝》组文发表时曾有小序云:

> 余颇懒,常卧阅杂书,或意有所会,虑其遗忘,亦惮于钞写,但偶夹一纸条以识之。流光电逝,情随事迁,检书偶逢昔日所留纸,辄自诧置此何意,且悼心境变化之速,有如是也。长夏索居,欲得消遣,则录其尚能省记者,略加案语,以贻同好云。十六年八月八日,楮冠病叟漫记。②

正如李卓吾在《书绣像评点忠义水浒全书发凡》所言的:"书尚评点,以能通作者之意,开览者之心也。"而且重在"开览者之心"。鲁迅的书话也往往会渗透着这样的写法。

对书话批评文体言说方式的选择,往往彰显作者特定的写作

---

① 在中国传统文学观念里,文章属"经国之大业,不朽之盛事",但谈诗论艺则是文人生活中的风雅闲趣而已。如欧阳修的《六一诗话》,作者开篇就带有自嘲性质的表白:"居士退居汝阴而集以资闲谈也。"这种表白实际上表明了当时文人对谈诗论艺的普遍看法。而他自作的《六一居士传》中的自述,也表明了文人选择谈诗论艺的闲适隐逸的生活条件和心态:"六一居士初谪滁山,自号醉翁。既老而衰且病,将退休于颍水之上,则又更号六一居士。客有问曰:'六一何谓也?'居士曰:'吾家藏书一万卷,集录三代以来金石遗文一千卷,有琴一张,有棋一局,而常置酒一壶。'客曰:'是为五一尔,奈何?'居士曰:'以吾一翁于此五物之间,是岂不为六一乎!'"(见《居士集》第四十四卷。)

② 孙郁选编:《鲁迅书话》,北京出版社1996年版,第23页。

心态——孤寂。在这样的境遇中形成了特定的个性特点——趣味性、个体化、心灵化,这种批评更多的是指向自我,投射内心的,在这个写作中寻找趣味的寄托、心灵的释放、生活的慰藉。鲁迅写作书话是"长夏索居,欲得消遣"时的选择,唐弢也是将书话"作为调剂精神、消除疲劳的一种方式",而相似地,我们发现,孙犁之所以选择书话这种批评方式,竟亦有如此心境:

> 七十年代初,余身虽"解放",意识仍被禁锢。不能为文章,亦无意为之也。曾于很长时间,利用所得废纸,包装发还旧书,消磨时日,排遣积郁。然后,题书名、作者、卷数于书衣之上。偶有感触,虑其不伤大雅者,亦附记之。此盖文字积习,初无深意存焉。①

无论是鲁迅、唐弢,还是孙犁,他们的书话写作,都是为了消磨时间、排遣积郁,将书话批评作为"医治心灵的方剂"②。作为批评方式,书话的这种写作状态,体现的是一种生命的学问与心灵的批评。

三、遥远的回响:书话之于现代中国文学批评的意义

众所周知,在"五四"以来特别是当代中国的很多学者的观念里,文学批评作为文学研究的一个方式,具有严格的理性、客观、实

---

① 孙犁:《耕堂书衣文录·序》,《书衣文录》,山东画报出版社1998年版,第9页。
② 孙犁:《我的金石美术图画书》,《无为集》,山东画报出版社1999年版,第154页。

证的标准。这种唯科学化、唯理论化的倾向渊源有自。有人笼统地归因于西方,其实主要还是由于现代科学主义的兴起,特别是新批评的勃兴。①新批评理论家韦勒克关于批评科学化的提法一度被奉为圭臬:"批评家不是艺术家,批评不是艺术(在近代严格意义上的艺术)。批评的目的是理智上的认知,它并不像音乐或诗歌那样创造一个虚构的想象世界。批评是理性的认识,或以这样的认识为其目的。"②这种极有代表性的观点在整个二十世纪的中国文学批评与研究中一直占据着主导地位,具有不容置疑的权威性。如金克木也曾表达类似的观点:"文艺本身不是科学。你要研究这个文学作品,研究这个艺术品,拿它当作一个客观对象来加以分析,那么这可以是科学,可以叫做文艺的科学、文学的科学、艺术的科学。"③甚至有学者断言:"中国文学批评的'现代',就是中国文学批评的'科学化'和'人本化',而中国文学批评的现代转型,就是将不'科学'的文学批评、没有以人为本的文学批评,转换为科学的、

---

① 西方文学批评的科学化也不是从来如此的。对此,夏志清曾有精彩的表述:"文学批评的必然趋势是愈来愈科学化、系统化,此话的确反映欧美学院界的现实。但问题是这种最新、最科学的批评是否真正替代了中西前贤的批评?……(柏拉图)的对话本身不避美妙的文字,他用'隐喻'(metaphor),他承认诗人是有灵感的。颜元叔认为《文心雕龙》本身就是'文学创作',用了意象语辞,'失之于朦胧晦涩'。但西洋文学批评经典,二十世纪以前,有哪几篇是科学的?波阿罗(Boileau)的《诗艺》、普伯的《论批评》,本身就是两首长诗。雪莱的《诗之辩护》,是篇绝妙散文,辞藻之优美,不下陆机《文赋》,一贯柏拉图的传统。即是艾略特名文《传统与个人才具》,不论文字如何严谨,也绝非科学论文。本来中西一律,批评对象是诗,而最好的批评家也就是诗人自己。"(详参夏志清:《劝学篇——专复颜元叔教授》,《谈文艺 忆师友》,上海书店出版社 2007 年版,第 87 页。)
② [美]韦勒克:《批评的诸种概念》,丁泓、余徵泽,四川文艺出版社 1988 年版,第 11 页。
③ 金克木:《艺术科学丛谈》,生活·读书·新知三联书店 1986 年版,第 132 页。

人本的现代文学批评。"①

事实上,这种文学批评的唯科学化情形其实具有很大的片面性。夏志清早就指出:"一切人文、社会科学都要步尘自然科学前进,对人类的心灵活动、社会活动作无休止的调查统计,不断推出理论性的假定,这是二十世纪的怪现象,可能是文化的退步,而不是进步。……文学批评不可能是真正科学化的。"夏志清甚至说,文学批评不同于其他的如物理学等自然科学,"……你读批评理论,还得从柏拉图、亚里士多德读起,他们一点也没有过时。同样情形,对中国人来说,《诗经》大序、《文赋》、《文心雕龙》、司空图、严羽都没有过时。有些统计式的研究(如诏诗的意象归类)当然可用科学法进行,但对某首诗、某诗人的鉴赏评断,还得凭个别批评家自己的看法,是无法科学化的。历代真正有见解的文学批评,虽是诗话体,也还有人去读的。那些自命科学而显已过时的文学理论、文学批评倒没有人读了。"②

---

① 庄桂成:《中国文学批评现代转型发生论》,中国社会科学出版社 2007 年,第 36 页。笔者按:传统批评往往注重直观领悟和内省体验,而从传统到现代的批评的转变,其特征之一就是转向科学化的批评占主导。但是,庄桂成说传统文学批评就是"非人本"的,则有失偏颇了,这一判断明显有主观武断之嫌。尽管说中国的古典传统文学批评一度曾经以"载道"为圭臬,文学的工具化的观念曾颇占上风,但是传统文学批评也同样存在着人文关怀的理念与诉求。魏晋文学的自觉,晚明文学的性灵言志等等,这些对人性的张扬思潮都是有异于"载道""明道"观念对人性和文学压抑的。所以如果仅仅笼统地给传统文学批评扣上一个非"人本"的工具化的帽子,以论证文学批评"现代转型"后的所谓"人本化",是不符合事实的。中国传统文学批评应该说是工具论和人本化、载道与言志的此起彼伏的交织过程。传统文学中的注重内省、体悟,就是指向人的本身的,更不用说晚明对人欲合理性的肯定和张扬的文学观念了。
② 夏志清:《劝学篇——专复颜元叔教授》,《谈文艺 忆师友》,上海书店出版社 2007 年版,第 88 页。

在这种文学批评的科学化、理论化的大背景下,笔者以为书话批评就更显出其价值所在。书话批评在当代中国文学批评中具有重要的启示意义。它启发文学批评家和研究者注意到,在习以为常、司空见惯的学院批评和学理性批评外,还存在着一种具有印象式、感悟式批评的传统路数。书话这种路数在很大程度上可以弥补学院批评的不足,实现着中国文学批评传统的延续,乃至保留着重建传统文学批评的可能。

以当代书话家为例,孙犁、唐弢、黄裳、姜德明等是最为突出的几位。他们的书话写作理路尽管彼此有着颇大的差异,但都是从不同的路向延续着传统的文学批评血脉。其中,唐弢多谈新文学,其对新文学的批评研究助益颇多;他运用传统批评方式来评论新文学文本,这在当时是独树一帜的。对借鉴传统批评资源来实现书话批评的创制,其实唐弢是有着自觉意识的,他说:"中国古代有以评论为主的诗话、词话、曲话,也有以文献为主,专谈藏家与版本的如《书林清话》。《书话》综合了

唐弢《晦庵书话》书影

上面这些特点。"①"我的书话比较接近于加在古书后边的题跋。……中国古书加写的题跋本来不长,大都是含有专业知识的随笔或杂记。"②如他的书话《〈白屋遗诗〉》,将新文学家的旧诗特色与古人相比,极为精到地指出各自的特点与差别,这近乎典型的传统批评了:

新文人中颇多精于旧诗者,达夫凄苦如仲则,鲁迅洗练出定庵,沫若豪放,剑三凝古,此外如圣陶、老舍、寿昌、蛰存、钟书诸公,偶一挥毫,并皆大家。③

这种对比的、泛联系性的批评方式是典型的中国传统诗话评点。这则书话,是精彩的文学批评,而且运用于对新文学家们的旧诗的批评和比较上,又可谓形神兼备的传统诗话。

又如孙犁,从他的书话文体尝试来看,孙犁也是自觉地进行着对传统文体的继承和改造的,与唐弢等人相比,其文体自觉意识更为强烈,其文体试验也更为广泛全面。统观孙犁的书话,大致有这样几种体式:一是笔记式,一条条将自己零星的感受随手记录下来,各条各段之间并无逻辑联系。这类明显延续传统笔记体例。如《风烛庵文学杂记》《风烛庵文学杂记续抄》《风烛庵文学杂记三抄》④。二是文抄式,这种方式与知堂的"文抄公"体几乎相类,对诗

---

① 唐弢:《序》,《书话》,北京出版社1962年版,第3页。
② 唐弢:《〈晦庵书话〉序》,《晦庵书话》,生活·读书·新知三联书店1980年版,第4页。
③ 唐弢:《〈白屋遗诗〉》,《晦庵书话》,生活·读书·新知三联书店1980年版,第229页。
④ 见孙犁:《无为集》,山东画报出版社1999年版。

孙犁《耕堂读书记》书影

话、词话的批评方式借鉴较多。如《耕堂读书记》①。三是传统史著之体例,结尾加"耕堂曰",这亦似是加案语的一种变化,正文叙买书之经过,结尾以"耕堂曰"领起作者的议论。如《买〈世说新语〉记》《买〈流沙坠简〉记》《买〈宦海指南〉记》《读〈吕氏春秋〉》等②。孙犁的"芸斋小说"系列,每篇结尾加上一段"芸斋主人曰"生发议论。传统史著在篇末的论赞,颇多有价值的文学批评,这种形式后来为明代的一些历史小说评点保留,如万卷楼本《三国志通俗演义》题"论曰"、《征播奏捷传通俗演义》题"玄真子论曰"等。到了清代一些笔记小说也对此借用,如蒲松龄《聊斋志异》、纪昀《阅微草堂笔记》等都不外这种体例。四是书衣文录,这是传统藏书题跋写作体例的遗传,不过题跋不在书眉、书边,而在书衣上。

作为藏书家的黄裳,以其学养和文化内涵使得书话延续了"文""学"合一的传统著述体例。黄裳前期的书话具有文学性和学

---

① 见孙犁:《秀露集》,山东画报出版社1999年版。
② 见孙犁:《无为集》,山东画报出版社1999年版。

术性的交融混合，后来的几乎是文言写成的《来燕榭读书记》则主要以古典文献学研究价值最为突出。黄裳在进入当代以后，尽管五十年代仍做过记者，但主要以藏书家和文化人的身份活动，所以这种特殊的身份使得其更易在文学创作与学术研究两个看似泾渭分明的领域内"左右逢源"。这样，他从写作开始，就不受任何关于创作还是研究、文还是学的问题的限制，于是，就形成了黄裳书话内容杂糅、性质含混的特点。这是特点，同时也不可避免地带来了问题，尤其是在学科分类日益严密的当下，这种亦文亦学的书话，其实又恰恰被人看作是非文非学，既得不到文坛作家的承认，也难以入学者的领地。事实上，中国传统大文学观念在黄裳的书话中得到遥远的回响。

毋庸讳言的是，在当代中国文坛，孙犁他们是寂寞的。尽管孙犁、唐弢、黄裳等人投入如此大的热情、精力去试验这些传统文体，但是后继者寥寥。无论是作家还是学者，对这种文体都显得有些冷漠。原因在哪里呢？一方面，对当下的作家们来讲，他们对这些传统资源缺乏兴趣，尤其是传统非叙事性的文本，于他们而言是冷漠和生疏的，他们离开传统已经太远太久了，孙犁等人的这些文体试验，已经超出了他们的阅读经验。对这些文体创作，他们要么敬而远之，要么嗤之以鼻，因为这类创作远不如都市言情小说畅销，也不如先锋文学花哨炫目。

另一方面，从批评家方面来讲，除了文笔、见识、心态等原因外，目前的现行学术评价体系成为学院派批评家们涉足书话批评和研究的瓶颈，使他们视书话写作为畏途。在现行的学术评价体系里，书话一类的文字，非纯粹的学术，并不能纳入其考评的范围。所谓的"学术成果"，就是理论化的皇皇巨著或长篇论文，无论是

"学理性"还是篇幅上,书话类的批评文字都不够格,自然在这个学术评价机制中生存的学院派的批评家们不会对书话这种批评研究方式感兴趣了。所以,现在稍有涉猎书话批评写作的学者,多为"学院外"的研究者,多为出版编辑界的从业者,但他们的队伍毕竟较小,在现当代文学研究界的影响更是寥寥。所以重建中国化的批评,呼唤书话这种批评方式,以纠正和改变当前批评过于僵化、技术化的偏向,也变得尤为迫切了。丁帆教授在他的《夕阳帆影》中也曾表达过对短论杂感的评论文章的认识:"既有宏观的思潮评论,又有微观的作家作品评论;既有文化评论,又有文学评论。这本是我吃饭的行当,理应写得更好些。可这些不算'学术'的边角料铺陈的短文,的确激情多于学理,在学院派的殿堂里,似是不能登大雅之堂的,方家们只能将就着看个大概齐吧。"[1]这自然是作者的谦虚之辞了,但也暗示了目前学术体制中,这些短论随笔等研究和评论文章没有其地位的怪现状。其实这些文字,如同书话一样,也是堂堂正正的研究、学术,而且是中国最具传统意味的、渊源最长的一种研究方式。

由此可见,书话所秉持的这种批评方式,对当下的文学批评其实有着重要的警示和启发意义。我们知道,刚刚过去的20世纪和正在展开的21世纪,可以说是个文学批评的时代。占据主流的文学批评体现出让人目不暇接的更迭性、易逝性。从20世纪初的俄罗斯的形式主义到德意志的罗曼文献学,从日内瓦的主体意识批评到巴什拉尔及其弟子们的客体意象批评,从精神分析批评到文学社会学和接受美学,从60年代的语言学热潮到结构主义,从文

---

[1] 丁帆:《自序》,《夕阳帆影》,知识出版社2001年版,第2页。

学符号学到文本批评,让人眼花缭乱,各领风骚。于是体现出书话的第二个特点是,其知识含量的丰富,学科交叉的纷繁,涉及哲学、社会学、心理学、人类学、语言学、计算科学、医学等等。这些批评自然开拓了文学研究的方法和视野,很大程度上推进了文学研究的进步。而且"20世纪文学批评的另一特征,是对形式、符号、技巧的热衷。批评家们把作品当作一种语言、一个长句、一种符号体系来分析,把诗、小说、自传分解为一个个诗句、一个个人物、一个个声音和一个个意义单位"①。但是,这必然也带来了诸多弊端,如文本文学研究成为验证各种理论方法的附庸,在眼花缭乱的论争推演过程中,文学批评本来的意义就反而被忽略了、遗忘了。对此夏志清曾表达过这样的观点:"现在文学批评这一门当然术语也愈来愈多,是否真的我们对文学的本质、文学作品的结构将有更确定性的了解,我十分怀疑。艾略特写文评,从不用难字,一生就用过两个比较难解的名词:'客观投射'(objective correlative)和'感性分裂'(dissociation of sensibility),而且'客观投射'仅用过一次。不料研究艾略特的人,特别对这两个术语感到兴趣,因为看来比较'科学'。到了晚年,艾氏非常后悔,认为他早年造孽,贻害无穷。"②

然而,在现代性焦虑的背景下,尤其是当代以来,我们的文学批评有着明显的偏颇:"众多的批评者都更热衷于文学批评方法的创新,热衷于提出某种新的批评观念或某种新的批评方法,而不大关心文学批评的现实实效问题。……那些近距离地贴近文学现实

---

① [法]让-伊夫·塔迪埃:《20世纪的文学批评》,史忠义译,百花文艺出版社1998年版,第328页。
② 夏志清:《劝学篇——专复颜元叔教授》,《谈文艺 忆师友》,上海书店出版社2007年版,第88页。

和文学文本的批评会被当成一种缺乏理论功底的表现。"①在让人眼花缭乱的批评方法中,不管你的方法多么新锐、理念多么诱人,真正有效的符合文学发展的批评,关键要看你的批评是否真的切近于文本本原,是否贴近创作实际,是否切近于文本作者本身。而对于书话,尽管其形式很灵活,内容极庞杂,但其有一个贯穿始终的线——书(文本),不管是由"书"及人、由"书"及事,都离不开书(文本)。而且更为重要的是,因为书话家的体验、经验、投入参与的批评立场,使得批评者与文本及作者,互动交融,密切相连。从而无法不切近于文本(书)、无法不切近于文本作者,以及与书相关的人或事。

于是,我们发现,书话体现出的特点,与当下的批评界、理论界的话语和理论的整体判断和批评话语,形成了不小的冲突矛盾。书话的边缘性,书话写作的"不跟风"(这种体式决定了它跟不上"风"),理论、话语的相对滞后,这种滞后性反而带来了书话批评的稳健与恒久,即它永远不可能成为众星捧月的焦点和中心,但也不会真正地销声匿迹,只是在"丛中笑"而已。正如曾以书话形式进行学术研究和批评的某学者说的:"如果人们能够利用好书话这种深浅有度、雅俗共赏的体式,结集时将其作为介于学术专论和普通读物之间的一种文本,内容相对集中在某一专题,使用非论文话语表述,以组合或系列的方式,把周知和鲜知揉为一体,令普通读者和学者皆可从中获益,那么它的价值和意义就会更大,生命力也会更强。"②

---

① 张奎志:《体验批评:理论与实践》,人民出版社2001年版,第275页,第4页。
② 葛铁鹰:《天方书话:纵谈阿拉伯文学在中国》,首都师范大学出版社2007年版,第3页。

第七讲　书话与现代中国文学批评的民族化

时至今日,越来越多的学者认识到,中国现代文学批评与传统文学批评并不存在着真正意义上的彻底"断裂",前者与后者的关系更多的是延续中的衍变,是各种合力共同作用下的潜变。而作为文学批评方的书话式则是典型的延续中变化、变化中继承的一个代表。在大半个世纪以来远离文学本身的学院批评的滚滚浪潮中,书话作为一种文学批评方式,尽管微小,但它的存在毕竟提醒着人们,传统的文学批评方式如果能在现代得以很好地继承和转型,对当前僵化的理论批评不失为一种极好的补充和制衡。忽然想起,让-伊夫·塔迪埃在其《20世纪的文学批评》的呼吁,用在书话批评上再合适不过,也为本文预留了极好的结尾:"愿批评像艺术一样,在追求真实的历程中接受科学之外的其它途径,愿微小的贝壳留住大海的滔声。"①

----

① [法]让-伊夫·塔迪埃:《20世纪的文学批评》,史忠义译,百花文艺出版社1998年版,第333页。

第八讲

历史文化散文：如何"历史"，怎样"文化"

小引

中国现当代文学中的历史书写大致可分为两种。一种是对王朝解体之后的百余年来现代中国进程的记录和描摹，一种是对传统王朝社会的追溯和想象。可以预期的是：由于种种因素，对近代以来中国历史的书写会因各种掣肘而渐趋低落，与此相应的是随着复古时代的来临，以及反顾传统潮流的推动，当代文学创作对王朝历史的书写将会越来越多。面对这个趋势，对这类书写如何应对、评判，如何纠偏，将是现当代文学研究者无法回避的问题。纵观这种历史书写，其多集中在曾经辉煌的王朝，除了秦之外，还有汉、唐、元、明、清。这些朝代都属于王朝历史上大一统的时期，往往疆域广阔、国力雄厚、声名远播、万邦来朝。在这些大一统的王朝中，"上镜率"最低，最容易被遗忘和忽略的，是宋朝。然而，宋朝却是一个检验历史观念和价值维度的试金石。

历史是一条河。孔子曾慨叹:"逝者如斯夫。"河流与历史,因为在线性、不可逆等方面的相似,太多人会不约而同地将二者联系起来。夏坚勇长篇历史散文《庆历四年秋》[①]开篇也是从历史上那条极负盛名的河——汴河写起的。然而,对夏坚勇来说,只是作为引子和由头的这条汴河,却让我有了一口气读下去的强烈冲动。

夏坚勇笔下的这条历史之河,在宋朝叫汴河,在隋唐叫通济渠。它其实是那条曾经贯通南北的大运河的重要的一段。由通济渠乘舟向上溯,首先到达的是开封(汴梁),再向西则是洛阳。通过一段黄河,再驶入广通渠就可到达长安。而如果越过黄河,经由永济渠可直达涿州。如果顺流向下,则可经扬州、京口、吴州等直抵余杭。很多次,笔者在古代地图上通览,可见这条贯通南北的运河的中心,在隋唐时期是洛阳,到了宋代则是汴梁。运河在古代社会的经济、文化方面的功能自不待言。宋朝大运河以洛、汴为中心的架构本身就极大地促进了地区的高度繁荣。

但是历史的变化和转折总是那么不期而至。中原的没落其实也可以说是从这条河的沉寂开始的。厓山一役之后,元朝定都北京,运河开始取直,不再经过汴梁、洛阳,而是从江苏直接向北,途经山东越过黄河,再达元都。从此,河还在,但往昔船只往来如梭的繁忙不再;汴梁城还在,但《清明上河图》中的东京繁华终成梦幻一场!

所以,历史是河,而河也是历史。汴河确实是历史之河。伴随着它沉寂的,是中国王朝社会从顶峰应声跌落。其实,夏坚勇的历史文化散文一如既往地集中涉及的也是这个话题。他选择的路

---

① 原载《钟山》2018 年第 3 期,单行本由译林出版社 2019 年出版。

径,是在历史之河中逆向回溯,他从宋王朝的跌落(《绍兴十二年》①)上溯到了跌落之前的巅峰(《庆历四年秋》)。所以,从夏坚勇的《庆历四年秋》来谈历史之河的变迁,以及历史文化散文如何"历史"、怎样"文化"等问题,想来是有意义的。

一、复古时代,文学应如何回顾历史传统

众所周知,中国人向来对历史有着强烈的兴趣。几千年来,对历史的兴味成为根深蒂固的民族无意识。中国文学也有着极为强大的史传传统。不知是文学的史传传统养成了国人的历史兴味,还是历史兴味催生了史传传统,总之二者互为因果、互相滋养、循环交织。这种强大的集体无意识,并没有被百年前那场新文化运动、新文学革命斩断,而是依然深刻地影响着以反传统为标的的中国新文学。所以,在现当代文学中,对历史的浓厚兴趣从来都不缺乏。无论是所谓的新文学,还是稍显陈旧的通俗文学,无论是所谓纯文学(小说),还是杂文学(介于纪实与虚构之间的著述),历史书写一直都是重要主题。

统而观之,现当代文学中的历史书写大致可分为两种。一种是对王朝解体之后的百余年来现代中国进程的记录和描摹,一种是对传统王朝社会的追溯和想象。前者的书写,尤为现当代文学的学院派研究者所关注,而对后者则关注度明显偏低。然而,可以预期的是:由于种种因素,对近代以来中国历史的书写会因各种掣肘而渐趋低落,与此相应的是,随着复古时代的来临,以及反顾传

---

① 夏坚勇:《绍兴十二年》,江苏凤凰文艺出版社2015年版。

统潮流的推动,当代文学创作对王朝历史的书写将会越来越多。面对这个趋势,对这类书写如何应对、评判,如何纠偏,将是现当代文学研究者无法回避的问题。

文学如何书写王朝历史,亟待正本清源。笔者认为,基于史料的全面掌握,实现对真相最大程度的接近,从而对历史做出趋于客观公正的认知评判,并由此形成正确的历史观念,这并不仅仅是对历史学著作的要求。这一基本要求,文学的历史书写同样无法回避。那么,在对中国王朝社会历史进行文学书写时,选择哪一段历史、哪一个王朝,其实相当重要。因为,选择即眼光,选择即观念。

说到王朝历史阶段的选择,我们知道,商、周因其年代过于久远,文献难征,很多故事近于神话,所以这段历史出现在当代文学中的机会不多。而秦统一之前,诸侯争雄、百家争鸣的春秋战国,尽管这个轴心时代思想飞跃、文化繁荣,但也并非当代作家们着意的重点。大多数的历史书写,似乎更感兴趣的是有秦以来的王朝社会,亦即"秦制时代"。

这涉及一个重要话题:周秦之辨。与秦制相对的二元概念是周制。从周开始,以至战国时代,虽然有乱有治,但整体是周制。周制是宗法制度,实行的是分封建制,也就是所谓的"封建"。而到了嬴政统一六国,封建就结束了,代之而来的不是封建而是郡县制。郡县制的设立,最利于皇权的高度集中。于是,秦制肇始。秦制的开始,意味着封建的结束。秦制的特点是皇权、专制。虽然秦代二世而亡,但秦亡以后直至清末,中国的王朝历史未脱秦制。换言之,在整个秦制时代,秦亡而"魂"不死。

本来秦制与儒家观念是有根本不同的,因为一方面是儒家"郁郁乎文哉,吾从周"的价值观与秦立国主导思想的法家价值观对立,另一方面在于焚书坑儒的"家仇"矛盾。但是到了董仲舒,他进行了调和与变异。汉代"独尊儒术"实行后,儒家的地位陡升,但是在秦制的皇权体系中,儒家思想只是表面上被抬得很高,实际骨子里仍然是法家理路。也就是说秦亡以后的秦制时代,始终是"儒表法里"而已。

明乎此,我们接下来就可以谈到当代文学的历史书写为什么对秦制以来的王朝进行选择了。纵观这类历史书写,其多集中在曾经辉煌的王朝,除了秦之外,还有汉、唐、元、明、清。所选择的这些朝代,都属于王朝历史上大一统的时期,往往疆域广阔、国力雄厚、声名远播、万邦来朝。从一些作品的名字可以看出作家的兴趣取向,《汉武大帝》《成吉思汗》《康熙大帝》《雍正王朝》,如此等等,不一而足。更有若干作家对清代情有独钟,曾写出体量极大的作品。对这些王朝,作品是充满了肯定、向往、追怀的,这透射着作家的某种历史判断。总体看来,这些作品往往存在两种倾向:一种是歌颂该王朝开疆拓土的雄心伟业,将大一统作为赞美的主要理由;另一种是盲目怀旧,简单地陶醉于万邦来朝的幻境之中。

然而,在这些大一统的王朝中,上镜率最低,最容易被遗忘和忽略的,是哪一个朝代呢?是宋朝。与开疆拓土的汉唐相比,宋朝给后人留下的形象似乎总是比较疲软。宋朝面对北方强敌,不断割地、岁贡,总给人积贫积弱的印象。当然更不要说,宋朝还有二帝被掳、南渡偏安等一系列苦兮兮的过程和最终惨不忍睹的厓山覆亡结局。于是,在爱国主义、民族主义的天平上,与疆域的扩展、帝王的伟业相比,《清明上河图》中的繁华、《东京梦华录》里的安逸,就悄然背了宋亡的黑锅——这一切不仅不值得赞美,甚至都成了宋亡的可耻原因。其实,对宋的评价偏低,甚至不屑,这种心理和看法并不仅仅是文学创作中独有,在人们整体的印象中,宋朝似乎并不是一段光辉的历史,无法成为吹嘘和自豪的资本。

《清明上河图》局部

然而,宋朝却是一个检验历史观念和价值维度的试金石。与汉、唐、元、明、清的武力雄起相比,宋朝确实显得疲软很多,但是换一个角度来看,却并不一定如此。后人往往瞻仰和赞叹长城的奇迹,却遗忘了孟姜女的眼泪;在歌颂汉唐辽阔疆域时,常常忽略了穷兵黩武中士兵的累累白骨;在赞叹成吉思汗杀伐决断、歌颂康乾盛世时,却听不到百姓的哀音和士子的悲歌。事实上,评价历史,除了成王败寇的功利主义标准外,还应存在有温度的、人性的文明维度。

在人性观念的烛照下,宋朝不啻是中国王朝社会的高峰,也是一个转捩点。宋朝的经济发展、社会安定程度,已有历史学家的大量证据和数据在前,无需赘言。就宋代的政治而言,"杯酒释兵权"

虽然一度被嘲笑为最高当权者的虚伪,但是这不再是你死我活的斗争,而是在博弈中各自达到利益最大化的操作,这难道不是政治文明的萌芽么？在宋朝,民间社会也得到了发展。中国的王朝历史告诉我们,社会安定往往伴随着大一统,大一统就意味着思想的统一,这是在秦制社会中始终没有解开的一个死结。而宋代则一定程度上比此前和此后的王朝都松动很多。这个方面,夏坚勇的《庆历四年秋》多有提及。比如其中多次谈到不杀士大夫和上书言事者等规则,这其实可以视作言论自由的小小开始。民间还有包青天故事的流传,那并不是法制,但包拯的龙头铡毕竟可以对上层皇族有所威慑；包拯的行事和口碑也折射出法律的观念在宋代形成了一定程度的共识,虽然还不能过高估计。所以,宋代的经济、政治、文化等发展是在秦制框架内达到了可以被允许的最大程度。当然,让人扼腕的是,它还没有来得及涨破秦制,就被北方另一种文化给打败了。中国历史也由此发生了重大转折。随着宋的应声跌落,王朝历史从此之后每况愈下。

《庆历四年秋》所截取的正是宋王朝顶峰时期东京汴梁的历史镜头。而这一组组镜头中,君臣之间的关系在作品中有不少的呈现,如仁宗与范仲淹、仁宗与欧阳修等。特别值得注意的是,作品中还笔带戏谑地描写了仁宗皇帝爱卖臣下人情的历史细节。这当然可以作为日常化写法视之,阅读时也能给读者以很好的调节,是在大历史风云之内的人情化的侧面展示。但从另外一面,这看似不经意的闲笔实有深长意味。至少能从中读到一个皇帝的无奈。这恰恰反过来说明了皇权在宋朝不能如暴秦一样任性,也不能如此后的元、明两朝那么横行。皇权不能任性,当然不能归因于仁宗皇帝个人的修养有多么高。这其实是宋代开国以来形成的小传统——一种惯性和非成文的规则,当然,还远远没有能够演化为体系化的规则。与剥皮楦草的明代相比,宋代的皇帝就无法如此任性。所以,君臣关系是一个时代、一个王朝的风习的折射。从宋太祖谈笑间的"杯酒释兵权",到明太祖的火烧庆功楼;从谏官可以拦着皇帝逼后者接受自己的奏章,到一字不合就会人头落地,王朝社会这个跌落的程度不能不让后人唏嘘扼腕。

梁漱溟曾说过中国文化是早熟的文化[①]。是的,中国文化太早熟了,在春秋战国就出现如此发达的思想争鸣,但却被秦制扼杀。而北宋这种在当时较高级的文明状态、社会方式却被更野蛮的文化所中断。所以,北宋的失败不是源于贫弱,不是因为落后,恰恰相反,而是因为宋王朝在当时早熟和超前,一个刚刚萌芽的文明形态偏偏落在了一个野蛮的丛林时代。这样看来,宋王朝的被扼杀其实又是秦制体系内一种必然了。对于这样一个历史认识,《庆历四年秋》有着逐渐展开的过程。作品的开始部分,还偶尔显出那种以宋为疲弱的通常看法,但随着叙述的推进,作者历史的观念和维度渐趋明晰,终于再没有回落到一般的皮相判断了。这一点放置于近几十年内文学的历史书写中来看,尤其值得肯定,这使得《庆历四年秋》在所谓的文化大散文作品中显得更加深刻了。

二、散文的史诗书写,如何落到细处、深处

某段历史、某个王朝,在后世的流传和记忆的重塑中难免损

[①] 梁漱溟在《东西文化及其哲学》(《梁漱溟全集》第 1 卷,山东人民出版社 1989 年版,第 379—385 页)中首提此说,后梁氏在《中国文化要义》(《梁漱溟全集》第 3 卷,山东人民出版社 1989 年版,第 256—267 页)中对此进行了修正和发挥,论述更详。

耗。其损耗的总体趋势是：大的脉络越来越清晰，具体细节则渐趋模糊，乃至扭曲变形。不光历史学著述的建构过于注重骨架和线索，文学对历史的书写也往往无法摆脱这种简单化、骨干化的趋向。简化虽然难以避免，但文学书写毕竟要讲人物、述故事，所以大多数历史文学书写不可能不关注历史中的大人物。这在传统的史传文学中体现得尤为明显。在"五四"新文学革命初期，那种为英雄立传的历史书写，遭到普遍的批评。"平民文学""人的文学"就明确反对为帝王将相才子佳人作传，提出要写普通人的悲欢。尽管如此，但在实际的操作中，当代文学中的历史散文和历史小说，涉及历史尤其是古代王朝历史时，还是免不了主要在英雄人物、帝王将相身上着力泼墨。新文学倡导的"平民文学"观念似乎在具体的历史书写中遭到了放逐。

事实上，"平民文学"观念至今仍可为当代文学的历史书写提供另一视角。着眼于普通下层的生活状态和鲜活感受等细节的描写看似无足轻重，但正是那些被忽略或极力撤去的细微之处，与文学对整个历史和古代王朝的书写密切相关。因为"被认为是多余、冗杂的日常细节，以及无法被大起大落的传奇情节所吸收的日常性场景，通过'诊断审美'的过滤、解译，同样可能令人从中洞察历史、人性、文化、政治的复杂形态"[1]。于是，沉潜在史册或散佚于民间的日常细节及故事被打捞起来，给后人重新审视正统的历史书写提供了参照。普通下层群体对日常生活的感受及经验，在一定程度上可以折射出古代王朝历史的复杂面向，也给当代文学的历史书写提供了更深刻、更丰富、更具意味的血肉。

---

[1] 余岱宗：《论"诊断审美"》，《文艺研究》2017年第5期。

第八讲　历史文化散文：如何"历史"，怎样"文化"

《庆历四年秋》自觉意识到历史细节书写的重要，试图将一部分目光投注到帝王将相之外的人身上。比如作品一开篇的"将进酒"就花了大量的篇幅在进奏院里的下级官僚文人身上。作者将遥远的故事浓墨重彩地叙述成了一次现代酒局，栩栩如生地呈现了历史细节的波澜和曲折。作品还通过拆桥与护桥的斗争，刻画了富户乡绅、底层官僚的众相与生态，丝丝入扣中将权力链条里各个环节的复杂关系清晰地描述出来。这些细节的用心着墨，无疑是使历史叙述得以丰满诱人的重要保障。可以说，作者在散文的框架内将叙事能力发挥得相当充分。所以，《庆历四年秋》虽然是散文，但故事的精彩丝毫不输于小说。正如阿格妮丝·赫勒在《日常生活》中对不同身份的人的"感觉领域"的分析："实际的感觉领域在形态上因社会阶级或身份团体而异。高级橱窗的陈列，在穷人看来只是昂贵与闪闪发光；然而，富有的人则研究不同物品之间的区别所在，而且他的感觉辨别甚至可深入到细节。我们所做的工作，我们在社会劳动分工中所占据的位置，我们的特殊需要，我们的特殊兴趣，所有这些在勾画我们的感觉领域和选择它的内涵方面都有指导作用。"[①]《庆历四年秋》中，普通的下层官僚文人因特定阶级和生活环境的差异，他们的"感觉领域"显然有别于皇帝以及有着重要影响的大文人们，对周遭人事及社会关系的把握与考量也不尽相同。然而，从他们日常活动中的生死欲望、琐细纠缠及情绪状态中，我们可以窥见被以往宏大叙事所遮蔽或忽略的精神碎片，以此来洞察历史深处人性的幽微侧面。

尽管有不少对普通下层生态的描绘，但《庆历四年秋》的笔墨

[①] ［匈牙利］阿格妮丝·赫勒：《日常生活》，衣俊卿译，黑龙江大学出版社2010年版，第189页。

毕竟更多放在了对大人物的关注上。除皇帝之外,作者叙述的重心主要是那些有重要影响的大文人。这些人同时兼具大官僚的身份,如范仲淹、欧阳修、晏殊等,不仅文名显赫,在当时的政治影响力也相当大。当然,虽写大人物,但夏坚勇的出色之处在于,将这些有重大影响的人物放在了平视的位置上,并且运用了透视的方法进行处理。平视,使得遥远的古人变得平易,形象生动有趣,毫无隔膜。透视,则能够最大程度上穿透这些文人政治家的内心,对其内心活动、精神状貌进行较为深入的开掘和呈露。对此,夏坚勇有着自觉意识,他在作品中有这样一段论述堪称精彩:"说到庆历年间的政坛纷争,人们总喜欢刀劈豆腐两面光,把当时的人事分成改革和保守两个阵营,然后让他们对号入座。但历史毕竟不是厨师手中的一块豆腐,历史活动是人的活动,只有透过各种人物幽微隐曲的心理动机,才能窥见历史的底色。"[1]所以,虽然是叙事,但实际仍不外乎写人。人物的透视和立体化的呈现,就使整部长篇散文丰满起来,而避免了平面展开或者线性叙述的乏味和单调。这种关注人、关注人内在心理的复杂性,使得夏坚勇的散文在一般的历史书写中超拔而出。

这也使此部历史大散文在文学书写的意义上与一般历史学著述清晰地区分开来。历史学著作与文学的历史书写是性质截然有别的两种建构。历史学著作侧重历史骨架的搭建,注重历史脉络的清晰描述,关心的更多是历史结果的评判。而作为文学的历史书写,文学的性质决定了一个成功的历史书写应该注重过程而非结果,注重细节而非粗略的骨架,注重偶然的多种可能而非必然的线

---

[1] 夏坚勇:《庆历四年秋》,译林出版社2019年版,第152—153页。

性发展,注重人物内心的深入开掘而非单一的事实选择,注重动机的分析而非简单的成败评判。从这个意义上说,与通常的历史学著作相比,文学的历史书写本应确立的是历史中的人性真相。与单一的事实的真实的追求不同,这应是一种更高的真实。当然,应然与实然总有差距,事实上太多的历史书写远远无法达到笔者所说的这种真实。而《庆历四年秋》则是在朝向这种更高的真实的途中。

《庆历四年秋》在这个正确的方向上行走,但仍有空间可以进一步拓展。如何拓展,在哪些方面拓展?对此问题,就有宋一代而言,可以从日常生活的角度进一步深挖。这里提出的从日常生活出发对宋王朝加以刻画和展现,亦即"美学向当下实际生活还原,向由多种呈现、多种层次所构成的、多元的现存生活还原"[1]。正是因为日常生活的多元和复杂,那么文学的历史书写关注于此,对拓展文学空间和贴近历史真实显得极为重要。当然,应认识到,"生活美学不是要颠覆掉经典美学的所有努力,而是要使美学返回到原来的广阔视野;我们讨论生活美学不是要把被现代文化史命名为艺术的那些东西清除出美学的地盘,而是要打破自律艺术对美学的独自占有和一统天下,把艺术与生活的情感经验同时纳入美学的视界;我们再度确认生活美学不是为了建构某种美学的理论,而是在亲近和尊重生活,承认生活原有的审美品质"[2]。尊重血肉丰满的历史,接近和还原被尘封的真实、丰富与复杂,则美即在其中。在对日常生活加以审美观照时,回到真实的历史现场,展现出特定历史语境下人性本身的复杂,这是文学如何书写历史需要切

---

[1] 王确:《中国美学转型与生活研究新范式》,《哲学动态》2013年第1期,第83—88页。
[2] 王确:《茶馆、劝业会和公园——中国近现代生活美学之一》,《文艺争鸣》2010年第7A期。

实注意的地方。

尤其针对宋朝的特点而言,这一视角非常契合。在其有效程度上,写宋朝要大于写任何其他的王朝社会。因为与此前、此后的王朝相比,宋朝最突出的特点是市井文化的兴起,或者说在整个王朝社会历程中,商业文化、大众文化、享乐主义在宋朝时方达到了高峰,民间社会始真正登场了。里坊制的推倒,宵禁的放开,使得城市的夜生活兴起。这是一种极为重要的信号,即管制的松动,自由的发端。民间消费享乐的盛行,是娱乐文化的表现。而口腹之欲的满足,实意味着平民的欲望、需求得到正视和肯定(开封夜市至今兴盛不衰,实在有其悠久的传统)。邻近皇宫的民间酒楼樊楼的生意兴旺、彻夜喧闹就是个典型的例子。而市井文化的勃兴,在一定程度上则是以皇权的退守和节制为前提。

所以,如何突破以往局限的政治史、文人史的樊篱?在这些领域之外,从地理志、市井相的视角来写,是有效的选择。在大人物之外,多着墨如宋四嫂这些小贩,写一写经营旅店、澡堂的老板、商人、顾客,比如《清明上河图》中的孙羊正店、王员外家等民间社会以及其他的公共空间,想必描绘出的宋都浮世绘更加立体、丰富和生动。《东京梦华录》《武林旧事》以及《清明上河图》等文字和图像作品,都在一定意义

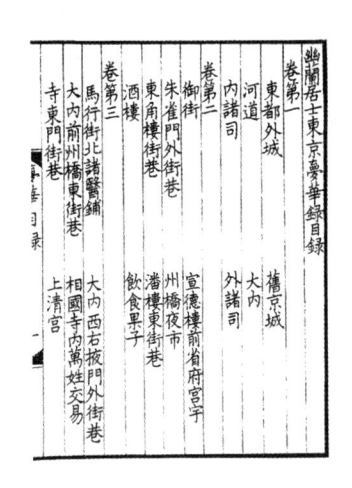

《幽兰居士东京梦华录》目录,民国间影汲古阁本

上给这些普通人的身影留下了珍贵的痕迹,这也给我们今天的作家提供了非常宝贵的资源和路径。那么,从这些普通人来折射一个王朝,或许他们身上正体现出宋朝的某种真正精神。民间的欲望、细民的心态,或许会给《庆历四年秋》这样的宏大历史散文提供更具人性化、更具个体性、更富细节性的可能与空间。

三、散文如何回归本色

夏坚勇的长篇散文从总体风格上言,显得廓大和厚重。这不完全依靠其对象——大历史、其着眼——王朝兴衰两个方面而实现,虽然这两方面确实会使作品易显廓大厚重。史诗性的选材、用心与作品的廓大厚重并不存在必然和直接的关系。换言之,作品的质地和重量,并不主要在于选材,而是取决于写作本身能否纵深,有无厚度。

新文学发展至今已逾百年,散文该怎么写,这本不应再是一个问题了,但实际上却仍有追问的必要。因为百余年来散文发展的流向和散文理论观念在总体上呈现了某种偏向。大致说来,这种偏向就是偏于过度抒情,偏于繁复修饰。人们往往认为具有这种突出特点的是散文,不具备这两点的则不是散文,或者不那么"散文"了。恰恰相反,实际上这两种偏向导致了一个共同的问题,即散文在文体空间上越来越狭窄,在重量上越来越轻飘。但很多人将轻飘当成了轻盈灵动,这正是缺乏纵深和厚度的集中表现。

出现偏于过度抒情和偏于繁复修饰这两种趋势的原因,与后世对"五四""美文"概念接受上出现的误解和偏失有关,也与1949年以后形成的文学过度抒情化倾向及其历史惯性有关。实际上,

"五四"时期的散文观是相当开放和包容的,提供了后来散文发展的多种可能性。《中国新文学大系 散文二集》主编之一郁达夫从中国新文学第一个十年散文的创作实绩出发,对现代散文的特征做出了具体的归纳和总结。他认为:"现代的散文之最大特征,是每一个作家的每一篇散文里所表现的个性,比从前的任何散文都来得强。"对个性的追求和精神自由的表达构成了"五四"时期散文写作中最为核心的部分。这一时期的散文写作不只是"狂飙突进"的时代浪潮的体现,更是"五四"知识分子作家追求独立与自由的人格的外化。现代散文的另一个特征,在郁达夫看来,"是在它的范围的扩大"。散文的写作,自然不应仅仅局限于写景或抒情一类,更应扩大范围,向广阔的大自然及无所不包的宇宙开掘和提炼创作素材。散文写作始终保证其内在生命活力的重要途径之一,"是人性,社会性,与大自然的调和"[①]。

由此可见,"五四"散文观具有很大的包容性和多元性,为当代散文创作奠定了理论基础,也打开了多种可能,为散文未来的发展和走向拓展了更大空间。然而可惜的是,在后世接受过程中,人们倾向于将美文概念砍掉一半,只剩下抒情一脉被视为散文正宗。1949年以后,散文更趋窄化,越来越强调抒情、讴歌,其实这样的散文已经不是散文,而是颂歌,或者说政治抒情诗的不分行版。换言之,散文渐趋失去了"文性",而是向着"诗歌性"变异。"诗歌性"中的"歌性",也就是可诵的特质体现得尤其集中明显。失却了散文文体精神的散文,不是散文。如果说胡适之当年《尝试集》所显示

[①] 郁达夫:《〈中国新文学大系·散文二集〉导言》,俞元桂等选编《中国现代散文理论》,广西人民出版社1984年版,第446、449、451页。

的文体误会是"以文为诗"的话,那么当代散文的问题则是"以诗为文"。当然,这种偏向,在20世纪80年代以后逐渐地在纠正,但是还远远不够,很多散文依然充斥着抒情化、滥情化的表达。比如在20世纪90年代的"散文热"中,以《文化苦旅》为代表的文化散文,在一定程度上虽拓展了写作路径,丰富了当时的书写内容,但是其中附着于自然山水、历史人文这一载体上抒情的泛滥和空洞倾向,则显出当代散文的某种症候。

夏坚勇的行文也偶尔出现过于显露的抒情倾向,尤其是写到后半部分时,对历史评点的价值取向和恣肆流淌的情感,在反问的修辞表达中体现得较为明显。但是,夏坚勇的独特之处在于,他有意识地将目光投向历史的细节中去,从细处、深处下功夫,这使得主体情感的表达隐现于日常生活的叙述中,从而情感表达就受到了节制。在开篇"将进酒"中,作者从"达官贵人的马鞍已经换上了狨座"这一充满政治意味的细节展开,接着便对"狨座"展开介绍和分析,由此勾连出整个北宋王朝的兴衰更迭和命运走向。作者还在"六州歌头"一章的结尾处,紧扣前文的细节,留下了一处颇有意味的闲笔:"今年的秋凉又似乎来得更早些,达官贵人的鞍鞯已经换上狨座了吧?"由此,日常生活性的历史细节和宏大的王朝兴衰之间,构成了一种张力,具有深刻的反讽意味,这也就显示出作者对历史的敏锐判断。倘使不具备如此的思想见识,缺乏对历史的判断,是不容易发现这些细节背后的深意的,这也正是《庆历四年秋》超离于那种抒情化、滥情化的散文写作的原因。

当然,情本不可怕,问题在于只有所谓的"抒情"。如果散文缺少了思想、见识作支撑,抒情就是空洞的喊叫。空洞的吼叫,掩盖不了内容的贫乏和思想的贫弱,只能写出轻飘的"纯散文"。所以,散文如果没有了纵深和厚度,那么廓大和厚重也就不可能实现。验之于当代散文,这个症候并不少见。那么对此症候,可从技巧层面和根本问题两个方面来剖析之。

先谈技巧层面。若想在一定程度上改变这种现象,有效的途径是尝试隐去抒情,也就是说尝试散文写作的"去抒情化"。很多作家,往往习惯于通过重复、排比叠加来强化情感,这种赋得的结果常常适得其反。因为语言的重复叠加、累赘冗余,不仅不能强化情感,反而会稀释掉本来就不浓厚的温度。

说到此,这关涉到中国文学一个非常重要,后来又被压抑了的传统。这个传统就是"有情"的文学。文学创作尤其是散文写作应该是"有情"的,而非"抒情"的。文学可以是"情学",但绝不应该是"抒情学"。尤其是散文,其表达应该是有情而不抒,将情存乎行文之中,字里行间处处蕴情、字字又不直接言情。有情而不直抒,才能让情更有冲击力,这样的情才是真正的一往而情深。

是故,散文写作进行非抒情化、去抒情化的努力,实际上是将感性的浮云祛除,从而将理性思考和内在体验逼出。只有经历了这个过程,散文才能走向立体和纵深,而非平面和表层的抚摸。唯如此,散文才能走出狭窄、走出偏狭的抒情。在这个意义上,逐渐走入狭窄的散文,如何在"去抒情化"和重识有情传统的基础上,找回散文的廓大和厚重,这是亟待思考和解决的问题。

进一步言之,在散文写作中,仅仅做到"去抒情化"以及重识有情传统,似乎还不够。要想真正地疗愈当代散文写作中缺乏廓大厚重的弊病,还必须正视散文的根本问题。这个根本问题,就是回到散文的体性上来,重新找回失落了的散文的本色。因为,散文最根本的特征应该是本色。尽管散文篇幅有长有短、类型写法各不相同,但好的散文都有着一个共同的特点,即本色。本色就是不搔首弄姿、卖弄风骚,也不装模作样、故作深沉,简单说就是不端、不装、不作伪。如果说散文有所谓的修辞的话,那么所有的修辞都有一个限度,即要以不能掩盖和损害其本色的特性为准。

与其他的文体相比,散文的最大特点就是不容易藏拙。正如梁实秋在《论散文》中所言:"散文是没有一定的格式的,是最自由的,同时也是最不容易处置,因为一个人的人格思想,在散文里绝无隐饰的可能,提起笔来便把作者的整个的性格纤毫毕现地表示出来。"[①]而其他的文体,可以利用故事、抒情、结构、色彩等手段,将内在的见识的不足等短处遮盖隐藏,但是散文则几无藏拙的可能,你的思想、见识、体悟、才情都会相当直接地呈现在读者面前,作不得假的。类似地,如果说其他文体的创作技巧几乎都可以在一定程度上通过训练来习得,唯有散文的写作是没有办法教的。如果要训练,那么有效的途径就是积累文化素养、训练思想见识。

好的散文,必然是本色的。而这本色,也并没有什么神秘和深奥的标准,无外乎三点:生命体验的底色,思想见识的超拔,辅以适度的表达。如何做到这三点,关键之处在于作家的修养,亦即文、学的熔铸会通。具体到历史散文的写作,更是如此,更需要作家们正视散文的根本问题,强化散文本体意识的自觉,从而使散文真正以本色呈现。在此意义上,《庆历四年秋》的写作试图让散文走出狭窄,回归散文的本体,以其对历史的烛照,拓展出当代散文历史书写的更大可能。

[①] 梁实秋:《论散文》,俞元桂等选编《中国现代散文理论》,广西人民出版社,1984年版,第35—36页。

第九讲

大众传媒时代，传统如何重建

——由《孔子》谈起

> **小引**
>
> 没有文化，何来文艺？作家也好，导演也罢，文化的积累是创作的极重要滋养。这个话题让人想起电影《孔子》来。在复古的文化潮流中，电影《孔子》是带有症候性的文本。2010年的中国影坛，《孔子》的高调推出几近成为一个事件。但是《孔子》对近年来古装战争片模式的重复、对市场的自觉的倾斜妥协，使得影片重释孔子的努力并没有实现预期，远未触及儒家文化传统的核心，而这一切与导演等主创人员对孔子思想的隔膜与误读有莫大关系。当然，这不仅仅是个案，而是普遍的倾向。

一、斯文尚在乎

进入 21 世纪以来,在中国大陆以儒学为核心的传统文化热潮颇有方兴未艾之势。据国际儒联的一份报告,全国各地幼儿园、中小学纷纷开展以诵读蒙学与四书为主要内容的普及活动,估计有一千万少年儿童参加,在这一千万人背后,至少还有两千万家长和老师。在教育文化界,中国人民大学 2002 年成立孔子研究院,2007 年有上百种解读《论语》的新书问世,企业界精英学习了解传统文化的热情有增无减,以儒学为主要内容的网站有几十个,互联网博客的出现更成为民间传统文化爱好者和研究者的展场[①]。官方的默许也大大推动了这一热潮的展开。

乘着这股传统文化热、儒学热,胡玫执导的电影《孔子》应运而生。可以说,在 2010 年的中国影坛,电影《孔子》的高调推出毫无疑问是重要事件,称得上是浓墨重彩的一笔。其豪华的演职阵容,先声夺人的强势宣传、成功的市场运作等都是颇为值得重视的。但是,在我看来,《孔子》的推出,最为重要的恐怕还不在此。其最引人思考的更在于提出了一个重要命题:在当今大众传媒时代,传统特别是儒家文化传统该如何重建?

传统规约着我们。孔子,是我们这个民族无法绕开的人物。以孔子学说为本源和核心的儒家文化传统是我们永远无法抛开的巨大存在。这个传统弥漫和充实着孔子之后的几千年的中国历

[①] 见陈来、甘阳主编:《孔子与当代中国》,生活·读书·新知三联书店 2008 年版,第 30—31 页。

史。孔子及其儒家思想文化规约着后来者。人们不断地在孔子的基础上进行阐述、改造、创新,但其原典性不容置疑。经历了从孟子、董仲舒、朱熹、王阳明一路的侧重向内的发掘,以及王充、张载、王夫之一脉侧重外部的重建,毫无疑问,儒家学说已经成为浩瀚的思想文化传统无处不在了。不管是将他作为崇拜的对象而膜拜的,如宋儒;还是作为攻击的对象而批判的,如"五四"新文化人,他们毫无疑问地都无法摆脱孔子的影子。

近代以来,中西文化冲突交汇的时代,孔子确是"在世界上成为中国文化的代名词"[①]。然而,我们也不得不说,经过了无数的改造阐释之后的孔子,逐渐成了一个"符号"。经过了"五四"的激烈反传统的主流思潮的批判[②]。如有学者说的,"'五四'期间,……反讽的是,正当中国青年,尤其是学生,展现伟大的爱国主义和民族主义之时,儒学作为中国性的明确特征,正在受到彻底的批判。使中国以及东亚成为礼乐之邦的儒学如今被诅咒成中国经济、政治、社会、文化落后的原因。……《新青年》的作者们相信,向中国介绍西方观念当以中国人对西方思想潮流的态度的根本转变为基础,摒绝儒家的思考模式是中国现代化的前提"[③]。尤其是"文革"时的全面"砸烂"、破旧立新,更造成了传统的绝大的断裂。今天的我们,现在再去体认孔子,体认那个哺育、塑造了几千年文化史和代代中国人的儒家文化传统,已经几乎很难很难了。所以我们提到

[①] 李泽厚:《美的历程》,文物出版社1989年版,第49页。
[②] 金耀基在一次会议上说:"新文化运动以后,基本上只是去儒学中心化,并没有去儒学。"(陈来、甘阳主编:《孔子与当代中国》,生活·读书·新知三联书店2008年版,第42页。)
[③] [美]杜维明:《道·学·政:论儒家知识分子》,钱文忠、盛勤译,上海人民出版社2000年版,第156—157页。

的孔子其实是被符号化的孔子。如同 E.希尔斯所说的《圣经》在美国公众中的削弱情形[①],《论语》等儒家核心论著早已因为西式学堂的普及、教育体制的变化、政治力量的全面限制等诸多因素,而为当代大陆公众所少有问津了。尽管说在极少数专业学者那里,相关的研究仍很深入,每个中国人恐怕对作为符号的孔子都不陌生,对作为概念的儒家文化也都耳熟能详,然而其背后的所指是什么,对大多数人来讲,则早已面目模糊。

二、是文化事业,还是文化产业

在产业化、现代化的大背景下,电影《孔子》的重磅推出,无疑有其积极的意义。它似乎表明了从官方到民间,试图重建传统的努力,这是令人欣喜的。然而欣喜之余,笔者更生深深忧虑。尽管此片显示了导演等主创人员重释孔子、重建文化传统的行动,但是我不能不遗憾地说,这种努力并没有实现预期的效果,或者说电影《孔子》远没有接近孔子的本身、儒学的核心。之所以下此判断,并非笔者太过苛责,而是基于此片暴露出来的问题。

最突出的问题是电影《孔子》依然重复近年来古装战争片的模式,难脱追求"视觉盛宴"感官冲击的大片的窠臼。此片给人最显豁的印象就是,孔子是位雄才大略的"政治英雄",简直就是"曹操+孔明"的混合体。让人看了之后不能不有似曾相识的慨叹,因为这些场景在古装战争大片中已经用滥了。这部影片仍钟情于表现战争等故事情境,运用流行的各种技术手段渲染宏大、惨烈、血

---

① [美]希尔斯:《论传统》,傅铿、吕乐译,上海人民出版社1991年版,第380页。

腥的场面,似乎不如此就无法发挥电影的影像优势,不如此就不能吸引和打动观众。当包括导演在内的所有演职人员沉浸在战争等宏大历史场面的创制中,观众沉浸在刀光剑影、打打杀杀的感官刺激中时,最重要的往往被忽略,被遗忘。最能表现孔子个人色彩的教育行动,导演将其略去了;最能表现孔子思想追求和仁政理念的周游列国的过程,电影叙事则让人丈二和尚摸不着头脑,无法明白其追寻的到底是什么。对战争场面的过度渲染,对夹谷之会中孔子作用的过度夸张(且不论其中的情节的臆想成分),无法让观众明了孔子真正对中国历史产生影响的原因。

其实孔子对于中国文化的真正深刻影响还在其思想、人格上。"他的伟大力量正在于朴素平淡。他有意识地选择不求助于非凡的、强有力的、超人的或超俗的事物来加深人们的印象,这一点被视作内在力量的表征,受到极大的尊崇。"① 事实也正是如此,孔子的伟大之处,不在于其政治上,恰恰相反,其政治方法在现实的政治舞台上是失败的②,儒家不能允许自己接受限定于狭隘的权力关系之中的游戏规则。而其超拔之处,正在于其坚持不懈地对知识分子政治作用的确认。他从道德本体的中心出发,确定何谓政治。由于他从不颠倒先后次序(道德先于政治),因此不受政治局限。所以他正是以反思人为路径,重寻人类文明的深层意义。这种最

---

① [美]杜维明:《道·学·政:论儒家知识分子》,钱文忠、盛勤译,上海人民出版社2000年版,第7页。

② 杜维明认为:"作为权力游戏的参与者,他所持的道德理想主义更进一步侵蚀了他的有效性。商君起先没有能够接近秦王,劝说他遵循仁爱和公正之路,这并不是孤立的小事。孔子的丧家感,以及孟子无法和掌权者保持长久关系,都清楚地表面儒家知识分子,同时也暗示了儒家的方法,在政治舞台上并不灵验。"([美]杜维明:《道·学·政:论儒家知识分子》,钱文忠、盛勤译,上海人民出版社2000年版,第16页。)

重要、最根本的内核,都被打打杀杀的战争场面和看似扣人心弦的情节设置消解得无影无踪了。

另一个问题是主创人员对孔子思想的浅俗化误读。认识孔子,认识儒家文化思想,把握这种文化的核心精髓,其实才是拍好《孔子》最重要的前提。然而事实上,电影在这方面是让人担忧以至失望的。笔者看到有关媒体的报道,导演在《孔子》开机仪式上发言,恳请"学术界对我们的创作给予必要的宽容,不要过于用学术性的、求真求全的眼光去苛求我们的作品",毕竟"电影作品是艺术而不是学术……在我们的作品中,绝不可能只以两个小时反映孔子的全貌和一生,更不可能全面反映出那个波诡云谲的动荡时代,以至塑造出一个高大全的伟人。我们只能撷取历史想象中的一枝一叶。面对历史的苍茫大海,我们只能取一勺饮"。[①] 这种回答其实已经显露了导演团队对孔子与儒学的隔膜与无知。他们并没有真正理解孔子思想的精髓和核心,他们在试图还原一个普通人的孔子的同时,对于孔子的超越性追求,就不明就里了。对孔子思想中最核心的"道""学""政"的追寻与统一既然无从认识,自然就难以被表现和彰显了。

出现这种俗浅化的解读,我想导演等主创人员并非没有自觉意识。对此,导演似乎在首映之前就为自己做出了辩解:"我很清楚电影和文学是两种完全不同的介质,电影承载不了更多的思想。电影的功能更多的是娱乐功能,普世价值要大于更为深刻的思想价值。它不太可能做到那么深刻、完满。它也必然遭到一些知识分子的质疑,这是必然的。"这种对文学与电影的媒介的认识,事实

---

① 钟蓓:《胡玫:〈孔子〉意义不在票房》,《世界博览》2010年第4页。

上,如果不是一种无意的误解,对现代传媒的误解,那就是为自己的电影有意开脱。这种说法,说明其对电影存在着很大的误解。电影、文学等不过是手段、途径不同,并不能断定电影媒介不适宜表达深刻思想。这是绝对的误解。

谁说电影与表达思想冲突呢?

思想,在于导演愿不愿意去追求,或者有没有水平去表现,而不能将之推给电影媒介本身。"电影承载不了更多的思想",这句话根本就是荒谬的,如果真的如此,那电影压根就无法成为艺术,电影于影视文学视角的研究的价值就会被取消了。影视作为艺术,其追求的最高境界依然是对人性的透彻认知,是对博大深邃的思想的感性显现。事实上国内外许多经典的电影,其对思想的表现、对人性的开掘,丝毫不亚于任何经典文学作品。

针对"观众反映本剧的对话很现代"的问题,导演还说:"对于这部电影的通俗化,我们做了大量的工作。当时,是周润发提出有些词太古,看看能不能再白话些。我就纳闷,怎么可能还不够白话。我请他举个例子说明。他说,比如'将欲取之必先予之',很多人就不懂。我说不可能啊。结果我们问了 30 个现场的工作人员,结果真的让人吃惊,只有 7 个人明白'将欲取之必先予之'是什么意思。当时我心里就凉了半截。此后,我坚持一定要把这个电影做得很白话。"[①]对此,笔者必须要指出,大多数演职人员不懂得"将欲取之必先予之",只能说明他们与传统的隔膜是多么的深,这种与传统的断裂到了可怕的程度,这就更证明重建传统的必要性,而绝对不能说明就需要用很白很白的对话才能让人懂,如果你想拍

---

① 参钟蓓:《胡玫:〈孔子〉意义不在票房》,《世界博览》2010 年第 4 期。

一部好片子，并不能期望所有人都能看懂。这里导演忽略了一个重要的问题——语言与思想的关系。因为语言其实是和文化意蕴、思想内蕴是一体的。设想一下，如果将《论语》全部对译成白话，所表达的还是那部《论语》吗？

　　这种浅俗化、通俗化的倾向也显露了他们在拍摄之初就确定的一个方向，那就是对市场的自觉倾斜与妥协，这也是问题之三。过分的通俗化改动其最根本的动因恐怕还是主创人员在自觉不自觉地往市场靠拢。最终，电影《孔子》还是演变成了文化产业的一个范例，而非文化事业的创举。这当然是目前电影界的一个普遍问题。在某种意义上，孔子及其儒学在中国思想文化史上往往担负着"救火员"的使命。孔子诞生于礼崩乐坏的春秋；宋儒的兴起是在五代十国的乱世之后；20世纪40年代"新儒家"的出现，也是在传统流失、文化价值混乱的当口。而如今，借助于新的大众传媒（电影、电视、网络），传统文化亦有复兴崛起之势，仔细想想，这同样是人们在经历了价值混乱之后，对其进行的一种反思和回应。这种反思和回应在一定程度上又与当前的政治主流共同造成了这次以儒学为核心、以孔子为代表的传统文化的繁荣。但是必须警惕的是，大众传媒是柄双刃剑，在造成群体性声势的同时，也会以媒体特有的强势，过滤掉儒学思想文化中的核心价值与精髓，从而使人们在热闹中忽略了更为本真的东西。正如有学者指出的那样，"尽管文化体制改革的指导思想强调文化产品的非市场价值高于其市场价值，但在实际操作过程中，文化产品的市场价值是极有活力和效率的文化市场的追逐目标；按照市场经济的自身逻辑，最容易大量生产出的是最可能被市场接受的文化产品。如果缺少强有力的规范和引导，文化体制改革的结果很可能是经济效益压倒社会效益,文化产业压倒文化事业,文化乃至整个生活世界按照市场的逻辑被彻底改造"①。

事实确实如此,电影《孔子》最终还是没有逃脱被市场逻辑改造的命运。于是,必然的结果是,票房追求压倒了一切,文化传统的重建被忽略到了角落中。如果拍摄的是其他古装片,或许尽可以追求商业化的操作,但是拿孔子这样一个中国文化的象征来追求票房,最终的结局只能是,鱼和熊掌哪一样都得不到,票房不能尽如人意,对孔子的阐释也只能是不伦不类。所以,儒学文化传统中的人生境界,和谐的人与人、人与自然的伦理关系等都已不见。这反映出现代人的局促、功利、急迫,缺乏从容的审美的态度。我现在无缘看到 80 多年前费穆拍的《孔夫子》,但我想以费穆的风格,其镜头中的孔子一定是一个知识分子的形象,而不是如电影《孔子》中的那个兼具曹操与孔明果敢智慧的形象②。

三、我们最需要的是"道"还是"术"

满怀期待地观看《孔子》,是在笔者看完《阿凡达》之后。尽管这两部影片似乎风马牛不相及,然而却因其推出时间的前后相继,不能不让人很自然地将二者联系在一起。《孔子》横空出世,对抗汹涌而来的《阿凡达》热潮,这场景似乎包含着意味深长的寓意:打着传统文化旗号的本土电影,能否与依科技取胜的好莱坞大片相颉颃?一直以来媒体对于《阿凡达》所津津乐道的就是其 3D 技术

---

① 童世骏:《传统文化与大众消费时代的精神文化需求》,陈来、甘阳主编《孔子与当代中国》,生活·读书·新知三联书店 2008 年版,第 123—124 页。
② 王一川:《〈孔子〉与中国文化巨人的影像呈现》,《当代电影》2010 年第 3 期。

带来的视觉冲击①,这宣传毕竟有传媒为了迎合大众口味特意制造噱头的嫌疑,然而,如果电影界文化界的领军人物也仅仅流于此种认识的话,那就太让人忧虑了。2010年的两会上,导演张艺谋提交了一份议案"培养导演高端人才",即培养跨计算机、工科、理科的电影专业导演高端人才。提案的背后,是张艺谋从创造全球票房奇迹的3D电影《阿凡达》中获得的启示与思考:"中国电影应该借鉴《阿凡达》这种更有创意和高科技的手段来丰富叙事,尤其是讲中国故事。《阿凡达》的导演卡梅隆就是理工科出身,经历也非常丰富。"所以张艺谋建议从2011年起在北京电影学院创办电影高新技术导演研究生班,培养跨计算机、工科、理科的电影专业导演高端人才。此外,他还呼吁建立国家级电影3D技术重点实验室,培养复合型技术人才,制作出高水平的中国3D电影。②

张艺谋是用心良苦的,但是他似乎开错了药方。按照他的意思,要想拍出好片子,还是得靠技术。然而"科技至上"的思路符合文化传播现实吗?事实上,技术背后的艺术、人性、思考才是时下大多数电影所欠缺的。如果真的都按这样来做,笔者不得不对中国电影的未来抱以悲观主义的看法。《孔子》已经让我感觉到重建传统的巨大困难,孔子关注的本心是德性,是道而不是术,然而现代人却总是热衷于术!

当人们沉溺于对技术的追逐中,热衷于不断更新的技术而带来的感官冲击时,艺术最核心的内容往往被弃之不顾。所以,在看《孔子》前,人们最津津乐道的是孔子与卫国夫人南子将会摩擦出

---

① 本刊编辑部:《〈阿凡达〉五种版本鉴定报告》,《世界电影之窗》2010年第2期。
② 见《张艺谋委员:中国电影距〈阿凡达〉还差得很远》,新华网。

什么火花;当发现影片并无人们期待的情节发生时,大有怅然若失之感。尽管主创人员在表现二者关系时比较节制,可是仍然在渲染孔子与南子相见时的暧昧氛围,突出南子的性感娇媚,有意无意地撩拨着观众的欲望。这个情节最终沦为柳下惠式的老套故事模式。然而,本应最有意味的孔子、南子的问对则成为可有可无的点缀。子见南子之事,其实正表明了孔子出处进退之大节,能关注人间,顺礼数,施仁义。正如朱熹所谓:"盖古者仕于其国,有见其小君之礼。……圣人道大德全,无可无不可;其见恶人,固谓在我有可见之礼,则彼之不善,我何与焉?"(朱熹《论语集注》卷三)此中深意,影片丝毫未能涉及和传达。

电影创意的出路何在？作为有着五千年文明史的泱泱大国,我们的创新的基点还是在传统。我们的优势在传统,然而现在最缺乏的却也正是我们的传统,这是历史的吊诡。我们的当务之急,不仅仅是技术的革新进步,更紧迫、更重大、更根本的任务是,找回我们的传统,重建我们的传统。因为真正属于我们自己的思想与艺术创意,必然是在我们的文化根基上生出的。真正的创意必然来自我们对自己传统的深刻认识,来自我们对自己哲学的深刻体认。

影视是一种借助新的影像技术传媒手段来表现的艺术,它归根到底是艺术,而传媒只是手段。可是长期以来,人们往往习惯于将手段目的化,从而丧失了对最根本的东西的兴趣和追寻。艺术的最高境界是哲学,艺术的最终追求是还原一个健康、完整、和谐的人类世界。人类的存在的终极问题,恰恰应该是有着五千年文明史的中国人要深入追寻和思考的。人与自我、人类与自然、人的存在等等这些超越性的重大命题,是我们中国人应该去探寻的。

而且我们的先哲老子、孔子等一代代人都在思考,为我们后来者做出了榜样,他们留下的诸多遗产,特别是追问的精神,我们后人没有理由不去接着思索。

失去了根,我们在这个世界/宇宙中难免失重。不要奢望失重的人能时时保持清醒。失重的人的大脑是眩晕的、思路是混乱的,在这种眩晕和混乱状态下的思考,能保证理性与深刻吗?这样的思考,能保证对我们当下的把握,能保证对我们未来给予正确的指引吗?更遑论对人类生存处境和未来的把握了。

在大众传媒时代如何正视和重建我们的传统,这是电影《孔子》为我们提出的迫切而沉重的话题。

斯文回响与文化取径

第十讲

"士绅"的文化变迁与叶氏文学世家的形成

小引

从叶圣陶开始,经由叶至善、叶至诚,到叶兆言等,叶氏几代前后相继,形成苏州现代乡贤谱系中的一支,也成为现代文学世家的独特存在。本讲第一次梳理叶氏世家的发源和形成。明末清初由徽地迁徙到姑苏的叶氏家族,在晚清以来百余年的演变发展中,与士绅文化的现代转型变迁有着互动的关系。叶氏家族的形成和变迁,意味着传统文化基因的滋养,更表征着新的文化质素的成长,体现出士绅文化从传统到现代的流动,也可显出近现代社会文化分层的新变。其中,或能窥见近代以来中国世风和文风递嬗的侧面,对当代文化重建亦不无启示意义。

文化家族的变迁与士绅阶层的变化存在密切的互动互渗关系。明清之际，尽管中国社会的士绅阶层还延续着传统的形态，但是由于易代之际的巨大社会动荡，文化的阶层分化已经开始了新的变化，士农工商的四民社会显示出新的解构与结构的端倪。此间，叶氏家族自徽地迁徙到姑苏。在清末的震荡过程中，叶氏家族到了叶钟济这一代由商贾转向了基层文化人士。随着科举废、学堂兴，叶圣陶从新式学堂毕业又入新式中小学堂任教。在民国的文化和政治体制转型中，作为基层的文化精英人士，中小学教员接续了已经衰落的士绅阶层，在官方和民间之间发挥着文化和政治的影响作用。在"五四"新文化运动中，在近现代传媒社会的风云际会中，叶圣陶最终又从一个近似于新士绅的基层文化精英转变为新型的知识分子。这一转变折射出近代社会的文化分层和流动的侧面。在二十世纪三四十年代，叶圣陶对于叶至善、叶至诚等的文化熏育，为文学世家的形成奠定了基础。1949年之后叶至诚、叶至善在从文之路上的曲折与选择，折射着一个时代的文化规训与惩罚。到了叶兆言，其对于某种文体风格的坚持，既是对叶氏文学世家的延续发扬，也是对此前文化传统的追怀与反顾。本讲以叶圣陶为论述核心，上溯叶家的迁徙过程和叶钟济一代的文化选择，下延叶至诚、叶兆言的文脉传承，从而在近代以来文化分层的视野中探讨士绅文化的现代转型与叶氏文学世家的开端、形成过程之间的关系，进而窥见百年来中国世变与文化流转。

一

要论士绅文化转型、社会文化分层变迁与叶氏文学世家的开端、形成的关系,要首先谈及叶氏家族的形成,这就必须从叶氏家族的迁徙说起,而要说叶家的迁徙,还应从文化的迁移流动谈起。

文化即"人化"。在一定意义上,家族的迁徙过程,是文化流动的过程。文化正是在流动变迁中传承的。孔子曾说:"文王既没,文不在兹乎! 天之将丧斯文也,后死者不得与于斯文也;天之未丧斯文也,匡人其如予何?"(《论语·子罕第九》)这里的"文",当然指的是"郁郁乎文哉"之"文"。也就是说,孔子所言的"文",乃是从周文王以来的包括礼乐制度典章等在内的文化传统。宋代朱熹曾有这样的解释:"道之显者谓之文,盖礼乐制度之谓。"(《论语集注》卷九)这种文化传统既一脉相承,又不断地从本义上衍化生发出相关的意涵,如"文学""人文""儒士""文雅"等。不管如何衍生,大致都不离一个核心:文化积淀而形成的传统,以及这种文化传统在人、物、文等具体层面上所浸润漶漫的精神气质。

文化的流动具有方向性。从规模、底蕴及层次上看,南宋之前,中国斯文传统主要汇聚于中原地区。在耕种为业的乡土文明时期,一马平川、沃野千里、气候四季分明的中原地区是最合适农业经济发展和人居的地域,因而繁衍了大量人口,文化自然也高度繁荣。斯文,本是节制人性之恶的,但终在金戈铁马面前显示出无力的一面。历史总是这么吊诡。曾经文化最繁荣的中原地区,也无法避免地成为中国古代历史上遭受战争蹂躏破坏最严重的地方。随着中原战乱不断,文化逐渐南迁。"特别是东汉以降,江东儒学士族的迅速成长,主要得益于北方人士的南徙,其中有的还是规模较大的家族式迁移。"①史书曾对汉代的历史文化名族的迁徙多有记载。吴郡著名的"四姓"陆、朱、张、顾,除了顾氏为土著士族外,其他三姓均是从中土南徙而来的。晋永嘉之乱也造成文化的南迁。唐长孺曾说:"永嘉乱后,大批名士南渡,本来盛行于京洛的玄学和一些新的理论,从此随着这些渡江名士传播到江南。"②特别是到了北宋南渡之后,大批中原士族南迁江左与临安,"西湖歌舞"中体现出原来的中原精英和正统文化开始在江南真正扎下根来。中国文化传统中最核心的部分,在以宁、苏、杭为重心的江南地域蔚然巍然。宋吴孝宗《余干县学记》曾云:"古者江南不能与中土等。宋受天命,然后七闽、二浙与江之西东,冠带诗书,翕然大肆,人才之盛,遂甲天下。"③

纵观中国传统主流文化的变迁,我们不妨说,这种"郁郁乎文哉"的文化传统和斯文风范,从文王所在的西岐周地走来,为齐鲁之地的孔子集为大成,在唐宋王朝辉煌的中原历经二程、朱子的熔铸会通,再渡过长江,翩然驻足于江南,最终,汇聚在长江下游以金陵、杭州、苏州等地为核心地域,在近世以来呈现出空前繁荣,并产生广泛的影响。

这种繁荣局面的肇始,最初是动乱与战争而使得中土文化被动迁入,在形成文化高地之后,又会对周边地区和人口产生强大的辐射力和吸引力。明清以来,江南文化对周边地区形成了强大的吸附作用。所以,我们看到,有清以降,从安徽、山东等区域不断有

---

① 王永平:《六朝江东世族之家风家学研究》,江苏古籍出版社2003年版,第6页。
② 唐长孺:《魏晋南北朝隋唐史三论——中国封建社会的形成和前期的变化》,武汉大学出版社1992年版,第212页。
③ 见洪迈:《容斋随笔·四笔》卷五《饶州风俗》,中州古籍出版社1993年版,第1页。

新的移民士族迁入,这又会带来新的文化汇聚和增生。有学者曾说:"明清江南地区商品经济的发展,决定了这一地区高移民的人口结构和士商阶层的相互渗透。江南许多著名的文化世族都是来自于外地(尤以徽州居多)的商人之家。他们进入江南之后,其社会角色也大多发生了变化。"①

在众多迁入吴地的移民中,徽人居多。徽州"万山环绕,交通不便"(吴日法《徽商便览·徽州总论》),"徽介万山之中,地狭人稠,耕获三不赡一。即丰年亦仰食于江楚,十居六七,勿论岁饥也。天下之民,寄命于农,徽民寄命于商"(《休宁县志》卷七《汪伟奏疏》)。徽商外出经商有案可稽的记录始于西晋。宋朝南迁,偏安一隅的南宋朝廷客观上给了徽商一个向东走出大山的绝佳机会。近世以来的家族迁徙,比较大规模的移民发生在明末清初。在这个由安徽到江左吴地迁徙的潮流中,除了原本在徽州就已经成功经营的大家族外,更多的还是具有吃苦精神、耐劳品格,善于经营的小户商人,到商品经济发达的江南吴地寻找更多的机会。在徽州早已为望族的前者,自然在历史上留下不少的痕迹,而更多的外出经商、刻苦经营的小贾、散户,往往很难留下什么踪影。历史是势利的、无情。在滚滚的历史河流中,绝大多数的参与者只能成为"路人甲",时人或后人记录历史的镜头,几乎不会在这些"路人甲"脸上停留哪怕一秒钟。然而,事实上,每一次历史潮流的涌动,都是由无数个"路人甲"的点滴行动汇成。笔者更愿意用有情的镜头返回到历史现场,聚焦于普普通通名不见经传的人物身上。

---

① 徐茂明等:《明清以来苏州文化世族与社会变迁》,中国社会科学出版社2011年版,第92页。

二

在这个迁徙的大潮中,有一户叶姓人家,从安徽辗转流落到被称为"人间天堂"的苏州。叶家最初落脚在苏州城西南著名的盘门,做猪行和丝绸生意。盘门又称"蟠门",春秋时期吴国"阖闾大城"的"路八门、水八门"之一。其地水路并联,大运河萦绕城郭,道路纵横交错,是水陆交通要道,商业贸易自然非常发达。作为一个初来的移民者,叶氏先人最初在此选址定居,可见其生意眼光的敏锐。因为能够吃苦,善于经营,生意日渐扩大,叶家竟然在盘门的一条街上买下了很多店面,一时被当地人称为"叶半街"。明末的兵荒马乱,迫使叶家来到他乡,竟不期然在商业上获得成功,但是叶家还是没有能够躲过后来的一场大规模的战乱。

苏州盘门一角

第十讲 "士绅"的文化变迁与叶氏文学世家的形成

在叶家的儿子叶钟济刚刚十二岁的那年,也就是1860年,李秀成攻打苏州。战争显现出它最狰狞的嘴脸,不到一个月时间,"城外万户成寒灰","几于百里无人烟,其中大半人民死亡,室庐焚毁,田亩无主,荒弃不耕","二三十里无居民","竟日不逢一人"。太平军攻克苏州之后,采取了严密的控制,封锁了大运河,切断了贯通南北的经济大动脉,这导致了运河城市带的急遽衰败。当然,商业也被摧毁。正是在这场战乱中,叶家难逃厄运。

《士礼居藏书题跋记》,清光绪十年潘祖荫滂喜斋刻本

失去了往日辉煌的叶家,后来移居到苏州城内的悬桥巷。叶钟济(伯仁)渐渐长大成人,为当地一位吴姓人家做"知数",也就是账房先生,管理田租。尽管叶圣陶后来回忆说,"我家无半亩田一间屋","家境很清苦",①有一点可以确认的是,叶钟济在彼时、彼地是有知识的人,所以可以作账房。那么,作为当时掌握了一定知识的人,其身份已经比一般的农民和城市平民的地位要高了。据后

---

① 商金林:《叶圣陶年谱长编》第一卷,人民教育出版社2004年版,第3页。

来的记录,叶钟济"深得邻里的钦敬。一些大户人家逢到婚嫁庆吊,也请他去临时料理账务"①。按照何天爵(Holcombe Chester)1895 年出版的《真正的中国佬》一书的提法,叶钟济基本上可以被认为已近于何天爵所说的 literati(意即"文人""知识界")。何天爵将中国的"乡绅士大夫阶层"译为 literati,说:"这一阶层的人都是在他们所居住的地区受过教育的读书人。"②"何氏凭感觉认识对中国'乡绅士大夫'所下的定义虽不全面,但却抓住了'乡绅士大夫'的最本质特征——即知识占有者。'士绅'正是通过对知识的占有以及与政治特权的结合,从而形成一个特殊的知识阶层,在明清两代充当着社会权威、文化规范的角色,对于传统社会秩序的稳定和延续发挥了重要作用。"③也就是说,叶钟济至少符合了清末已经在起变化的"士绅"阶层的必要条件,即具备一定的知识文化。叶钟济的职业也显示出"通过对知识的占有以及与政治特权的结合"的特征。同时,叶钟济的文化认同与日常生活,也体现出了作为一个知识阶层,"对于传统社会秩序的稳定和延续发挥了重要作用"。按叶圣陶的回忆,叶钟济极具孝道观念。每逢"鬼节"和年夜的"人节",叶钟济都要循旧俗祭礼④,"容貌显得很肃穆,一跪三叩之后,又轻轻叩头至数十回,好像在那里默祷,然后站起来,恭敬地离开拜位"⑤。而对待普通平民,叶钟济则显示出对"仁"的坚守。叶钟济常去小铺子买东西,有心让他们赚钱。别人嫌小铺子货物差时,

---

① 商金林:《叶圣陶年谱长编》第一卷,人民教育出版社 2004 年版,第 3 页。
② [美]何天爵:《真正的中国佬》,鞠方安译,光明日报出版社 1998 年版,第 168 页。
③ 徐茂明:《明清以来乡绅、绅士与士绅诸概念辨析》,《苏州大学学报》2003 年第 1 期。
④ 商金林:《叶圣陶年谱长编》第一卷,人民教育出版社 2004 年版,第 3—4 页。
⑤ 叶圣陶:《过节》,《未厌居习作》,开明书店 1935 年版。

他却说:"我们不去买,小店里的人靠什么生活呢?"①叶钟济所持的"孝""仁",正是传统文化与伦理观念的核心。而且叶钟济对孝与仁的守持,是具有文化自觉意识的行为,而绝不是一种文化无意识反应。关于士绅阶层的文化属性,已经有很多学者进行了认定与界说。比如萧公权把"绅士"称为"有官职或学衔的人"。②余英时、张鹏园等学者则较为强调绅士阶层的知识分子内涵,认为他们虽不一定等同于知识分子,但却是中国知识分子阶层的主要社会来源。③无论何种定义,其中最核心的还是文化的占有和知识的掌握。由此可见,从政治的分层来说,叶钟济是处于清末江南乡绅阶层边缘的一员;从文化的分层来说,叶钟济则应可以被认定为苏州士绅阶层中人。

特别是叶钟济家迁居悬桥巷生活,更加强化了叶氏的文化认同,更表明其在正统文化的认知中,是接近于知识人的身份的。叶家移居的悬桥巷,据《吴县志》载"迎春巷,一名员桥巷,今悬桥巷",东起平江路,西至临顿路。这个在苏州老城中并不起眼的小巷子,却曾经汇集着几多名门大户,折射着近代苏州文化辉煌的侧影。明代高士徐波居住于此,后因国变弃家,入鄣山读书。复社成员郑敷教宅桐庵亦在此巷内。1802年著名藏书家黄丕烈迁居这里,专门建屋储藏宋刻善本书,因此巷中多了一栋文化史上极著名的"百宋一廛"藏书楼。1831年朱绶世曾居此巷。悬桥巷里也有清代总理各国事务衙门行走、状元洪钧的宅第、宗祠。顾颉刚出生的顾氏

---

① 商金林:《叶圣陶年谱长编》第一卷,人民教育出版社2004年版,第4页。
② Hsiao Kung-chuan. *Rural China*:*Imperial Control in the Nineteenth Century*,Un. of Washington,1960,p.316.
③ 马敏:《官商之间——社会巨变中的近代绅商》,天津人民出版社1995年版,第21页。

祖业顾家花园,是巷中著名的清代早期建筑。顾颉刚后来曾回忆说:"巷有闻人三,明之郑桐庵,清之黄荛圃、洪文卿。《孽海花》既隐洪文卿为金雯青,亦隐悬桥巷为圆峤巷。荛圃之家今为潘氏家祠。"[①]巷内还多有名贤祠堂。如丁氏二贤祠、丁参议祠、陈五经公祠、张公祠,还有祀清户部主事潘世璜的潘公祠。这个潘公祠,则是当年的黄荛圃的宅院。在潘姓祠堂的后园一角的人家,即叶钟济家。

悬桥巷与叶家最初所处的城西南盘门,氛围大不相同。盘门是交通发达商业贸易繁荣的热闹处,而悬桥巷则有着深厚的斯文传统,表征着精致高雅的中国文化在江南的积淀。这个不起眼的小巷子,可谓"郁郁乎文"。

文化一词由"文"与"化"两个字组成,"文"是斯文,而"化"则是熏陶、化育、涵养之意。作为账房先生的叶钟济,在这样一个文化氛围极为浓厚的所在,久处其间,浸润熏陶,斯文自然而生。因为文化的熏习、浸染,敬文钟书的意识在无形中得到滋养生长。于是,叶氏这户商贾人家,从明末清初迁徙到苏州,到清季移居深蕴文化气息的悬桥小巷,终于在无意中寻到了更为适宜的斯文土壤。一颗文化的种子,即将破土而出。而这颗文化的种子,即后来的现代著名作家叶圣陶。

三

叶圣陶出生于1894年,自小受到很严格的家庭教育。"到

[①] 顾颉刚:《记三十年前与圣陶交谊》,《新民报》1945年1月1日。

1900年进私塾,已识字三千左右,字也写得清秀。"①私塾读书之后,父亲叶钟济要求更严,叶圣陶曾在1914年3月6日日记曾回忆:"幼时在塾中读书,……《诗》《易》两种,最受其苦。大人于夜中督之,曾以弗熟而不得进膳。"顾颉刚曾在《古史辨》自序中称,叶圣陶是"一个富于文艺天才的人,诗词篆刻无一不能"②。少年叶圣陶即显出如此全面,毫无疑问与其家庭环境的教育熏陶关系莫大。如前所述,叶圣陶父亲叶钟济本人是在当地受到尊敬的"知数",具有一定的文化修养。其家族亲戚也多有读书人,比如叶圣陶的叔父叶朝缙,字绥卿,是一位教书先生;叶圣陶的表兄孙伯南,学识渊博,后任苏州草桥中学国文教师。由此可见,叶圣陶出身于有着一定底蕴和自觉意识的基层文化精英家族。

在清末民初的过渡阶段,作为基层文化精英的中小学教员,成为地方民间社会的新的阶层的一部分,这一阶层在逐渐地代替封建传统社会的"士绅",发挥着类似的作用。传统士绅阶层的衰落和新文化阶层的形成,与教育制度的革命性变化有关。1905年9月2日,光绪皇帝下诏"立停科举,以广学校",自丙午(1906)科始,"所有乡会试一律停止,各省岁科考试亦即停止"。科举制度的废除,被严复称为"此事乃吾国数千年中莫大之举动,言其重要,直无异古者之废封建、开阡陌"③。废科举,兴学堂,这一教育体系的根本性变化,使得原有的选官进学制度被抛弃,那么依附于原有科举制度而生的传统士绅阶层自然没有了生长机制,必然会衰落和最

---

① 商金林撰著:《叶圣陶年谱长编》第一卷,人民教育出版社2004年版,第6页。
② 顾颉刚:《古史辨》(第一册),北京朴社1926年版。
③ 严复:《论教育与国家的关系》,《严复集》第1册,中华书局1986年版,第166页。

终消失。代之而来的,则是发挥着类似功能的新的文化阶层。这一新的文化阶层的形成来源,相当部分为参与新式教育的师生群体。有学者已经注意到这个趋势:"科举的废除切断了旧式功名士人向上的入仕之径,但晚清政府又设计了另一条终南捷径,那就是新式学堂。清政府在考虑科举废止的过程中,注重的是如何使传统的功名与新式的教育相配合,从而使学堂具有科举的某些功能,以及如何使原先拥有功名,尤其是有下级功名的生监在新的学校体制中找到出路。官方设立的各级师范、高等、中等学堂基本上是专对有功名士绅开放的,而掌控地方的新式精英们也是从这条途径中遴选出来的。"①

于是,到了民国初年,随着前清旧派和科举功名者的减少,"士绅"一词的指向也正在变化。正如有学者所言:"在明清时期的话语系统中有'士绅'一语,指乡居的离职官僚和科举士人。至民国时期,作为清朝遗老遗少和具有科举功名的士绅已经随着社会变迁和时间流逝而渐趋衰落,'士绅'一语却仍然流行",而新的"士绅"更多地"被用来指称各种在地方社会有声望、有地位的人士,其中既包括传统的士绅,也包括民国党政军新贵、新式商人和新文化人。显然,这一社会群体较之严格意义上的明清时期士绅阶层要宽泛"。②也就说,与传统社会相比,新的"士绅"概念更加宽泛,所指范围有所变化,这其中就包括受学堂教育出身和任职于各类新式学校的新文化人。

---

① 任吉东:《近代地方精英群体的养成机制初探——以直隶省获鹿县为例》,《史学集刊》2012年第2期。
② 魏光奇:《国民政府时期新地方精英阶层的形成》,《首都师范大学学报(社会科学版)》2003年第1期。

作为废除科举之后的第一代读书人,叶圣陶就成了新式学堂教育培养出来的文化人。1906年,叶圣陶与顾颉刚、章元善等一同考入长元吴公立高等小学,后入苏州公立第一中学堂,即所谓草桥中学,与王伯祥、吴宾若、汪应千等同学。叶圣陶1911年中学毕业,第二年担任苏州中区第三初等小学教员,1914年短暂任教于苏州农校,1915年到上海尚公小学任教,后又转任甪直吴县县立第五高等小学教员。此后,他又先后至中国公学中学部、浙江一师等任教。1922年至1923年,叶圣陶曾有短暂的北大预科讲师以及上海神州女校、福州协和大学等执教的经历,直至入职商务印书馆为止。就其身份而言,叶圣陶属于受新式学堂教育出身和任职于各类新式学校的新文化人。作为新的文化阶层中的一员,他符合民国初年发生新变的士绅阶层的特点无疑了。

传统士绅阶层的衰落,士绅意涵发生新变,新的文化阶层的开始形成,这与民国时期地方基层公务人员选拔的制度改革互相推动和促进。比如1929年10月国民政府公布的《区自治施行法》规定的区长和区监察委员的任职资格[①]及1929年9月国民政府公布的《乡镇自治施行法》规定的正、副乡镇长及乡镇监察委员会委员的任职资格[②],其中均包括"曾任小学以上教职员或在中学以上毕业"这一条。这表明,中小学教员在民国时期作为民间和官方之间的知识者,具有了新的知识权力,随时可以转变为政治体系中的新的当权者。

事实上,各地政府在选拔职员时也是按照这个规则的。比如

---

① 参《国民政府公报(第285号)》,上海书店1988年版。
② 参《国民政府公报(第272号)》,上海书店1988年版。

有学者曾对1913年直隶省获鹿县入选县政府各科室人员的知识背景和履历进行了考察,发现其中相当部分的参试人员有中小学堂任教的经历。① 无怪乎有学者说,"从清末至北洋政府时期,旧的士绅阶层随科举制废除和清王朝灭亡而趋于衰落,代之而起的是与地方自治制度相为里表的新官绅阶层"。②

这些充任小学教员、校长的新的基层文化精英人士,在民国新的体制设计中,完全具备了进入政治架构中的可能性和现实性。在这个意义上,作为基层社会的新式文化精英,中小学教员的地位和所发挥的作用类似于封建社会中在民间掌握相当话语权力的传统士绅阶层。所以说,"新学培养出来的新式精英群体已经渐成气候,开始接过传统士绅的接力棒"③。

---

① 比如:"张久钦,第一科长,获鹿县方壁村人,保送天津地方自治研究所毕业,正定府师范学堂毕业,派充花园、柏村庄等处初等小学教员,宣统元年共举县议事会议长,二年辞职。""武栋林,第三科长,获鹿县土门村人,保定师范三年毕业,历充行唐、平山、元氏、无极等县高等小学教员,本县高等小学教员及校长,民元举充劝学所总董。""梁纪凤,第一科科员,获鹿县孙村人,由廪生入正定府初级师范毕业,派充县高等小学教员一年。""曹日新,第三科科员,获鹿县城内人,县师范传习所毕业,充永璧村初等小学教员,宣统二年保送天津学习单级教授管理法毕业,回县派充单级教授管理分所讲员,单级模范小学校长,民国二年派充巡行教员。""张殿华,科长候补,获鹿县振头村人,保定师范三年毕业,现充本县高等小学校教员。""吴文斌,科员候补,获鹿县土门村人,光绪三十二年日本理化专修科毕业,回国派充元城县高等小学教员一年,宣统元年六月充本县永璧村初等小学教员一年,宣统三年正月保送天津学习单级教授管理法毕业回县,是年八月派充巡行教员,民国元年充模范小学教员,民国二年接充校长。"(任吉东:《近代地方精英群体的养成机制初探——以直隶省获鹿县为例》,《史学集刊》2012年第2期。)
② 魏光奇:《国民政府时期新地方精英阶层的形成》,《首都师范大学学报(社会科学版)》2003年第1期。
③ 任吉东:《近代地方精英群体的养成机制初探——以直隶省获鹿县为例》,《史学集刊》2012年第2期。

第十讲 "士绅"的文化变迁与叶氏文学世家的形成

四

我们知道,在传统中国社会,士绅阶层或者文化精英、文化家族的出现,都与政治权力有关。但是,这种传统的体系形成方式,遭遇到晚清的变革和"五四"新文化运动的转型。科举制度一废除,传统世家形成和文化精英养成的非常重要的前提,即通过科举获得功名,便不复存在。加上新式教育的普及,私塾、家学、书院等传统教育体系土崩瓦解,家学的传承、门户的维系,缺少了体制的保证。我们看到,近代的诸多文人学者,大都是源于晚清的传统世家的延续,基于祖辈的文化荫庇和学术滋养,但后者往往也成了文化世家的结穴和绝响。

总体上来看,现代以来的社会,本就缺乏传统型文化精英生长的土壤和环境。但是,应该看到,当传统的科举功名之路不通时,给读书人可供选择的路径不是减少了,而是增加了。在各种选择中,有一个最值得关注,即报章杂志等媒体。近代媒体的出现和现代化发展,是文化转型和革命的一个成果,更是一个推助器。报章媒体成了吸纳和汇聚具有才华和热情的青年人的重要平台。古人云,"十年寒窗无人问,一举成名天下知"。士人的名气声望,往往是通过科举在相对封闭的士阶层产生影响的。而近现代传媒则完全打破了传统阶层的封闭的现象,知识者能够通过报章杂志,将自己的诉求、言论、思想传达出来,在社会大众中产生广泛影响,从而造成文化媒体偶像的出现。失去科举的通道之后,媒体往往成为下层读书人上升的重要途径,同时,更是斯文汇聚、文化精英生长的极为重要的平台。

如前所述,在民国时期尤其是民国上半期,中小学教员依然是各级地方政府职位的重要来源,是"新士绅"阶层的组成之一。按照当时的历史情况,叶圣陶也是完全有机会到地方基层政府任职的。但叶圣陶中学毕业以后,校长袁希洛"不赞成到'政府'部门任职,建议当小学教师",这也符合叶圣陶的志趣,于是他听从袁希洛建议,于1912年开始从教经历,直至1923年进入商务印书馆,离开了中小学教坛的叶圣陶,最终又选择了另外一条路,即出版行业。由新式学堂到现代书局,叶圣陶实现了从民国新士绅到现代知识分子的转变。叶圣陶通过《新青年》《新潮》《诗》《中学生》等杂志以及商务印书馆、开明书局等,逐渐成为一代文化名人。

在叶圣陶的文化身份转变,乃至叶氏文学世家形成的过程中,现代传媒发挥了极大的作用。以"五四"时期为例,虽然不像傅斯年、罗家伦、顾颉刚等人在当时的著名学府求学直接投入新文化运动中,远在江南的叶圣陶,心情却与时代脉搏一起激荡着。如1915年11月25日的日记真实地记录了青年叶圣陶的焦灼心情:"夜览《青年杂志》,其文字类能激起青年自励心。我亦青年,乃同衰朽。我生之目的为何事,精神之安慰为何物,胥梦焉莫能自明。康德曰:'含生秉性之人,皆有一己所蕲向。'我诵此言,感慨系之矣。"1917年,胡适之、陈独秀等高呼文学革命,进而提倡"国语的文学,文学的国语"。而就在这期间,叶圣陶与吴宾若、王伯祥等有进步倾向的教员一起进行教育改革。顾颉刚曾在为《隔膜》作的序言中说:"他(叶圣陶)在这几年里,胸中充满着希望,常常很快乐的告诉我他们学校里的改革情形。他们学校里,立农场,开商店,造戏台,设备博览馆,有几课不用书本,用语体文教授……几年内一步步的做去,到如今都告成功了。这固是圣陶的一堂同事都有革新的倾向,所以进步如此其快,但圣陶是想象最锐敏的,他常常拿新的意见来提倡讨论,使全校感受他的影响。"[①]1919年北方一帮大学生创办《新潮》杂志,远在江南的叶圣陶不断投稿,在这个杂志上鼓呼。1919年5月4日,五四运动发生。而就在第二天,叶圣陶在用直召集学生开会,宣讲前一天北京的那场集会。1921年,中国第一个新文学社团文学研究会成立,叶圣陶参与发起,投身于新文学的运动和改革中。第二年1月,在上海,叶圣陶与朱自清、俞平伯、刘延陵创办中国现代文学史上第一本专门刊载新诗的刊物——《诗》月刊。这一文化举措,以及后来的主编《小说月报》、参与创立开明书店等,无不显示叶圣陶在新的传媒社会的推动下,早已抛却了民国时期新的士绅文化阶层的影响,在现代知识分子的路上搏击。而叶至善、叶至诚他们的人生选择与生命沉浮,则折射出20世纪后半期的新的文化分层的变迁和政治规训。叶至善几乎终身从事杂志编辑工作。而叶至诚更是在50年代初筹办杂志,勇于"探求",当然最终遭到批判而折戟沉沙。[②] 在某种意义上,现代传媒的发展,给叶氏几代人的发展提供了新的可能,也给予了苦难。

当然,与其说叶氏三代是通过文学和文化编辑而形成文化阶层和世家传承的话,倒不如说,文学与文化的传统如血液一样通过编辑及文字工作这样的载体,渗入到叶氏几代人的生命之中,从而形成了现代意义上的知识阶层和文学世家。这也正是叶氏家族与近代以来很多文化家族不一样的地方。近世很多文化家族,如无锡钱氏、苏州俞氏、义宁陈氏、唐河冯氏等,都是有清以降,特别是

[①] 顾颉刚:《〈隔膜〉序》,叶绍钧《隔膜》,上海商务印书馆1922年版,第11页。
[②] 赵普光、牛亚南:《未完成的"探求"——关于"探求者"事件的若干反思》,《扬子江评论》2015年第1期。

晚清以来出过官僚，祖上就已经有着较为显赫的家世。这一点在义宁陈氏家族体现尤其明显。但叶氏世家在叶圣陶之前没有大的名望，只有到了叶圣陶这一辈，始在民国以来产生了重要影响。在一定程度上，这一独特性正是缘于前述新的文化分层方式的形成和新式的"士绅"文化的变迁。

五

叶氏文学世家和知识阶层的变迁，表征着百余年中国别一种现代文学谱系的延续。纵观叶氏文学世家，几代人体现出一种延绵相继的文学风格。而这文学风格相继和文化谱系延续的背后，折射的是文风、门风、世风、士风的变迁与承传。

我们知道，多年以来文学的语言抒情倾向非常严重，而其结果是为文造情，煽情甚至滥情。很多人也误认为只有抒情才能有"诗意"，这样的文字才是文学。这种造情的倾向，使得文字空洞、玄虚、造作。强调抒情，往往就容易忽略道理，忽略逻辑。抒情主义的泛滥，在很大程度上与曾经的"颂歌时代"有关。1949年以后的三十年间，曾是一个颂歌时代，诗歌是政治抒情诗，而散文也几乎变成了政治抒情文，不少小说都充斥着某种狂热的讴歌。这种特殊时代造成的煽情文风，直到现在很多作家的文体都有这种流风余韵，不绝如缕。

在这种时代文风的大背景下，我们考察叶氏三代的写作，就会发现从叶圣陶到叶至善、叶至诚，再到叶兆言，他们的文风有着前后相继的一贯特点，即语言平实明白，一清如水，情感讲究节制。这种特点的形成，可从叶圣陶写作中对语言风格的追求找到源头。

关于文章的语言,叶圣陶曾经多次谈及。他说:"文艺必须语言文字顺适畅达,一篇成个整体,每一句话成一句话,才算得比较象样。"①叶圣陶还强调,文章的语言最讲求"干净","所谓干净不干净,其实就是节约不节约……语言要求节约跟思维要求节约是分不开的。在思维过程中,必须把那些罗罗嗦嗦的不必要的东西去掉,同时非把那些必要的东西抓住不可,这是思维的节约。表现在语言方面,就是语言的节约"。②

正是因为叶圣陶文章语言的特点及其对这种平实畅达风格的坚持,直接影响了叶至善、叶至诚对风格的认知。欧阳文彬文章中的一则记述,即是证明。在抗战胜利后,叶至诚曾和欧阳文彬一起合译《黑玫瑰》。关于行文和语言风格,叶至诚和欧阳的观点颇不一致,欧阳文彬说:"他(叶至诚)比较崇尚朴实,容不得半点欧化的语法;我认为译外国作品和创作不一样,人物对话可以带点洋味儿,还有点追求词藻。有时为了一句译文,各执己见,互不相让,吵得不欢而散。回想起来,他当时在文风上已有自己的追求:朴实无华,琅琅上口。"③

"朴实无华",这种评价,同样可以适用于叶兆言的文风。尤其是在散文中,叶兆言比他的父辈多了一些曲折与雅趣,但朴素、平实的底色是一贯的。在 20 世纪 50 年代出生的当代作家中,若论语言、文风,相比而言,叶兆言的风格显得另类。如前所述,1949 年以后的一段时期,是一个抒情的时代、颂歌的时代。而 20 世纪 50 年

---

① 叶圣陶:《一篇象样的作品》,《叶圣陶论创作》,上海文艺出版社 1982 年版,第 183 页。
② 叶圣陶:《关于使用语言》,《叶圣陶论创作》,上海文艺出版社 1982 年版,第 217 页。
③ 欧阳文彬:《他这一辈子——忆叶至诚》,《欧阳文彬文集(散文卷)》,上海三联书店 2012 年版,第 94 页。

代出生的共和国同龄人，他们受到颂歌体的影响，文章风格也偏于抒情，弱于讲理，情感往往不够节制，不要说惯于抒情的诗歌、散文，就连小说的文风也容易抒情，语言多用排比，一泻千里，但难免粗糙空疏。而叶兆言行文语言则显得朴实很多，情感节制，不喜者认为有寡淡之嫌，但统观其创作，就会发现这其实是其一贯的追求。联系其父辈叶至善、叶至诚，以及祖父叶圣陶的文风，就不能不说这是叶氏三代共有的特点。

深而言之，这种质朴的语言风格，曾是文章的主流。就文风与语言论，如果说现当代文学有所谓鲁迅传统、知堂传统，以及胡适传统①的话，叶氏三代的文风，更接近于胡适之风，更像作为教师的文风：清楚明白，一清如水，朴实无华。在整个时代的抒情风习一统天下的时候，一个家庭、家族作为小环境，可以在一定程度上拒斥着时代的风气。叶氏三代的文风的一贯，亦可作如是观。

叶氏文风的形成，从根本上说，源于一种态度，即诚笃、平和的做人态度。而这种态度又与叶氏的家风、门风有很大关系。"何谓家风？一般说来，家风就是世族精神文化传统。一种精神或行为方式在某一家族内延续三代以上，便可视为某一家族之文化传统，构成其家风。家风是世族文化的基调和底色，具有相当的稳定性，世代相承。"②一个世家的门风，体现的是一种文化涵育，彰显出一种文化姿态。陈寅恪曾经论及门风时说："所谓士族者，其初并不专用其先代之高官厚禄为其唯一之表征，而实以家学及礼法等标异于其他诸姓。""夫士族之特点既在其门风之优美，不同于凡庶，

---

① 这三种文风的分类，可参刘绪源：《今文渊源》，上海文艺出版社2011年版。
② 王永平：《六朝江东世族之家风家学研究》，江苏古籍出版社2003年1月版，第343页。

而优美之门风实基于学业之因袭。故士族家世相传之学业乃与当时之政治社会有极重要之影响。"① 一般人们评价家族、门第,往往容易从政治权势、经济实力的角度来看。事实上,除了这两个外在的条件,文化世家的形成更在于门第中人的文化滋养和精神气质的传承。

门风的传承体现的是文化缓慢而长久的力量。笔者在一篇文章中曾谈及文化的作用。如果借用资本的概念,社会至少有三种资本力量组成:政治资本、经济资本、文化资本。在现实层面,政治资本最显赫,最有力;经济资本次之,在商品经济时代,经济资本的运作能力越来越重要,甚至会超过政治资本;最无力,最不被人关注和看好的,就是文化的力量。② 文学世家所拥有的是文化资本、文化资源。尽管说这种资本是最无力的,但从另外一个角度讲,它的作用却往往最长远恒久。文化资本运作的力量和方式不是像政治、经济资本那样大开大阖、暴风骤雨、摧枯拉朽的,而是春风化雨、涵养熏陶、润物无声的。这种方式恰恰决定了它的作用的发挥非速成,却根本。因为文化的"化",已说明了这种方式是化育、涵养,"化"的对象必然是人心,改变的是内在的心灵、深层的思想意识,从而实现"人"的确立。"是人,而不是技术,必须成为价值的最终根源;是人的最优发展,而不是生产的最大化,成为所有计划的

---

① 陈寅恪:《政治革命及党派分野》,《唐代政治史述论稿》,生活·读书·新知三联书店2009年版,第259—260页。
② 赵普光:《文学、启蒙与图书馆阅读推广》,《书窗内外》,上海科学技术文献出版社,2014年版,第12页。

标准。"①在这个意义上讲,所谓门风、家风,其实就是运用文化的力量、涵养的方式实现对人的培养、确立。立人,立的是人的内在灵魂,而非外在的物质躯壳,即人的理念开明、心智健全、个性独立。

钱穆在论及魏晋南北朝学术文化与当时门第之关系时曾指出,虽然社会政治祸乱迭起,但门第的递嬗相承,对文化的延续起到重要作用,"中国文化命脉之所以犹得延续不中断","亦颇有赖于当时门第之力"。钱穆还说:"门第传统共同理想,所希望于门第重任,上自贤父兄,下至佳子弟,不外两大要目:一则希望其能具孝友之内行,一则希望其能有经籍文史学业之修养。此两种希望,并合成为当时共同之家教。其前一项表现,则成为家风,后一项之表现则成为家学。"②"一个大门第,绝非全赖于外在权势与财力,而能保泰持盈达于数百年之久;更非清虚与奢汰所能使闺门雍睦,子弟循谨,维持此门户于不衰。"③

门风、家风的形成赖于家庭氛围的影响和熏习,在于长辈对后辈子弟的有意识的言传身教。《世说新语》中曾记录谢安对子侄们的引导:"谢公夫人教儿,问太傅:'那得初不见君教儿?'答曰:'我常自教儿。'"(《世说新语·德行》)"自教儿"者,乃是身教也。如果说这是无形中的身教的话,他也同样重视言教,比如那个极为著名的典故:"俄而雪骤,公欣然曰:'白雪纷纷何所似?'兄子胡儿曰:'撒盐空中差可拟。'兄女曰:'未若柳絮因风起。'公大笑乐。"(《世

---

① E. Fromm, The Revolution of Hope: *Toward a Humanized Technology*, Harper & Row, 1968, p.96.
② 钱穆:《略论魏晋南北朝学术文化与当时门第之关系》,《中国学术思想史论丛(三)》,安徽教育出版社 2004 年版,第 141、159 页。
③ 钱穆:《国史大纲》,商务印书馆 1996 年版,第 309 页。

说新语·言语》)此外,《世说新语·言语》中还记载了一个类似的对答:"谢太傅问诸子侄:'子弟亦何预人事,而正欲使其佳?'诸人莫有言者,车骑答曰:'譬如芝兰玉树,欲使其生于阶庭耳。'"钱穆对这一则对答,曾发出感慨:"谢安此问,正见欲有佳子弟,乃当时门第中人之一般心情。"①

言传身教,古今一也。文化培养和德性涵育,历来是中国传统家庭极为注重的。叶圣陶对于自己孩子的德性之养成就非常重视。这里就举叶圣陶为孩子起名一事,足以证明。叶圣陶的三个孩子分别名为至善、至美、至诚,由此可见作为父亲的叶圣陶对自己下一代的道德期许。起名一事虽小,却体现父母对下一代人的期望,这对于后代的自我认知,对于家风的形成,家族内在气质的延续,无疑有着影响。在百年来的中国现当代文学史上,像叶氏家族这样,一家三代都从事文学工作的,还确乎罕有,这不能不说与叶氏几代人一贯重视文学传统有密切关系。叶圣陶非常重视自己孩子的为文与为人,故有《花萼》《三叶》集的出版,叶至善也继承了这个培养方式。到了叶兆言,其对女儿叶子用心颇细,曾出版父女二人的合集。这说明叶氏家族形成了重视保护、激发文学修养的自觉。

除了有意识的身教、言教外,无意识的文化濡染熏陶,也会强化世家中人的情感认同。比如叶圣陶与顾颉刚、俞平伯等故交的往来、叶至诚等与当代作家友人的交游,这些都会形成一种整体的氛围,在很大程度上影响着后辈的文化认同倾向、精神气质,乃至

---

① 钱穆:《略论魏晋南北朝学术文化与当时门第之关系》,《中国学术思想史论丛(三)》,安徽教育出版社2004年版,第148页。

写作选择。比如叶兆言散文写作的题材、风格与趣味,与其祖、父两代人潜移默化的影响很有关系。在叶兆言的散文创作中,除了描摹和关注旧都金陵的风物外,更突出与集中的则是对近现代以来的文士硕儒等"陈年旧事""陈旧人物"的追慕。① 民国文人风范、士林品格是叶兆言散文津津乐道的话题。叶兆言曾在多个杂志开设相关专栏,发表民国文人系列散文。叶兆言的小说历来最为研究者注意,但是笔者以为,其散文写作或许更耐人寻味。与同辈的作家相比,叶兆言这种对近世耆宿文士的癖好和趣味,毫无疑问与叶氏家族历史的影响和熏染有关。叶兆言着意于现代知识分子的陈年往事,追怀民国历史的风云激荡,是对叶氏家风的重识与认同,是在向曾经逝去的文化阶层和文化风范致意。

总之,百余年来叶氏文学世家的发端和进程乃是中国社会和文化在"五四"以来变迁过程中的某种侧面,既意味着传统文化基因的滋养,更表征着新的文化质素的成长,也蕴含着社会文化结构的调整。探寻叶氏文学世家形成的文化根源,考察叶氏文学世家变迁中的斯文流动过程,可窥见近代以来中国百年世风与文风的递嬗,这其中也折射出了士绅文化的现代转型和现代社会文化分层的新变。

---

① 参叶兆言《杂花生树》(人民文学出版社2002年版)、《陈旧人物》(上海书店出版社2007年版)、《陈年旧事》(中信出版社2013年版)等。

第十一讲

文学世家背景与叶兆言的创作风格

> **小引**
>
> 接着上一讲，我们再来说说叶氏文学世家中的叶兆言。叶兆言的创作，以其从容散淡、平易温和的艺术风格成为当代文坛中的独特存在。这种风格的形成与其文学世家的文化背景关系颇大。叶兆言小说创作突出的故事性倾向，及其后来不断向散文领域的倾斜，在一定程度上也体现出文学世家背景的制约与影响。面对这种影响与制约，叶兆言也在不断地调适。叶兆言的文学创作正是在这种富于张力的关系中展开。

如上一讲所说，文学世家作为一种特殊的文学家群体现象，主要是指由同属于一个家族的几代文人构成的作家群。文学世家在中国传统社会非常普遍，但是现代以来，由于急剧的社会动荡以及由此导致的各个领域的深刻变动，文学世家或者解体，或者以潜隐的形式维系自身的存在，但不论如何，文学世家在当下已较为罕有。在这样的文化背景下，中国当代作家叶兆言则尤显独特。叶兆言出身于典型的文学世家，这就为深入探讨其创作提供了一个颇具意义的观察视角。

文学世家成员所承载的文化传统、思维与行为方式及其地位与影响会通过血缘亲情的延续，直接影响到世家后来者的性情气质，进而外化为艺术风格的呈现。一方面，这种文化传递和保障功能使作家获得较高的创作起点，尤其是在生命个体处于意识形态巨大压抑扭曲的时段；另一方面，随着创作的不断深化，对作家主体意识要求的不断提高，这种传递与保障功能也会潜在规约着作家创作的发展。叶兆言的文学创作正是在这种富于张力的关系中展开的。由此，在中国文化重建和当代文学研究推进过程中，从文学世家背景来全面考察和检讨叶兆言创作风格的形成和调适，意义不容小觑。

一、大时代与小环境

百年中国，历经了文化传统上多次大的转型。每一次转型，必然会造成处于时代转型中的家庭、个体的激变。而在这大时代的转型中，也会有小环境在某种程度上维系着些许平衡和一脉相承。虽然世家文化传统的土壤已经不复存在，但毕竟还有个别家族，似乎还在延续着某种文化承传。比如,从叶圣陶到叶至善、叶至诚,再到叶兆言,已逾三代的文人共同构成的叶氏家族,在这个世家极度稀缺的当下,应该已经足够称得上是文学世家了。与社会历史的大时代变迁相比,家庭和家族构成了个人成长的小环境,而世家的存在,在一定程度上保持小环境的稳定性,保证世家门风和文化传统、观念等的延续性,在一定程度上抵抗着大时代的断裂和激变,因而对世家中个体的成长,起到熏染、影响和制约作用。从这个意义上说,叶兆言的成长及其以后的文学创作与叶氏文学世家的背景有着密切的联系。

叶氏文学世家带给叶兆言的,首先是浓厚醇正的人文熏陶。众所周知,叶兆言的祖父叶圣陶是中国现代文学史上的著名作家;父亲叶至诚,一生钟情于文学,是 20 世纪 50 年代影响颇大的文学团体"探求者"的重要成员,[①]也是知名的藏书家、作家、文学编辑家。在叶兆言的少年和青年时代,即 20 世纪 70 年代中期至 80 年代初,这样的家庭氛围为他提供了那个时代大多数同龄人无法拥有的亲近文化、文学的环境:祖父、父亲的言传身教,异常丰富的藏书,还有相对平静的阅读氛围。[②] 同时这也培养了叶兆言对于读书的浓厚兴趣,为其于南京大学中文系七年的苦读生活提供了契机。叶兆言相对扎实广博的学养根基有赖于此。

更为重要的是,叶氏文学世家的门风内在地影响了叶兆言儒雅平和从容的性情气质的养成。祖父叶圣陶虽不失狷介却常以柔和示人;父亲叶至诚为人至为执拗又总以柔顺处世。在立身行事

[①] 关于叶至诚与"探求者"的关系及详细情况,请参赵普光、牛亚南:《未完成的"探求"——关于"探求者"事件的若干反思》,《扬子江评论》2015 年第 1 期。
[②] 叶兆言:《叶兆言自叙人生》,时代文艺出版社 2010 年版,第 99—112 页。

的各个方面,祖父与父亲都显得温和、低调。他们也将这样的生活态度渗透到对叶兆言的教育中①,作为从小与祖父、父亲有着密切接触的叶兆言自然深受影响。

  祖父叶圣陶所代表的成长于民国的知识分子的行为方式与思想观念,父亲叶至诚那一代知识分子跨越新旧两个时代的坎坷经历,以及对祖辈、父辈两代知识分子命运近距离的观察与体悟,使叶兆言带着"理解的同情"来看待历史与现实。它既非虚无,亦不高蹈。作家"实际上是借助于'历史'而去展示一种传统文化存在,从而进一步传达出他对于传统文化存在状态的一份深沉的情思"②,也因着富于同情的贴近,叶兆言眼中的历史与现实更具原生状态。大量充满偶然性、碎片化的生活细节成为作家关注的重点。它们消融了时代风云的激荡,涵纳了世俗人生的凡庸,质疑乃至瓦解了所谓必然法则。这些都使作家的人生态度显得平易、宽容。

  同时,这个文学世家也为叶兆言创造了相对平静的生活道路。相对宽裕的经济条件③,祖父和父亲在文坛的地位与声望,虽然使叶兆言的家庭在"反右"和"文革"中受到严重冲击,但是他本人的生活方式与生存小环境并没有遭到彻底的改变。1974年,叶兆言高中毕业,待业一年,去北京和祖父叶圣陶居住,过的依然是闲适的读书生活。然后他去一个小厂当工人;高考恢复后,他进入南京大学读书;硕士研究生毕业,叶兆言正赶上20世纪80年代中期中国当代文学的黄金时段,其文学创作也开始引起文坛的关注。叶兆言的生活可谓波澜不惊,无疑这也有助于作家散淡性情的养成。

---

①③ 叶兆言:《叶兆言自叙人生》,时代文艺出版社2010年版,第54页。
② 高松年、沈文元:《论叶兆言的"夜泊秦淮"系列小说》,《杭州师范学院学报》1997年第2期。

可见，浓厚醇正的文化氛围，温和低调的门风，祖辈、父辈人生道路的近距离接触与体悟，相对平静的生活，这些不仅影响到叶兆言的性情气质，也外化为其文学创作风格：从容散淡、平易温和。

二、"挽歌"：历史的背影与个体的悲欢

纵观叶兆言的小说创作，我们不妨将其分为两类。一类是在历史背景下的书写，均可以从"挽歌"的角度加以观照，可统称之为"挽歌"系列。另一类是对现代人当下生活状态的呈现，可称之为"艳歌"系列。

对于前者"挽歌"系列，作者曾夫子自道："'挽歌'作为世界构形，也许它在我的写作中具有原型形式的作用。"[①]这些"挽歌"小说涵盖了民国、抗战、"文革"等重要历史时期，与叶兆言对当下生活的书写一起，构成了20世纪中国人生存状态与情感状态的极富叶氏风格特征的审美表达。

叶兆言这一审美表达最重要的风格特征就是从容散淡、平易温和，这成为作家极为醒目的创作标识。从容散淡、平易温和的风格，体现在创作内容上，即作家的写作并未着意于对历史与现实的宏大叙述，而是将笔触探入生存的褶皱，冷静呈现不同时代诸多"小人物"的生存状态与情感状态。正如丁帆先生所论，"无论写遗老、遗少，还是写平头百姓，无论是写知识分子还是写三教九流，作者都注重写出其原生的心理状态，包括潜意识和下意识的描写"，

---

① 叶兆言、费振钟：《作家的尺度》，《萌芽》1994年第9期。

"作者都不掺杂任何世俗的偏见,只把人物主体当作一种对象来进行生活体验和心理分析"。①

这从叶兆言著名的"夜泊秦淮"系列可见一斑。《状元境》无意描绘时代风云,而小人物张二胡与三姐之间的因缘纠葛才是小说的主体。英雄的出现,时代的变幻,只是为故事的进展及人物命运的转变提供了某种契机。《十字铺》也没有在北伐战争中军阀割据的历史场面着墨太多,小说人物季云因为牵涉到政治而丢掉了性命这样重大的事件,也不过是为士新、姬小姐和他的恋爱关系的转换提供了条件。《追月楼》的抗战背景固然凸显着丁老太爷的民族大义,但叶兆言着意表达的却是生命个体之于历史的复杂性,"它在重新审视一种中国旧式文人的生活,那种一度被指斥为封建腐朽的士大夫文人的行为作派。对那种旧式文化的玩味构成了这篇小说的叙事视点和特殊韵味,某种意义上它提示了中国文化最后的情景,一种古旧文化无可挽救的颓败命运。文人的怪癖和气节,陈腐的学究味和浓重的民族主义意识,可怜的欲望与升华的精神,这一切都使一个江南文人具有了丰富的品格和不容置疑的人文精神"②。《半边营》同样将故事放置在20世纪三四十年代的抗战时期加以讲述。但小说的主体却是围绕华家这个衰败家庭的庸杂琐事与情感细事而展开。再如,长篇小说《1937年的爱情》表现重心同样不在南京大屠杀的历史惨剧,作家着力描绘的是特定时代发生在普通人身上的感情纠葛。正如作家在这部小说的"前言"中所说:"作为小说家,我看不太清楚那种被历史学家称为历史的历史。

---
① 丁帆:《跋叶兆言的〈去影〉》,《中文自学指导》1995年第4期。
② 陈晓明:《被历史命运裹胁的中国文学——1987—1988年部分获奖及其落选小说述评》,《当代作家评论》,1995年第3期。

我看到的只是一些零零碎碎的片段，一些大时代中的伤感的没出息的小故事。"①

与叶兆言书写"民国"与抗战一样，他的"文革"书写同样避开了宏大叙述，而于普通人的生活细节中开掘极端年代中的人性意蕴。小说《一号命令》即是明证。"一号命令"本指1969年10月中旬，林彪通过军委办事组发给全军的一个战备命令。1969年国庆前夕，毛泽东公开号召全国人民做好战争准备。受毛泽东委托，林彪主持召开政治局会议，研究苏联发动战争的可能性，由此，林彪将战备命令下达全军，这就是所谓的"一号命令"。

但是，从《一号命令》这部小说所讲述的内容来看，它却与人们由书名所想象的内容大相径庭。这部小说只是将"一号命令"作为背景，呈现的是那个年代普通人们的生存状态与情感状态。这是一个叫赵文麟的"老男人寻找自己的初恋记忆，寻找失去的东西"的故事。高奶奶面对疏散的态度是："闲谈中无意说起了疏散，她说有地位有身份的人才会为这事操心着急，我们老百姓就没这个烦恼，就是有烦恼也烦不了。又说起当年的旧事，说想当年日本人要来，还不是说来就来了，可怜南京城乱成一片，鸡飞狗跳，那时候的老百姓还能往哪跑，有钱的人走了，当官的走了，读书识字的人也走了，把我们老百姓都留给了日本人。"②而赵文麟的家乡"白马湖根本感觉不到大战即将来临的气氛，有线广播里也在唠叨，也说要提高警惕，要防止帝国主义和社会帝国主义的入侵，也说要深挖'五一六'，要把'无产阶级文化大革命'进行到底，可是这些标语口

---

① 叶兆言：《写在前面》，《1937年的爱情》，时代文艺出版社2002年版，第4页。
② 叶兆言：《一号命令》，江苏文艺出版社2013年版，第47页。

号,也就是一些老生常谈,与乡间的平静生活似乎没有一点关系"①。似乎外界发生的一切重大事件都威胁不到他们的日常生活,他们有自己的生活节奏和步调,过好自己每天的日子对他们来说才是最切实的。或许这才是历史最真实的一面,这种历史源自民间,却往往很轻易地被宏大叙述所遮蔽。叶兆言说:"如果我们今天可以心平气和地谈谈这个事,可能会触及那个时代的更多的东西。作家有作家的敏感,我的文学观也这样,怎么写?我想还原成老百姓的视角去写。"②其实,作家的这段自白完全可以看作他"挽歌"小说系列的取材特色:借用宏大的历史背景表现小人物的悲欢,关注时代动荡中人们的心魂与命运。

三、"艳歌":对庸常人生的宽容与和解

叶兆言"艳歌"系列小说不再书写或远或近的历史,呈现的是现实生活中饮食男女的情爱故事。它主要涉及两部分内容:一是非常态的两性关系、感情状态,一是婚姻生活的凡庸琐碎。前者如《采红菱》中林林与张英、毛毛两个女子的情爱关系;《去影》中张英对徒弟迟钦亭情欲的满足;《爱情规则》中的陈先木既爱妻子又爱着情人莎莎;《榆树下的哭泣》中李恩背着妻子张苏红,与情人武家荷、小周的暧昧情感;《马文的战争》中,马文前妻杨欣与马文的恋人李芹,为了抢夺马文展开的明争暗斗。后者如《艳歌》中从大学时代开始恋爱的迟钦亭与沐岚,当真步入婚姻的殿堂之后,爱情的

---

① 叶兆言:《一号命令》,江苏文艺出版社2013年版,第127页。
② 叶兆言、张瑾华、郑琳:《他"很久以来"的旁观》,《钱江晚报》2014年1月26日。

诗意被凡庸的日常琐事彻底消解,剩下的即是无爱的婚姻。虽然他们试图缓解这种紧张的关系,但种种阴差阳错注定了他们努力的失败与徒劳。《别人的房间》中,过升与孙敏因为没有属于自己的房子,差点使二人的婚姻分崩离析。

欲望的诱惑、生存的压力经常会使两性的肉体关系与情感关系发生裂变,这在世俗形态的人生中庸常普遍,却又尴尬痛苦。但是叶兆言并没有将这样的关系处理得你死我活,撕心裂肺。作家依然以悲悯、宽容的态度,从容平静地加以展现,他笔下人物的言行也往往变得温和、节制。

世俗情爱、婚恋的种种无奈并没有使叶兆言放弃对理想婚姻状态的探求,小说《玫瑰的岁月》让我们看到了其中的亮色。小说中的妻子藏丽花比丈夫黄效愚大八岁,藏丽花在书法界的名声很大,而黄效愚则下岗了,赋闲在家照顾孩子,练习书法。后来,黄效愚书法的名声也开始在圈子里响亮起来,甚至超过了藏丽花。可是藏丽花却得了绝症,她开始认同丈夫黄效愚的字,追怀往日与黄效愚幸福的生活。黄效愚也很珍惜和藏丽花在一起的为数不多的日子。小说结尾道:"我非常喜欢他们的生活方式。"[1]肯定平淡而幸福的生活,这恐怕不仅是小说叙述人"我"的态度,同时也是作家叶兆言一贯的人生态度。无论是两性情感生活的凡庸、卑琐还是其间存留的温馨美好,叶兆言都淡淡托出,徐徐道来,可谓"立意避雅趋俗,颇有放下身段,与民同乐的意思"[2]。

在小说叙述模式上,叶兆言从容散淡、平易温和的创作风格主

---

[1] 叶兆言:《玫瑰的岁月》,海豚出版社2010年版,第126页。
[2] 王德威:《艳歌行:小说"小说"》,《读书》1998年第1期。

要体现在下述几个方面。首先,在叙述节奏的控制上,叶兆言声称他"永远反高潮":"我的叙述可能经常是在别人用心处不用心,在别人不用心处用心,因此会出现突然的断裂和省略,也会出现大幅度的纵笔细描,我永远反高潮。"①这种观念在作家的小说中得到了充分的运用。小说"仍然讲述了完整甚至有趣的故事,但那已不是读者所期待的故事,而是作家操纵下的故事,因为它们常常在读者关心的地方突然'断裂和省略',而在读者意料不到的地方不厌其烦地展开"②,从而使作家的笔触探入到历史的更深、更细处。在小说《关于厕所》中,去上海学习的漂亮女工杨海龄于大庭广众尿裤子的场景本是情节高潮,但是在接下来的叙述中,却被叙述者"我"带有调侃意味的对古今中外"厕所文化"的介绍所阻断。在这些小说中,作家将读者预期的紧张、激烈的叙事节奏变得从容、和缓而富有情调。

叙述人角色的选取是小说叙述学关注的重点。叶兆言小说中的叙述人往往是隐身的。这种不动声色的"旁观式"的呈现方式,使作家对于文本故事的讲述平和、自然。关于"夜泊秦淮"系列,评论家季红真说:"人物在举手投足之间,情态逼真心迹毕露。白描的手法融汇诗画的意境与民乐的旋律感,勾连出传奇式的故事,掩藏起叙事者的主体态度,却又含蓄地转喻出自己对历史沧桑人生人性的深刻洞察。"③

叶兆言关于现代人当下生活的书写同样具有这样的特征。代

---

① 林舟:《写作,生命的摆渡——叶兆言访谈录》,《花城》1992年第2期。
② 叶奕翔:《带着故事起舞——叶兆言小说叙事研究》,华南师范大学2004届硕士论文,第8页。
③ 季红真:《被拆解的名节神话:读〈追月楼〉》,《文艺争鸣》1993年第4期。

表作《悬挂的绿苹果》讲述了剧团女演员张英和"青海人"的情感故事。正是由于叙述人不动声色的讲述,让二人曲折入微的感情脉络得以精彩呈现,尤其是"青海人"对待张英态度的微妙改变,以及小说最后两人在感情上对对方有保留的依赖,这些复杂的情感状态都获得了自然而又细致的处理。

即使是在叶兆言那些具有"元小说"色彩的创作中,不再隐身的叙述者对虚构叙述行为的暴露也很有限度。叙述者"我"依然以旁观者或转述者的身份,将其看到、听到、读到的故事转述给读者,叙述者只是偶尔露面,对叙述过程加以评述。[1] 在《枣树的故事》的第十节,显身的叙述者"我"开始对之前的创作加以评述:"我深感自己这篇小说写不完的恐惧。"但是接下来的内容依然在交织讲述岫云与老乔以及岫云之子勇勇与未婚妻小五子之间的情感故事。在这些故事的讲述中叙述者"我"极少出场,事实上又回到了之前文本叙述者的隐身状态,故事的讲述依然波澜不惊。可以看到,此类小说中的"先锋"色彩依然受制于文本整体平和、从容的叙述风格。由于不固执于某一事件的发展脉络,叶兆言这种强调故事性的叙述结构在很大程度上缓解了小说情节的紧张冲突,赋予文本平易、散淡的审美特征。从上述叙述节奏、叙述人、叙述结构的选择和处理上,不难看出作家还是契合着他的小说题材的取材特点的。这种看似随意、平缓的叙述模式更适于表现宏大历史叙述中的细节,表达对时代风云中"小人物"的喟叹与思考。

---

[1] 叶奕翔:《带着故事起舞——叶兆言小说叙事研究》,华南师范大学 2004 届硕士论文,第 21 页。

四、散文创作：民国文人风范的重构与追摹

近十余年，小说家叶兆言表现出对非虚构类文本的钟爱，出版了多种散文随笔集，成就斐然。其中影响最大的是以民国知识分子为题材的文化散文。① 民国人物系列，构成了叶兆言近些年散文创作的亮点，也为当代散文描画出别样的风景，极具鲜明的特点。

其一，寓浓浓的书卷气于淡然平易的叙述中。典型的文学世家出身、南京大学七年的苦读经历形成了叶兆言较为深厚的学养与相对开阔的眼界，这使叶兆言的散文创作富于书卷气。比如，《康有为》一文对中国近代史上的这位赫赫有名的人物在民国前后的重要表现，做了精当的评述："当时的有识之士深感大清朝的溃败，为了国富民强，在是否要改革这一点上，都站在他（康有为）一边。站在一边不等于完全认同，大家不过是站在同一起跑线上，想达到的目的却风马牛不相及。"文章接着举了陈寅恪的祖父陈宝箴、父亲陈三立，以及翁同龢的例子加以对证："戊戌变法的草草收场使隐藏在改革派内部的种种矛盾尚未展开，就烟消云散。不仅

---

① 2000年，叶兆言在《收获》开设"杂花生树"专栏，发表文化类系列散文《周氏兄弟》《阅读吴宓》《革命文豪高尔基》《围城里的笑声》《闹着玩的文人》《人，岁月，生活》等。在《小说家》的"作家手记"栏目发表同类型文章，如《张闻天和潘汉年》《刘半农和钱玄同》《林琴南与严复》《康有为与梁启超》《闻一多与朱自清》《刘呐鸥与穆时英》等。人民文学出版社以《杂花生树》为名，于2002年结集出版了叶兆言以书写民国历史人物为主的散文。同年，叶兆言又在《苏州杂志》刊载了系列书写民国文人的散文，《范烟桥》《周瘦鹃》《王伯祥》《顾颉刚》《俞平伯》《吕叔湘》等。除此之外，此类散文陆续还散见于其他杂志。上海书店出版社2007年结集出版了《陈旧人物》一书。

如此，康有为自身的严重矛盾也被有效地藏匿起来。"民国以后，康有为支持张勋复辟，遭到临时大总统冯国璋的通缉，"康有为大怒，通电天下，以一连串无可辩驳的事实，揭露复辟之事，贼喊捉贼的冯国璋乃是真正的主谋。这一招击中要害，所谓通缉便不了了之"。对于康有为等历史人物，叶兆言自然无缘得见，作者只有通过间接的文字材料触摸和细味传主的思想情感。没有对相关文献全面深入

叶兆言《陈旧人物》书影

的把握，这样的结论是不会轻易得出的，这充分"展现了叶兆言作为今日一个优秀作家难得的知识修养"。①

更重要的是，作家并不炫耀自己的博识睿思，而是"以学养和体验作支撑，侃侃而谈，不为知识、史料和经验、定见所奴役，融学问、见识、趣味、才情于一炉，成就一种通俗而不媚俗，家常而又高妙的'兆言体'"。② 就像叶兆言在《康有为》这篇散文的最后写到的："把过错往文化人身上一推了事，这是统治者的惯用伎俩，袁世

---

① 施战军：《作为文人：别种意义上的叶兆言》，《莽原》2002 年第 6 期。
② 张宗刚：《小说家的散文：叶兆言散文读札》，《扬子江评论》2010 年第 4 期。

凯称帝出丑以后,玩的就是这一手,但遇到倚老卖老的康有为,横竖不吃这一套,北洋军阀拿他老人家也没办法。"历史的洞见却以平易俗常的言语道来,云卷云舒中颇显举重若轻的大度与分寸。

其二,细节与琐屑中折射出民国人物的趣味与风范。叶兆言散文中的人物描写,取常人视角,从形象细部与生活琐事着眼,平等视之,亲和感油然而生。例如对于刘半农的刻画:"周作人形容刘半农,说他'头大,眼有芒角,生气勃勃,至中年不少衰'。头大好理解,有芒角这是怎么一回事,还真不明白。刘半农和周作人相识,周三十三岁,他自己才二十七岁,说起当时的情形,刘曾很生动地说:'时余穿皮鞋,犹存上海少年滑头气;岂明则蓄浓髯,戴大绒帽,俨然一俄国英雄也。'一想到刘半农,我的脑海里立刻就冒出大脑袋瓜和鱼皮鞋。"(《刘半农》)关于林纾,叶兆言则这样描述:"林琴南晚年有一个不小的书房,左右各放一张桌子,一个作画,一个译书,这边画完了,就到那边去译书,即使客人来了也不影响工作。大约这两件事情对于他来说,实在太容易,根本不在乎打扰。当时的名人陈石遗曾戏称他的书房为造币厂,因为只要开工,便有源源不断的银子进账。"(《林琴南》)

尤其是叶兆言在写与祖父叶圣陶往还密切的人物时,这个特点就更加突出。这些人与叶圣陶关系密切,其中的一些人,叶兆言甚至还见到过,有着感性认识。如《王伯祥》记述祖父老友王伯祥的事情,由于作者亦是曾经的当事者,故而写来翔实亲切。对于王氏治学的方法与特点,叶兆言记述:王伯祥的著作《史记选》,在选定的底本上,将其他版本"一一校于底本之上,结果凡是空白处,都密密麻麻,几乎没地方可以写字"。关于王氏和祖父的交往,叶兆言说:"'文化大革命'中后期,祖父每周都去看望王伯祥。当时订阅大字《参考消息》是一种行政待遇。祖父必带上最近一周的报纸,在王家坐两小时,谈天说地,然后带着上一周的旧报纸回家。我在北京曾经好几次陪祖父去,一位八十岁的老翁,去看望另一位八十多岁,而且挤公共汽车,如今回想起来实在值得品味。"这些细节勾勒中所散发的细致、从容与温情体现着文学世家之于叶兆言的深刻影响。

其三,冷静节制的语调深蕴着对历史的喟叹与怅然。叶兆言散文的叙述语调也是冷静节制的,作家的情感波澜被深掩其后,却又往往力透纸背。《吴宓》谈到大学者吴宓"文革"中的境遇时,这样写道:"吴宓的寂寞常人难以想象,在并非如意的一生中,他没有像王国维那样轻易了断,而是在历次政治运动中不知所措,尤其在史无前例的'文化大革命'中吃尽苦头。陈寅恪死于1969年,临死前,在病榻上还被迫做口头交代,直至不能说话为止。陈寅恪最后的声音是,'我现在譬如在死牢中'。吴宓虽然熬到了1978年,但是'左'的思潮尚未肃清,依然被遣送回老家,住在他年老的妹妹那里,眼睛已经看不见,神智也一天天昏迷,他最后的声音只是渴了就喊,饿了就叫:'给我水喝,我要吃饭,我是吴宓教授。'"过往的人生细节就这样被叶兆言平淡和缓地呈现出来,不动声色的讲述却满蕴着挥之不去的悲哀与无奈。

叶兆言对民国文人的兴味浓厚,是渊源有自的。对民国文人风范的描摹,源于叶兆言的趣味与取舍,这种取舍折射的是叶兆言的人文姿态。我们看到,在这细节描画、历史感悟的背后,实质上是叶兆言试图勾勒和重现出民国文人特有的一种风范、风骨。叶兆言对这种风范的亲近与追慕,正与发端于民国的叶氏文学世家的背景有关。

五、世家门风:制约与局限

可以看到,叶兆言从容散淡、平易温和的创作风格受文学世家的影响颇大。这种风格特征也成为叶兆言不同于其他作家、流派的身份标识,使他成为当代文学史上的"这一个",显示了一名优秀作家独特的艺术个性。

但是,在某种程度上,从容散淡、平易温和的创作风格也隐含着叶兆言文学创作上的局限,体现了文学世家对他的潜在制约。这至少表现在两个方面。

其一,自少年时代就开始拥有的相对优越的家庭条件和生活环境固然为作家提供了良好的文化支撑与创作前提,却又可能使作家对于这种平静、闲适的生活产生自足心态,这会阻碍作家与底层生活发生更密切的联系,进而弱化作家的生命体验。对此叶兆言在小说《故事:关于教授》中坦承:"从高中开始,我的人生经验,差不多都来自书本。"[①]

小说创作的根本保障就是作家的生活积累与在此基础上生命体验的深度。和叶兆言同一时代的其他作家,大多或有着"上山下乡"的知青经历,或有着深入骨髓的底层苦难生活。知青生活困苦艰辛的经历带给这些知识者在身份认同上的困惑与苦恼,都会大大深化他们的体验与思考。即使那些没有知青经历的同代作家也多有着不尽如人意的底层生活经验,比如莫言、余华、格非等。凡此种种,都会强化作家的生命体验,加深文学创作的思想深度与情

[①] 叶兆言:《故事:关于教授》,《走近赛珍珠》,大众文艺出版社 2008 年版,第 234 页。

感力度。当然,作家并非一定要经受重大的生命苦难才能够创作出杰作,但是,必须承认苦难在一些作家那里不仅是他们重要的题材领域,也是深化作家生命体验、强化作家精神力量的重要契机。

其二,叶氏文学世家温和低调的门风,潜移默化地影响到叶兆言看待世界的眼光。他说:"我看问题就是这样,总是处于混沌的游移的状态之中,难以非常准确地确定什么,不相信绝对和惟一;这也就是我看世界的态度。所以我非常喜欢'圆''磁铁'这样的概念所包含的意味。"①这种带有相对主义色彩的观念让作家对世态人生的体验、思考不会走极端,是叶兆言从容散淡、平易温和的创作风格得以形成的思想基础。但是,有的时候,深刻与偏激,往往是对孪生子,是一体之两面。所以,作家秉持的相对主义的观念往往也会使他更专注于对很多与人生相关的重大命题(比如命运、爱情、死亡)更深度的体验与思考,进而影响到这些与文学创作紧密相关的思想命题在文本中呈现的方式与深度,撼人心魄的力量就会无形中弱化。

于是,我们看到叶兆言创作中有一个突出表征,即其小说对故事性的强调。作家热衷于大量故事的讲述,它们构成了叶兆言小说的叙述动力和文本主体,这在叶兆言的小说创作中极为普遍。比如,历史题材的《战火浮生》《殇逝的英雄》《花煞》,现实题材的《采红菱》《艳歌》《绿色陷阱》等等。

叶兆言小说中的故事,随意性大,故事之间联系脆弱;在诸多故事的讲述中,小说人物只是结构性要素,本身并不具有重大的典型意义;此外,就讲述故事的方式而言,小说中故事的讲述者以及

---

① 林舟:《写作,生命的摆渡——叶兆言访谈录》,《花城》1992年第2期。

故事讲述的内容可能不同,但是叙述者所采用的平静、温和带着善意又不无调侃的叙述语调、流水账一般的呈现故事的方式、看待故事人物与事件的平民视角,却没有本质差异。这个特点固然大大强化了叶兆言从容散淡、平易温和的创作风格,但也集中体现了上述局限。

如果以经典意义上的现实主义文学,即19世纪后期,世界范围内的现实主义文学创作,以及中国"五四"新文学带有浓厚启蒙意义的传统作为参照,那么"文学是人学",它们都在强调对"人"的发现与关注。文学的表现手段或有不同,但不论是心理描写、语言动作还是氛围营造,文学都以深入表现人性、人情为最终目的。叶兆言的大部分小说,不太注重人物情感与心灵的深入展现,而将不断讲述充满世俗趣味的故事作为叙述动力与文本主体。这类小说的叙述特点更接近传统的话本小说,而话本小说的一个致命缺陷就是过强的读者意识以及对文本意义深度的弃置。

如果将叶兆言的小说创作放在20世纪八九十年代的小说新潮中加以审视,他的创作同样和这些潮流若即若离。一方面,从创作题材到表现手段,叶兆言的小说创作与这些潮流间有着不少的相似之处。"先锋小说"对虚无历史、死亡与暴力、孤独与梦幻的书写,"元叙述"方法的采用,叙述者的分层处理,叙述时间的穿插交替;"新写实小说"对世俗人生无奈而尴尬的生存境遇的呈现,"零度叙事"创作特征,这些都可以在叶兆言的小说创作中找到相对应的文本。由此,叶兆言创作的很多小说往往也被归纳到"先锋小说"或者"新写实主义小说"的名下,比如《枣树的故事》之于前者,《艳歌》之于后者。

另一方面,叶兆言这些带有"先锋"或者"新写实"色彩的小说又与典型的"先锋小说"与"新写实小说"有着不容忽视的差别,而且这种差别或许比二者之间的相似性更内在,也更本质。"先锋小说"与"新写实小说"的外在表现形态差异巨大,但是仔细辨析会看到这两类小说创作有着内在的一致性,即它们都建立在作家深刻的生命体验的基础之上。如果排除外来文化的影响,作为"先锋小说"重要特征的语言自足、意义虚无体现的是作家在生存价值寻求过程中的深刻焦虑。在本质上,这类小说不是反历史、反主体的,它渴望着在解构传统的同时努力寻求新的价值皈依。[1] 苦苦寻求而不得的切己的生命体验是先锋文本出现虚无主义、怀疑主义的前提。相似地,"新写实主义小说"很重要的一个特征就是"刻骨的真实性"[2]。去除历史的宏大叙事,去除典型化同样可以深刻揭示生活与人性的某些本质。而"刻骨的真实性"与作家生命体验的深度直接相关。在那些最好的"新写实主义"的小说中,作家对现实生活的深入体察是与他笔下的所有生存的细节血肉般融合在一起的。

从这个角度考察叶兆言的文学创作,会发现作家平和自如、行云流水般的故事讲述依然难掩由于生命体验与思想力的相对薄弱导致的文本感染力的缺乏,这在很大程度上构成了叶兆言与上述新潮小说间的内在差异。比如《枣树的故事》是叶兆言小说创作中先锋色彩较浓的一部。文本中作家运用了富于"元叙述"色彩的创作手段。例如在叙述时间上,预叙与倒叙的频繁运用造成的"历史"与"当下"的时空交错;隐身叙述者、"作家"和"我"这些不同的

---

[1] 陈晓明:《现代性的幻象:当代理论与文学的隐蔽转向》,福建教育出版社 2008 年版,第 13 页。

[2] 陈晓明:《中国当代文学主潮》(修订版),北京大学出版社 2013 年版,第 387 页。

叙述者对文本的分层叙述。但是,仔细阅读这部小说会看到,《枣树的故事》中不同叙述者在不同叙述时间对故事的讲述并没有本质差异。不论是小说中隐身的叙述者、"作家"还是叙述者"我",不过是分工讲述一个与叫"岫云"的女子相关的完整故事。不同部分的讲述之间可能会存在由于叙述分层带来的"虚构"与"真实"的差异,但是这种差异在文本中体现得并不明显,因为在更高一级的叙述层次中,显身叙述者的出现主要不是为了提示读者之前故事的虚构性,而是为了延续之前故事的讲述。叙述者以及叙述时间的每一次改变并没有带来叙述语调,故事呈现方式,价值判断等方面的显著差别,"元叙述"带给文本的"复调特征"其实并不明显。"元叙述"的采用是为了打破由强大意识形态支撑的有关文学"真实性"的幻梦,为历史的"本质"与"规律"驱魅。因此,显身叙述者的出现应该起到醒目的去历史化的提示作用,就像作家马原在《冈底斯的诱惑》《涂满古怪图案的墙壁》等小说中设置的那个著名的叙述者"马原"一样。而叶兆言的此类小说,包括最近完成的长篇《驰向黑夜的女人》,由于显身叙述者与之前故事讲述之间的趋同性过强反而弱化了这种提示作用。更何况叶兆言这类小说的主体就是与宏大叙述无关的诸多历史琐屑的连缀,这本身就体现了作家看待历史的非主流视角,似乎不必通过"元叙述"再来进一步瓦解什么。

虽然小说的叙述人在不动声色地进行表层叙述,在叙述节奏的控制上,叶兆言也声称他"永远反高潮",这很像先锋小说叙述历史的姿态。但是,叶兆言看待历史的非主流眼光其实是与其他先锋作家有所不同的。他笔下的历史固然绕开了宏大叙述,却并非彻底虚无。这种温和的历史观,一方面使叶兆言小说中的历史故事带有一定的亲和感,不像其他先锋叙述中的历史那么尖锐、乖戾,另一方面,这也是上述局限在叶兆言历史叙述中的体现。一个个并不深刻又带着些许温情的故事取代了先锋小说由意义虚空引发的叙述空白,就像格非在小说《迷舟》中呈现的那样,因而也丧失了先锋小说在消解深度、瓦解叙事之后生发出的深刻的虚无体验。正是由于这些差别,有论者认为马原、余华、孙甘露等先锋作家"在'先锋'的跨度和实质上"较之叶兆言等作家"远远胜之"。①

叶兆言的"艳歌"小说系列经常被归入"新写实主义"小说的概念之下。但是,如果将其与"新写实主义"小说中更典型的创作比较,还是会发现它们之间的明显不同。叶兆言的小说《艳歌》与池莉的小说《烦恼人生》都是写现代人在婚恋家庭中的苦恼与无奈,然而两部小说的叙述基调显然不同。同样是不动声色地描写生活的卑琐,《艳歌》不时流露出喜剧色彩,而《烦恼人生》通篇充溢着悲剧感。这与两部小说叙述者所取的不同叙述姿态直接相关。小说《艳歌》中的叙述者虽然不动声色,却外在于他所叙述的故事,是带着优越感以俯视的姿态在讲述凡人琐事。善意的调侃,轻松的语调,确实使故事读来顺畅了许多,却较少引起读者心灵上的震动。而池莉小说《烦恼人生》中的叙述者同样取隐身的姿态,却与那个虚构世界中的人物始终保持一种平等的关系,她在叙述也在感同身受着小说人物的苦恼与悲哀。以这样的姿态讲述故事,小说浓烈的悲剧感油然而生。换句话说,《艳歌》中的叙述者与他讲述的世界因为保持一定距离而使得震撼心灵的力度明显弱化,而《烦恼人生》的叙述者融入了那个世界,作家深切厚重的生命体验浸染了小说的诸般琐碎。

---

① 许志英、丁帆:《中国新时期小说主潮》(下),人民文学出版社2002年版,第1272页。

六、风格即人:调适与挣脱

当然,从叶兆言本人的创作历程来看,对故事性的强调并非一成不变,而是存在变化和调整的。作家开始引起文坛关注的几部作品并没有完全将讲述故事作为叙述重心,他的成名作《悬挂的绿苹果》所以会引起评论界的关注,在很大程度上源自作品对人物性情气质、人物关系的精彩展现,尤其是小说展现的那种相互依赖又心存顾虑的情感状态是令人久久不能忘怀的。"它在对一个传统故事的不动声色的叙述中,不知不觉把你引向了一个更深层次上认识生活的境界。"[①]同一时期与此相类似的作品还有《死水》,它富有深度地呈现了小说人物司徒汉新的精神状态,用时借助这个人物的言、行表达了作家对生存意义、爱情、死亡等思想命题的思考。

这体现了叶兆言早期创作的特点:集中、深入、细致地呈现人物的情感状态和思想状态,含蓄地传达作家对世态人生的悠长感慨与深刻情思。这一特点在20世纪80年代末期出现"夜泊秦淮"系列小说和之后的一批短篇小说创作中表现得更为圆熟。《状元境》通过三姐与不同人物间的关系,生动淋漓地刻画出一个刁蛮泼辣又美丽善良的风尘女子;《追月楼》对丁老先生固守民族大义又时显迂腐的情感状态的精彩呈现,反映了作家对传统文化影响下中国知识分子人格特征复杂性的深入理解;《半边营》中守寡一世的丁太太的无聊与刻毒,颇与张爱玲笔下人物"曹七巧"相通,她三个子女在迷茫痛苦的婚姻恋情中的生存状态亦被展现得曲尽其

[①] 陈思和、杨斌华:《不动声色的探索:关于〈悬挂的绿苹果〉的对话》,《钟山》1986年第2期。

第十一讲 文学世家背景与叶兆言的创作风格

态;《十字铺》将姬小姐对士新的情感转变与士新拯救他的情敌季云的行为相联系,将婚姻恋情与人性的纠结张弛有度地加以表达。"一册《夜泊秦淮》,将旧日南京诸色人等写得活灵活现,军阀旧妓、腐儒名士、贵妇名媛,各个栩栩如生呼之欲出。"[1]可谓确评。之后的一批短篇小说《五异人传》《蜜月阴影》《诗人马革》《夏日的最后玫瑰》《雪地传说》《结局或开始》同样对特定人物性格或情感状态做了较为集中而深入的呈现。

与叶兆言那些更强调故事性的小说相比,上述小说侧重表现人物的情感与心理,对象较为集中、情节较为紧凑,自然更易凝聚作家的生命体验和思考力,故而显得相对厚重。但这样的小说在叶兆言的创作中所占比重并不大,随着创作的延续,作家讲述故事的兴致似乎逐渐超越了对人物情感与心理的关注,叙述的欢愉慢慢掩盖了他开始具有的对生命之痛、文化之痛的深切表达,以讲述故事为主体的小说创作似乎成为叶兆言文学创作的重心。如果换一个角度看待这种转变,是否可以说作家相对有限的生活储备、生命体验与思考力似乎已经开始成为其继续完成更加富于深度的文学创作的挑战,而文学又与叶兆言密不可分,作家只有在适合于他的小说叙述形式的探索中获取创作的意义和兴味。

到目前为止,叶兆言此类小说的创作形成了两种基本叙述模式,一种是单纯的故事讲述,如历史题材的《战火浮生》《殇逝的英雄》《一号命令》,现实题材的"艳歌"系列等小说;另外一种就是故事讲述与"元叙述"相结合,如历史题材的《枣树的故事》《走近赛珍珠》《王金发考》,现实题材的《关于厕所》《殉情》《最后》等。尤其是

---

[1] 季红真:《被拆解的名节神话:读〈追月楼〉》,《文艺争鸣》1993年第4期。

《走近赛珍珠》《王金发考》,作家试图自由出入于真实与虚构之间,体现了较强的文体意识。这或许可以看作是作家面对局限和挑战而有意识地进行调适的努力。

从近年出版的长篇小说《一号命令》(2013)、《驰向黑夜的女人》(2014)来看,这两种小说叙述模式依然在作家的小说创作中占据主流。较之以前的此类创作,这两部小说的表现对象变得相对集中,情节相应紧凑,所承载的生命体验与思想意蕴着实厚重了不少,可以看出叶兆言不断的探索与努力。但讲述故事依然是这两部小说的叙述动力,并最终构成文本主体,"元叙述"形成的不同叙述层次间的趋同性依然较大,真正意义上的"复调"结构并未完全成形,这些与之前强调故事性的小说创作没有本质区别。

可见,叶兆言对于文学世家带给自身的创作局限是有着清醒认识的,"要继续,要不间断地写,要不停地改变,这其实更应该是个永恒的话题"[1]。从早期创作生命体验的高度融入,到后来对形式探索的侧重,再到努力对此二者的兼顾与融合,不难发现叶兆言在不断寻求着突破与创新。长篇小说《白天不懂夜的黑》(2015)更体现了作家这种努力。第一人称限制叙述在这部小说中的精彩使用,构成了小说的复调结构,极大拓展了文本的意义空间,这是叶兆言之前创作很少出现的;叙述时间的转换在这部小说中也更趋自然,营造出一种历史的沧桑感;浓郁的自传色彩也深化了这部小说的情感意蕴。形式与意义在这部小说中获得了较为完美的结合。

从上述局限与调适来看叶兆言最近十几年在散文创作领域的

---

[1] 叶兆言:《革命性的灰烬》,《扬子江评论》2010 年第 4 期。

纵深发展，就顺理成章了。与更多强调生命体验与思考力度的小说创作相比，表现内容和方式极为自由的散文似乎更能够发挥叶兆言文学创作的优势。散漫讲述的结构、平易幽默的语言、从容温和的语态与作家较为深厚的学养和家世背景相结合，使叶兆言的散文创作更具人文性、趣味性和亲和感。注重故事性的叙述方式，在散文这种文体中获得了更大的生机。

总而言之，纵观当代中国，权力与资本的交替掌控以及二者的合谋，极大地影响着文学的发展形态。看似众声喧哗，充满生机的文坛到处充斥着浮躁与断层。文学世家的意义就在于，它将来自传统的根须一直延续到当下，为当代文学的创作提供了传承有序的坚实的思想资源与艺术资源，在一定程度上抗拒着权力与资本对作家生命个体造成的巨大压抑和扭曲。作家叶兆言从容散淡、平易温和的一贯创作风格，使其几乎从一开始就与身边不断更替的文学潮流有意无意地保持着距离，以自己独特的艺术个性展现着文学世家对于叶兆言为人与为文的重大影响。深受文学世家影响，又努力超越其拘囿，或许这才是叶兆言给予当代中国文学的最重要的启示。

第十二讲

诗人的诗学:以吴奔星为例

> **小引**
>
> 文学研究不仅属于人文社科的理论研究,也是一种融会生命体验的艺术创造。真正的学者往往"文""学"兼通。吴奔星即是一例。吴奔星不仅是著名诗人,也是著名的诗歌研究专家。作为诗人型学者的吴奔星,其学术研究尤其是诗学研究,体现出"诗"与"学"融通的特色。吴奔星提出的诗学理论主张,在中国现代诗歌研究中,尤其在实现对以"胡适之体"为代表的初期白话新诗风格的突破与超越中起到的作用,不容忽视。

作为学者或作家,其学术著述与文学作品是留给后人的最宝贵的财富。古人有所谓"三不朽"说,而对于学者和作家来说,其实立德和立功均蕴含和体现在其所立之言中。文学研究不仅属于人文社科的理论研究,也是一种融汇生命体验的文学创造。真正的学者往往"文""学"兼通。吴奔星不仅是著名诗人,更是著名的诗歌研究专家。作为诗人型学者的吴奔星,其学术研究尤其是诗学研究,体现出"诗"与"学"融通的特色。吴奔星提出的诗学理论主张,在中国现代诗歌研究中,尤其在实现对以"胡适之体"为代表的初期白话新诗风格的突破与超越中具有重要的意义。

一、历史的眼光:融通与超越

现代白话诗歌,在其初创期大致以"新诗"命名。吴奔星敏锐地发现了当时学界和诗坛对新生的"现代诗歌"的命名问题。"新诗"一名,只是当时的权宜之计,若更长远地看,"新诗"必然要面临"变旧"的危险与尴尬,所以为新生的这种诗歌进行一个更具学理的定位,确实是当时无法回避的问题。

吴奔星的《"诗的创作

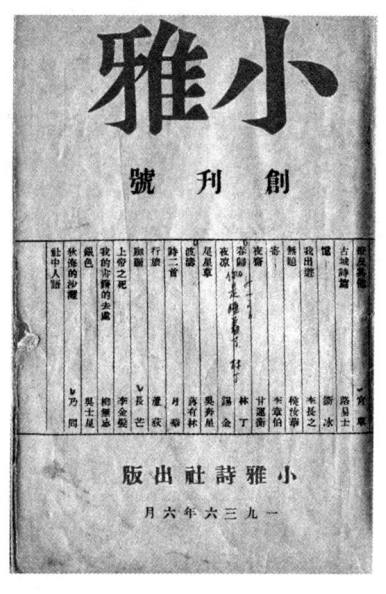

吴奔星、李章伯主编《小雅》杂志创刊号

专号"刊首闲话》一文较早地对"新诗"命名提出质疑。这一质疑，反映了吴奔星的长时段的历史的眼光和文学胆识。他说：

> 自胡适之《尝试集》出版后，"新诗"这个名词就跟着出现了；同时又把前人所作的诗，概称之为"旧诗"，于是"新诗"与"旧诗"便对立起来，一直到现在，不过，这两个名词，不假思索，一听就知道是不妥的。因为"诗"这种艺术，虽然随着时代的前进及社会生活样式之变革，而改变其形式及内容；但为之加些"不三不四"的头衔，实在"无聊"得很！因为今人所写的诗，过了三五十年之后，当另一种诗的新姿态出现时，岂不又旧了吗？计入我们后一辈的人，被遗传了我这种好乱加头衔的根性，那将怎么办呢？岂不是要把今之所谓旧诗改为"旧旧诗"，今之所谓新诗改为"旧诗"，而将他们那一个时代的诗改为"新诗"吗？哼！这真是滑天下之大稽！所以"新诗""旧诗"二名词，在白话文学上运动初期偶尔用来区别一下倒还可以，到现在还拿来应用殊属不当！①

更重要的是，吴奔星所指出的这个尴尬与矛盾，不仅仅关于新生的现代诗歌的"命名"问题，其实"命名"背后涉及如何历时地看待诗歌发展的问题，也关系到现代诗歌的实质与特点的认定。这也体现出青年吴奔星在那个时候就已经有意识地将新产生的这种

---

① 编者(吴奔星):《"诗的创作专号"刊首闲话》,《北平新报》副刊《半月文艺》第 4 期(1935 年 6 月 15 日)。

诗体放置于中国诗歌发展的历史中去考察的眼光与尝试。事实上吴奔星在这篇文章中已经意识到了文学史发展的若干规律。

史识与眼光,乃是优秀学者的必备条件。我们知道,1921年7月胡适作《研究国故的方法》的演讲,提出"历史的观念""疑古的态度""系统的研究"。此后不久胡适在整理国故中提出三原则:"第一,用历史的眼光来扩大国学研究的范围。第二,用系统的整理来部勒国学研究的资料。第三,用比较的研究来帮助国学的材料的整理与解释。"吴奔星毕竟是胡适的学生,笔者以为,尽管说吴奔星诗歌观念与其师差异甚大,甚至背道而驰,但是吴奔星《"诗的创作专号"刊首闲话》中对当时颇为盛行的"新诗"的命名提出质疑,这本身已经暗合了胡适所倡导的"历史的眼光"。

正是带着这样的眼光,去考察包括诗歌史在内的文学史的时候,就能发现其"存在之故,变迁之由"。这本身也是融通思维的一种表现,避免研究过程中出现狭隘偏见的重要的前提。

纵观吴奔星的诗歌观念发展历程,可以看出其中存在着前后两个不同的时期。前期的诗歌观念是维新与革命,其姿态比较激进。在此过程中,吴奔星推崇诗歌的现代性色彩。故此,他对初期白话新诗人的诗作,特别是以胡适为代表的诗作,表现出了明显的不满。这个时期主要是在《小雅》创刊前后一段时间。但即使是在这个青春年少的激进阶段,吴奔星仍然比较客观地看待诗歌的发展与流变,并没有像当时有些现代诗人那样完全排斥传统旧诗。他在《诗的读法》一文中所把握的诗歌的特点,恰恰也是旧体诗词所具备的。

特别是自抗战军兴,吴奔星的诗歌观念进一步转变。他更加明确地倾向于对新诗、旧诗的并重,体现出"不薄今人爱古人"的姿态。他认为对新诗、旧诗、西洋诗歌传统要一视同仁,提倡古今、中西的融合汇通。这种观念一直贯穿于他大半生的写作实践与理论研究中。比如后来吴奔星明确说:

> 根据"双百"方针的精神,新体诗与旧体诗都该发展。人为地强分"新""旧",把用外来形式写的称为"新诗",而把用祖传的形式写的称为"旧诗",其实是并不科学也不符合实际的。因为他们都是当代诗人反映现实生活的工具,在内容上并无新旧。时代在前进,诗歌在发展。形式越多,路子越宽,风格也越多,硬把"新诗"与"旧诗"对立起来,喜"新"厌"旧",实际是紧缩新诗发展的道路,而不是加以开拓。展望当代诗歌的"明天",新诗因应发展,旧诗也还有生命力。为了繁荣社会主义的诗歌,迎接各种流派的产生,还是让两个传统、两种形式,百花齐放,并肩前进较好。只有这样,才可望出现一种或几种足以代表我们伟大时代的诗歌形式,象唐诗、宋词、元曲那样,能冠以它们所属的时代而流芳百世。①

之所以吴奔星后来的诗歌观念更趋中庸理性、平正客观,盖与他抗战期间及以后在高校任教、从事研究有关。特别是他一度在大学讲坛讲授中国古典文学,对中国传统诗歌有着系统的研究和客观的认知,所以能够充分汲取传统诗歌中的有益成分。比如抗

---

① 吴奔星:《序言:新诗的昨天、今天与明天》,《中国现代诗人论》,陕西人民出版社1988年版,第7页。

战时期在贵阳,吴奔星不仅讲授《杜诗选讲》和《古代文选》,还编辑出版了近 30 万字的讲义《杜少陵绝妙诗笺》。20 世纪 80 年代以后,吴奔星又明确写了多篇关于新、旧体诗关系的文章,如《略谈当代新诗与旧诗的关系问题——"新诗最终一定要战胜旧诗"吗?》[①]《新诗旧诗辩》[②]《新诗与旧诗:从势不两立到协调发展》[③]等。

我们知道,"文革"结束之后,80 年代初,以"朦胧诗"为代表的新一代诗人诗作开始"崛起",一种新的诗歌倾向正在形成和扩展。由此也产生了巨大的争议,争议大致分为对立的两方面。一方面是复出的老诗人们,反感和排斥"看不懂"的、"令人气闷"的朦胧,一方面有研究者高呼"新的美学原则"在崛起,推崇备至。时过境迁,尘埃落定,现在看起来,吴奔星当时的论断更显其客观平正。他在肯定传统诗歌资源的同时,也明确地说:

> 当然,对于看不懂的诗,要作具体分析。不能粗暴否定,正如不少人听不懂肖邦、贝多芬的音乐,不能粗暴否定它们一样。唐代李商隐的许多无题诗,由于昧于当时的写作背景和本事,后世读者至今还处在研究之中。当前某些青年诗人由于对新诗的历史和现状不满,对诗的艺术敢于进行一些新的追求与探索,力图在技巧上、构思上、语言上、形式上、风格上,有所创新,有所突破,而写一

---

① 见《文论报》1984 年 8 月 10 日。
② 见《光明日报》1992 年 2 月 28 日。
③ 见《文艺报》1996 年 9 月 6 日。

些令人一时难于看懂的诗,是应该欢迎和鼓励的。①

这是对于诗歌发展历史应有的态度。这一论断,表现出作为文学史家的敏锐客观公正的学术态度,表现出其能够从更长时段去看问题的学术眼光,也反映出作为曾经的新诗革命派诗人的理性与通达。

二、诗学是情学:人性与诗情

诗学是情学,可以说是吴奔星诗学观念的核心。吴奔星明确地提出这个命题,是在20世纪80年代。吴奔星在《中国新诗鉴赏大辞典》(1988)的序言《中国新诗的流派与流向》中明确提出"诗学是情学",随后在1989年4月发表《论诗学是情学》。1989年12月1日他为故乡湖南安化梅山诗社题词:"文学是人学,诗学是情学。无人不成文学,无情不成诗学。"1993年出版的《诗美鉴赏学》曾就这一命题详加论述。后来出版的《虚实美学新探》(2000)依然贯穿着"诗学是情学论"的精神。

然而,如果纵观吴奔星一生的诗歌理论探索过程,我们不难发现,其实"诗学是情学"的观念,由来已久,渊源有自。其实早在1935年,还是北平师范大学学生的吴奔星,就曾撰文就诗歌的创作动因,进行了探究:

---

① 吴奔星:《序言:新诗的昨天、今天与明天》,《中国现代诗人论》,陕西人民出版社1988年版,第7—8页。

第十二讲 诗人的诗学:以吴奔星为例

> 诗不是人人可写的,诗人也不是人人可做的,因为诗是一种天才的产物,情绪的叫喊。没有天才的人固然不能写诗,心如木石的人更不能写诗。……大凡古今中外的产生不朽诗作的诗人,无不有丰厚的情绪。①

正是基于这种观念,有情的人才能成为诗人。吴奔星断言:

> 诗人乃天生情种;惟其有情,才对世间事物发生联系;旁人见花,不过花而已矣,诗人见花,便联想到美人;……统而言之,旁人所感不到的,想不到的,观察不到的,诗人却能做到。其间分寸,特情绪之有无而已。

诗人是天才,是情种。尽管早年的这篇文章并没有直接采用"诗学是情学"的表达,但是,青年吴奔星强调情感、情绪之于诗歌创作的根本性驱动作用,强调"诗人乃天生情种",毫无疑问,这种观念本身就与后来所明确提出的"诗学是情学"的核心是完全相同的。这一点一望即知。

而写作这篇文章之前的 1934 年,吴奔星在《诗的读法》一文中,就已经意识到诗歌之动人的深层原因,他在论及诗歌读法的时候说,读诗"不特意味愈无穷,而情感的共鸣也愈凄恻。"②也就是说,吴奔星从诗学理论思考之初,就已经意识到"情"之于诗歌的极端重要性。

---

① 编者(吴奔星):《"诗的创作专号"刊首闲话》,《北平新报》副刊《半月文艺》第 4 期(1935 年 6 月 15 日)。
② 吴奔星:《诗的读法》,《现代》第 5 卷第 3 期(1934 年 7 月)。

而稍后的1937年，吴奔星在《诗论匡谬》的长文中，又一次强调"归根结蒂，诗是要情感的""诗中情感的分子是诗的本钱"①。基于这种观念，吴奔星的诗歌创作特别是早期的诗作，也大多深蕴着情感。如他曾在诗集《都市是死海》的自序中自道：

> 在那样黑暗的年代，我是贫困的、孤独的、寂寞的，我为友情呼唤，也为爱情呼唤，展示内心的苦闷、烦恼、哀怨……我写了《行云》《挥汗吟》《七夕》《秋叶》《秋雨》《走后》《心曲》《别辞》《斑点》……许多揭示内心世界的诗，似乎是脱离现实的，却又是历史的忧患感的侧面反映。②

可见，青年吴奔星已经颇为准确地把握住了诗歌艺术的重要特性。而且终其一生，一直坚持这种观念。

1984年吴奔星编辑出版了《郭沫若诗话》，该书序言在论及郭沫若的诗学观念的基础上，表明了吴奔星对郭沫若"诗的本职专在抒情"的认同，并且强调"离开了抒情，就失去了灵魂，不能算诗，或者根本不是诗"③。1986年，他在给自己的诗集《奔星集》所作的后记中重申早年的主张：

> 高尔基认为文学是人学，我则认为诗学是情学。人，只要活着，接触现实，总不免要抒发喜、怒、哀、乐、爱、恶、

---

① 吴奔星：《诗论匡谬》，《文化与教育》旬刊第120期（1937年3月）。
② 吴奔星：《自序》，《都市是死海》，漓江出版社1988年版，第2页。
③ 吴奔星：《内容·形式·新旧·其他》，吴奔星、徐放鸣选编《郭沫若诗话》，四川人民出版社1984年版，第17页。

欲等感情。而诗在众多的文学样式中,不仅是最便于抒发感情的,也是应以抒情为己任的,即使是写景、叙事、说理,也无不受制于诗人的感情。诗人写诗,只有显示了一定的感情色彩,才呈现各自不同的风格。人世没有无情的人,也就没有无情的诗。诗而无情,不能算诗。①

相似地,在《胡适诗话》的序言里,吴奔星对其师做出了这样的评价:

胡适是一位诗人,这不仅仅因为他在少年时代学诗、写诗,在青中年时代提倡与写作白话诗,在中老年时代抄诗、编诗或者背诗,直至死而后已;更本质的意义,还在于他的思想感情——爱情、友情、乡情,以及其它人际关系之"情",大体上都表现和保存在他的诗中。②

他的这个评价,并不像很多学者那样首先集中于胡适的白话诗开创之功,而是从胡适诗歌所隐含的人生之情入手,将胡适的人与其诗联系起来,可谓别出手眼。这种别有会心的评价,其实就是源于吴奔星一贯的诗学观念——"诗学是情学"。

吴奔星在《吴奔星新旧诗选》的后记中再次表态:

我是自始至终从有无诗情诗意来欣赏诗的。……我

---

① 吴奔星:《后记》,《奔星集》,花城出版社1988年版,第131—132页。
② 吴奔星:《序言》,《胡适诗话》,四川文艺出版社1991年版,第1页。

一向认为诗是有感情的语言艺术,只要表达了真情实感,诗便有可读性,甚至有耐读性。新诗也好,旧诗也好,凡不能对读者产生爱不忍释的感受的,都是因为弹不响读者的感情的琴弦。……诗之所以感动读者,就是因为诗情感功了读者。诗人的心和读者的心达到了心心相印的境界。①

由此可见,"诗学是情学"这一观点在吴奔星的理论中是一以贯之的。特别是在新时期以后,吴奔星对这种诗学思考进一步深入和理论化,终于写出了重要的文章《论诗学是情学》②。

在这篇长文中,吴奔星首先从中国传统诗论和西方诗论中有关诗歌创作与情感关系的论断入手,梳理了从《尧典》的"诗言志",到《毛诗序》,到《文赋》,到《文心雕龙》,到白居易提出的"诗者,根情、苗言、花声、实义"说,到朱熹《诗经集注》中提出的"凡诗之所谓风者,多出于里巷歌谣之作,所谓男女相与咏歌,各言其情者也",诸多的论述。基于此,吴奔星指出:"可见'情'为诗根,古今共识。"他在旁征博引的基础上自然地推演出自己"诗学是情学"的观点。接着吴奔星又从心理学的角度,详细分析了人类的情感的不同类型("七情"),而对不同类型的情感与诗歌创作的密切关系,及其在诗歌中的不同表现,条分缕析,颇具说服力。在此文的第三部分,吴奔星较为详细地论述了"情"与诗歌"语言"、写景、叙事、说理的关系,指出:任何成功的诗,不论写景、叙事、说理,既然要以情为根

---

① 吴奔星:《编后话》,《江海诗钞:吴奔显新旧诗选卷》,天津古籍出版社2000年版,第232页。
② 吴奔星:《论诗学是情学》,《社会科学战线》1989年第2期。

基,就应以情为统帅。我们在读诗或评诗时,所追求的诗味、诗美,从何而来?即从诗情而来。诗而无情,也便乏味,谈不上诗美。

吴奔星的"诗学是情学"观得到了评论界的积极响应。① 吴功正指出:"'诗学是情学'观是"奔星先生之一大学说……诚然,人们认识到诗以情感为灵魂和血肉,但是以最直接的语言,最明确的判断形式,突进一步,放论'诗学是情学',加以定位、定格,奔星先生堪称第一人。与之相伴生的是,他所提出的'三同''三异'说,使'情学'论成为完整的体系。"②所谓三同,即"同感""同情""同意","同感,是诗人所反映的现实和所表现的感受在读者心理上所引起的感同身受的震撼力。同情,是诗人所反映的人际关系的悲剧性命运、遭遇,在读者心理上所产生的命运与共的煽动力。同意,是诗人对客观现实的描写和表现在读者心理上所激发的深获我心或所见略同的美感经验的征服力"。所谓"三异"则是指"因人而异""因时而异""因地而异"。③ 对此,苗珍虎曾给予这样的评价:"如果说'三同'是侧重读者情感体验与作者创作本意产生共鸣的话;那么'三异'则偏重于审美接受中,读者由于人生阅历、文化水平的差异所导致的对诗歌意境与风格解读的多种意义生成可能性。"④ 应该说这个分析与评价是比较准确的。

如果推而言之,"诗学是情学"体现出的是诗歌的一种纯粹的非功利观。强调诗学是情学,就从根本上否定了诗歌的功利主义倾向,否定了诗歌工具化的合理性。因为,真正的情感的投入往往

---

① ④ 苗珍虎:《吴奔星"诗学是情学"观与创作研究》,《南京社会科学》2009年第4期。
② 见吴心海编:《别——纪念诗人学者吴奔星》,南京师范大学出版社2005年版,第513—514页。
③ 吴奔星:《诗美鉴赏学》,广西教育出版社1993年版,第17、31页。

是非功利的,因为这其中是内在体验的一种自然流露,而不是为了某种目的的勉强表达。前者是"用心",后者多"用脑"。正如笔者在一篇文章中提出的,"用心"者,不计得失,全身投入;"用脑"者,计较利害,往往算计。① 在诗学观念上,吴奔星坚持的是诗歌的纯粹性和非功利性。正如他自己所言:"诗究竟是艺术,不是宣传的工具。不以艺术为目的,而以艺术为手段以求达到某种目的,这是侮辱艺术,艺术之蠹;非廓清之、扫除之,不足以发扬艺术!"②

如果深而言之,吴奔星提出的"诗学是情学"说,实际上源于那个著名的论断"文学是人学",而又将"人"之为"人"的内在规定性一面进行了更为细致和深入的考究。人之本有情,而情又存乎"心"。所以在"文学是人学"的大前提下,自然不能不推出"诗学是情学"的结果。当然,必须指出的是,"诗学是情学"中的"情",如果过度强调,又会存在着一定的危险,即有可能产生"滥情"和空洞化的问题,这在曾经一度风行的政治抒情诗年代已经被充分地证明了。对于这趋向,吴奔星曾有敏锐的感知,并也曾及时地做出批评。比如吴奔星在1957年初写作了《情诗的题材和写法的另一些方面》一文。该文就闻捷的《吐鲁番情歌》指出,新情诗的写作不能庸俗化,失却美感,提出我们的抒情诗人应该突破题材的狭隘性和表现方法的简单性,以丰富情诗题材的呼吁。③ 这一看法尽管在那个曾经极为喧嚣的政治抒情诗热潮中显得非常微弱,但是毕竟发出了一些不同的声音。

---

① 赵普光:《"情圣"词宗唐圭璋》,《中国图书评论》2012年第6期。
② 吴奔星:《诗论匡谬》,《文化与教育》旬刊第120期(1937年3月)。
③ 吴奔星:《情诗的题材和写法的另一些方面》,《文艺月报》1957年第4期。

三、诗美特质的体现:蕴藉含浑

中国传统的美学,特别强调乐而不淫哀而不伤的中庸和谐,也就是节制。中国的文学是有情的文学,但是这个"有情"往往是蕴藉其中,并不一定直接抒发出来的。越是不抒发,其情反而越感人,越深沉,情感的浓度、厚度、密度越大。对于前述"滥情"的流弊,如何能避免其出现?吴奔星有没有意识到这个问题,笔者在目前的资料中还没有发现。但是,吴奔星的另一个诗歌观念的提出,无疑为减少甚或避免这种流弊提供了可能性。这另一个诗歌观念,即诗歌之美在于"蕴藉含浑"。

《诗的读法》是吴奔星较早专门探讨诗歌理论的文字。此文是由《现代》杂志 1934 年第 5 卷第 2 期上的一封信而谈起,其深层的意义在于,对初期白话新诗的浅白如话的流弊的反拨与修正。这种认识,反映了"五四"之后三十年代诗歌发展的新趋向,也表现出吴奔星基本的诗歌理念已经形成。在此文中,吴奔星更认同具有现代诗风倾向的含蓄、深刻、陌生化效果。

在《诗的读法》一文中,他暗示诗歌不仅仅是停留在朗朗上口的读法上,而是要默默地体会咀嚼。初期白话新诗,存在着一个普遍的问题,那就是散文化,模糊和混淆了文与诗的界限。所以,他明确指出:"我以为诗与散文不同。散文必须明达晓畅,诗则务求含浑蕴藉。固然,明达晓畅的诗未始不好;但因其明如秋水,一望即穿,没有诱发读者的幻想的魔力,较之有含蓄的诗,不免要低下一筹。"①这是基于初期白话诗的普遍流弊而言的,说明他对于30年代诗歌的新发展,无疑有着敏锐的感知。

吴奔星这一诗学认识和理性建构,是建立在对前辈诗人的质疑的基础上的,具有强烈的批判与创新精神。吴奔星曾于1936年发表一篇诗论《诗的"新路"与"胡适之体"》。此文不啻为一篇"谢本师",对胡适的诗作与诗论都提出了尖锐的批评,尽管胡适是他的老师,而且曾有密切的接触。主要针对胡适提出的"说话要明白清楚"这一观点,吴奔星提出:"一首好的诗,没有不是蕴藉含浑的。同时,许多著名的诗论也没有不对含蓄再三致意的。"②吴的观点与胡适的观念正好反着来。(当然,如果深而究之,二者并不构成绝对的对立双方。但是就吴的这篇文章来说,确实是有极强的针对性的。)

为了证明自己的论点,吴奔星将新诗与古典诗的一些名作拿来与胡适的那首《飞行小赞》(陈子展特意推崇的一首)进行对比,认为胡适的诗作在蕴藉含浑上远不及自己所举的几例,在诗意、诗味上亦不能比肩。基于此,吴奔星对"胡适之体"的流弊进行了批评,甚至语气也颇为尖刻:

> 胡、梁二先生的诗论贻害诗的前途匪浅,凡是对于诗有信仰有研究的人,都该鸣鼓攻之才对,千万别为他们的声名所慑服!我们应该站在学术的立场上,以正确的诗

---

① 吴奔星:《诗的读法》,《现代》第5卷第3期,1934年7月。
② 吴奔星:《诗的"新路"与"胡适之体"》,《文化与教育》旬刊第88期(1936年4月)。

的观念,予以理智的检讨及严肃的批判。①

其实在此之前的1934年,吴奔星的《诗的读法》一文就已经表达了这种观点,并流露出了对胡适的诗风的不满。由此可见,吴奔星很早就对诗、文的文体界限,特别是两种文体的根本特点有着敏锐的认识。并且需要注意的是,在这篇文章中,提出诗歌应"含蓄蕴藉"时,吴奔星就以胡适的诗歌特点为反面的教材,进而建构自己的诗歌风格认知。他说:"大家知道,在白话诗的初期,胡适之先生的《乌鸦》及《车夫》等诗,不失为好诗;但到现在我们读着那些'我大清早起,站在人家屋角上哑哑的啼,人家讨嫌我,说我不吉利'的《乌鸦》诗来,总有些'浅薄幼稚'之感。"②为了更好地说明诗歌的特殊风味和意蕴的深长,吴奔星举出杨予英的《冬日之梦》来和胡适诗歌进行对比:

尘埃扑空的北国里,
可憎的烦躁的晚乐呵,
飘忽地,飘忽地,
却似海上鲛人的夜语。

吴奔星敏锐地意识到了诗歌,尤其是现代诗歌的某些特点。在白话诗创始之初,这种意识是非常可贵的,对于新诗的推进与发

---

① 吴奔星:《诗的"新路"与"胡适之体"》,《文化与教育》旬刊第88期(1936年4月)。按:"胡"指胡适,"梁"指梁实秋。
② 吴奔星:《诗的读法》,《现代》第5卷第3期,1934年7月。

展,具有重要意义。

此后当谈及初期白话诗歌的明白如水的特点时,吴奔星多次认为,这是一种幼稚的弊端。如他还直接说:"只将散文的内容分行写出来,那决不能叫做'诗',尤其不能叫做'新诗',至于永远脱不了'幼稚病',犹其余事耳。"①

吴奔星的文章及观点,反映出后"五四"时期,年轻的诗人面临胡适等初期白话诗人的声名与影响时所作出的某种超越性的努力。他们已经不满于初期白话诗的特点,在此基础上提出了自己的理论推进。他们不仅在实践上进行新的尝试,而且在理论上也积极探索。正如吴奔星所引的水天同的文章,胡适、梁实秋"两位先生的共同缺点是没弄明白——他们似乎从未想过——什么是诗,并且什么是诗的语言"。这说明吴奔星等年轻一代诗人已经有意识地在追寻诗之为诗的本质特征。尽管说吴奔星在20世纪30年代还没有更深入地思考这个问题,但是他却极早地敏锐意识到了以"胡适之体"为代表的初期现代诗歌的局限,并且以"吾爱吾师,吾更爱真理"的胆识,提出了自己的见解,这对于中国初期现代诗歌的超越与纠偏,有着不容忽视的意义和价值。

---

① 吴奔星:《诗的创作与欣赏》,《文化与教育》旬刊第115期(1937年1月)。

第十三讲

在作家与学者之间：渡也论

小引

吴奔星是诗人学者一身二任的代表，而这种作家学者兼通的情况，实际上在台湾地区尤为普遍。本讲要说的就是台湾作家渡也。渡也以其丰硕的新诗和散文创作在台湾文坛有着重要影响。渡也又是知名学者，在中国文学研究特别是诗歌研究领域颇有建树。作家和学者一身二任的渡也，其创作与研究之间存在着复杂的互动、互渗关系。渡也创作的主题开掘、形式探索，与其文学研究关系密切，而其研究的选择，也往往因创作而变化。在当代中国，从通人传统的回响的角度，研究渡也的文学创作与学术研究互通的现象，具有一定的启发意义。

渡也《历山手记》书影

渡也（陈启佑）是位多产的作家，以其丰硕的新诗和散文创作在台湾文坛有着重要影响①。渡也又是位笔耕不辍的学者，在中国文学研究特别是诗歌研究领域颇有建树②。作家和学者一身二任的渡也，其创作与研究之间存在着复杂的互动、互渗关系。渡也创作的主题开掘、形式探索，与其文学研究关系密切，而其研究的选择，也往往因其创作的兴趣转型而变化。本讲从渡也的诗歌创作（诗）、散文创作（文）、文学研究（学）入手，考察其诗与学、文与学、诗与文之间的关系。在专业化、科层化的当下，重提通

---

① 从1976年发表第一首诗歌《雪原》开始，渡也已陆续出版《手套与爱》（1980）、《阳光的眼睛》（1982）、《愤怒的葡萄》（1988）、《落地生根》（1989）、《空城计》（1990）、《留情》（1993）、《面具》（1993）、《不准破裂》（1994）、《我策马奔进历史》（1995）、《我是一件行李》（1995）、《流浪玫瑰》（1999）、《地球洗澡》（2000）等十余部诗集。从推出《历山手记》（1977）开始，他已经出版《永远的蝴蝶》（1980）、《梦魂不到关山难》（1988）、《台湾的伤口》（1995）等多部散文集。（具体统计可参李世维：《渡也新诗研究》，彰化师范大学"国文研究所"2006年硕士论文，第23—24页。）

② 从学术论文《文学作品中的镜头作用》（1975）的首秀开始，特别是从《陈子昂感遇诗三十八首分析》（1977）之后，渡也陆续发表或出版《新诗形式设计的美学基础》（1978）、《辽代之文学背景及其作品》（1979）、《分析文学》（1980）、《花落又关情》（1981）、《渡也论新诗》（1983）、《唐代山水小品文研究》（1985）、《普遍的象征》（1987）、《新诗形式的设计美学：排比篇》（1992）、《新诗形式的设计美学》（1993）、《新诗补给站》（1995）等多部学术著作。

人传统的声音当然显得分外寥落和迂阔。尽管如此,笔者还是愿就一位在台湾地区颇有代表性的作家兼学者——渡也为例,从"文"与"学"融通角度展开论述,对于科层分化、专业细化的现当代文学创作与研究,或有一定的启发意义。

一、诗、学之间

渡也的诗歌创作与诗学研究之间关系密切。在渡也的文学创作中,其用力最勤、著作最丰、影响最大的是诗歌创作,而在其学术著述中,致力最多的也是诗歌研究。纵观渡也的诗歌研究著述,其对新诗讨论最为细致入微者,笔者以为当属《渡也论新诗》一书。

《渡也论新诗》详细论述了新诗缓慢节奏形成的诸种因素。作者指出:"倒装、外语和新词僻字、表面文字排列、标点符号的功能、切断语法并分行处理"①是新诗节奏缓慢形成的五种因素(技巧),渡也对这五种常见的技巧进行了细致的分析。

关于倒装这一修辞手法的作用,渡也认为其首要功能在于加重语气,起到强调作

陈启佑《渡也论新诗》书影

---

① 陈启佑:《渡也论新诗》,黎明文化事业股份有限公司1983年版,第2页。

用:"后天的刻意倒装,王力于《中国语法理论》一书中所说的自由的倒装(optional inversion)即是一例,其实这种倒装并不是已达到非倒装不可的地步,而是为了加重语意提醒读者注意力与使语法产生美学新关系。"[1]对此,渡也自己的诗作也自觉运用,多有体现。如《一样》中的诗句:

> 他说完话便给我一巴掌
> 和棒喝一样
> 然后掉头走了[2]

其中的"和棒喝一样",按照正常的语句,放在前一句之前更顺畅,但是基于倒装的需要放在后面,既起到了强调作用,也发挥了延缓节奏的效果。

使诗句缓慢、曲折,并非倒装最终目的,通过缓慢曲折的变化,来强化新诗的节奏感,应是倒装要达到的最主要的效果。正如渡也指出的,"更进一步地,倒装句法非独有利于字句更大的凝缩与经济,并且极有助于规律语法拘束中,获致节奏的曲折变化,它足以使原来顺畅无阻的节奏,暂时受到梗碍,换言之,促使缓慢节奏产生"[3]。对此,渡也的新诗创作中多有认真的试验,如他的《遗爱》:

> 他留下的独单的

---

[1] 陈启佑:《渡也论新诗》,第2页。
[2] 渡也:《一样》,《手套与爱》,汉艺色研文化事业有限公司2001年版,第39页。
[3] 陈启佑:《渡也论新诗》,第4页。

爱

在蓝色信笺

蓝色天空里

用力绽放

二十倍的他来世的

光和热①

关于外语的引入,渡也较为客观地指出了其双刃剑的两面效果:"微量地遭用应该可以使节奏缓慢,和救平滑浅露之失。万一大量使用,则易消灭诗的情韵与滋味,甚至使节奏产生到处中断的恶劣现象,一入绝处难以逢生。"②对于标点符号的使用,渡也指出:"标点符号本身既没有声音,亦没有相似于文字的形构可言,却拥有感情和意义。"③在大多数的情况下,渡也意识到标点符号在新诗中的作用,更多的是起到了调节节奏和时间感的作用。

从上述渡也的分析来看,他所指出的促使新诗缓慢节奏形成的几个因素,其实是新诗在打破旧诗格律之后的新尝试。我们知道,对旧体诗而言,格律的存在主要是为了呈现节奏④,当体现节奏的旧诗格律消失之后,要起到有规律的节奏性变化,自然要从其他诸如语言、结构、符号使用等方面去寻找途径。所以,笔者以为,

---

① 渡也:《遗爱》,《手套与爱》,第97页。
② 陈启佑:《渡也论新诗》,第12页。
③ 陈启佑:《渡也论新诗》,第17页。
④ 如渡也在《新诗缓慢节奏的形成因素》中曾意识到:"押韵的首要鹄的,不外乎制造周期性反复的节奏。"(陈启佑:《渡也论新诗》,第1页。)

"倒装、外语和新词僻字、表面文字排列、标点符号的功能、切断语法并分行处理"这几个方法,总体上说都是在努力打破旧诗格律、重建新诗节奏的。

打破了旧体诗词的格律,新诗在通过各种新的方法寻找适合自己新的体式的节奏。问题在于,抛却格律的新诗没有固定的形态,每个作家、作家的每首诗,都毫不相同,所以需要根据不同的诗,寻找不同的形态,寻找不同的节奏。但是,我们深究之后就会发现,将这些标点符号、倒装、外语等引入来重建诗歌节奏的方法,并不都是诗歌所独有的。比如渡也所举关于标点符号运用的例子,包括杨牧《问舞》、郑愁予《十桨之舟》等的例句[1],是为了强调一种节奏、动态和情感,其实在散文中也同样要这样用。所以,这就不是诗歌的技巧独创,而是具有普遍性的白话文写作的节奏问题了。

对于研究中国古典诗词甚笃的渡也,应该对此有所察觉,无怪乎他明确承认"标点符号"与"切断语法并分行处理""实为新诗人

渡也《手套与爱》书影

---

[1] 陈启佑:《渡也论新诗》,第18—19页。

控制节奏的抑扬顿挫,急缓舒放的两项最主要的手段"。[1]"切割语句给予分行排列,绝对足以降低节奏的流动速度。这是一些舍弃押韵的新诗,借以酿造缓慢节奏的主要方法之一。"[2]这些不得已的方法,自然是渡也新诗创作常常采用的。比如他的《爱情经销商》:

> 人人感到凄凉需要温暖
> 尤其是单身族
> 所以
> 爱
> 一直涨价[3]

类似的例子很多,再如《弃妇》一首:

> 你是冬季最后一页日历
> 我想撕去你就会看到春天的草原
> 没想到当我撕去你
> 不止息的雪
> 迎面扑来
> 其实寒冬刚刚降临
> 雪
> 才是你永远的眼神

---

[1] 陈启佑:《渡也论新诗》,第20页。
[2] 陈启佑:《渡也论新诗》,第22页。
[3] 渡也:《爱情经销商》,《手套与爱》,第15页。

我用什么来抵抗呢①

　　采用上述五种方法是为了重建节奏，而重建节奏之后的目的呢？其中关键的，是为了找寻和体现诗味。打破格律、无限散漫和泛化的新诗，如何才能更有诗味，这是新诗从新生之初一直到现在都不得不面对并努力解决的问题。诗味，也就是诗歌独有的美，首先表现为含蓄蕴藉。而旧诗格律在一定程度上是实现这种美的主要手段。可是，新诗因为打破了格律，造成了歌性的消失，所以不得不在诗性上入手，但是诗性、哲理性不是每个诗人都能轻易获得的，所以，就不得不从另外一些技巧途径上做文章。由此看来，渡也所总结出的几个路径，总体看来，无不是在抛弃格律的前提下，造成新诗陌生化的效果以实现诗味的努力。换句话说，这是试图补救新诗浅白直露的弊病而进行的调适。

　　笔者以为，上述五个途径，除了"倒装"和"切断语法并分行处理"是较为切近中国语言文字特点的尝试之外，另外的三个方法，是值得商榷的，而且在很大程度上离开了中文的优势，流于强以为之的造作，纯粹为新奇而新奇的技术尝试。比如渡也颇为肯定的白荻《流浪者》第二节的写法：

　　　　　　　一
　　　　　　　株
　　　　　　　丝
　　上　线　平　地　在　杉　上　线　平　地　在

---

① 渡也：《弃妇》，《手套与爱》，第60页。

这种"表面文字排列"的尝试,不见得值得赞赏与推崇,其实并无太大的实践价值和推广效仿的实际意义。仅从这种图画实验看,除了感叹诗人的机巧外,笔者体会不出渡也所解读的"这首诗旨在表露流浪者与巨大空间对比而产生的卑微感,和无家可归的哀伤"①。若是为了表达如此情感,倒不如直接用中国画或者西洋画,表现和渲染出这种感觉和哀伤更加形象更加准确,何必非要用诗歌?

这实际上不仅不是文字的长处,几乎是用文字之短,硬性比附线条的优长。所以,真正的好诗,端赖语言文字本身的巧妙运用而漫溢出独有的情绪、体验和思考,而不是靠过分追求新奇效果满足个别研究者和阅读者的猎奇心理,就能出彩的。比如马致远的《秋思》小令,并没有玩什么文字排列成图画的机巧,可是反而远比这种图形,更能传达出那种游子情绪体验,让读者诵之动容。检视中外古今的诗歌史,能够流传久远唱广泛的诗作,靠的还是文字本身的魅力、诗人本身的思考力及其艺术表现力。

渡也在《渡也论新诗》中,对新诗的形式设计层面的探讨亦颇为用心,比如《新诗形式设计的美学基础——层递篇》《新诗形式设计的美学基础——类叠篇》,对新诗的层递现象和类叠现象做了颇为详细的研究。就层递而言,渡也诗作有较多的运用。如《愿望》:

我在封闭的房间里
想到它们
没有天空
没有大地

---

① 陈启佑:《渡也论新诗》,第13页。

也没有光线①

渡也还就顶真与层递进行了详细的区分。如渡也的《爱情与面包》一诗：

怀里藏着一块面包
面包里藏着一张纸条
纸条里藏着给她的一句话：
我不只要给你面包而已②

这就是一个顶真的例子，在笔者看来，顶真是形式上的逻辑，不必是事实或意义上的联系，而层递需要意义上和内容上的实质关系。我们看下面《手套与爱》这首诗：

……
她拿起桌上那双手套
让爱隐藏
静静戴在我寒冷的手上
让爱完全在手套里隐藏③

这属于层递。再如《旅客留言》：

---

① 渡也：《愿望》，《落地生根》，九歌出版社有限公司1989年版，第15页。
② 渡也：《爱情与面包》，《手套与爱》，第20页。
③ 渡也：《手套与爱》，《手套与爱》，第50页。

第十三讲 在作家与学者之间:渡也论

> 如果,如果我留话给车站
>
> 车站也留话
>
> 给地球
>
> 地球也留话
>
> 给茫茫的宇宙……①

笔者以为,如果从广泛意义上说,顶真大都是属于层递的范围。层递现象的出现或者说层递方法的运用,其规约的力量来自诗歌本身韵律和节奏的需要,而这种韵律和节奏必须由诗句结构性的反复、回环造成。不同的意象和诗句内容,遭遇大致相似的诗句结构,必然会造成这种层递的现象。

渡也还就类叠现象有详细讨论和阐发。与层递相似的,类叠也是属于新诗有规律的重复,并且在重复中做出有规律的变化的方法,从而服务于节奏的体现。渡也指出,"'叠'和'类'""它们同样既属于'音节'的重复,抑且是'外形'的重复"②。"而使诸多划一的重复元素间的距离(时间上和空间上的),达到系统化的参差不齐的情况,则是避免极端规律化的优良策施。"③类叠运用得当,一方面,"适可而止的'类叠'足够使印象烙深,感应力增强,强调重心位置,甚至呼应首尾,形成作品团结的原动力"④。另一方面,"类叠"的作用在于"其与生俱来的音乐性格上,也就是节奏上"⑤。这

---

① 渡也:《旅客留言》,《我是一件行李》,晨星出版社1995年版,第17页。
② 陈启佑:《渡也论新诗》,第80页。
③ 陈启佑:《渡也论新诗》,第83页。
④ 陈启佑:《渡也论新诗》,第81页。
⑤ 陈启佑:《渡也论新诗》,第88页。

个方法,渡也运用得更为娴熟和普遍,如《回来好吗》:

> 早晨我喝豆浆
>
> 你浮在碗里
>
> 午觉醒来
>
> 我对镜梳发
>
> 你坐在镜里
>
> 晚上我在灯下读书
>
> 你躺在书里
>
> 我把灯熄去
>
> 你亮在黑暗里
>
> 我急急合上眼
>
> 你站在我眼里
>
> 我睡着时
>
> 你醒在我梦里①

总体言之,层递、类叠等修辞与现象,都是为了在变化中求统一,在统一中求变化的过程而已。尤其对于新诗而言,更是如此。因为新诗从一开始就是在与旧诗格律的决裂中产生的,打破了格律,那就失去任何固定化的形式去规范诗歌了,于是自然导致了新诗散漫无边的特点。尽管这是新诗给诗歌带来的大变化,却是毫无规则的变化,变化的极端就是散漫无边,成为一种要纠正的弊端。其实在技巧等形而下可操作的层面来说,新诗还是要从形式

---

① 渡也:《回来好吗》,《手套与爱》,第72页。

的建设上入手。也就是要在变化中探寻和建立一种形式化的规则,亦即相对固定化和规律化的规范,于是层递、类叠等都是隐形的形式化、规则化的努力。这样一来,抛弃了对仗、平仄、押韵等旧体格律的新诗,就从层递、类叠等方法入手,在变化中寻求一种统一和规律,这其实亦可看作是一种泛格律。只是这种泛化的格律,是因诗而异的,换句话说,这种泛格律的使用得当与否,取决于每一首具体不同的新诗。

二、文人之学

新诗之外,渡也对中国古典诗歌研究用力更勤,著述颇多,显示出一位古典诗词学者的一面。渡也的古典文学研究充分体现出实证的精神。《分析文学》《花落又关情》等就是颇有代表性的著作。这些中国古典文学论集显示了考据的底子与功夫,体现出渡也作为学者的特点。

渡也的几乎每一篇专题研究,都对相关问题的源流做过非常详尽仔细的考察和辨正。详细的考证是一位受过非常严格系统的学术训练的优秀学者应该具备的素养。比如《分析文学》中的《李白浩歌待明月》篇,此文开篇不仅梳理了关于月亮、嫦娥、蟾蜍、吴刚伐桂等神话传说的渊源流变,而且还注意将西方有关月亮的神话故事、民俗传说与中国神话进行对比。文章涉及的古代典籍相当丰富,如《淮南子》《述异记》《绎史》《楚辞》《后汉书》等。渡也《冰》对"冰"字的起源和含义变迁做了详细的考辨,对"冰"的文化意蕴也有所梳理,并在考究归纳其文化、思想的意蕴的类别中,爬梳剔抉出不同的文化意蕴在古典诗词中的体现,充分显示其严谨的治学。渡也找寻到"冰"的并不常见的一种意涵,即"用冰水譬喻自然界动物之生死变化",张横渠《正蒙·动物篇第五》曾云:"海水凝则冰,浮则沤,……推是,足以究死生之说。"对于此种用法,渡也在古代诗歌中尽力查找,寻到了例证,即寒山的一首五绝:

欲识生死譬,且将冰水比。
水结即成冰,冰消返为水。

渡也在引用此诗时,极为坦诚地说:"在中国纯文学作品中却极少以水之凝释喻人生活生死者,笔者仅找到一个例子。"[①]这句话不仅说明渡也不遗余力地刻苦考索,而且更表明其治学的客观、严谨。

渡也在古典诗词研究中之所以能够投入这么多的心血,与其学术研究的自觉意识有着直接的关系。渡也曾有一篇谈及治学原则的文章《追根究底的治学精神》,研究渡也诗歌的人似乎并不留意,但是笔者以为这篇文章分明就是作为学者的渡也的自况,对于我们探究其学术研究心路极有帮助。这篇文章强调"我们在从事研究工作时,最应该讲究第一手资料的直接运用"[②]。何以言之?渡也说:

我们平常翻览书籍或阅读论文,面临书本或论文中所引述的数据,首先都应该产生一种基本心理,那就是怀

---

① 陈启佑:《冰》,《花落又关情》,月房子出版社1994年版,第171页。
② 渡也:《追根究底的治学精神》,《分析文学》,东大图书有限公司1980年版,第123页。

第十三讲 在作家与学者之间:渡也论

疑,孟子说得很有道理:"尽信书,则不如无书。"从怀疑出发,进一步对作者所援引的数据本身从事追根究底的工作,换句话说,追踪数据的来源出处,亲眼目睹其原来面目后并加以探讨,在这过程中,往往会有意外的发现和收获。特别是一个研究学问的人,对资料的大胆怀疑和细心追索,实在是最起码的必须具备的精神,这同时也是一种极端正确的科学态度,丝毫不容忽视。数据的引用假使发生不实的情况,便丧失引用的严肃意义,而由此不实的数据所推演出的结论当然更不能置信,我们果若失察而一厢情愿地盲从附和,则不独会自误,于再度转引时还会贻误他人。①

事实上,求真必从怀疑出发。对既定的成说,敢于大胆怀疑,然后再细细求索考辨。渡也有很多学术性文章,体现出这种质疑精神和求索考证的细致。也正因本着这种精神,渡也曾与其他学者发生过直接的交锋和论战。兹举一例。学者罗青曾撰文《中国第一个短篇武侠小说》,认为《庄子》一书中的《说剑》乃是中国最早的短篇武侠小说,完全契合现代西洋短篇小说的要求。在此论断基础上,罗青指出:"《说剑》既然有如此完备的短篇小说架构,其产生的时代绝对不会早于汉朝,这是肯定的。若以小说的发展史而论,《说剑》可能成于后汉与魏晋六朝之间。"②

渡也撰写《用中国的眼来看》对罗青的《中国第一个短篇武侠

---

① 渡也:《追根究底的治学精神》,《分析文学》,第123页。
② 罗青:《中国第一个短篇武侠小说》,《中国时报》1978年12月21日。

小说》一文的论断进行了驳斥。渡也认为罗文结论的理由站不住脚,如果翻检先秦典籍,会发现在其中早已存在众多既合中国小说标准而又相当优秀、完整的短篇小说,接着渡也举出了详细而具体的例子,由此指出罗文之说委实有修正的必要,且明确断言:"中国小说,尤其是短篇小说,自先秦时代即已滥觞,这也是肯定的。"①值得注意的是,渡也在此文中明确提出了研究文学的一个重要的原则,即不能用西方的概念和模式硬性地套中国文学的事实。如果说渡也《用中国的眼来看》一文是提出自己的怀疑并用事实来确立自己的质询的话,那么渡也的第二篇论辩文《张冠岂容李戴》则从逻辑的层面,试图摧毁论敌观点的基础。

现在我们站在客观中立的角度看,二人的分歧主要在对"小说"这一概念的适用范围的判定上。所以这又回到了渡也前一篇《用中国的眼来看》的命题了:"如果一味主张具备西洋小说条件者始得以称为小说,其不合者就不能归入小说之列,则显然是有欠公允的偏差观念。"②所以渡也在第二篇文章中进一步发挥,引申出学术研究的原则性问题:"严格而言,中国文学是不能运用西洋文学观点来研究的,中国古典文学更不该运用现代西洋文学观点来探讨的。张冠岂容李戴?……关于这点,夏志清、叶维廉、浦安迪等学者们,业已先后为文加以阐释,夏氏在其大著《中国古典小说》一书中特别强调,不宜以西洋小说中(尤其是 Henry James 及 Flaubert 以降)的准则(例如观点统一性、小说家主宰全局的协调性、不容开叉笔等)来剖析中国古典小说。"③这说明渡也的文学观

---

① 渡也:《用中国的眼来看》,《分析文学》,第 73 页。
② 渡也:《用中国的眼来看》,《分析文学》,第 70—71 页。
③ 渡也:《张冠岂容李戴》,《分析文学》,第 76 页。

有着较为强烈的中国文化本体意识。

渡也的学术研究在具有严谨、求实等学者化、专家化的共性的同时,更体现出了作为作家的感性底色,有着文人之学的特点。能够深味研究对象的内在细微处,这是有丰富文学创作经验的作家在从事学术研究和评论时的一个极大优势和特点。比如论及李白的矛盾时,渡也确乎走入了李白的内心世界,他说:"虽然虔诚地求仙学道,却仍忘不了人间,这就是他的矛盾之处。有意用世,热烈拥抱人世,然而所得到的却是一盆冷水,这便是他的痛苦之处。因而在游仙与追求现实名利的挣扎之际,李白心中遂产生无限的寂寞和苦楚,这种悲苦贯穿他的一生。而解脱之道,唯有饮酒寻乐。然而酒醒时,寂寞和悲愁仍然充塞于心中,职是之故,李白真可以说是一个悲剧性人物。"[1]他又指出,"诚如杜甫《梦李白二首——其二》一诗所言:'冠盖满京华,斯人独憔悴',狂放不拘的李白,在实际生活中是十分失意的,也是非常痛苦的,虽然他因而把理想寄托在求仙访道,以追求美好之境;可是这种慕求神仙世界的行为其实不过是'将不可求之事求之',其内心痛苦与寂寞、凄凉可想而知。在这种孤寂、幽愤的心情下,李白除了借酒消愁之外,他渴望有一位知己能听他诉说,以便发泄他心中无限的烦闷。然而凡尘中并没有知音,所以他只有在自然界中寻找一个物象为倾诉的物件。"[2]而在《杜甫与雁》中,渡也通过对咏雁诗的列举和梳理,以雁为角度,准确地把握住了杜甫流浪漂泊、孤寂愁苦的内心之境。而无论是《李白与月亮》,还是《杜甫与雁》,渡也的这两篇文章,均触及了

---

[1] 渡也:《分析文学》,第9页。
[2] 渡也:《分析文学》,第13页。

诗歌(文学)的一个核心命题,即人的孤独。

正是这种深味与体察,使得作为学者的渡也与研究对象产生共鸣,在某种程度上,这也是作为学者的渡也和作为诗人的渡也的契合与互生。正如颜昆阳所说的,"诗歌本是最感性的文学产物,任何掌握不到一首诗歌感情意境的剖析,都不能算是有效的批评。因此,……由感性入,经过知性,再出于感性,除了依藉理论分析,为读者敲开鉴赏一首诗的大门之外,还希望保持一份感性的鉴赏,确实掌握一首诗的感情意境,以带引读者共同走入诗人的心灵殿堂。"[①]对渡也的诗歌评论和研究而言,颜氏所言确是知人之论。

所以,这种分析与评论,也成了渡也的创作的一种。渡也在评论也斯的散文时谈及这样一段话:"也斯始终认为谈艺术或文学欣赏的文字,也能跃居美好散文的地位。这显然是一种正确而不凡的卓见,的确,假借一件艺术品、电影、戏剧、著作,甚至小至一张照片,一样可以谈出许多感受,引导出无限的体悟;这种以一己的观点、感想所作的创造性的赏析,照样可以处理成精辟动人的散文。"[②]这段评价,其实用在渡也个人身上也若合符节。渡也文艺评论、研究性的文字,也大都体现出这种文人之学的特点。

三、诗人之文

渡也在诗歌创作的同时,也致力于散文写作。其出版的第一部书《历山手记》(1977)即是散文集,此后又陆续出版《永远的蝴

[①] 颜昆阳:《主编序》,《花落又关情》,第4页。
[②] 渡也:《散文家的心路历程》,《永远的蝴蝶》,联合报社1980年版,第105—106页。

蝶》(1980)、《梦魂不到关山难》(1988)、《台湾的伤口》(1995)等多部。由此可知,散文在他的文学创作中占有相当的分量。但是以往的研究者多把渡也看作诗人,往往忽略了其散文创作,因而相比而言,对渡也散文的研究较为冷寂。

渡也早期的散文呈现出颇为明显的诗化倾向。这种诗化倾向,首先表现在其散文语言的高度诗化上。他的散文娴熟地运用诗歌语言的修辞方式,将情绪、体验和感觉充分意象化。试举几例:

"我却很快地**捻熄**这种意念的**火苗**了。"[1]

"我……扫去他人台阶上的桐花,和那一大群**恣意绽放**的秋天的**灰尘**。"[2]

"这世界上**最狠毒**的阳光**将父亲的影子推倒**,在嘉义老吸街地面。"[3]

"这样的夜晚,雨在窗外**热烈地燃放**。"[4]

现在我们不妨将上述出自散文的句子进行简单的分行处理:

"我却很快地

捻熄

这种意念的火苗了"

---

[1] 渡也:《桐花落尽》,《永远的蝴蝶》,第 23 页。
[2] 渡也:《桐花落尽》,《永远的蝴蝶》,第 24 页。
[3] 渡也:《漂流在岁月里的父亲》,《永远的蝴蝶》,第 35 页。
[4] 渡也:《漂流在岁月里的父亲》,《永远的蝴蝶》,第 36 页。

"我……
扫去他人台阶上的
桐花
和那一大群恣意绽放的
秋天的灰尘"

"这世界上最狠毒的
阳光
将父亲的影子
推倒
在嘉义老吸街地面"

"这样的夜晚
雨
在窗外
热烈地
燃放"

可见,做一简单的分行变形,渡也的散文,竟然成了诗歌。表面上看,这当然是形式上的分行导致的结果,但深而究之,能够变出诗歌的风味,根本上是因为渡也散文本身具备强烈的诗化意味、诗性修辞和诗意营造。

渡也的散文不仅在局部的语句和修辞上极讲究诗化,他早期多数散文,几乎通篇都是诗性的表达,如《永远的蝴蝶》《飞空的英子》《流星的眼泪》《不断地向我挥手》等。特别是《飞空的英子》颇具代表性。《飞空的英子》是一篇主观抒情性极强、象征意味很浓、诗意化强烈的散文诗。英子葬礼的描写、英子遗像的描绘、主人公龙哉绝望痛苦的抒写,都给人以强烈的情感冲击。这些书写都不是用通常的散文语言或写实语言表达,而是运用近乎诗歌的形象化和情感性强烈的语言营造出一种深刻诡异、极端压抑、近乎畸形的特殊氛围。作者对主人公龙哉在爱人英子不幸去世后的痛楚的极度描绘,增强了痛彻心扉的冲击力。这不是一篇散文,而是一首诗。读《飞空的英子》,让人自然首先想到渡也的那篇《永远的蝴蝶》,而此篇要比《永远的蝴蝶》还激烈沉郁,写出了近乎鲁迅《伤逝》末尾部分中涓生啮人心肝的痛感。

所以,渡也毕竟首先是诗人,或者说是诗性气质极强的作家。所以,他的散文,大多数仍可看作是诗,或是极接近于诗,充满了诗性的气息和诗意的氛围,浓烈的诗化的语言,让渡也的散文和新文学以来知堂散文的脉络拉开巨大距离,甚至可以说背道而驰。

从文学文体的文化意义上说,诗歌和散文应该有着本质的不同。就文体精神言,在所有文学文类中,散文是最本色的一种。散文应该是现实的,诗歌应该是浪漫的;散文是再现的,诗歌是表现的;散文是本色的,诗歌是雕饰的;散文是平实的,诗歌是机巧的。白话文句分成行之后,并非必然是诗歌,白话文句不分行并非一定就是散文。"五四"新文学革命以降,确实大多数现代散文集中体现出了浪漫和抒情的倾向。新文学革命以后的百年多文学发展中,如果说诗歌大致呈现散文化倾向的话,而散文却在不断被诗歌化。换言之,"五四"之后,散文的诗化或者说诗化的散文,成了现代散文文体的主流。

对于散文来说，散文的诗化倾向最重要的表征是抒情化。梁实秋早就批评过"现代中国文学到处弥漫着抒情主义"①。这一方面与梁氏所指出的"五四"泛浪漫主义倾向有关，同时也应与中国古典文学中赋体的余绪影响不无联系。梁实秋对这种抒情主义现象很不满，带有否定的判断。这是问题的一面。而笔者以为，就散文这种倾向而言，并不能根据抒情化（或诗化）与否就绝对地简单地判断错或对、坏或好。

问题的关键，在于"化"得如何？具体到渡也的散文写作，很多在诗化方面体现了可贵的探索。渡也散文写得较有个人风格，让人印象深刻的，往往是爱情，而爱情又往往与死亡相关。所以，诗化在渡也散文集中表现为抒情化的表达，比如《永远的蝴蝶》《飞空的英子》《葬花》。而在这些散文及诗中，情是占有很重要的地位的。这得益于其诗人的气质和长期诗歌写作的训练熏染。所以，几乎所有本是现实的散文题材和物象，投射到渡也眼里，都会幻化成丰富、动感的意象，凝练成含蓄的诗情。比如《飞空的英子》：

> 被许多整齐肃穆，细心的百花的小手合力捧着的，英子白得凄楚的遗容，昂然站在烛火辉煌的灵案上，被烛火点醒，犹能记得，用阴森难读恰似挑战者的眼神，浪荡带霜的笑意，不断地袭击把自己种植在遗像前的龙哉。雪就在窗外，由忧愁的天空，落向伊无穷远的故乡。有人轻轻打开安静的香盒紧闭的嘴。他领首会意地撮起一把香烛遗下的尸体，最细的粉末，没有重量，没有欢乐，没有痛

---

① 梁实秋：《现代中国文学之浪漫的趋势》，《浪漫的与古典的》，新月书店1927年版，第16页。

苦的灰尸。

……雪在窗外用宽厚温暖的衣裳,覆盖饮恨夭亡的大地了。①

诗化还体现在象征化的语言和修辞。在充分娴熟地运用象征手法后,《飞空的英子》中的每个动作、每个事物,都具有了生命的特征,都成了各种意味深长的活物。比如,"沙哑哀怨,无家可归的女低音,挟持卜卜的拳击的响声,在空中重新诞生,一一碎散,宛如满天热烈翻飞,细碎不堪的雪或者樱花,并且前来寻觅龙哉的下落。那时他已清清楚楚地看见了,在不断摇首,慌乱跳跃的梨型球袋上,竟然无端绽满了英子的笑靥。那些笑靥复被无数吐着朱黄舌头,喜爱强调洁白肉体的蜡烛,重重包围了"②。这段文字,将女低音、拳击声赋予了生命,"前来寻觅龙哉的下落"。球袋,也成了有温度的活物,成了可感可触的生命体:"不断摇首,慌乱跳跃"。这些纷乱的活物与场景,共同营构出一种阴森的氛围,渲染出压抑怨怼的情绪,深深地刺激着读者的心理。相似的例子还有《流星的眼泪》:

你离去的消息,自翁国恩喑哑的喉里漂浮过来了。忽然我心中掉落一片枯叶,两片枯叶……直到千片枯叶,将我淹没,我才奋力挣脱出来,而且辛苦地穿过他无言的黑框镜片,扑倒在他眼睛深处。③

---

① 渡也:《飞空的英子》,《永远的蝴蝶》,第41页。
② 渡也:《飞空的英子》,《永远的蝴蝶》,第44页。
③ 渡也:《流星的眼泪》,《永远的蝴蝶》,第56页。

所以,渡也早期散文大多被视作散文诗,甚至被视作诗也未尝不可。比如渡也的第一本书《历山手记》是部散文集,但以其浓郁的诗意、强烈的情绪、考究的意象营造、曲折凝练的语言等特点而言,其实更接近于诗,反而离本体的散文较远。在这个意义上讲,渡也倒大可不必再耿耿于怀①,因为《历山手记》就是一部青春之诗。作为诗性气质极强的诗人渡也,并非一定诉诸分行的形式,才算作诗。诗意极浓、诗性气质极强的《历山手记》,尽管其行文采用的是散文体例,仍可视作不分行的诗。

四、学人之文

如前所述,渡也早期散文富有诗性。但渡也后来的散文创作发生很大的变化,总体趋势呈现诗性弱化而散文性和知性增强的特点。对于自己创作风格的转变,渡也说:"《历山手记》的出版,可以说是我第一个阶段的散文的结束。……我企图告别唯美主义,去描写广泛的人生社会,并且注入哲思。"②"语言已要求平淡无华,题材也不拘限于男女私情"的自期,意味着渡也对散文的文体自觉意识不断清晰和增强。笔者以为,转变之后的渡也散文,越来越散文化了,越来越接近真正的散文了,如果说渡也早期散文是"诗人

---

① 对于《历山手记》一书,渡也颇觉遗憾:"以《历山手记》作为我一生中的第一本书,这桩事难免令我感到不快。我的一本书其实应该是诗集才合情合理,毕竟我是以诗起家的,且至今我犹视写诗为主要事业啊。这种说法,当然没有鄙视散文的意味。在我眼里,我的散文充其量也不过是副业。"(渡也:《我的第一本书——〈历山手记〉出版二周年纪念》,《永远的蝴蝶》,第100页。)

② 渡也:《我的第一本书——〈历山手记〉出版二周年纪念》,《永远的蝴蝶》,第102—103页。

之文",那么后来的散文则更趋近于"学人之文"。

　　这种转型,较为集中地体现在《梦魂不到关山难》中。《梦魂不到关山难》的《自序》中,渡也对自己的小品文写作有这样的定位:"当此小品文的时代,我也为小品奉献了一点心力。从《永远的蝴蝶》散文集伊始,我逐渐离开小我、软性、唯美的象牙塔。大致而言,七年来我的小品文勾勒人世、人性,冷讽热嘲,呈现忧郁沉痛的心情。"①对于《梦魂不到关山难》一书中所收入的短札,渡也自我评价:"这种'手记'式的短文,与早年的《历山手记》大异其趣。记得《历山手记》问世后,永武师曾指示我应离开个人、风花雪月、感性,而趋向大众、社会、理性。"②

　　当然,话又要说回来,真正本色的散文才最难写。卸掉了华丽的粉饰,"素面朝天"的散文只有靠自己的"天生丽质"来打动人。这种"天生丽质"是什么?那就是作者的体悟、见解、思想和文笔,这和作者的学养、悟性、经历等有着直接的关系。正如董桥所言:"散文须学、须识、须情,合之乃得 Alfred North Whitehead 所谓'深远如哲学之天地,高华如艺术之境界'。"③当洗尽铅华之后,作者真实的面目才开始直接呈露于读者。也就是说,当散文真正回归其本色时,作者就无法藏拙了。如果说在小说、诗歌等文体中,作者都可以讨巧、避短的话,散文则是作家最难以藏拙的文体。具体到渡也散文,当语言追求平淡、突破男女情长、进入广泛人生社会的时候,对于渡也的见识、思想的深度的考验就来了。转变之后的渡

---

① 渡也:《自序》,《梦魂不到关山难》,汉光文化事业股份有限公司 1988 年版,第 6 页。
② 渡也:《自序》,《梦魂不到关山难》,第 7 页。
③ 董桥:《自序》,《这一代的事》,广西师范大学出版社 2011 年版,第 ix 页。按:董桥所谓的"情",乃是"有情""情怀"之意,而非通常所谓抒情。

也,他确实不断在深化自己的哲思,不断地追寻对生命的体悟。

所以,《梦魂不到关山难》一书有了"说理篇"。这部分散文已经转向了知性和智性理路。淡化了抒情之后,凝炼出的人生思考和哲理追寻,反而更值得品味、思索。比如《前人乘凉》一文,从钱穆的一则见闻说起,由此引申及现代人的短视,极富有警醒意义。现代化在凸显人的主体地位的同时,也带来了不少流弊,其中人对外物的蔑视轻忽乃至索取越来越变本加厉,唯科学主义的流行,急功近利,越来越失去了对生命的尊重。后来渡也的散文似有朝此方向的追寻和思索,比如《各有天性》一文说:"我们活得不见得快乐,又何必逼猴子和我们一样?万物各有天性,才构成缤纷多彩的世界。让猫是猫,狗是狗,猴子是猴子吧。而人,好好做人。"①

我们知道,渡也儿童诗一直颇受研究者关注。应该指出,渡也对儿童诗的钟情和用力,来自他对儿童世界的敏感体悟,而这体悟基于渡也的知性和智性的思考。如果说儿童诗只是渡也思考的载体与表现的话,那么散文则直接呈现了他思考的过程与思想的结晶。比如,笔者不忍心引用却又很能说明问题的那篇《不断地向我挥手》:

没有坟墓,没有任何哀悼仪式,在刀剪金属声中,在西药味里,在一个平平凡凡的早晨,孩子,你忽然离开我们的生活圈子,离开人世,丝毫没有惊动这个世界。

三个多月,你所见所闻所嗅的,是母体内的一大片黑暗,温暖的漆黑,那真是一段没有干扰,没有忧愁的岁月。

---

① 渡也:《各有天性》,《梦魂不到关山难》,第107页。

那三个月后,在冷峻的手术台上,你来不及看见光,便萎谢于扑面而来的乱刀下了。死前毫无反抗,毫不哭泣,只有接纳,只有无边的沉默。(孩子,究竟是你放弃人世?还是这人世遗弃了你?)不像成年人邂逅灾难,便仓皇不安,泪水倾盆而下。

犹未为你命名,你即默默远离,没有名,没有姓,你将何去何从?孩子。①

此文写的是一个生命还没有降生就已经在母亲腹中凋零的悲剧!胎儿没有任何声息就离开了这个他还没有看一眼的人世,渡也以其柔软温暖之心,体察到胎儿生命的体温和心动。当胎儿的生命无声无息"化成千万碎片""静静散落在铝质垃圾桶中"时,作者渡也的生命似乎也一样被肢解和抛弃,在那一刻,胎儿、作者及阅读者的生命跨越时空息息相通了。

渡也自觉地从儿童的视角出发去体察种种物象,正是源自生命的纯澈的体验,使人保持敏感,远离麻木,激发出真正的美和善,如散文《围墙》,看似写一个少年与人事的隔膜,但实际上却恰与自然相通。然而,在现实成年人世界中,人和人的隔膜是非常普遍的。在《有病呻吟》中,渡也不禁惑然:"我们总觉得精神病患言行颇怪异,精神病患也觉得我们的言行十分奇异吧。这世上,到底谁才正常?"②

由此可见,渡也后期散文几乎完全转向了知性、智性的写作,

---

① 渡也:《不断地向我挥手》,《梦魂不到关山难》,第18页。
② 渡也:《有病呻吟》,《梦魂不到关山难》,第52页。

渡也已经认同并且实践这些淡化抒情、强化哲思、深化学养的散文理路了。渡也的创作还在继续，我们有理由期待作者能够进一步实现学、识、情的更高境界的调适与融通。

五、文人与学者：渡也的两面与一体

渡也的写作生涯，从一开始就呈现出文学创作和学术研究齐头并进的状态①。与其热爱文学创作一样，渡也对学术研究亦始终钟情。作为文人的渡也极富学者气质，对学者的读书生涯高度认同。渡也《梦魂不到关山难》一文是写给妻子"雨子"的信，此信在劝慰妻子之后，渡也情不自禁地憧憬未来能如赵明诚与李清照那样："每饭罢，坐归来堂烹茶，指堆积书史，言某事在某书某卷第几页第几行，以中否角胜负，为饮茶先后。中即举杯大笑，至茶倾覆怀中，反不得饮而起，甘心老是乡矣。"文中"我"劝说"雨子"："每读此段，皆十分感动，十分向往。雨子，再忍耐纪念，这样恩爱美好的日子，一起品茗读书的日子即将来临。让我们勇敢地期待。"②表面看这是劝慰守在家里的妻子，是向往红袖添香夜读书的生活，但更显露出渡也对皓首穷经坐拥书山的学者生活的向往。

---

① 从渡也很多集子所附的《渡也写作年表》可知：1974年，由文化大学物理系转入中文系，1975年大二期间完成论文《文学作品中的镜头作用》，刊于当年11月号幼狮月刊。此为有生以来首次论文刊登于学术刊物。1977年，以论文《陈子昂感遇诗三十八首分析》获台湾教育事务主管部门青年研究发明奖，当年考入文化大学中文研究所硕士班；1978年以论文《新诗形式设计的美学基础——层递篇》一文获台湾教育事务主管部门青年研究发明奖；1979年，完成硕士论文《辽代之文学背景及其作品》；1979年考上文化大学中文研究所博士班，1985年完成《唐代山水小品文研究》博士论文。

② 渡也：《梦魂不到关山难》，第25页。

另如渡也在《不断地向我挥手》一文对夭折的孩子的追念中，说出了对孩子的期望："如果，如果你安然降临人间，如果你是男的，二十年后你一定要念中文系，十载寒窗，立志成为胸中洒落，如光风霁月的经学大儒。不仅考据、义理之学卓然有成，而且，时时以国事天下事为念，就像宋儒张载所说'为往圣继绝学，为万世开太平'。我此生不能实践的道远重任，你都要圆满达成。"①一个父亲对孩子未完成的期望，读之唏嘘之外，令人体会到渡也对真正学术大儒的推崇，对学术研究生涯的高度认同。

前文所述，渡也的学术情结对文学创作有影响，渡也的文学创作也同样影响学术研究的选择与转型，学术与创作之间互动、互渗。渡也说："写小品的兴趣，居然影响我的学术研究工作。……我以《唐代山水小品文研究》论文获得博士，是与小品有关。古典小品探讨与现代小品写作，双管齐下。"②反之，对小品的研究也深刻地影响着散文创作。渡也很多文章体现出对古代文化和历史人物的高度关注和深切体悟。比如《我骑摩托车回唐朝》《一九八三年的杜甫》《李清照的稻田转作》等散文，是渡也式的"故事新编"。如《我骑摩托车回唐朝》，"我骑摩托车赶来，正好遇上这历史上著名的安史之乱下半场。我熄火，袖手旁观"。接着在"我"的眼睛里看到了骇人的战争，血腥的场面，用一种极为冷峻的语气描述，在看似超然的远距离的静观下，战争的残酷，人的生命的摧毁，一冷一热、一动一静，对比中更增强了惊心动魄的震撼力量。《一九八三年的杜甫》则让杜甫穿越回当代，重新演绎，"真正的杜甫"成为

---

① 渡也：《不断地向我挥手》，《梦魂不到关山难》，第19—20页。
② 渡也：《自序》，《梦魂不到关山难》，第3页。

游园里观众的观看的对象,成为一个道具,历史的史实和文学的虚构,融合一体,达到了强烈的反讽效果。

特别是《陆游怀孕了》,更凸显了"文"与"学"的融合,一个作家的敏感和学者的修养都得以表现出来。① 这不仅仅是散文,同时也是一篇非常巧妙的文学评论,看似不经意间将中国古代诗人的创作特点进行了绝妙的分类,不能不说是匠心独运。因为文、学兼通,游刃有余,所以渡也形成了自己的述学文体特色以及对述学文体的认识自觉。②

如果说上述例子是渡也学养与情感融汇在散文中的体现的话,那么他的有关屈原的系列诗作,则体现了渡也将研究过程中对历史的深刻体悟化为自己创作生命的一部分,千年前的屈原与千年后的作者对话与融通,在心灵相契的过程中,渡也的学术修养和诗歌才情相得益彰。如其中一首《屈原之二》:

两度南下
一路铺满你
用不完的叹息
你乃成为文学史上
一种心痛

---

① 渡也:《陆游怀孕了》,《梦魂不到关山难》,第139页。
② 渡也曾指出:"有些批评、理论家,生吞了一大堆西洋文学评论,却未完全消化,因而写起论文来,辄呈现消化不良的现象。再加上喜欢卖弄,因而生涩的句子、难以了解的术语,屡见不鲜。甚至读者无法掌握论文的主旨。尽管如此,论文作者仍自鸣得意。倘若读者坦诚表示看不懂,作者多半会怪你没学问没水平。"(渡也:《教授日记》,《台湾的伤口》,月房子出版社1995年版,第157页。)

你投水

后世每个文人心里乃有

一个汨罗江

每个文人都沉在江底

如果

两度南下

一路洋溢你

快乐的音符

九歌招魂离骚哀郢

便不会愁眉不展

后世文学也不会跟着

痛哭流涕

文学

是苦闷的象征

你的生命也是令人想起蒋渭水

想起赖和①

这些诗句,既不局限于屈原,也不仅谈后世,而是指向于一个关系的存在——屈原及其影响与投射,而这种巨大的投射,主要作用于后世的知识分子,主要体现于文学与文化史。全诗分成了四段,但"你投水/后世每个文人心里乃有/一个汨罗江/每个文人都

---

① 渡也:《屈原之二》,《不准破裂》,彰化县立文化中心1994年版,第10—11页。

沉在江底"这一部分乃核心,已经将前后几段的意思全部微妙地、极为诗意地传达出来。由此段可见,渡也在这首诗中体现的首先是作者的历史意识。他将屈原始终置于文学史、文化史、知识分子心灵史的坐标中,凸显屈原巨大的原型意义。

不仅在关于屈原的诗作中,渡也其他很多诗作也有一个出现频率很高的词:"中国文学史"。比如:

> 的确,你为中国文学发达史
> 制造一个通风设备不良的
> 小小的地狱
> 让后世诗评家坐在里面[1]

> 我永远上班
> 携带一颗巨大的心
> 在人生旅途上
> 在中国文学史上
> 在通往永恒的路上[2]

> 并且我要用春风将它带走
> 带它到书店外
> 成为即将来到的明天
> 和太阳见面

渡也《不准破裂》书影

---

[1] 渡也:《戏赠李贺》,《不准破裂》,第26页。
[2] 渡也:《上班》,《不准破裂》,第85页。

和巨大的中国文学史见面①

一、两百年后
有几人能在忽明忽灭的文学史上
重逢。和钟理和先生见面
并且点亮一盏明灯互问：
为什么？
他们都没有来？②

可见，渡也具有强烈的文学史意识。非常普遍的，渡也的文学创作，自觉地将他所书写的人物对象，放置于文学史中去衡量和贯通考虑，而且他也会将自己的文学作品放在文学史纵坐标中去衡量和比较。这种文学史意识不仅体现了渡也做学问的眼光和视野，而且对其文学创作起到规训和召唤作用。当然，如果仅仅是一个单纯的学者，很难会用如此诗意的方式去表达这种意识和认识，如果仅仅是一个全靠天分写作的诗人，未必会有如此的文学史眼光。在学者与诗人之间，渡也将二者融通起来。

总之，渡也不是专门的职业作家，也不单纯是学者，他既是作家又是学者。在某种意义上，这是对通人传统的一种回响与承续。事实上，稍微了解历史的人都知道，历代大多数知识分子往往是一身二任，既事创作又兼述学。儒者往往都留下文人的性灵笔墨，而文人也常常兼涉述学。当下越来越多的学者开始慨叹当今中国

---
① 渡也：《孤儿》，《不准破裂》，第90页。
② 渡也：《他们都没有来》，《不准破裂》，第97—98页。

"文"与"学"的严格分途,因为惋惜当下的分途,而更加感慨和追怀传统中国及"五四"时期文人与学者、创作与研究的相合融通。我们知道,萨义德所定义的知识分子,要对专业之外的公共领域发言[1],而中国传统的"通人",与萨氏所说的知识分子相通。一个真正的知识分子必须首先是通人,而不仅仅是专家。在这个意义上,我们就可以理解渡也后来的创作对现实的密切关注、直接介入,甚至尖锐的批判。从这个意义上看,作为学者和作为文人的两个"渡也",其实还是一个,即在知识分子和通人之路上的追寻者渡也。

---

[1] 萨义德说:"知识分子是社会中具有特定公共角色的个人,不能只化约为面孔模糊的专业人士,只从事她/他那一行的能干成员。"([美]爱德华·萨义德:《知识分子论》,单德兴译,生活·读书·新知三联书店 2002 年版,第 16 页。)

第十四讲

"文""学"合一传统的衍变：
论姜德明的现代文学书话

小引

姜德明是继唐弢之后专注于现代文学的书话名家。姜德明书话之作为文学文体和作为现代文学研究方式有着重要意义。姜德明大量和多样化的书话写作实践，对于书话文体的繁荣、丰富、发展起到了重要的推动作用。作为现代文学研究方式，姜德明书话对新文学史料的考掘与研究成绩突出，对现代文学的普及与经典化亦发挥着独特作用。由此可见，书话作为文学研究的特殊体例，具有深厚的文化意蕴和重要的学术价值，在当代学术史上，这种独特述学体例，正是对传统述学体例的接续、重建及新变。

书话是现代中国文学中独特的"文"(创作)、"学"(研究)合一的写作体例:作为文学创作,丰富与拓展了散文的空间和内涵;作为文学研究方式,具有深厚的文化意蕴和重要的学术价值。

在当代,姜德明是继唐弢之后专注于现代文学的书话名家。笔者以为,将来如果要写当代的书话史,姜德明至少有三个方面的贡献无法绕过。第一,姜德明是书话创作的组织者和"催产婆"。姜德明从20世纪50年代在《人民日报》编辑文艺副刊始,就积极组稿刊发书话随笔,到后来主编出版"现代书话丛书"。半个世纪中,姜德明在推动和组织书话写作发表方面的贡献,可谓居功至伟。笔者在翻阅五六十年代的《人民日报》时,发现在充满政治风云和高度意识形态化的版面中总保留着一角清新淡定的园地,在这片园地里时时会有惊喜的发现:除了郑振铎、阿英、唐弢等人的书话外,还有李健吾、路工、谢兴尧等人谈藏书、访书、读书心得和感悟的文字。《人民日报》竟成为那一时期书话最重要的发表阵地,可以说这一切与姜德明的努力是分不开的。① 第二,他是书话文体理论的思考者、探索者。姜德明一直关注和思考书话文体的理论,对书话的源流、概念、特征等都做了有益的探索。第三,其实也是最重要的一方面,他是当代中国继唐弢之后最突出的新文学书话家。姜德明笔耕不辍,先后出版书话集有《书叶集》《书边草》《书梦录》

---

① 据姜德明回忆说:"50年代中期,我由《人民日报》读者来信部调往文艺部,……袁水拍同志已请西谛先生为我们副刊开辟了《书林漫步》专栏……60年代初,唐弢先生举家北迁。我就贸然闯入,请他为我们写书话。……在这以后,我又联系阿英先生写了近代文学丛谈,请陈原先生写中外读书小品,赵家璧先生写编辑忆旧,钱君匋先生写书籍装帧琐谈,李健吾先生写艺术短简,路工先生写访书见闻录,还有丁景唐、瞿光熙、胡从经等先生写的有关新文学的书话。"(参姜德明:《现代书话丛书序言》,孙郁选编《鲁迅书话》,北京出版社1996年版,第2—3页。)

第十四讲 "文""学"合一传统的衍变:论姜德明的现代文学书话

《书味集》《活的鲁迅》《燕城杂记》《书廊小品》《余时书话》《梦书怀人录》《书摊梦寻》《流水集》《文林枝叶》《姜德明书话》《书坊归来》《文苑漫拾》《守望冷摊》《猎书偶记》《新文学版本》《金台小记》《书边梦忆》等二十余册。

如果将姜德明的书话写作放置于现代中国文学研究的视野中审视,我们就会发现,其书话亦具有"文"(创作)、"学"(研究)合一的特点:不仅是当代一种重要的文学文体,还是进行现代文学研究的重要著述体例。基于此,本文主要就姜德明书话之作为文学文体和作为现代文学研究方式所提供的有益启示做以论述。

一

姜德明对书话文体形式有着自觉的实验意识,其大量的和多样化的书话写作实践,对于书话文体的繁荣、丰富、发展起到了重要的推动作用。

纵观姜德明书话创作,其在文体上有较为清晰的变化轨迹。早期的写作,多篇幅较长,语言抒情气息和议论气味也很重,多属研究论文类。这大概源于姜氏早期书话对新文学的研究

姜德明《书边草》书影

目的和批评意味都是过于强烈的缘故。如《书叶集》(花城出版社1981年5月版)、《书边草》(浙江人民出版社1982年1月版),议论过多,篇幅过长,语言也较为峻急,态度过于迫切。到了《书梦录》(安徽人民出版社1983年9月版)的时候,篇幅已经大大缩短了,语言风格也发生了较大的变化,行文不似前面几本那样议论风生了。其情感的抒发也开始注重蕴藉,多是融事融书而出之,这已经接近书话之正路了。如《王统照的〈题石集〉》一文就是这种转变的代表之作。《题石集》是王统照1941年在上海自费出版的译诗集,当时抗战军兴,而王统照正在上海"孤岛"中,看到国家满目疮痍,痛心之至,通过译诗"隐言曲喻",表达爱国抗日的心情。这正是此诗集当时的翻译和出版背景。姜德明在此篇书话中,并没有就王统照的处境与心情做过多的发挥和议论,只是说:

> 当我了解到《题石集》诞生的背景以后,再看译者手书于扉页上的题辞:"悲夫,宝玉而题之以石,贞士而名之以诳,此吾所以悲也。——韩非子。"觉得我们离诗人更近了。[1]

这里,姜德明并没有直接说出当时诗人王统照的孤愤之情,而是抄引王统照《题石集》的题辞,则读者对王统照当时的心迹自然了然。这种含蓄和蕴藉笔法,使姜德明的书话逐渐地走向醇厚纯熟,耐得住咀嚼了。

20世纪90年代以后,姜德明书话则更加淡定,行文仅凭兴味

---

[1] 姜德明:《王统照的〈题石集〉》,《书梦录》,安徽人民出版社1983年版,第113页。

和机缘，有话则长无话则短，少了早期的浮躁凌厉的议论和抒情，却多了在平实的说明和娓娓的叙述中蕴藉似有或无的淡淡的情绪。而与此相适应的是，在文体上多采用了题跋式的、解题式的、甚至是批注评点式的短札。如出版的《猎书偶记》《金台小记》等集。这种转变，正是姜德明对当代书话文体的贡献。他以丰富的创作，接续了唐弢的新文学书话写作的传统，并开拓了新的文体风范，使得新时期以来的书话成就一片相当亮丽的人文风景。

姜德明书话文体的转变，说明作者一直在思考书话文体理论和探索书话文体建设。90年代之后，至迟至姜德明主编"现代书话丛书"时，姜德明对书话的文体与概念做出了较为深入的溯源和概括：

书话本来就内容宽广，可以无所不谈，不必强求统一。

但，有些认识已经逐渐为更多的人所接受也是事实。如书话源于古代的藏书题跋和读书笔记，并由此生发、衍变而成。书话不宜长篇大论，宜以短札、小品出之。书话以谈版本知识为主，可作必要的考证和校勘，亦可涉及书内书外的掌故，或抒发作者一时的感情。书话不是书评，即不是对一本书作理论性的全面介绍、分析和批评。书话不能代替书评。

我常说，书话只要能够引领读者爱慕知识，并唤起他们爱书、访书、藏书的兴趣就好，不必过苛地要求它承担更多的繁重任务。①

尽管对书话做出概括,但是姜德明绝没有将书话文体归于一统,定于一尊,而是能保持一种开放多元的书话观。他不仅推崇唐弢那种熔铸知识性、审美性、趣味性、文学性于一体的一类书话,同时还肯定了傅增湘、邓之诚等近于目录学范畴的书话路数,而对孙犁《书衣文录》"一反传统藏书题跋的写法,甚至把与书本身全无关系的一时感触写在书衣上"的书话类型也给予高度评价:"没有人不承认那是书话,而且是思想深刻、别具一格的书话。"②事实上,姜德明自己的书话写作也并非如有论者指出的那样走的完全是唐弢一脉,其实他的书话也在有意识地不断尝试多种写法。如所发表的《书外杂记》组文③就与唐弢式书话拉开了距离,在与孙犁《书衣文录》式神韵相通的同时,凸显了姜德明自己新的特点:

《书边草》

《书边草》,1982年1月浙江人民出版社出版。第二年5月再版。我请钱君匋先生设计封面,叶圣陶先生题书名。圣翁做事认真,横写、竖写,既有简化字,又有繁体字,处处想到当事者的方便。

上个世纪60年代初,我曾约钱君匋先生为副刊写

---

① 姜德明:《现代书话丛书序言》,孙郁选编《鲁迅书话》,北京出版社1996年版。
② 姜德明:《现代书话丛书序言》,孙郁选编《鲁迅书话》,北京出版社1996年版。需要补充的是,孙犁《书衣文录》式的书话并非"一反传统藏书题跋的写法",而是传统藏书题跋中也多有这样将一时的人生感触写下来的,如黄尧圃的题跋写法就是。
③ 载《文汇报》2009年9月16日。

"装帧琐谈"的专栏。当时我出差上海,某日过南京路的朵云轩,见有钱先生的治印润例,数日后可取,遂当即选了一块石头,请他刻了"书叶"闲章。后来我对钱先生讲了此事,他说我太客气,专门刻了一方名章赠我。区区小事,足见前辈风流。

其多样化的书话写作实践,给书话以后的多元发展开拓了更广阔的空间。更为可贵的是,姜德明对书话文体的思考并没有停留在书话外在的体制形态上,而是深刻地认识到书话之所以成为书话的内在规定性。他曾在评价唐弢的书话时说:"人们不应该忽略唐先生是大手笔写小文章,其中的奥妙一时也是学不来的。若是真心想学的话,反不如先学他那种爱书的一片童心。"[1]"爱书的一片童心",姜德明十分敏锐地抓住了书话的核心:书话要有独特的灵魂,就是爱书人对书刊典籍的魂牵梦绕。支撑书话的恰恰是其背后的人。而姜德明的书话就是这样的:有人,有我,有关怀。

姜德明从20世纪60年代开始试笔写作直到到新世纪,其书话风格和文体认识都发生了巨大变化,经历了从凌厉到淡定的内在转变,从长篇议论到随札短论的外在转变。这种变化的背后颇值得思考玩味。时殊世异,时代的语境的沧桑巨变,加之作者本人年岁逐增,性情的变迁,写作的心情与目的前后迥异。姜德明早期书话大都是集中于鲁迅及其著作,此时写作有"拨乱反正"的意味在焉,作者对长期高度意识形态化的鲁迅研究状况不满和焦虑。这种心态在书话《鲁迅与马珏》中有表露:"在前些年,有人总把鲁迅

---

[1] 姜德明:《唐弢的书话》,《余时书话》,四川文艺出版社1992年版,第295页。

先生形容为一张口就是'斗争',一行动就是'原则'。鲁迅先生当然是一位伟大的战士,但是战士也不能脱离开社会和生活。鲁迅当然有高度的原则性,然而在某些日常生活中,他同我们普通人也并没有什么两样。"①在《鲁迅的幽默感》中姜德明再次强调:"鲁迅先生并不是随时随地总是握紧拳头和横眉怒目的,这样的形象是前些年在极左思潮的影响下生造出来的。特别是有些绘画,总把鲁迅先生画得很严厉,或大声疾呼,或剑拔弩张,令人生畏。好象革命总要发怒,这是极其片面的。"②因姜德明太过明确的写作目的和焦虑的心态,自然造成其早期书话行文的峻急,议论的直露。

而到了后来,作者经历人生种种世事变迁之后,对很多事情都能淡然处之,从容面对了。于是,此时的书话,更多的就是为自我写作,而不再仅仅为外物鼓呼。书话的作者都是藏书家更是爱书家。真正的爱书家是遍尝了人生苦乐之人,所以书话大多是作者中老年以后写得更蕴藉、有滋味、耐咀嚼。姜德明当然也是如此。叶灵凤说过:"真正的爱书家和藏书家,他必定是一个在广阔的人生道路上尝遍了哀乐,而后才走入这种狭隘的嗜好以求慰藉的人。他固然重视版本,但不是为了市价;他固然手不释卷,但不是为了学问。他是将书当作了友人,将读书当作了和朋友谈话一样的一件乐事。"③姜德明的《余时书话》"小引"中的话表露了他后来心境的变迁,此时书话写作目的已与早期大不相同了:"近年来我在翻检旧藏书刊时,那焦黄发脆的书叶早已经不起反复摩挲,事后往往是落华满地,爱也爱不得,碰也碰不得。书与人一样,彼此都老了。

---

① 姜德明:《鲁迅与马珏》,《书叶集》,花城出版社 1981 年版,第 54 页。
② 姜德明:《鲁迅的幽默感》,《书叶集》,花城出版社 1981 年版,第 58 页。
③ 叶灵凤:《书痴》,《读书随笔(一集)》,生活·读书·新知三联书店 1988 年版,第 133 页。

我们相守了几十年,怎样才算个了结?我想最妥善的办法还是选择一些稀见的版本,一一写成书话,亦不枉我们相聚一场。这里当然包含了我耗去的一些光阴,以及我的一份感情。我为伊倾倒过、迷醉过、欢愉过,也曾经为之懊悔过、担心过,甚至想一把火毁灭之。然而,终于还是旧缘未了,不能负心忘情。"这夫子自道让所有经历世事的爱书者心有戚戚。人与书的情缘到了这种境界时,书话写作就能自然天成炉火纯青。也正是在这个意义上,对书话文体,往往写作者的年龄愈长,其文愈淳愈厚。因为越到老年,对书籍的爱好,离功利性越远,淘洗掉了少年的浮华后,书籍完全成为一种寄托,成为一种自我确证的方式。

二

众所周知,在文学史研究中,对史料的考掘,对历史细节的还原,看似琐屑,其意义却不容小觑。其实历史都是由细节组成。一个一个偶然的质点,连成一条必然的曲线,这曲线就是历史,而一个个的质点则是组成历史的无数细节。如果我们丢失了细节,历史就是空疏的。历史是需要血肉的,如果剔除了血肉,历史只是一个简化了的概念和抽空了的壳子,失去了鲜活生动。没有血肉的历史叙述,其真实性也是值得怀疑的。还原历史的细节、修复它应有的血肉,使之鲜活、丰满、生动起来,这样才能恢复历史的复杂面相,最大可能地接近历史真实。

姜德明书话作为现代文学研究方式,最突出的在于其对新文学史料的考掘与研究。唐弢在评价姜德明《书叶集》时就称赞:"他只是捡拾一些零枝片叶,甚至是冷僻的被人忽略了的小事,以此说明问题,从细微处写出鲁迅的性格。在这点上,我以为作者是做得非常出色的。""我还必须指出:'惟陈言之务去',是《书叶集》的又一特色,不仅不讲或少讲别人讲过的话,所用材料,或新或旧,大都经过匠心的搜罗与组织。材料是一切研究工作的起点。个人以为这样做是难得的,必要的,我因此更加喜欢这本书。"①以书话形式从事新文学史料考掘,姜德明有着明确的意识,做出自觉的努力。比如,《文载道与〈萧萧〉》一文,抄录了《巴金全集》失收的轶简一封,并对全集中的注释作了修正,这对于巴金研究其实是有实际意义的②。仅出一期且不见于《中国现代文学期刊目录》的《青年作家》刊物,实为现代文学的罕见史料,姜德明的《金台小集》中谈及此刊,并做了相当详细的介绍,可谓弥足珍贵。他在一次谈话中曾自信地称自著《余时书话》:"一是我所谈的多是别人未谈过的书和材料;二是这些文章里都没有空话,全都是实实在在的材料;多少有点小考证,大多是别人弄错了的或不周到的,做了些修正。"③这样的定位可以用在他的几乎全部的书话上。

姜德明有极深的鲁迅情结,其新文学史料研究是从研究鲁迅开始的。姜德明往往能细心修复历史细节,还原生活化的鲁迅。姜德明充分发挥书话的叙事性文体特征,复活了文学史著和文学评论中无法展现的鲁迅许多活生生的历史细节。冯亦代在一篇文章中谈及姜德明的书话时说作者:"不仅独具慧眼,发人所未发,而且为现代文学史添补不少资料……后人之研究中国现代文学史实

---

① 唐弢:《序》,姜德明《书叶集》,花城出版社 1981 年版,第 8 页。
② 参姜德明:《文载道与〈萧萧〉》,《金台小集》,广西师范大学出版社 2008 年版。
③ 许定铭:《爱书人的畅谈——访问姜德明记》,《旧书信息报》2004 年 9 月 20 日。

的,必将有所感谢于他。"①如姜德明在阅读鲁迅与许广平的通信手稿时,将鲁迅1925年5月15日的信、许广平5月21日的复信、鲁迅5月27日的答信,三封信进行了还原。给读者展示出鲁迅和许广平之间的柔情与爱恋,这在出版的《两地书》中是很难读出来的。姜德明《活的鲁迅》一文中特别描述了5月15日鲁迅书信的原稿用笺:"五月十五日鲁迅写信时,特地用了两张琉璃厂制的花色信笺,一张是三个枇杷,正是爱人的称心之物;一张是两只莲蓬,象征着莲可生子。"②此正值鲁迅北上探亲时,许广平在上海正怀孕待产,鲁迅选择这样的信笺,其心情与蜜意显露无遗。许广平当然能体会鲁迅的此番心情,于是在5月21日的回信中说:"打开信来,首先看见的自然是那三个通红的枇杷。这是我所喜欢的东西……其次是那两个莲蓬,并题着的几句,都很好,我也读熟了。你是十分精细的,那两张纸必不是随手捡起就用的。"③鲁迅关于此事的回信,查《鲁迅全集》是这样说的:"我十五日信所用的笺纸,确也选了一下,觉得这两张很有思想的,尤其是第二张。但后来各笺,却大抵随手取用,并非幅幅含有义理,你不要求之过深,百思而不得其解,以至无端受苦为要。"④而姜德明却录下了鲁迅原信中的话:"'我十五日信所选的两张笺纸,确也有一点意思的,大略如你所推测。莲蓬中有莲子,尤是我所以取用的原因。但后来各笺,也并非幅幅含有义理,小刺猬不要求之过深,以致神经过敏为要。'"⑤两相比较,无疑姜德明此篇书话对还原"活的鲁迅"颇有助益。当然,由于研

---

① 冯亦代:《书缘》,姜德明《书梦录》,安徽人民出版社1983年版,第1页。
②⑤ 姜德明:《活的鲁迅》,《书叶集》,花城出版社1981年版,第50页。
③ 鲁迅:《鲁迅全集》第11卷,人民文学出版社1981年版,第302页。
④ 鲁迅:《鲁迅全集》第11卷,人民文学出版社1981年版,第303页。

究的深入，对于现在的研究者来说，鲁迅的手稿早已不是稀见，但是对普通读者，尤其是在20世纪七八十年代之交的时候，鲁迅生活中的细节发掘和讲述，对还原一个生活化的鲁迅则意义重大。因为从1949年以来至20世纪70年代末期，近三十年间，鲁迅被意识形态化和"神化"到了极端，在那种情况下，对"活的鲁迅"、真的鲁迅的还原，才是鲁迅研究深入的开端。从姜德明的呼吁"我们需要的是真实的鲁迅，活的鲁迅！"，可以看出姜氏在当时对鲁迅研究状况的不满和忧虑。而姜德明书话中有关鲁迅的研究，正是为了改变这种状况而做出的积极努力。在这个意义上讲，姜德明早期的书话写作，其实包含着颇为激切、焦虑的心情，远不是后来那样的悠闲从容。

后来，姜德明书话关注的对象扩展到了整个现代文学史料的研究，而且这些研究不仅填补空白，往往还起到开风气之先的作用。在"文革"刚刚结束不久之后，姜德明就提出："正如目前已有人公允地评价了周作人在'五四'前后早期的贡献一样，周作人的晚年生活也可以研究，这种风气首先就值得提倡。"[①]

在当代，对叶灵凤的研究直到现在为止，几乎所有的文学史著给我们的只是"半个"叶灵凤，叶氏的另一面被遗忘了。对于叶灵凤而言，他当然有着突出的小说创作，但同时也有着丰富的散文随笔，如《白叶杂记》（上海光华书局1927年版）、《天竹》（上海现代书局1928年版）。抗战胜利之后，直到1975年逝世，这三十年间叶灵凤始终笔耕不辍写作了大量的书话随笔。这些书话随笔越来越老道凝练，沉稳持重，既有耐人咀嚼的文化含量，也有趣味，语言也颇

[①] 姜德明：《周作人晚年书信》，《书梦录》，安徽人民出版社1983年版，第140页。

生动,融汇叶灵凤艺术、思想、情感、人生经历。姜德明早在80年代初,就曾多次撰文专谈叶灵凤的散文,如《〈白叶杂记〉和〈天竹〉》《叶灵凤的后期散文》等,还原给读者一个散文家的叶灵凤,揭示了被文学史遮蔽的叶氏的另一面。这对文学史的纠偏无疑是很有意义的。对于叶灵凤的散文小品,姜德明曾评价说:"一些读书笔记和抒情小品亦很有特色,除了文字简练,知识丰富以外,生活气息也很浓,读来亲切自然。"①必须指出,姜德明专谈叶灵凤及其散文创作时,文学史研究对叶氏的身份颇为敏感,能对叶氏的创作给予比较全面的评价,这在当时难能可贵。相似地,姜德明书话还较早地关注到储安平的文学活动,详述了其主编的文学刊物《文学时代》及其文学创作②,给以后文学史视野中的储安平研究提供了史料线索,很有启示意义。

值得一提的是,姜德明将书籍装帧也作为现代文学史料的重要方面。姜德明先后出版了《书衣百影:中国现代书籍装帧选1906—1949》(生活·读书·新知三联书店1999年版)、《插图拾翠:中国现代文学插图选》(生活·读书·新知三联书店2000年版)以及《书衣百影续编:中国现代书籍装帧选1901—1949》(生活·读书·新知三联书店2001年版)等。姜德明的这些史料研究工作对现代文学史料学的建设有着重要意义。③

---

① 姜德明:《〈白叶杂记〉和〈天竹〉》,《书味集》,生活·读书·新知三联书店1986年版,第154页。
② 姜德明:《储安平编〈文学时代〉》,《新文学史料》1989年第3期。
③ 所以唐弢很早就评价姜德明说:"作者细心搜集的范围,已经及于文字之外。"(唐弢:《序》,姜德明《书叶集》,花城出版社1981年版,第3页。)

三

书话在现代文学的普及与经典化过程中发挥着独特的作用。书话以其短札式、掌故性、趣味性的特点，呈现文学历史的细节，丰富文学历史的血肉，这毫无疑问会大大激发读者阅读兴趣，尤其对于普通读者来说，这远比"总账式"的空疏的文学史教材著作更具有吸引力。这是书话在普通读者、非专业性的读者中产生更大的影响，更易接受的原因。姜德明书话就集中关注现代文学历史，在现代文学的普及与经典化过程中发挥作用，这是姜德明书话作为现代文学研究方式的又一重要价值。

书话，作为新文学重要的经典化途径，对人们尤其是初入门径的青年人接受新文学，并进而初步构建新文学史图景和认识起到不容忽视的导向作用。比如说，当时还是青少年学子的姜德明就是通过唐弢的书话而认识新文学的。后来姜德明多次提及："40年代初，我开始对新文学书刊发生兴趣。在课堂里无法满足的知识，只好到旧书摊前去探秘，开头是盲无所从，碰到什么是什么。一本曾孟朴的《鲁男子·恋》，曾经让我痴迷多时，误以为是新文学最伟大的小说。到了40年代中后期，突然发现唐弢先生写的关于新文学的书话，一下子顿开茅塞，好像找到一位引我入门的老师。我羡慕他的藏书丰美，那些充满魅力的版本一直诱惑着我。我采取的是笨方法，循着他书话中提到的书一一去搜访。读唐弢的书话，打开了我的眼界，如读一部简明的新文学史。"[1]可见新文学书话，对

---

[1] 姜德明：《现代书话丛书序言》，孙郁选编《鲁迅书话》，北京出版社1996年版，第2页。

于当时的普通读者的引导作用是不容忽视的。换句话说,书话中所提到的作家作品,在一般读者眼里,是被奉为经典的。书话谈论作家作品所安排的次序、所议论的观点、所做出的评价,都易被读者接受认同。我们应该特别注意到,姜德明说的得到"一本曾孟朴的《鲁男子•恋》,曾经让我痴迷多时,误以为是新文学最伟大的小说",等看到唐弢的书话后,建立起了对新文学史的初步认识,其对现代文学的想象发生了重大的转折,抛却了先前的认识,循着唐弢书话所提及的新文学书籍一一寻访,开始将唐弢书话所描述的新文学图景作为自己认识那段历史、那些作品的标准。由此可见,唐弢等的新文学书话作为新文学经典化的重要的途径对读者们的新文学史图景和想象的构建起到不小的作用。

后来,姜德明也致力于新文学书话的写作,姜德明的书话发挥着与唐弢书话相似的经典化的功能,并在读者中起到相当的普及作用。很多非中文专业出身的读者,他们更容易从这些书话随笔的书籍中获得文学知识,通过书话来认识文学。学院派以外的学者,也对书话很有兴味。重要的原因是,书话的随笔散文特性使人爱读、易读,还原的诸多历史细节使文学史变得有趣生动。笔者在翻阅图书馆藏的姜德明《书味集》《书梦录》等集子时,曾留意书后面借阅卡上的记录,发现借阅者有很多,但几乎没有中文系的读者,大多是中文以外的如政治、历史、地理、电教、数学等专业的大学生。这里我们就会发现:主要以文学故实、文学书刊为谈论对象的书话,以其娓娓道来的叙述风格,生动多姿的文坛掌故,受到学院派以外的读者的喜爱,而少为专业学者所关注或提及。是在学院派的"专业人士"看来书话所论的不够"专业",还是另有原因?不管怎样,这个现象至少说明,对于普通的非文学专

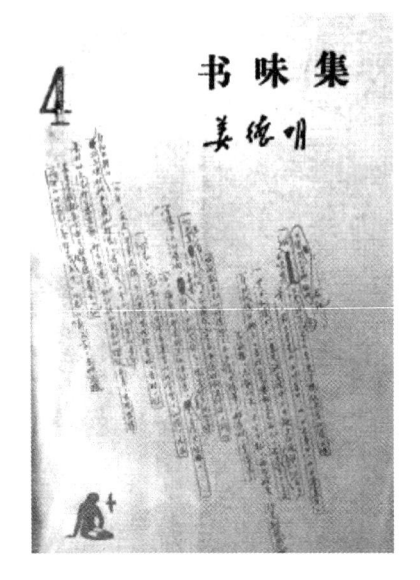

姜德明《书味集》书影

业的读者来讲，书话成为他们阅读、认识和接受文学历史的一个重要途径。与体系化却失之空疏的文学史著作相比，面容可亲的书话反而发挥着更大的文学史知识普及的作用。因为文学史著述的体例所限，再加上意识形态的影响，现行的文学史大多是为了教学使用的，一定程度上使得文学史概念化、空疏化，忽视了历史的复杂性丰富性，失去了必要的历史细节与血肉。有学者曾提出编写一部"有文学故事的文学史"[1]。其实这种"有文学故事的文学史"早就存在了，书话就是最重要的一种。书话恰恰就很好呈现了近现代文坛故实，丰富了历史的细节，也在很大程度上弥补了文学史著空疏的遗憾。[2]姜德明的书话所作提供给读者的，正是那一个个历史的细节和瞬间。

---

[1] 郜元宝:《没有"文学故事"的文学史——怎样讲述中国现代文学史》,《南方文坛》2008年第4期。
[2] 当然，书话并非唯一的弥补途径，像传记、回忆录、随笔、现代文人笔记杂述等也发挥着同样的作用。相比较后者，书话的特点在于能够将现代文人作家与他们的作品创作联系起来，更具有文学史的功能。

四

书话作为文学研究的特殊体例，具有深厚的文化意蕴和重要的学术价值。在当代学术史上，这种独特述学体例，正是对传统述学体例的接续、重建。当然，在对接、延续的过程中也发生着种种新变。

作为现代中国文学中具有庞大创作群体和丰富创作实绩的重要存在的书话，有着深厚的传统。书话大都游弋于文学与文化、创作与研究、趣味与思想之间，葆有颇为有趣的弹性和张力。这种"文""学"合一的现代札记体、笔记体写作，正得传统笔记体著述的精神和形体的遗传基因。

事实上，书话是极具传统特性的文体形式，它与古人读书笔记、题跋解题等目录之学、诗话词话等几种传统方式在文体上相通。关于古代读书笔记，夏丏尊和叶圣陶曾在《文心》中借用主人公王仰之的口对此做过一番论述："古今人所作的笔记，真是数也数不清，仅就我们图书室所备的说，已有一二百种了。书名有的叫什么'笔记'，有的叫什么'随笔'，有的叫什么'录'，有的叫什么'钞'，此外还有别的名目。……普通笔记之中有关于读书心得的记述，这可称为读书笔记。笔记书类之中尽有不记别的，专记读书心得的。这种纯粹的读书笔记数量也着实不少。比较古的有宋人王应麟的《困学纪闻》……《困学纪闻》以后，读书笔记有名的有杨慎的《丹铅总录》，顾炎武的《日知录》，赵翼的《廿二史札记》、王鸣盛的《十七史商榷》、王念孙的《读书杂志》，王引之的《经义述闻》，钱大昕的《十驾斋养新录》。"①书话亦是由书而谈开去,书话与传统的读书笔记体例有着血缘联系。其实很早就有学者看到它们之间的承续关系。20世纪60年代初,知非(谢兴尧)指出:"笔记这一体裁,在宋朝已广泛地发展扩大,如宋祁的《笔记》、谢采伯的《密斋笔记》等。有不称笔记而名为随笔的,如《容斋随笔》;有名为笔谈的,如《梦溪笔谈》;又有称为杂记、笔录、见闻录等等的,实际上都是笔记,其内容不是杂说,便是杂考。……因为笔记的范围广,无所不包,所以近人写文章用笔记体的更为普遍。在报刊上并进一步把笔记体作为专栏,如《读书随笔》《读书札记》《书林漫步》《书话》《拾穗小札》《扫边剧谈》等,可以说是笔记体的进一步发展。"②很明显,知非将书话这种文体视为传统笔记杂述的现代发展演变,这是很有见地的。

知非在1961年《人民日报》副刊发表《笔记》《杂学》等文章时,姜德明正是在该副刊工作。为此,笔者向姜德明求证,得知知非的文章为姜德明所约,是经姜的手发表的。时任编辑的姜德明认同知非的观点。后来,姜德明在谈及当代散文发展的时候就曾呼吁扩大对笔记的认识:"值得庆幸的是今天我们的文坛上北有《散

---

① 夏丏尊、叶圣陶:《文心》,中国青年出版社1983年版,第191—192页。
② 知非:《笔记》,《人民日报》1961年11月18日第6版。案:"知非"是文史学者谢兴尧用的笔名,时供职于《人民日报》图书馆。知非在另一篇文章《杂学》中还指出:"笔记这个体裁是许多人写文章所喜欢用的形式,因为它不拘一格,写来极方便,它的内容,可以严肃也可以轻松;可以务虚也可以务实;可以考据、辨证,也可以叙述、杂抄。它的起源,出于杂说,《四库全书总目提要》说:'杂说之源出于《论衡》,其说或舒己意,或订俗讹,或述近闻,或综古义,随意录载,不限卷帙之多寡,不分次第之先后,兴之所至,即可成编。故自宋以来,作者至伙。'的确,宋以后的笔记书,无论种类和数量,都是相当多相当大的。"(见知非:《杂学》,《人民日报》1961年11月9日第6版。)

文》,南有《随笔》两个刊物。真是各有特色。人们不再担心小品文的传统会中断了。现在看来,《散文》似乎更重游记和抒情散文,那么《随笔》岂不正好发展自己的所长。《随笔》应该更杂一些,多一些文史随笔和掌故轶闻。现在有很多青年读者不熟悉笔记文学,有的编辑对此也不感兴趣,因此更值得重视和提倡。"[1]这无疑与二十年前知非(谢兴尧)的文章观点是相通的。而且从姜德明书话创作上看,越到后来,越显示出作者自觉地与通行的现代的学术体例拉开距离,向传统笔记体例的写作方式回归。

可见,重新认识包括姜德明书话在内的书话写作之作为学术研究体例的价值,对于当下文学研究方式良性的多元的发展颇有意义。在"五四"以后,现代西方学术著述体例进入中国,尤其当代,追求宏大、体系化学术写作方式,成为一种通例,一统天下。在学术评价体制的推动下,学者更多地醉心于理论的阐释和议论的发挥,造出一个个"鸿篇巨制",因为在现在的学术评价体制中只有写作出长篇的理论文章才算"学术"(评价机制的导向明显偏向体系化的论著)。当下的很多学者,往往会被一些新理论、新名词所吸引,从而患上了一种理论的焦虑和体系的焦虑症,不去认真地、深入地探究问题的真相和历史的原貌,而是先入为主地设定了一个理论话语,或设定了一个看似谨严的论述框架,甚至是先入为主地设定了最终的结论。再加上目前很多学术刊物的编稿偏好(大部分的学术期刊,更喜欢充满陌生词汇、概念的,看似高深实却模糊的文章),这样的研究更为大多数学者所自觉采用。其实,文章篇幅宏大,理论炫目,并不必然能对文学史的历史面貌的还原和学

---

[1] 姜德明:《〈小品文与漫画〉》,《书味集》,生活·读书·新知三联书店1986年版,第191页。

术研究工作的实质性推进起到真正的帮助作用。在"大"文章一统天下的情况下,书话一类的札记体、日知录式的学术著述方式,更显可贵。但现实是,书话几乎不能见容于学术体制。尽管说,体系化的理论化的"鸿篇巨制"学术著述体例自有其特殊重要的意义,但是任何一个事物,一旦趋于极端了则必然走向反面。这完全有害于学术写作和发表的良性生态机制。事实上,传统札记体的著述体例有其重要的价值,尤其对于人文社会科学研究来讲,书话这种著述方式往往能够解决一些具体的实际的学术问题。在这个意义上,重新认识包括姜德明书话在内的书话作为现代文学研究的著述方式的价值[①],就显得更为必要了。

[①] 有学者指出:"单以现代文学而言,姜德明先生在许多地方不比专业研究者逊色,只是各自采用的方式、关注的对象的大小不同而已。专业论文的系统性概括性以及深度,也许在姜先生的书话中找不到多少,因为他通常只捡取那些较为冷僻的书和在文学史上不很显眼的人物,挖出其中不能忽视的内容,譬如贡献出一则佚文,考订一些书中的错误,并顺着笔端带出一些生动的掌故。"参徐雁平:《在书摊寻梦的姜德明先生》,《文化月刊》1998年第3期。

第十五讲

终章：通人传统的意义

小引

文学是有根的诗意，是生命的学问，是审美（艺术、形式）与学养（见识、思想）的融合和淬火。因此，在文学创作与研究科层细化、专业分化的当下，亟须重提通人传统。专业分化虽是现代社会的大趋势，但文学的特性要求作家不仅不应沉溺于专业分割，更要从中超拔出来。人一旦被专业化，在一定程度上也意味着被切割。要使文学的创作和研究抵达超越性的境界，作为创作与研究的主体的"人"，应是"通人"，而不能沦为码文字的"专家"。当代作家之文（创作）与作家之学（研究）显隐的互动、互渗，可视为"文""学"兼通的人文余绪的某种回响和遗存，这或许保留着重建文学与文化关联、文学与生命融会、打破学科经纬线区隔的路径和可能。

通人传统是中国人文传统中重要的流脉。"中国学问主通不主专,故中国学术界贵通人,不贵专家。"①所谓通人,王充《论衡·超奇篇》曰:"博览古今者为通人。"②中国传统文人重淹博,而耻为专家。这当然和传统的教育方式有关,刘东所谓"在中国文化与西方文化碰撞之初,不管中华文明缺乏什么,也绝不缺乏通识教育"③的判断,大体是符合事实的。只是中国古代的人文教育与时下所谓通识教育还并不完全相同,"中国传统教育,也不提倡通才,所提倡者,乃是通德通识"④,故"中国教育则在教人为人。天生人,乃一自然人。人类自有理想,乃教人求为一文化人、理想人"⑤。即使在现代学术和教育体制建立之初,通人传统依然赓续不绝。如近现代的王国维、梁启超、胡适、鲁迅、钱锺书以及金克木等,无不既在多个方面有精深研究,又绝不局限于某一学科,而是能够融会贯通,接近通人之境界。

而至当代,由于分科越来越细密,专家日多,通人传统几成绝响,出现了"学问上的分工愈细,而从事于学的人,则奔驰日远,隔别日疏,甚至人与人之间不相知"⑥的现象。具体到人文教育,"今日大学教育之智识传授,则只望人为专家,而不望人为通人"⑦。这与萨义德所说的情况类似:"今天在教育体系中爬得愈高,愈受限

---

① 钱穆:《八十忆双亲·师友杂忆》,生活·读书·新知三联书店2005年版,第314页。
② 黄晖:《论衡校释》,中华书局1990年版,第607页。
③ 刘东:《全球化时代通识教育的困境》,《文汇报》2010年7月31日。
④ 钱穆:《国史新论》,生活·读书·新知三联书店2001年版,第198页。
⑤ 钱穆:《现代中国学术论衡》,生活·读书·新知三联书店2001年版,第172页。
⑥ 钱穆:《学与人》,《历史与文化论丛》,(台北)东大图书公司1979年版,第195页。
⑦ 钱穆:《改革大学制度议》,《文化与教育》,广西师范大学出版社2004年版,第46页。

于相当狭隘的知识领域。"[1]这种专业化现象,在文学上表现为学术研究与文学创作的分途。在当代中国,作家和学者都已经专家化,作家往往是职业文人,学者几乎都是专家,各自画地为牢,看似独领风骚,实则是马尔库塞所说的"单向度的人"[2],而非完整的人。钱穆的话至今言犹在耳,"今天世界的道术,则全为人人各自营生与牟利,于是职业分裂……职业为上,德性为下,德性亦随职业而分裂"[3],颇具警示作用。

尽管如此,事实上,凡是有着重要影响和突出成就的作家,其创作背后大致都有着勤勉的文化追寻,自觉的理论意识和一定的学养积淀。在当下文坛,已有作家意识到知识学养、文化修养等对自己创作生命力的重要性,意识到现代性科层体系的钳制和规训,他们尝试通过"文""学"兼通的写作使自己的生命保持润泽。本文从"文"与"学"融通角度,探寻文化学养与文学创作之间的互动、互渗、互为滋养的复杂关系。重提通人传统,对专业化、科层化日益严重的当代文学创作与研究具有启发意义。

一

文学是文化的表征,它不是从森林荒野中冒出的怪物,而是似乎与文学之外的一切都密切相关,存在着相通的现实或可能。在

---

[1] [美]爱德华·萨义德:《知识分子论》,单德兴译,生活·读书·新知三联书店 2002 年版,第 67 页。
[2] [美]马尔库塞:《单向度的人:发达工业社会意识形态研究》,刘继译,上海译文出版社 1989 年版。
[3] 钱穆:《国史新论》,生活·读书·新知三联书店 2001 年版,第 227 页。

这个意义上,文学是有根的诗意。在近代中国的专业化倡导与实践中,对文学进行系统化、科学化的研究,在带来文学革命的同时,也造成了新的问题。将中国文学提纯之后进行专门的创作实验和学术研究,容易将文学与其得以生长的原生态的人文森林割裂。然而,文学之树得以成长、鲜活、生动,就在于其在人文森林中与其他学科自然地相处、融合、竞争。所以,有必要将文学之树重新还原到那个本属于它自己的人文森林之中,自由生根,自然成长。

要使文学接续文化之滋养,则文学家须先成为一个有根之人。这就要求文化与学养在文学家内心扎根。大凡影响较著、作品质量较高的作家,多有文化与学养的自觉[①]。20世纪80年代以后成名的作家中,贾平凹算是在此方面较为自觉的一位。写作之外,他性喜收藏,其生活浸淫于秦砖汉瓦的历史气息和文化氛围中。他曾记述自己"上书房"的陈列:"每个房间靠墙都竖有大型的木格玻璃柜,下三格装着书籍,上三格放了各类收藏的古董,柜子上又紧挨着摆满秦、汉、唐时期的陶罐。而书案上以及案左和案前的木架上又摆放了数十尊石的木的铜的佛像和奇石、瓷器。地上随处堆着书籍、石雕、砖刻、根艺、缸盆。"[②]这些秦汉陶器、拓片、铜镜等,于贾平凹来说,不仅是器物,而且是承载着文化的密码。终日与历史断片和文化遗迹相处,其文学写作难免散发着历史文化的烟尘和气息。对此,冯骥才解释说:"细看被平凹摆在书桌上的一样样的东西:瓦当、断碑、老砚、古印、油灯、酒盏、佛头、断俑……以及说不清道不明的历史人文的碎块与残片,从中我忽然明白这些年从《病相报告》《高兴》到《秦腔》,他为什么愈写愈是浓烈

[①] 本文所说的学养和文化修养,并非仅指有过所谓系统的学校教育经历。很多时候,文化自修和天然复杂的生活阅历反而能够促进学养和生命的融通化合。
[②] 贾平凹:《震后小记》,《顺从天气》,时代文艺出版社2015年版,第218页。

和老到。"①贾平凹曾谈及写作《古炉》时收购了一尊明代的铜佛,这尊铜佛给予了他神谕般的启发:"这尊佛就供在书桌上,他注视着我的写作,在我的意念里,他也将神明赋给了我的狗尿苔,我也恍惚里认定狗尿苔其实是一位天使。"②

贾平凹的创作风格是有迹可寻的,这个轨迹的变化与其自觉的文化追寻相关。从书写农村改革,到刻画都市人性的畸变与沉沦,再到关注超越性的精神存在,他在矛盾、冲突中试图追求一种近于神秘主义的文化寄托与皈依。他的创作与秦汉陶罐、佛首等古董一起,寄托、投射着他的精神探寻。因此,贾平凹的文学创作风格逐渐从清新走上朴拙、混沌一路。

文化积淀与学养结构的来源、方式有多种。与贾平凹不同,自称"素人作家"的莫言,其早年的文化接受方式就主要是"用耳朵阅读"③。莫言的知识来源,首先是民间文化,莫言自己就表示:"故乡的传说和故事,应该属于文化的范畴,这种非典籍文化,正是民族的独特气质和秉赋的摇篮,也是作家个性形成的重要因素。"④这种"非典籍文化",亦即作为小传统的民间文化构成了他童年汲取的主要资源。当然,莫言事实上也用眼睛阅读。"文革"粉碎了莫言

---

① 冯骥才:《四君子图(代序)》,《文章四家:贾平凹》,文化艺术出版社 2011 年版,第 3 页。
② 贾平凹:《〈古炉〉后记》,《文章四家:贾平凹》,文化艺术出版社 2011 年版,第 336 页。
③ 莫言曾回顾说:"我在童年时用耳朵阅读。我们村子里的人呢大部分是文盲,但其中有很多人出口成章、妙语连珠,满肚子都是神神鬼鬼的故事。我的爷爷、奶奶、父亲都是很会讲故事的人。我的爷爷的哥哥——我的大爷爷——更是一个讲故事大王。他是一个老中医,交游广泛,知识丰富,富有想象力。在冬天的夜晚,我和我的哥哥姐姐就跑到我的大爷爷家,围着一盏昏暗的油灯,等待他开讲。"(莫言:《我在美国出版的三本书》,《什么气味最美好》,南海出版公司 2002 年版,第 219 页)
④ 莫言:《超越故乡》,《会唱歌的墙》,作家出版社 2005 年版,第 219 页。

的中学梦,他只好"在夜晚的油灯下和下雨天不能出工的时候"读书①。他说:"在绝望中,我把大哥读中学时的语文课本找出来,翻来覆去地读,先是读里边的小说、散文,后来连陈伯达、毛泽东的文章都读得烂熟。"②他在童年时读过《封神演义》《三国演义》等古典章回小说,以及《青春之歌》《破晓记》《三家巷》《林海雪原》等革命文艺作品。在部队担任政治教员和兼职图书管理员时期,莫言"读了很多文艺方面的书"③,后来在北师大读研究生班时,他甚至萌发"做一个'学者'型的作家"的念头④。笔者曾对此做了大致的统计,发现莫言明确提及的作家、作品,约有145部/位,其中中国古典作家、作品有18部/位,中国现代以来的有53部/位,外国作家、作品有74部/位,中国与西方的文化典籍各占约50%的比例。如果按照出现频率来说,他提及中国文学更频繁,其中尤以蒲松龄为最,现代作家谈及较多的是沈从文,而当代文学中的"红色经典"则是其早年的重要阅读对象。可见,在莫言的知识体系中,以蒲松龄为代表的传统小说是其创作资源的底色,而具体到莫言的语言风格,应与1949年之后三十年间的独特文风的熏染和积习关系密切。

至于很多研究者一贯强调的拉美魔幻现实主义文学对莫言的影响,其实与其早年的"非典籍文化"的积淀有关。也就是说,域外文学思潮与莫言所熟悉的中国民间文化发生了化合。与莫言同乡的张炜曾经说:"拉美文学的气息与中国民间文学的气息是颇为接近和相似的……东夷文化、楚文化等就很像拉美,很有些'魔

---

① 莫言:《我的中学时代》,《什么气味最美好》,南海出版公司2002年版,第9页。
② 莫言:《我的大学梦》,《什么气味最美好》,南海出版公司2002年版,第19页。
③ 莫言:《我的大学梦》,《什么气味最美好》,南海出版公司2002年版,第21页。
④ 莫言:《我的大学》,《什么气味最美好》,南海出版公司2002年版,第17页。

幻'……这里的作家从很小的时候起,就开始听民间故事,这是一个万物有灵的世界,什么狐狸黄鼬,各种精灵,荒野传奇,应有尽有,那可不是拉美传来的。"①在这个意义上,魔幻现实主义作家之于莫言的影响,其实是为他打开自我世界提供了契机。

魔幻现实主义文学给莫言带来的,首先是叙事技巧的启发。我们发现,莫言从《十三步》开始有了自觉的理论意识。这时的莫言注重小说结构的实验,而这是从人称上开始的。人称的变化,其实是视角转换,这会直接带来结构上的调整和移动。《十三步》将所有人称交织运用,小说结构发生巨变。也就是说,接触魔幻现实主义文学后,莫言创作的结构意识明显增强。这样的强烈自觉意识和自觉实验,也是他能够游刃有余地驾驭长篇小说的重要原因。

更为关键的是,作为他者的马尔克斯、福克纳,激活了莫言长期被压抑于幽暗深处的对民间文化的记忆和体验。莫言曾谈到第一次接触马尔克斯作品时的心情:"我之所以读了十几页《百年孤独》就按捺不住内心激动,拍案而起,就因为他小说里所表现的东西与他的表现方法跟我内心里积累日久的东西太相似了。他的作品里那种东西,犹如一束强烈的光线,把我内心深处那片朦胧地带照亮了。"②于是自《白狗秋千架》开始,莫言笔下"第一次出现了高密东北乡这个概念","从此就像打开了一道闸门,关于故乡的记忆、故乡的生活、故乡的体验就全部复活了","对故乡记忆的激活使我的创造力非常充沛"③。故乡记忆的激活并非故乡历史事实的

---

① 张炜:《拉美文学中的加西亚·马尔克斯》,邱华栋选编《我与加西亚·马尔克斯》,华文出版社2014年版,第8—9页。
② 莫言:《故乡的传说》,邱华栋选编《我与加西亚·马尔克斯》,华文出版社2014年版,第4页。
③ 莫言:《碎语文学》,作家出版社2012年版,第7页。

复现,更根本在于曾经的情绪、体验及心理世界的打开。马尔克斯、福克纳让莫言长期没有觉察的自我世界开始苏醒,使他意识到自己的文化根系。于是,逃离马尔克斯、福克纳这"两座灼热的高炉"①,反而成就了20世纪80年代末期以来莫言的自觉意识,并最终成就了其文学世界。也正是这种方法的自觉与丰富的乡土经历化合在一起,催生了莫言的"高密东北乡",让他逐步找到了适合自己的文化土壤。正如同张炜形象的描述:"在文学上,拉美文学的嵌入,使中国当代作家纷纷找到了自己的'抓手'。当然,这个过程中一定还会强化自己的生活经验,使二者在深部对接起来。拉美的舶来品会跟自己的文化土壤搅拌在一起,让不同的颗粒均匀地混合起来,然后再开始培植自己的文学之树。"②

二

　　文学的根基在文化,而文化的根本则在人。对人之为人的终极关怀的理解决定了人的生存方式,进而呈现出相应的文化性态和面貌。此处的人,不是指被专业化、技术化的"单向度的人",而是完整、健全的人。人的健全,就是将生命打开,把人性的本然发挥出来,摆脱蒙昧状态,展现出人性的光辉与尊严,体现出"上下与天地同流"③的独立人格的挺立,最终实现生命的自觉的过程。

---

① 莫言:《两座灼热的高炉——加西亚·马尔克斯和福克纳》,杨守森、贺立华主编《莫言研究三十年》上,山东大学出版社2013年版,第316页。
② 张炜:《拉美文学中的加西亚·马尔克斯》,邱华栋选编《我与加西亚·马尔克斯》,华文出版社2014年版,第12页。
③ 杨伯峻译注:《孟子译注》,中华书局1960年版,第305页。

第十五讲 终章:通人传统的意义

职是之故,文学是生命的学问。与任何其他所谓专业和门类相比,文学创作和研究的主体——人,最忌专门化、专业化。被专业化的人,往往意味着一定程度地被切割。人不是机器,文学也不是技术活。要想使文学的创作和研究实现超越性的境界,作为主体的人应该是"通人",而不能是码文字的"专家"。作家不能是只会形式炫技的词章家,学者也不能是唯知寻章摘句的考据家,而首先应是一个完整的人,即"通人"或能承通人之余绪者。如此才能通过文学表现生命状态,体察和阐释文学中的生命状态。反之,只追求文字"颜值"的单纯词章家,无法实现文学的生命化;只会堆砌话语拼凑理论的学问家,无法体察文学的生命感。所以,打破支离的隔绝,实现生命的自觉和融通,才能使文学真正成为生命的学问。

生命意识的自觉,对写作极为切要。生命,并不仅仅指自我个体的生理存在和心理感知,也不只是指一个人有限的时空历程,也是指人作为一种文化存在并觉醒了这种文化存在的意识。对此,钱穆曾说:"文化乃群体一大生命,与个己小生命不同。个己小生命必寄存于躯体物质中,其生命既微小,又短暂。大生命乃超躯体而广大……"[①]所以,笔者以为,生命意识即意识到个体生命是融于历史大生命脉流中的一环,及宇宙之大生命中的一个。意识到此处,方能接近或实现个体生命与历史生命、宇宙生命的融通,进而

---

① 钱穆:《大生命与小生命》,《晚学盲言》上,生活·读书·新知三联书店2010年版,第193页。对于文化大生命,钱穆曾用比喻的方法予以解释:"如一草地,绿草如茵,生意盎然。实则今年之草,已非去年之草,而此草地则可历数十百年而常在。此一草地,可谓有大生命存在。深山巨壑,群木参天,郁郁苍苍,此亦一大生命。诗曰:'鸢飞戾天,鱼跃于渊。'三千年前诗人所咏,宛然如在目前。鸢与鱼之生命,已不知其几易,而其飞其跃,则三千年犹然。故鸢鱼仅有小生命,而其飞其跃,则乃大生命。人类文化亦然,亦有其绿意盎然,亦有其飞跃之群态。"

实现对个体生命的纵深开掘和体认。故牟宗三说："生命总是纵贯的、立体的。"①唯如此,方能对生命持包容之心,以同情之理解去体察自我之外的生命,所谓悲悯由此成为可能。文学是内在于生命的。正因为内心深处诗意的葆存,所以无论何种艺术,比如诗、书、画,虽形式不同,但它们的最高处,都是生命境界的抵达。生命与文学的切己发现,是作家能够寻到创作之源的根本。作家的创作即是生命与生命的相通、融合的过程。或许正是在这个意义上,王安忆将小说命名为"心灵世界",因为作者是"在他心灵的天地,心灵的制作场里把它(指小说——笔者按)慢慢构筑成功的"②。当然,更进一步说,笔者以为王安忆将小说命名为"心灵世界",其实远不如"生命的世界"来得深切。

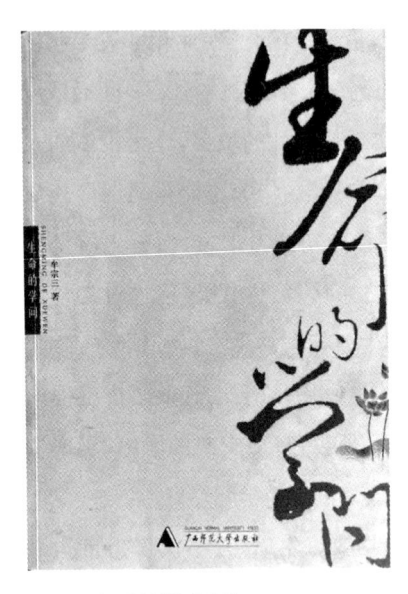

牟宗三《生命的学问》书影

生命有一个本真、纯澈的质,这在儿童身上保留和体现得更加充分。所以,很多作家都极为关注儿童,试图从童眸中发现另一个

---

① 牟宗三:《自序》,《生命的学问》,广西师范大学出版社2005年版,第1页。
② 王安忆:《心灵世界——王安忆小说讲稿》,复旦大学出版社1997年版,第12—13页。

更真实的世界。我们看到,一旦书写童年,作家的情感、记忆、灵魂等内在世界便会无可抑制地打开。迟子建曾说:"假如没有真纯,就没有童年。假如没有童年,就不会有成熟丰满的今天。"①贾平凹曾有一配画文字《黎明喊我起床》,写一只失去了父母的小鸟,其情态让人内心怦然②,读此文能看到中年之后颇有老气和沉郁之相的贾平凹还有清新柔和的底色,而这自然源于他仍未尽失的儿童之眼。与此类似,贾平凹的画,虽然还无法以美称誉之,但"能说有童趣、有逸气、有拙趣、有憨趣、有蔬笋趣,还有一些漫画式的调侃调子……犹如出自孩童手笔"③。发现儿童生活,其实是发现自我,发现人生命本身。莫言曾说自己写作时感到"不是一个成年人讲故事给孩子听,而是一个孩子讲故事给成年人听"④。当然必须指出,童年视角和叙事的采用,是切近生命的一种方式,并不意味着采用儿童视角就一定能抵达生命意识融通与自觉的境界。毋庸讳言,除极个别作品,莫言整体上对童年书写的专注程度还远远不够。相比而言,我们看到萧红《呼兰河传》、林海音《城南旧事》等作品,似乎更能透射出儿童之眼的纯澈,表达出生命的美好。

儿童的眼睛和心灵,因少有"污染",更加纯粹和本质。丰子恺曾慨叹儿童"能撤去世间事物的因果关系的网,看见事物的本身的真相"⑤。同样是观看世界,儿童之眼与成人之眼差别甚大。成人因自觉或不自觉地倾向功利算计、利害权衡,得失的忧患往往成为

---

① 迟子建:《北极村童话》,《迟子建文集》1,江苏文艺出版社 1997 年版,第 1 页。
② 贾平凹:《黎明喊我起床》,《贾平凹语画》,山东友谊出版社 2004 年版,第 35 页。
③ 朱以撒:《大精神与小技巧》,《贾平凹语画》,第 130 页。
④ 莫言:《碎语文学》,作家出版社 2012 年版,第 3 页。
⑤ 丰子恺:《从孩子得到的启示》,《缘缘堂随笔》,开明出版社 1992 年版,第 32—33 页。

其获得更深切感受的障碍，儿童反能够直接地觉察到生命的本质。借用笔者曾论及的"用脑"和"用心"的区别来说，孩童往往用心去体会，而成人总是用脑去算计①。成年人往往从外在的概念出发观察事物，影响和限制他们对外部世界更真实、更深入的感知体验。而孩童看待外部世界，首先是从体验而不是概念出发。是故，孩童反而能够更直接地发现事物（世界）的本相。在这个意义上，赤子之心最具"通"的意识。

与此类似，通人因其融通，而不陷于狭隘的专业之网，更易看见或接近生命之本相。文学创作的前提之一，是作家对生命的体验与通感。如果要对生命有体验，就不能从概念出发，而是要先从生命体验出发，用孩子一般的眼睛和心灵去体验世界，发现自我。这种自我，在童年还是一种不自觉的存在，即处于存在却又未被意识的状态，而在阅读与体验思索的融通之后，被重新唤醒，从而生命意识就由不自觉走向了自觉。

三

现在，让我们返回到"文学"的本义上思考"文"与"学"的关系问题。从本源上说，文学不仅是文字的纯粹艺术形式的呈现，更应有人的学养、见识、思想的内蕴②。故在此意义上，文学是"文"与"学"的会通。换言之，文学应是审美（艺术、形式）与学养（见识、思想）的融合与淬火。

---

① 赵普光：《世间几人真书痴》，《博览群书》2013年第12期。
② 关于文学观念的演变，参见赵普光：《如何的现代，怎样的文学——论现当代文学研究的中国意识》，《文艺研究》2014年第3期。

文学创作与学术涵养之间互动和会通的现象,在"五四"新文学中相当普遍。及至当代文坛,就整体看,这种会通现象就日渐稀缺了。但如细致考察,在当下文学创作中,文、学会通的余绪,在一些作家创作的某些方面存在着有意无意的回响。关于作家创作与学养的关系,有作家曾以叶兆言为例指出,现在很多作家缺少叶兆言身上那种书卷气:"这种书卷气是在长期的生活环境里边熏陶出来的,是潜移默化的。别的人当然也可以引经据典,说很多掌故,但是那个味道不对。"①这里实际上已经暗含着学养的会通问题:学养并不仅仅是指读万卷、诵千篇,而是指要将之融于生命之中,化于创作之内。贾平凹也曾意识到"文"与"学"的关联,这从他大量的读书札记、文论、叙录等可以看出。贾平凹曾在 20 世纪 80 年代中期谈及自己的阅读与顿悟的过程:"原来散文的兴衰是情的存亡的历史。散文是人人皆可做得,但不是时时便可做得;是情种的艺术,纯,痴,一切不需掩饰。"②其实,笔者想进一步指出,"不需掩饰"的本色文字,是最不易为的,唯同时具备学、识、情并将三者熔铸于一身者能为之。

不论客观上是否能达到心向往之的境界,在主观上提升学识以滋养创作的当代作家不乏其人,由阅读与写作的关系可以发现其创作变化的蛛丝马迹。贾平凹对所读之书、所观之物非常敏锐,其文风的每一次转变,都与此相关。他在 1983 年与友人的信中说,"多读外国的名著,多写中国的文章"③。在 1985 年,他明确谈到自己的阅

---

① 莫言:《碎语文学》,作家出版社 2012 年版,第 209 页。
② 贾平凹:《关于散文的日记》,《关于散文》,生活·读书·新知三联书店 2015 年版,第 54 页。
③ 贾平凹:《学习心得记——与友人的信》,《关于散文》,生活·读书·新知三联书店 2015 年版,第 29 页。

读选择:"特别喜欢看一些外国人研究中国古典艺术的专论,这是一种无形中的中西融合,从中确实使我大有启示。"①他早年还曾专门比较废名(冯文炳)与沈从文:"冯氏之文与沈从文之文有同有异,同者皆坦荡、平泊、冷的幽默。异者冯多拘紧,沈则放野,有一股勃勃豪气。"贾平凹对废名的创作技法和特点有过详细的归纳,并联系当时的文学创作,刻意自省:"当今文坛,林斤澜、何立伟有冯之气,吾则要拉开距离,习之《史记》,强化秦汉风度。"②所以,从《九叶树》开始,贾平凹的创作透露出师法古典文学的刻意努力③。此后,贾平凹开始远离为文的清浅,文风大变,作品越来越透露出神秘主义倾向,这与他渐趋沉溺于边缘神秘文化,而缺少对刚正浩大文化气质的汲取有关。说到底,这可视作作家在文化修养和见识通透上难以达到理想状态的表现。在文化气质方面,同为陕西作家,熏染儒家气质的陈忠实与散发民间道家气息的贾平凹就形成颇有意味的对照。二人文学作品气质的差异的形成,与其文化的取径有关。

由此可见,学术修养、文化积累与文学创作之间的互动、互渗、互通对于作家所起的作用,并非"生活源泉"说所能完全解释。有着对经典作家、作品进行研读揣摩的自觉的作家,其精耕细作的文本解读,常常别具作家之眼。如毕飞宇近年来对古典小说的读解,就别有会心。他对小说的故事叙述逻辑非常关注,且特别着意于小说关键性情节的巧妙设置。他曾谈及林冲被逼上梁山的过程

---

① 贾平凹:《我的追求——在中篇近作讨论会上的说明》,《关于小说》,生活·读书·新知三联书店 2015 年版,第 24—25 页。
② 贾平凹:《〈冯文炳选集〉》,《关于散文》,生活·读书·新知三联书店 2015 年版,第 71—72 页。
③ 对此,丁帆在 1984 年给贾平凹的信中有论及,参见贾平凹:《关于〈九叶树〉的通信》附"丁帆来信",《关于小说》,生活·读书·新知三联书店 2015 年版,第 19 页。

中,非常关键的地方是"风"和"雪"①。《水浒传》是部古典传奇之作,这些细节设置一眼望去似乎与毕飞宇本人的小说并不构成直接对应的关系,然而如果我们细细阅读他的作品,比如《上海往事》,就会意识到,小说叙事的步步推进,在逻辑上也都通过关键的节点推动故事的展开,使一切都在逻辑中环环相扣,顺理成章。

大致上,作家阅读时的眼光与其写作时的笔端,存在着一定程度的关联和互动。同样是读古典小说,毕飞宇在论及《红楼梦》时,特别留心日常生活中人物之间反常的情感关系。比如在谈到"庆寿辰宁府排家宴,见熙凤贾瑞起淫心"一回时,他尤其注意到,小说于细微处体现出王熙凤与贾蓉之间的关系,即他二人与日常逻辑不同甚至相反的心理关系。毕飞宇还指出,秦可卿死后,曹雪芹并没有描写秦氏的丈夫贾蓉和闺蜜王熙凤的情绪,而是将笔触又转向了对秦可卿公公贾珍的状态的描绘。从中,毕飞宇读出这一反常规的写作方式背后的暗示②。这种别有会心的研读、观察,与其小说家的眼光很有关系。在《推拿》中,毕飞宇在展示小孔与王大夫、小马之间的关系时,有的细节就很有意味,能暗示出人物之间微妙复杂的情感关系。比如,小孔因为称呼问题,抡起枕头来打小马,"枕头不再是枕头,是暴风骤雨。抡着抡着,小孔抡出了瘾,似乎把所有的郁闷都排遣出来了。一边抡,她就一边笑。"③小孔暧昧的内心以及三个男女之间的隐秘情感,通过这一细节微妙地暗示出来:他们之间好像很平常却并不平常,有着莫可名状的复杂情感关系。

---

①② 毕飞宇:《"走"与"走"——小说内部的逻辑与反逻辑》,《钟山》2015年第4期。
③ 毕飞宇:《推拿》,天地出版社2017年版,第85页。

四

先有对象之实,继有对象之名,后有对象之学,此为古今学术之通例。文体的命名和研究,亦不例外。"学"之出现,本是研究、深化的必然,但问题在于,"学"一旦出现,就会反过来作用于研究者,积习既久,会使人忽略了上述通例,以至于将后来形成的"名"(概念)与"学"(理论)作为考察和研究不证自明的前提。其实在某种意义上,后设的文体之名和文体之学,也是一种想象和建构。很多人的头脑中,小说、诗歌、散文就应该像文学概论所定义的那样。这种分门别类是双刃剑,一方面有利于文学繁盛发达,但另一方面也可能会带来表象繁荣掩盖下的另一种单一,文学会失去最初的元气淋漓,而压抑了原初的多种可能性。

比如小说,"毫无疑问,小说的理论是小说之后的产物,在没有小说理论之前,小说已经洋洋蔚为大观"①。然而一旦小说之名形成,小说之学大盛,人们就会从小说之名去倒推这一类文体的特点,凡不合小说定义者,自然就会被排除在外。这种名、实的倒置,不免会规约作家的写作,让作家在动笔之前,脑海里已经有了一套既定的文体规范。这种外在规范内化为自觉的规训,最后形成了集体无意识。所以,有作家甚至断言,"当小说成为一门学科,许多人在孜孜研究了,又有成千上万的人要写小说而被教导着,小说便越来越失去了本真"②。

---

① 莫言:《超越故乡》,《会唱歌的墙》,第200页。
② 贾平凹:《〈白夜〉后记》,《关于小说》,生活·读书·新知三联书店2015年版,第80页。

第十五讲　终章：通人传统的意义

与纯粹的学术研究不同，作家写作时本就应清醒地认识文体的这种后设性，不能过分拘泥于文体规范的限制。这种清醒和自觉，在写作中表现之一是文体界限的突破与文体风格的互渗。比如汪曾祺的《陈小手》、废名的《竹林的故事》等作品，几乎所有现当代文学研究者都认为这是小说，但细味之，我们可以发现，其淡到极致的语言、几乎无事的叙述、隐匿不彰的情绪所带来的风致、韵味又与一般意义上的现代小说有明显距离。事实上，文体并不如理论规定的那样泾渭分明。如果不拘泥于既定的所谓现代的小说概念，《陈小手》似乎更暗合传统的文人笔记体例，《竹林的故事》其实更接近于中国的文章传统或者说散文（不是后来狭隘化之后的抒情气息强烈或描写成分浓重的散文）传统。

而说到散文，这一文体的模糊与互渗现象更加复杂①。贾平凹主持《美文》杂志时曾呼吁要突破狭隘的散文观念，"还原到散文的原本面目，散文是大而化之的，散文是大可随便的！散文就是一切的文章……鼓呼大散文的概念，鼓呼扫除浮艳之风，鼓呼弃除陈言旧套，鼓呼散文的现实感，史诗感，真情感，鼓呼真正的散文大家，鼓呼真正属于我们身外的这个时代的散文"②。贾平凹最初办《美

---

① 比如周作人 20 世纪 30 年代后的散文写作将"文"与"学"熔铸，已经远离了现代一般意义上的所谓纯散文一路，知堂之脉实为现代意义上散文文体的一个异类。但因为其在现代文学史上的影响，在作为学科和专业的现当代文学研究中不能不将他放在散文家中叙述。假设是写作类似周氏散文风格的其他人，基本上是不大可能进入文学史视野的。因为研究者可以以这些文字不是散文、不算文学的理由轻率地排除。其他的文类也存在这样的现象，比如面对既不像诗歌又不是散文的某种文学体例，就出现了所谓"散文诗"的折中命名。其实命名暧昧的本身就反映了文体的交缠。

② 贾平凹：《〈美文〉发刊词》，《时光长安》，时代文艺出版社 2015 年版，第 8—9 页。

文》时倒是确实有意"大开散文的门户"①,"并未列入过作家队伍,但文章写得很好的科学家、哲学家、学者、艺术家等等,只要是好的文章,我们都提供版面"②。通观《美文》会发现,该杂志至少在20世纪90年代基本贯彻了这一主张:作者的身份不局限于职业作家,散文内容也明显溢出了此前通常的那种抒情性、描写性的散文范围③。贾平凹在《读稿人语》中明确说:"把文学还原到生活中去,使实用的东西变为美文。"④不能不说,贾平凹的"商州系列"、《定西笔记》、《我是农民》等混沌的写作实践与这样的散文观点不无关系。

贾平凹在呼吁散文改革时鲜有提及周氏的散文观,但是如果我们回顾当初周氏《美文》中的主张,可以发现贾平凹的倡导,也可看作是其无意间对周氏"美文"观念的回响与呼应。若将周氏专论散文的《美文》《文艺批评杂话》《中国新文学大系 散文一集》导言等综合观之,可以体会到,其对散文的观念是开放与融通的——包括"一批评的,是学术性的。二记述的,是艺术性的"⑤。若再联系《中国新文学的源流》,亦能发现,其将冰心等清澈见底、清丽细腻文章与废名、俞平伯等浑朴、古雅文风相比较,暗含着对散文的蕴藉、深厚的文化底色的体认。

---

①② 贾平凹:《〈美文〉发刊词》,《时光长安》,时代文艺出版社2015年版,第9页。
③ 如《美文》1992年创刊号上曾载张艺谋《〈红高粱〉导演阐述》、张伯海《关于期刊的讲话》;1992年第2期上曾有李廷华《诗文反差:聂绀弩与钱锺书》等。此后的《美文》上陆续出现金克木、曹聚仁、顾随、季羡林、张中行、周汝昌、韩羽、张光直、忆明珠等有通人倾向的文化老人和学术名家的散文随笔,亦曾有如张世英、谢冕、费秉勋、刘东、何怀宏、葛兆光等学者的文章见诸该刊。
④ 贾平凹:《读稿人语》,《时光长安》,第13页。
⑤ 周作人:《美文》,《晨报副刊》1921年6月8日。

一个优秀的作家须有且会有越轨的勇气和胆识。莫言也曾言及,作家要通过各种手段,使文体的含义越来越丰富,越来越多样化。"各种文体实际上就是对作家的束缚,就像鸟笼子对鸟的束缚一样。鸟在笼子里是不安于这种束缚的,要努力地冲撞,那么冲撞的结果就是把笼子的空间冲得更大,把笼子冲得变形,一旦笼子冲破,那可能是一种新的文体产生了。"[1]所以,优秀作家的创作中常会有溢出与冲破的现象。换言之,作家创作的实践,并非将某种文体纯化、固定的过程,而是文体杂糅互渗、不断增生的过程。比如莫言的《生死疲劳》,可以说是在"恢复古典小说中说书人传统"[2],也可以视为溢出现代文学意义上的小说边界的一种"越轨"实践。

五

地球本没有经线、纬线,它们只是勾勒于地球仪上的假设。经纬线之出现,盖源于人们为了区隔和定位的方便。类似地,宇宙自然、社会现实、内在精神本是一个综合整体的存在。明乎此,就应意识到,学科、专业之划分,从根本上说,类似于经纬线的"创造"。所以,在专业化如此细密的当下,具有超越的意识,具备通人的素养,不被"文学经纬"所限,才能使研究基于真实的"文学地球",而非基于虚拟的地球仪般的"文学模型"。现代学术已演进到今天如此繁复、细密的地步,研究和创作要继续推进和创新,整合融通成为必然。文学创作、研究的突破,往往要有一定的超越意识,而不

---

[1] 莫言:《碎语文学》,作家出版社2012年版,第216页。
[2] 《李敬泽与莫言对话〈生死疲劳〉》,《碎语文学》,作家出版社2012年版,第274页。

能被那些并非不证自明的概念所限。当文学还处于混沌原初的状态时,亟待专业化来推进文学形式的完善与审美的纯粹,然而一旦文学走向纯粹,就可能会流于纤巧,演变为形式的操练,那么通达意识将重新成为文学突破瓶颈的关键。故此,从混沌走向专门化,再从专门化走向融通,文学创作和研究之推进就能螺旋式地前行。

在当代社会,学科经纬线的区隔,专门化、科层化的日益严密,已带来了某种遮蔽:"一是蔽于分而不知合;二是蔽于知与用而不知其更高的价值……三是蔽于一尊而不知生活之多元;四是蔽于物而不知人;五是蔽于今而不知古,或蔽于进而不知守。"[1]专家化的作家、职业化的学者容易成为某一种门类、领域、方向的知识生产者,如同流水线上作业的工人,生产了知识,却同时可能将自身以及接受知识的受众变成机器。在此过程中,人的精神也渐趋支离:"随着不可避免的专业化和理智化的过程,主要作用于物质领域的进步,也将精神的世界分割得七零八落;生活领域的被分割,进而使普世性的价值系统分崩离析,信仰的忠诚被来自不同领域的原则所瓜分,统一的世界于是真正变成了'文明的碎片'。"[2]如何修复碎片化的文明,恢复人精神的完整,实现人的生命自觉,也是中国当代文学面临的迫切问题。

在这种情况下,重识通人传统,发掘新时期以来影响较著的几位作家的文、学互渗倾向,就颇具意味了。但必须补充指出的是,本文所举作家,并非表明笔者完全认同他们的创作,更不是认为他们已经具有了通人风范。事实上,他们离通人传统还很远。以他

---

[1] 潘光旦:《政学罪言》,上海观察社1948年版,第76页。
[2] 冯克利:《时代中的韦伯——代译序》,[德]马克斯·韦伯《学术与政治:韦伯的两篇演说》,冯克利译,生活·读书·新知三联书店2005年版,第4页。

们为例,笔者意在表明,除了个人的天赋,他们的创作之所以在20世纪80年代以来的作家中比较突出,并有相对的可持续创作力,很大程度上得益于他们对文化修养的追求。但由于特殊时代的限制,他们的知识结构和思想见识,如果放在更大的范围中和更高的要求下,当然绝非无可指摘。

总之,以超越二元切分、非此即彼的统合研究思路,从通人的角度,考察当代文学中仍有隐约留痕的"文""学"兼通的人文传统,思考为何及如何将专业化切割成的单一面孔恢复成统一、完整的人,思考中国当代文学的人文向度重塑的可能,这种研究取向的意义不容小觑。如前所言,萨义德所定义的知识分子,要从专业领域溢出,而中国传统的"通人"则与萨氏所说的知识分子相通。这就让笔者想起冯克利在评价韦伯时所说的,韦伯不仅是社会学专家,更在"追求一些更具普遍性的东西"①。这种对"更具普遍性的东西"的追求,意味着对知识分子精神内涵的坚守,也意味着通人传统余绪的回响。

---

① 冯克利:《时代中的韦伯——代译序》,[德]马克斯·韦伯《学术与政治:韦伯的两篇演说》,冯克利译,生活·读书·新知三联书店2005年版,第4页。